KB262187

근대문학과 이태준

근대문학과 이태준

상 허 학 회

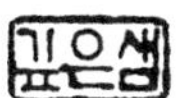

책을 내면서

상허 이태준 선생의 작품들로 석·박사학위를 받은 사람들이 주축이 되어 상허문학회를 1992년에 창립했으니 근 8년이 되었다. 상허학회의 창립은 월북작가들의 작품에 대한 해금후 약 5년만에 이루어진 셈이다. 상허가 월북작가라는 데서 오는 자료의 빈약성을 보충하기 위해 우리는 서로 주고받던 자료를 통한 학문적 유대감을 가질 수 있었고, 그동안 각자 이루어온 개인 연구의 성과물들을 수합할 필요가 있다고 생각했다. 이러한 이유 때문에 학회 창립의 필요성을 느꼈고 상허학회가 탄생하게 된 것이다. 상허문학회가 지금의 단계까지 발전한 데는 초기 회장을 지냈으며, 지금은 본 연구회 고문으로 계신 민충환 선생의 공이 컸다.

학회 창립기부터 함께해 온 이병렬, 강진호, 장영우, 박헌호, 이선미, 이명희, 이종대 회원들은 문학에 대한 연구 시각이나, 방향은 다르지만 모두 상허 이태준의 문학성을 사랑하며, 문학에 대한 열정만을 지니고 문학 연구에 몰입하는 소장학자들이다. 상허학회는 지금도 일주일에 한 번씩 만나 모든 회원들이 함께 연구하고 있다. 이 말은 상허학회가 창립후 지금까지 학회지 발간을 미뤄온 것과도 관련이 있다.

우리는 지금까지 1년에 한권 꼴로 저서를 출판해 왔다. 그 성과물이 『이태준 문학연구』, 『박태원 소설연구』, 『근대문학과 구인회』, 『1930년대 후반문학의 근대성과 자기성찰』, 『우리 시대의 시인, 우리 시대의 시집』, 『우리 시대의 작가, 우리 시대의 소설』 등이다.

연구 성과물을 단행본 형식으로 묶을 때에는 반드시 발제, 세미나, 토론, 평가의 과정을 거쳐서 한 저서의 연구의 방향을 세우고 성과물들의 질에 만족할 수 있을 때까지 토론하고 또 토론한 후에야 출판 했다. 이러한 출판 과정은 지금까지도 지속되고 있는 상허학회의 불문율이다. 다시 말하면 상허학회에 가입하면 먼저 발표로 시작하는 것이 아니라 반드시 연구와 토론의 과정을 거쳐 구성원들에 의해 인정받을 때까지 지속적인 연구의 훈련 과정이 있었다는 말이다. 학회지도 그러한 과정을 거쳐야 했다. 따라서 한 가지의 연구를 진행하는 동안에는 다른 성과물들의 출판은 유보한 채 작업을 진행해야만 했다.

이제 학회의 이름으로 학회지를 내놓으면서도 여전히 조심스러운 것은 아직도 우리의 연구는 끝나지 않았고 앞으로도 지속되어야 한다는 점이다. 이러한 과정은 앞으로 우리들의 후배들을 통해서도 이어지기를 바란다.

본 학회지 창간호는 전체가 3부로 구성되어 있다. 특집 1부에서는 이태준 문학 연구의 현황을 검토하는 기회를 마련하였다. 먼저 이태준 연구의 성과와 한계를 점검하였고, 다음으로는 이태준 문학의 모더니즘 및 상고주의적 특성에 주목한 고찰, 해방 이후의 이태준 문학에 대한 연구와 일본에서의 이태준 연구를 비판적으로 검토하였다. 이같은 작업은 이태준 연구의 현황과 문제점을 검토하는 데 도움이 되리라 생각한다. 특집 2부에서는 이태준 문학의 확대와 심화라는 제목 아래, 지금까지의 이태준 연구에서 상대적으로 소외되었던 부분과 시각을 보충하고자 했다. 희곡과 수필에 대한 검토가 전자에 해당한다면 서지적 관점에서의 연구, 기호론적 접근은 후자에 해당하는 작업들이다. 특집 2부의 연구는 이태준 연구의 새로운 차원을 여는 데 기여하리라 본다. 마지막으로 이 책의 3부에서는 한국 근대문학에 대한 일반논문으로 정지용, 김소엽, 염상섭에 관한 글들을 싣고 있다. 상허 이태준을 비롯한 한국 근대문학에 대한 연구는 앞으로도 상허학회의 작업으로 계속될 것이다.

상허학회가 지금과 같이 발전해 올 수 있었던 것은 뒤에서 보이지 않는 힘으로 지원해 준 여러분의 정성과 노고가 있었기 때문이다. 상허 이태준 선생의 외조카가 되시는 김명렬 선생님과 6촌 되시는 이동진 사장님, 그리고 상허학회의 모든 연구물들을 늘 기꺼이 출판해주는 깊은샘 출판사의 박현숙 사장님에게 진심으로 감사의 말을 전하고 싶다.

상허학회 회장 김 현 숙

목 차

Ⅰ. 특집1
이태준 문학연구의 비판적 검토

이태준 문학 연구, 그 성과와 한계

이 병 렬(숭실대 강사)

1. 들어가면서

상허 이태준(尙虛 李泰俊)은 신경향파 문학이 대두하던 1925년부터 6·25 직후까지 약 30년에 걸쳐 단편 60여편과 중·장편 18편을 발표한 한국현대소설사의 대표적인 작가이다. 1904년에 철원에서 태어나 1925년 7월 『조선문단』에 <오몽녀>가 당선되며 문단에 나온 그는, 개벽사에 입사하던 1929년 이후부터 본격적인 작품활동을 전개, 소위 암흑기와 해방, 6·25를 거쳐 1953년 무렵[1]까지 소설은 물론 시, 동화, 희곡, 수필, 평론 등 문학의 전 갈래에 걸쳐 왕성한 활동을 하였다. 물론 그가 주력한 것은 소설이었고, 그의 흔적은 바로 우리의 현대문학사에서 소위 황금기라 일컫는 1930년대, 그리고 좌우 이데올로기의 정치적 소용돌이에 휘말렸던 해방 이후와 6·25 전후에 뚜렷하게 남아 있다.

이러한 이태준의 작품활동은 양적인 면에서나 질적인 면에서 당대의 어느 누구에게도 뒤지지 않는 것이다. 더구나 카프의 해체 이후 1930년대의

---

[1] 이태준의 구체적인 작품활동은 현재 이 시기까지 확인할 수 있다.

문단에 '구인회'의 결성을 통해 순수문학을 제창했고, 『문장』의 출현과 함께 주간, 편집인으로 활동하며 한때는 문단의 헤게모니를 쥐고 있었던 것 또한 사실이다. 그러나 그는 해방 직후 곧 월북하여 그곳에 정착[2]하였고, 그러한 행위가 남쪽의 체제와 정통성을 부정하는 것이었다는 점에서 남쪽에서는 그 동안 그에 대한 연구와 논의는 금기시되었으며, 심한 경우 그의 문학적 공과가 전면적으로 부정되기도 했다. 게다가 6·25 후에는 북에서조차 남노당의 숙청과 함께 그들의 문학사에서 사라짐으로써 이태준은 한국의 현대문학사에서 미아가 되고 말았다.

앞에서 지적했듯이 분명 이태준의 작품들은 양적인 면에서나 질적인 면에서 결코 당대의 어느 누구에게도 뒤지지 않는 것이다. 그럼에도 불구하고 그의 해방 후 행적으로 인해 그동안 그에 대한 연구나 논의는 자유롭지 못했다. 다행히 그간 대학의 연구실에서 조심스럽게 이태준을 비롯한 월북 작가들에 대한 논의가 진전되었고, 특히 1988년 월·납북 작가와 작품에 대한 해금 이후 대학의 지적 호기심이 작용, 월북 작가들의 작품이 대량으로 출판되었고, 이와 병행하여 그들의 문학에 관한 연구가 봇물처럼 터져 나오며 실질적인 연구가 전개되었다.

이태준도 마찬가지이다. 해금 이후 세 종류의 전집[3]과 수십 종을 헤아리는 그의 단편집, 혹은 단행본이 출판되었고, 그의 문학에 대한 연구도 활발하게 진행되어 석·박사 학위논문 69편[4]과 연구 단행본 9권을 포함하여

---

2) 6·25 당시 인민군을 따라 남쪽에 내려온 이태준은 낙동강 전투에까지 종군하고는 전후 사정이야 어찌되었건 다시 북으로 갔다.(최태응,「이태준의 비극」,『사상계』, 1963. 1-2, 선우휘,「납북 되거나 월북한 문인들 문제」,『뿌리깊은 나무』, 1977.5 참조.)

3) 『이태준전집 1 - 14』, 깊은샘, 1988.5.
   『이태준문학전집 1 - 18』, 서음출판사, 1988.8.
   『이태준문학전집 1 - 17』, 깊은샘, 1995.3 이는 현재 계속 출간 중이다.

4) 이 책의 부록 참조

300여 편이 넘는 연구물[5]이 쏟아져 나왔다. 이제는 그간의 연구 성과를 반성하고 새로운 방향을 모색해 볼 시기가 되었다고 해도 과언이 아니다.

이에 이 글에서는 그간의 이태준 문학에 대한 연구 성과를 검토하여 그 결과와 한계 그리고 나아갈 방향을 제시해 보고자 한다. 이를 위하여 우선 이태준 문학 연구사를 개관한 다음, 그 성과를 주제별로 검토하여 한계를 지적한 후 앞으로의 연구 과제를 알아보기로 한다.

2. 이태준 문학 연구사 일별

그간의 이태준 문학에 대한 논의는 크게 다섯으로 구분할 수 있다.

첫째, 당대의 평론 수준에서의 논의,

둘째, 해방 직후의 이데올로기와 결부된 논의,

셋째, 해금 전 문학사 혹은 소설사에서의 논의,

넷째, 해금을 전후한 본격적인 연구,

그리고 다섯째로 상허학회의 결성과 관련한 집중적인 연구가 그것이다.

1) 당대 평론 수준에서의 논의

이태준 문학에 대한 논의는 그의 데뷔작인 <오몽녀>로부터 출발한다. 『조선문단』 1925년 7월호에 당선된 <오몽녀>는 그해 7월 13일 『시대일보』에 발표되면서 『조선문단』 8월호의 7월 창작 총평[6]의 논의의 대상이

---

5) 이 책의 부록 참조.

6) 「조선문단합평회 - 7월 창작소설 총평」(『조선문단』,1925.8, 114-121쪽)에는 양백화, 김동인, 현진건, 나도향, 방인근, 최서해가 참여했는데 이태준의 <오몽녀>에 대해서는 방인근, 나도향, 양백화가 언급하고 있다.

되었다. 여기에 참석한 나도향은 '김동인의 <감자>'가 생각난다며 '처음 보는 작자로서 이만큼 얌전한 작품을 내어놓는 것이 퍽 반가운 일'로 '구상과 기교가 그리 완숙하였다고 할 수는 없으나 서투른 점을 별로 찾아낼 수 없'다 했고, 양백화는 '이 달에 발표된 작 중에서 대단히 좋은 작'으로 '구상도 좋거니와 그 필치도 비교적 유창하여 성공한 작'이라 했으며, 방인근은 '건실한 필치, 치밀한 묘사와 구상, 현실을 예술화하여 실감을 주는 작자의 수완과 정신, 어떤 점으로 보던지 성공한 작품'이라 평했다.[7]

이후 이태준의 소설은 계속적인 관심의 대상[8]이 되었는데 해방 전 이태준이 왕성한 활동을 보이던 당대의 논의로 김기림[9], 김환태[10], 김동리[11], 백철[12], 김문집[13]과 최재서[14]의 것이 있다. 그런데, 김환태, 백철, 최재서를 제외한 나머지 평자들의 논의는 이태준과의 일상회화 기록 등 문학론이라기보다는 단편적인 인상기에 지나지 않는다.

김환태는 이태준의 뛰어난 예술적 기량을 평가하면서, 이태준은 인간정신에 관한 심각한 탐구는 적은 대신 표현의 노력에는 부심하여 성과를 거두고 있으며 특히 '관조적 감상과 칼날같은 감각을 형상화하는데 성공'[15]하였다고 지적했다.

백철도 이태준을 '구인회의 중심작가로서 한국의 단편작가들 중에서 김

---

7) 위의 글, 121쪽.

8) 조용만,「문예시평」,『조선일보』, 1933.1.28; 안회남,「문예시평」,『조선일보』,1933.5.30; 박태원,「이태준 단편집『달밤』을 읽고」,『조선일보』, 1934.7.26-27 등「문예시평」과 단편집 혹은 장편의 독후감이 계속 나왔다.

9) 김기림,「작가론 - 스타일리스트 이태준을 논함」,『조선일보』, 1933.6.25.

10) 김환태,「상허의 작품과 그 예술관」,『개벽』, 1934.12.

11) 김동리,「이태준론」,『풍림』, 1937.3.

12) 백 철,「문학과 사상성의 검토」,『동아일보』, 1938.2.15-19.

13) 김문집,「이태준론」,『삼천리문학』, 1938.4.

14) 최재서,「단편작가로서의 이태준」,『문학과 지성』, 인문사, 1938.

15) 김환태, 앞의 글.

동인과 현진건을 잇는 뚜렷한 공적을 남긴 작가'[16]라고 높이 평가하고 있다. 특히 그는 이태준 소설 속의 인물묘사를 높이 사면서 이태준의 문학을 '애수의 문학'으로 규정하고 있다.

최재서의 「단편작가로서의 이태준」은 그 후에 나오는 이태준에 관한 논의의 골격을 이룬다는 점에서 중요한 글이다. 최재서는 이태준의 단편소설을 다각도로 검토하여 소설 속에 등장하는 인물들의 유형과 함께 그 인물들의 유모어와 페이소스, 그리고 현실과의 괴리를 지적하고 있다. 그는 이태준 단편소설에 등장하는 인물의 특성으로, '낙백한 유자, 누항에 침면하는 퇴기, 불우한 소학교원이나 혹은 유랑하는 농민, 어리석은 신문배달부, 생에 희망을 잃은 노인 등 인생의 그늘 속에서 움직이는 희미한 존재들의 고독과 애수가 동정과 유모아로 그려지고 있다'고 지적하면서, 이러한 인물들이 선명하게 나타나기는 하지만 현대인이 즐겨하는 사상적 고민이 없고 사회적 관심이 없는 것으로 나타나 시대적 거리를 가지지 않을 수 없는 커다란 결점이 되고 있다고 지적하고 있다. 이러한 지적은 그 후 이태준의 단편을 이해하는 데에 하나의 틀로 굳어진다.

이상 당대의 논의는 주로 이태준의 단편을 대상으로 한 것으로, 그의 소설 속의 인물과 그에 대한 묘사력을 긍정적으로 평가를 하고 있다고 할 수 있다. 그러나 이러한 논의들은 본격적인 작품론이라기보다는 저널리즘의 성격을 띤다는 아쉬움이 있다.

2) 해방 직후 이데올로기와 결부된 논의

해방 후 이데올로기와 결부된 논의에 해당하는 것으로는 방준원[17], 최태

---

16) 백　철, 앞의 글.
17) 방준원, 「이태준론」, 『백민』, 1946.11.

응[18] 그리고 김종빈[19]의 글이 대표적이다.

방준원은 해방 후 이태준의 행적을 전면적으로 공격, 그의 문학적 공과를 혹독할 정도로 비판하면서 이태준을 이데올로기에 열광할 작가가 아니라고 단정, 기껏해야 동반자 정도라고 지적하고 있다. 또한 이태준에게 '과히 흥분하여 지사연하지 말고 작가면 작가답게 따뜻하고 나이브한 휴매니티부터 온전히 몸에 지니라'고 당부하고 있다. 이는 이태준의 문학이 아닌, 해방 후의 그의 행적을 두고 혹평한 것으로 논의의 주관성과 편파성을 감지할 수 있으나 이태준의 생애를 재구성하는 데에 많은 참고가 되는 자료이다.

한편 이태준의 추천으로 작가가 된 최태응은 해방 후 이태준이 조선문학자대회에 참석하면서 문학가 동맹의 부위원장을 맡게 되기까지, 그리고 월북 후의 소련 방문에 이은 <소련기행>의 집필과 사회주의적 소설의 발표, 북에서의 1·2차 숙청에 따른 불안과 6·25 종군, 선우휘와 최태응의 구출작전 실패, 연이은 숙청과 인쇄소 식자공으로의 전락 등 그의 행적과 사상의 변모를 근거를 밝히며 비교적 객관적으로 기술하고 있다. 이어서 최태응은, 자신의 짐작이 틀리지 않는다면 '6·25 당시까지만 해도 이태준은 설사 가면을 쓰고라도 공산주의자 아닌 사람을 붙들고 감히 자기가 공산주의자의 입장을 자처해서 장담을 한다거나 위압을 준다거나 선전을 할만한 그 스스로의 아무런 마련도 용기도 비위조차도 없는 위인'이었다고 평하고 있다.

김종빈도 이태준의 사상적 변화를 최태응과 유사하게 기술하고 있다.

이러한 논의들은 비록 그 주관성과 편협성을 감안하더라도 해방 후 월북 그리고 숙청에 이르는 이태준의 행적을 재구성할 수 있는 귀한 자료들

---

18) 최태응, 「이태준의 비극」, 『사상계』, 1963.2.
19) 김종빈, 「묘혈을 자청한 이태준」, 『동아춘추』, 1963.4.

이다.

3) 해금 전 문학사 혹은 소설사에서의 논의

그간의 문학사 혹은 소설사에서는 해금 전에 출판된 것이라 하더라도 다소간 이태준의 소설에 대해 언급하고 있는데, 그 중에서 대표적인 것으로 백철[20], 김우종[21], 김현 · 김윤식[22], 이재선[23], 정한숙[24] 그리고 조동일[25]의 것이 있다.

김우종은 이태준 소설의 특성으로 '패배적 인간형, 역사 부재와 사상의 빈곤, 순수의 기수' 등을 지적하면서 이태준을 부정적으로 보고 있다. 또한 이태준이 프로문학의 전성시대가 지난 1930년대의 순수작단 시대에 그 대표적인 존재였다는 것은 인정하면서도 그의 '순수'가 우리문학의 참된 발전에 과오가 많았다고 지적하고 있다. 즉, 이태준 자신이 '순수'에 대하여 확고하고 분명한 이론체계를 가졌던 것이 아니며, 그의 '순수'는 그의 사상적인 신념 이전에 그가 타고난 기질에서 온 것이었으며, 그렇기 때문에 그는 일제의 강요에 앞서서 남보다 비교적 온순한 편이었고, 해방 후에는 타인의 권유와 선동에 쉽게 넘어가 비극적 종말을 맞았다고 확언하고 있는 것이다.[26]

김현은 백철이 지적한 '한국적 애수'와 '애수의 문학'을 '딜레탕티즘'이라 일컫고 있다. '이태준의 딜레탕티즘은 일상적이고 비속한 것을 다 귀

---

20) 백　철, 『조선신문예사조사』, 백양당, 1949.

21) 김우종, 『한국현대소설사』, 선명문화사, 1968.

22) 김　현 · 김윤식, 『한국문학사』, 민음사, 1973.

23) 이재선, 『한국현대소설사』, 홍성사, 1979 ; 『현대한국소설사』, 민음사, 1991.

24) 정한숙, 『해방문단사』, 고려대 출판부, 1980 ; 『현대한국문학사』, 고려대 출판부, 1982.

25) 조동일, 『한국문학통사 5』, 지식산업사, 1988.

26) 김우종, 앞의 책, 244-248쪽 요약.

찮은 것으로 치부케하고 비일상적이고 고운 것만을 애호할 만한 것으로
생각케 한다. 그의 대표작들은 거의 전부 일상적인 사소한 것들에 복수당
하는 패배적 인간을 그리고 있다. 변화해 가는 현실에 적절하게 재응하지
못하고 과거에 대한 추억에만 매달려 있는 회의주의적이며 감상주의적이
며 패배주의적인 인물들이 그가 그린 인물들' [27]이라는 것이다. 아울러 김
현은 이태준의 딜레탕티즘이 '개인의 안위와 골동품에 대한 기호의 소산
이며, 지조나 이념을 기반으로 하고 있는 선비기질과 다르다' 고 말하고 있
으나, 이는 백철이 지적한 '선비기질' 을 '딜레탕티즘' 이라는 새로운 용어
로 지적할 뿐 실상 김우종의 평가를 그대로 답습하고 있는 것이다.

이재선은 그의 『한국현대소설사』에서 이태준의 작품을 보다 상세히 논
하면서 이태준 문학의 특질을 다음과 같이 요약하고 있다.

그의 소설사적 위치는 김동인이나 현진건의 뒤를 이은 뛰어난 단편소설의 작
가로서 평가되고 있다. 그는 무엇보다도 먼저 근대적인 단편소설의 한 완성자
로서 평가될 수 있다. 둘째로, 그의 문학세계의 강한 정신적인 기반이 되고 있
는 것은 상고주의와 연민의 정조이다. 세째로, 그의 문학의 다른 하나의 국면으
로서의 반도시성과 흙에의 예찬을 지적할 수 있다. [28]

이재선은 최재서 이후 김윤식에 이르는 여러 평자들의 비평을 조심스럽
게 수용하면서, 소설과 소설관, 그리고 수필에 이르기까지 비교적 상세하
게 상허의 작품을 평가하고 있는데, 특히 기존의 평자[29]들과는 달리 이태
준 소설 속의 인물들이 '결단코 낡은 유물에만 집착하는 상고적 패배주의
자의 모습이 아니다' 라고 지적하고 있다. 나아가 그는 '이태준의 문학은

---

27) 김　현 · 김윤식, 앞의 책, 199-200쪽.
28) 이재선, 『한국현대소설사』, 홍성사, 1979, 364-368쪽 발췌.
29) 주로 김우종과 김윤식의 평가.

변화 그 자체를 추구하는 것이 아니라 그 변화 때문에 소멸하거나 또는 변화의 뒷자리 및 역경의 삶을 수용하고자 했던 것'으로 평하며 이태준의 문학을 옹호하고 있다. 그러나 이러한 논지는 최재서의 지적을 상고주의와 반도시성이라는 개념을 사용하며 보완하는 것이지만 근본적으로는 같은 입장이라 할 수 있다.

정한숙은 그의 『해방문단사』에서는 이태준의 월북동기 및 과정, 그리고 월북 후의 활동을 실증적 자료를 통해 설명하였고, 『현대한국문학사』에서는 '현대소설의 기법' 이란 측면에서 다음과 같이 옹호하고 있다.

> 그는 김동인과 현진건의 뒤를 이은 뛰어난 단편소설 작가이었다. 이태준은 현대소설의 기법을 완벽하게 체득한 작가이었다. 치밀한 구성과 섬세한 분위기의 창조, 낱말 하나를 바꾸어 놓을 수 없이 완벽하게 짜여진 구도와 정확하기 짝이 없는, 간결한 언어, 조각처럼 뚜렷하게 제시되는 성격의 제시와 인물표현, 그리고 그런 일상생활 가운데 흐르고 있는 유우머와 페이서스 등, 그의 단편은 어느 구석에도 흠잡을 데가 없다. 이러한 그의 작품은 오늘날까지 한국현대소설의 교본 구실을 해내고 있다고 해도 과언이 아니다.[30]

정한숙의 이러한 견해는 이태준의 초기 단편만을 대상으로 한 결과이지만 이태준 소설의 기법적인 특질을 밝히는 하나의 열쇠가 되고 있다.

조동일은 그의 『한국문학통사 5』에서 비교적 여러 각도로 이태준 문학의 전반을 다루고 있는데, 특히 기존의 문학사에서는 도외시했던 장편까지 논의를 확대하고 있다. 장편으로는 인기를 얻고 단편으로 평가받는 작가라 평하는데, 단편의 경우 '작가를 주인공으로 해서 쓴 자기 합리화, 오래 인상에 남을 어떤 인상을 전하려는 서정적 소설, 구시대의 노인들의 모습을

---

30) 정한숙, 『한국현대문학사』, 고려대 출판부, 1982.3, 128쪽.

동정어린 시선으로 묘사한 것, 그리고 하층민의 고난을 심각하게 다룬 것 등 이태준 소설의 성격이 단순하지 않다' 라고 말하고 있다.

그러나 소설사 혹은 문학사에서 논의하는 이태준의 소설을 적게는 두세 편 많아야 열편 남짓, 그것도 조동일을 제외하면 모두가 단편만을 대상으로 하고 있어 이태준 소설의 전체 모습을 드러내고 있다고 말하기는 어렵다.

4) 해금을 전후한 본격적인 논의

이태준 문학에 대한 본격적인 작품론은 일본 학자들에 의해 시작되었다.

쵸오 쇼오키치[31]은 이태준의 전기적 사실의 재구성을 통해 그의 소설에는 고아체험이 농후하게 나타나며 이것이 그의 초기 작품의 작중인물, 문체 그리고 작품구조에 영향을 주었다고 평가하고 있다.

사에구사 도시카츠는 「이태준작품론」[32]에서 13편에 이르는 이태준의 장편을 요약, 소개하면서 작가의 사회적 이상지향과 연애문제를 살피고 그것의 바탕에 작가의 고아체험이 작용하고 있음을 강조하고 있다. 또한 「해방후의 이태준」[33]에서는 해방 후부터 월북, 그리고 숙청에 이르기까지 이태준의 행적을 살핀 다음 남북 양쪽에서 모두 공식적으로는 오래 전부터 거론할 수 없는 작가로 취급되어 왔다며, 이러한 정치 중심의 문학사를 극복하려는 시도가 계속되고 있다고 논하고 있다.[34]

사에구사 도시카츠의 말처럼 국내에서는 이태준을 비롯한 납·월북 작가들에 대한 평가가 조심스럽게 진행되어 왔는데, 이태준의 경우 임형택[35]

---

31) 長璋吉, 「李泰俊」, 『朝鮮學報』 92輯, 109-149쪽. 1979.
32) 三枝壽勝, 「李泰俊作品論-長篇小說な 中心として」, 『史淵』 117輯, 九州大 文學部, 1980.
33) 三枝壽勝, 「解放後の 李泰俊」, 『史淵』 118輯, 九州大 文學部, 1981.
34) 이러한 三枝壽勝의 논의는 1981년을 기준으로 한 것이다.
35) 임형택, 「상허 이태준론(1)」, 『낙산어문학』 제1호, 1963.

의 관심에서 출발했다. 비록 작품 분석을 통한 이태준론은 아니지만 이태
준을 '우리 문학사에서 일대를 주름잡던 작가' 혹은 '한 때 독자들의 영광
의 꽃다발에 싸였던 문인'으로 평가하면서, 그러한 이태준을 이데올로기
로 인한 갈등 때문에 '터부로 인한 망각과 무지 속에 모른 채 방치한다는
것은 문학사의 오류'라 지적, 문학연구가들의 관심을 유도하고 있다.[36]

　김윤식[37]도 일제 하의 문학사를 정리하면서 꾸준히 이태준에 대한 관심
을 보여 그의 문학은 고아의식이 지배하는 것이며, 그의 골동취미는 겉멋
이 든 귀족취향이라고 폄하하고 있다.[38] 박정규도 그의 「상허소설의 현실
인식」[39]에서 에이브람스의 문학연구의 4가지 유형과 중국의 유약우의 이
론을 빌어 이태준의 <밤길>과 <영월영감>을 구체적으로 분석, '완벽한
소설적 구성, 세련된 문장력, 살아있는 인물묘사 등에서 한국현대문학사의
부동의 좌표'[40]라 평가하고 있다.

　그러나 본격적인 이태준 연구는 앞에서도 지적했듯이 1988년 이후의
일이다. 정부의 월·납북 작가 작품에 대한 해금조치 이후 이태준의 문학
혹은 소설에 대한 다양한 연구결과가 나왔고 현재도 계속되고 있다. 그 중

---

36) 이후 한때 월·납북 작가들에 대한 관심이 고조되기도 하였다. 선우휘, 「납북 및 월북한
　　문인들의 문제」, 『뿌리깊은 나무』, 1977.5, 백철, 「참 좋은 작가들이었는데」, 『월간중앙』,
　　1978.5 등 참조.
37) 1988년 이전 김윤식은 다음과 같은 글에서 이태준의 문학을 언급하고 있다.
　　『근대한국문학연구』, 일지사, 1973.
　　『한국근대문예비평사연구』, 일지사, 1976.
　　『한국근대문학사상사비판』, 일지사, 1978.
　　『한국근대문학사상사』, 한길사, 1984.
38) 김윤식의 이러한 지적은 다분히 주관적이라 할 수 있다. 즉, 김윤식은 이태준을 논의하는
　　자리에서 이태준의 글 중 자신의 주장에 상응하는 대목만을 인용한 흠이 있다. 이러한 문
　　제는 장영우(「이태준소설연구」, 동국대 박사학위논문, 1991)도 지적하고 있다.
39) 박정규, 「상허소설의 현실인식」, 『어문논집26』, 고려대 한국어문연구회, 1986.
40) 박정규, 위의 글, 74쪽.

대표적인 것으로는 민충환[41], 김윤식[42], 정현기[43], 신동욱[44], 이남호[45], 이병렬[46], 유종호[47], 서종택[48], 신춘호[49], 김상선[50] 등의 것이 있다.

민충환은 계속된 그의 관심을 통해 이태준의 출생에서 성장, 학업, 경력, 결혼 등 행적을 살피고 습작기 작품을 포함한 단편을 어휘, 속담, 배경에 이르기까지 상세하게 자료를 정리해 놓고 있다. 특히 이태준의 행적을 살피면서는 인척과 지기들의 면담은 물론 이태준의 고향인 강원도 철원을 수차례에 걸쳐 답사하는가 하면, 몇몇 단편의 경우 작품의 배경이 되는 곳의 현장 답사를 통해 지리적으로 재구성하고 있다.

김윤식은 해금 이전부터 이태준의 문학에 관심을 보여, 문체의 '귀족 취향'과 함께 해방 후 보여준 이태준의 행동을 예로 들어 '이태준이 문화(정치)의 수준에 멈추고 결코 문학(작품)에로 나아갈 여지가 없었다는 데 그

---

41) 이태준 문학의 연구에서 민충환이 보여준 성과는 뛰어난 것이다. 특히 그가 이룩한 이태준의 전기적 사실의 재구성은 실증주의에 입각한 그의 노력의 결과로 매우 성실한 작업이다. 그는 해금 전인 1986년에 이미 「상허 이태준론(1)」(『논문집 6』, 부천공전, 1986)을 비롯하여 꾸준히 연구물을 발표하고, 이를 묶어 『이태준연구』(깊은샘, 1988.5)와 『이태준 소설의 이해』(백산출판사, 1992.9)를 내놓고 있다. 그러나, 민충환의 이러한 노력은 현재에도 계속되고 있는 것이기에 속단하기는 이르나, 지금까지 그의 연구 결과는 역사·전기비평에 따른 기초적인 자료 제시에 치중, 문예미학적인 가치 평가에는 소홀한 측면이 있다.

42) 김윤식, 「이태준론」, 『현대문학』, 1989.5 ; 「빨치산 소설의 기원」, 『한길문학』, 1990.11.

43) 정현기, 「이태준연구」, 『세계의 문학』, 1988.9.

44) 신동욱, 「이태준 작품의 문학적 의미」, 『해금문학전집2』, 삼성출판사, 1988.

45) 이남호, 「이태준 단편소설 연구」, 『한국어문교육3』, 고려대 국어교육회, 1988.12.

46) 졸고, 「이태준 문학연구의 향방」, 『숭실어문』, 숭실대 숭실어문연구회, 1989.6 ; 「광복기 작가의 한 유형」, 『숭실어문』, 숭실대 숭실어문연구회, 1991.7.

47) 유종호, 「'인간사전'을 보는 재미-이태준의 단편」, 이선영 편, 『1930년대 민족문학의 인식』, 한길사, 1990.

48) 서종택, 「이태준의 단편소설」, 『한국현대소설연구』, 새문사, 1990.5.

49) 신춘호, 「이태준의 농민소설 연구」, 『논문집11』, 건국대 중원인문연구소, 1992.8.

50) 김상선, 「이태준 단편소설 연구」, 『인문학연구17』, 중앙대, 1990.12.

의 비극적 모습이 있다'[51]고 하는 한편, 월북 후의 작품인 「첫전투」를 '빨치산 소설의 기원'으로 평가하기도 한다.[52]

정현기는 그의 「이태준 연구」에서 그의 월북 이유를 '고아의식', '실향민 의식' 그리고 '선민의식' 등 성격적 결함에서 찾으며 소설 속의 인물을 '속물', '문제적 개인' 그리고 '희생의 제물'로 나누어 평가하고 있다.

신동욱은 이태준의 대표 단편을 소개하면서 그의 문학사적 위치를 '서정적 소설을 질감있게 승화시켜 1930년대 한국 문학사에서 독보적 지위를 누리는 작가'라 극찬하면서 '민족 의식과 민족문화 의식을 매우 중요한 작품 내적 의미요소로 일관성있게 드러내고 있다'[53]고 평가하고 있다.

이남호는 종래의 연구가들이 이태준의 작품을 너무 표면적인 구조로만 해석한 경향에 비판을 가하면서 이태준 소설의 이해를 위해서는 1930년대라는 시대상황과 문학적 상황이 고려되어야 한다고 주장하고 있다. 아울러 이태준의 소설은 '성격 창조와 문체 그리고 짜임새가 뛰어나 현실비판의 표면적 강렬성이 약화되었을 뿐 현실비판은 지속적인 울림으로 남아있는 것'이라 평가하고 있다.

이병렬은 연구사라는 이름 아래 그간의 이태준문학 연구 결과를 정리하면서 해방 이후 그의 행적과 함께 <불사조>, <해방전후>, <소련기행>, <농토>를 분석, 관념과 환상에 의한 그의 변신의 과정을 논하고 있다.

유종호는 이태준의 소설에서 여러 계층의 인물을 만날 수 있다면서 특히 <아무일도 없소>, <어떤 날 새벽> 등은 작가의 강한 현실인식의 결과로 생활이나 현실과 유리된 소설이라는 평가[54]를 반박하고 있다.

---

51) 김윤식, 「이태준론」, 『현대문학』, 1989.5.
52) 김윤식, 「빨치산 소설의 기원」, 『한길문학』, 1990.11.
53) 신동욱, 앞의 글, 406쪽. 그러나 신동욱의 글은 일반 독자들을 위한 작품집의 해설 이어서 논리를 뒷받침할 수 있는 객관적 진술은 없다.
54) 이러한 평가는 김동석(앞의 책)이 대표적이다.

서종택은 이태준의 소설을 초기작과 해방을 전후한 것으로 이등분하여 다음과 같이 평가한다.

〈오몽녀〉에서 〈토끼이야기〉에 이르기까지의 그의 작품을 일관하는 것은 소설에서의 언어, 혹은 그것들의 집적물인 언어의 형식미에 대한 집착이라 할 수 있다. 그는 이야기하려는 것보다 이야기하는 방법에 대하여 보다 더 많은 '예술적' 성취도를 두고 있는 듯하다. 그의 소설이 우리에게 제시하고 있는 아름다움이란 그 이야기 자체의 짜임새에 있는 것이었지 그러한 이야기를 가능케 했던 현실 세계와의 조응을 통한 아름다움이 아니라는 점은 중요하다.(중략)
해방전후의 것에 이르면 이러한 경향은 다소 제거되고 현실적인 인물들의 일상적인 문제들이 사건의 중심을 이룬다.[55]

즉 초기작은 언어의 형식미에 집착하며 현실 인식의 수준이 추상적이지만 해방전후의 작품에서는 그 추상성이 제거된다는 것으로, 이태준의 소설이 상고주의와 딜레탕티즘으로 매도되는 것을 반박하고 있다.

신춘호는 이태준의 농민소설을 대상으로 '한국 농민의 이상적인 인간상 제시, 농민에 대한 뜨거운 애정 표현, 우아하고 간결한 문체'를 그 특징으로 평가하고 있다.

김상선은 1990년 이후 꾸준하게 이태준의 단편들을 꼼꼼하게 읽어내고 있다. 연이은 그의 연구는 주로 단편에 집중하여 순수소설로서의 이태준 단편의 모습을 '가난과 그 둘레', '그늘과 양지', '악의 없는 얼굴들', '삶의 요모조모' 등의 술어로 풀어내고 있다.

한편, 1988년 해금 이후 각 대학의 대학원에서는 이태준의 문학을 주제로 한 학위논문들이 나오고 있는데, 그 대표적인 것으로 이익성[56], 강진호

---

55) 서종택, 앞의 글, 490-491쪽.
56) 이익성, 「상허단편소설연구」, 서울대 대학원 석사학위논문, 1987.2.

[57], 이선미[58], 김현숙[59], 신순철[60], 장영우[61], 안남연[62] 이병렬[63], 이명희[64] 등의 논문이 있다.

이익성은 이태준의 해방 전 단편을 대상으로 소설의 기법과 작중 화자와 성격화라는 문제에 촛점을 맞추어 구조주의적 방법론에 입각해서 분석하고 있다. 이는 기존의 표면적인 연구를 지양, 이태준의 단편에 대한 새로운 해석의 시각을 제시하고 있다는 의의를 지닌다.

강진호는 이익성의 연구에서 한 걸음 나아가 생애 및 텍스트의 확정 문제를 비롯한 기초적인 연구와 상허의 전 단편을 대상으로 통시적 고찰을 하고 있다. 특히 세 시기로 나눈 이태준 소설의 변모 양상을 통해 후기로 갈수록 감상성이 극복되고 사회현실에 대한 인식이 깊어진다고 하면서 이태준의 소설에서 강한 현실인식의 반영을 읽고 있다.

이선미는 이태준 소설 논의의 범위를 해방 전 단편만이 아니라 몇몇 장편 그리고 해방 후의 작품까지 확대하면서, 해방 후의 작품들은 '일면은 새로이 제기된 북한 문예이론의 틀을 지니면서도, 일면으로는 자신의 현실적 고민의 반영으로서 낡은 것의 문제를 현재적으로 투영한 방법인 자기극복과정에 주목하여 문학사에서 다소 문제적인 면이 드러나'고 있다며 비판적 리얼리즘의 징후를 발견해 내고 있다.

김현숙은 이태준의 소설에 기호론을 적용 발신자(작가)-수신자(독자)의

---

57) 강진호, 「이태준연구」, 고려대 대학원 석사학위논문, 1987.8.
58) 이선미, 「이태준소설연구」, 연세대 대학원 석사학위논문, 1990.12.
59) 김현숙, 「이태준 소설의 기호론적 연구」. 이화여대 대학원 박사학위논문, 1991.2. (이는 이태준의 문학을 주제로 한 최초의 박사학위논문이다.)
60) 신순철, 「이태준연구」, 효성여대 대학원 박사학위논문, 1991.6.
61) 장영우, 「이태준소설연구」, 동국대 대학원 박사학위논문, 1992.6.
62) 안남연, 「이태준 장편소설 연구」, 한국외대 대학원 박사학위논문, 1993.2.
63) 졸고, 「이태준소설의 창작기법연구」, 숭실대 대학원 박사학위논문, 1993.6.
64) 이명희, 「이태준문학연구」, 숙명여대 대학원 박사학위논문, 1993.6.

관계에서 정보체로 주어지는 텍스트(작품)를 분석하고 있다. 이를 통해 이 태준은 인물에 해당하는 표제어를 많이 쓰고 있으며, 이러한 표제어들은 등가기능과 내포기능을 가장 많이 갖고 있는 것으로 밝히고 있다. 한편 인물들이 존재하는 층위로서 남성은 서술자와 밀착된 거리에 존재하나 여성들은 관찰대상 혹은 비판대상으로 존재한다고 결론짓고 있다. 이는 이태준 소설의 심층연구에 한 획을 긋는 중요한 연구결과라 할 수 있다.

신순철은 이태준의 삶과 문학을 시대적 상황과의 관련 속에서 고찰, 그 문학사적 의미를 규명하고 있는데, 우선 이태준의 생애를 고찰하여 작가의 식의 형성과 변모 과정을 밝히고, 작품을 인물지향, 사건지향, 기교지향의 세 측면으로 나누어 분석, 그가 문단의 사조와는 관계없이 자신의 문학적 신념을 지켜나갔고, 그의 작품이 패배적 인물을 과거지향적으로만 그린 것이 아니며, 묘사와 인물창조를 통해 한국문학의 수준을 현대적 수준으로 끌어올렸다고 주장하고 있다.

장영우는 해방 전 이태준의 소설을 대상으로 시기별 특성 및 지식인의 관점을 중점적으로 논하고 있다. 특히 그는 장편에까지 논의를 확대하여, 비록 이태준의 장편이 신문연재소설이 안고 있는 근본적인 제약을 벗어나지 못했다는 점을 인정하더라도 작가의 여성관 · 교육관 · 사회관 등이 잘 반영된 계몽성이 짙은 성장소설이라 평가한다.

안남연은 이태준의 장편만을 대상으로 소설의 미학과 그 세계의 의미 그리고 변모양상을 통해 소설의 유형구조와 교양소설로서의 특성을 밝히고 있다. 즉 '이태준의 장편소설은 이태준 자신의 교양과 문화의식의 소산으로서 민중의 교양화와 사회의 문화화 그리고 구성의 이중 복합화로 이룩된 교양소설' 이라 결론짓고있다. 이는 장영우가 평가한 '성장소설' 과 같은 맥락으로 볼 수 있다.

이병렬은 이태준의 소설관과 소설의 개작 문제를 검토하여 그의 문학관을 추론한 다음, 그의 전 소설을 대상으로, 이미지, 서술태도, 아이러니, 인물의 성격화라는 창작기법을 분석, 그 변모과정까지 밝히고 있는데, 특히 이태준이 항상 강조한 소설 속의 '인물' 성격화를 제목과 명명법, 분위기, 사건 전개, 직접제시와 간접제시, 유년기 체험의 형상화란 측면에서 고찰, 이태준의 소설 창작 기법을 밝히는 계기를 마련하고 있다.

이명희는 이태준의 문학을 '작가의 주제의식 · 시대 인식과 형식미학의 결합을 형상화한 문학'으로 전제하고 장편과 단편의 연계성, 사회의식과 형식미학의 관련성을 고찰, 이를 통해 그의 생애와 문단활동에 드러난 이태준의 양면성을 밝혔으며, 그의 전 작품을 총체적으로 살피고자 노력하였다.

이러한 연구 결과들은 이후 출간된 문학사[65] 서술에도 일정한 영향을 주게 된다. 앞에서 지적했듯이 해금 이전의 소설사 혹은 문학사에서는 이태준의 작품을 거론하면서 적게는 소설 두세 편 많아야 열 편 남짓, 그것도 대부분이 단편만을 대상으로 하고 있어 이태준 문학의 전체 모습을 드러내고 있다고 말하기는 어려웠다. 그러나 해금 이후 본격적인 논의가 진행된 후에 출간된 문학사에서는 이태준의 문학을 거론하면서 보다 많은 소설 작품뿐만이 아니라 그의 문학관까지 논의의 대상으로 하고 있다. 특히 그가 월북 후에 발표한 작품까지 망라하여 언급하면서 각 시기별로 그의 문학사적 위치까지 설정하고 있다.[66]

---

65) 그 대표적인 것으로 다음과 같은 책이 있다.
　권영민, 『한국현대문학사』, 민음사, 1993.7.
　김윤식 · 정호웅, 『한국소설사』, 예하, 1993.8.
　김재용 외, 『한국근대민족문학사』, 한길사, 1993.12.
66) 특히 『한국근대민족문학사』에서는 '낭만적 반자본주의와 생활현실의 재인식'이란 소제목 아래 8쪽에 걸쳐 그의 생애와 함께 그의 대부분의 주요 작품을 언급하고 있다.

5) '상허학회'의 결성[67]과 관련한 집중적인 연구

1988년 월·납북 작가와 작품에 대한 해금은 이태준 문학에 대한 연구자들의 호기심을 자극, 앞에서 보았듯이 각종 연구물이 본격적으로 쏟아졌지만 이태준 문학연구의 새로운 전기를 마련한 것은 '상허학회'의 결성이라 할 수 있다. 사실 상허학회가 결성되면서 집중적인 연구가 있기 전까지 이태준 문학에 대한 연구의 성과는 크게 두가지 문제를 안고 있었다.

첫째, 논의의 범위이다. 당대의 평가는 당대의 작품만을 대상으로 했기에 논의의 범위가 협소할 수밖에 없었다하더라도 문학사 혹은 소설사에서도 단 두세 작품 많게는 열 편 남짓을 이태준 소설의 전체 모습으로 뭉뚱그려 평했다. 물론 본격적인 작품론은 비록 그 기간은 짧지만 가장 활발하게 또한 가장 많은 연구결과를 보이면서 진행되고 있었다. 그러나 앞에서 지적했듯이 그 논의의 범위가 비교적 국한되어 있다는 결점이 있다. 대부분의 논의들이 해방 전의 작품, 그 중에서도 단편만을 대상으로 했다.

이와는 역으로 해금 이후의 연구는 해방이후의 작품과 월북 후의 몇몇 작품에 집중되었다. 이는 월북과 이데올로기에 집착한 결과라 할 수 있다. 30년대 우수한 단편은 도외시 한 채, 해방 이후에 발표한 〈해방전후〉 그리고 월북 후에 발표한 〈농토〉에 집중됨으로써 마치 그것이 이태준의 참모습인 양 제시한 결과가 되고 말았다.

물론 이태준은 해방 이후에도 많은 작품을 남겼다. 게다가 해방을 전후한 작품, 그리고 월북 후의 작품은 그의 변신 혹은 작가기질과 관계되는

---

67) 이태준의 소설을 대상으로 석·박사 학위 논문을 썼거나 준비 중인 대학원생, 그리고 이태준 문학에 진지한 관심과 애정을 지닌 소장학자들을 중심으로 1992년 12월 결성된 '상허학회'는 『이태준문학전집』을 간행하는 한편 『이태준문학연구』, 『근대문학과 구인회』 등의 연구서를 통해 그 연구 대상을 상허 이태준의 문학에서 출발 한국의 현대문학 전반으로 확대하고 있다.

중요한 작품들이다. 그러한 자료를 도외시하고 30년대 초반의 작품만을 대상으로 했을 때 그 결과는 이태준 소설의 부분적인 특질에 지나지 않을 것이다. 이는 역으로도 마찬가지이다. 그러므로 이태준 문학의 연구에 우선적으로 필요한 것이 논의 범위의 확대, 즉 전 생애 전 작품이 그것이었다.

다음으로 지적할 수 있는 것은 연구 방법의 문제이다. 이태준 소설의 내적인 구조와 그 특질은 대부분 당대의 단편적인 지적을 전체인 양 그대로 답습하면서 90년대 초에는 소설의 현실인식 여부와 수준에 집중되었다. 더구나 이태준의 현실인식에 촛점을 둘 때, 그 평가는 극단적으로 양분된다. 하나는 현실과 유리된, 사회성이 없다는 것이고, 다른 하나는 그렇지 않다는 것이다. 그러나 근본적인 문제는 이태준의 현실인식의 여부 혹은 수준이 이태준 소설의 본질, 즉 소설의 미학과 어떤 관련이 있느냐는 데에 까지는 나아가지 못했다는 것이다.

요약컨데 이때까지의 연구를 통해 드러나는 것은 논의의 범위를 전 작품으로 확대해야 하고, 이와 함께 다양한 연구방법론을 통해 이태준 소설의 특질을 드러낼 수 있어야 한다는 것이었다. 이러한 문제들을 일정 부분 해결할 수 있었던 것이 바로 '상허학회'의 결성과 그들의 연구 결과물인 『이태준 문학연구』[68]이다.

1993년 이전의 이태준 문학연구 성과물을 검토·비판하는 과정을 거치며 논의를 집중시킨 이 책에서 상허학회 회원들은 우선 이태준의 생애, 문학사적 위상, 작가의식, 문학관 등을 통해 그의 개인적 삶과 문학을 종합적으로 조명하고자 하였다. 다음으로 이태준의 소설을 다각도에서 조명했다. 단편을 통시적이고 계기적 관점에서 논의하는가 하면, 소설의 기법적인 측면에 주목하여 언술적 특성, 구조와 기법, 이미지, 인물의 성격화 등을 살

---

68) 상허문학회, 『이태준 문학연구』, 깊은샘, 1993.12.20.(이 책이 발간될 당시에는 '상허문학회'였다.)

폈고, 다소 소홀하게 취급되었던 장편소설에도 관심을 두어 장편소설의 문학사적 위치, 여성의식, 역사소설을 살피고 있다.[69]

비록 이태준의 문학이 그 양이나 질에서 복잡한 문제의식을 내포하고 있고, 그의 삶 또한 이데올로기와 직접적으로 연관되어 있기에 쉽게 해명할 수 없다는 문제점이 있다 하더라도 상허학회의 논의들은 이태준의 문학을 다각도에서 총체적으로 파악할 수 있는 계기를 마련했다는 의의가 있으며 이들의 연구가 계속되고 있는 것이어서 한마디로 그 결과를 평가하기에는 어려움이 있다.

이러한 상허학회의 연구 성과를 바탕으로 보다 종합적이고 구체적인 논의들이 진행되는데 그 대표적인 것으로 정현기[70], 최정주[71], 한양숙[72], 김상선[73], 황영숙[74], 이명희[75], 박헌호[76], 이병렬[77] 등이 있다.

우선 구체적 논의의 경우, 정현기는 작가론의 입장에서 이태준의 생애와 작중인물의 유형적 성격에 이어 그의 변신을, 최정주는 해방기라는 기간을 설정하여 이 기간의 작품만을 논의의 대상으로 하였고, 한양숙은 주제의식이란 측면에서 이태준 소설에 나타난 소외의식과 그 극복양상만을 다루고 있으며 이 외에도 아이러니, 서정성, 작가의식 등[78]만을 집중적으로 고찰한 논문들이 있다.

---

69) 전체 4부로 나뉘어진 이 책은 우선 이태준의 삶과 문학을 살피고, 단편소설론, 장편소설론, 그리고 부록으로 지인들의 회고와 생애연보, 작품연보, 연구논저목록을 싣고 있다.

70) 정현기, 『이태준』, 건국대 출판부, 1994.12.

71) 최정주, 「해방기의 이태준소설 연구」, 전주우석대 대학원 박사학위논문, 1995.2.

72) 한양숙, 「이태준소설연구」, 계명대 대학원 박사학위논문, 1994.2.

73) 김상선, 『상허 이태준 문학연구』, 한빛미디어, 1994.3.

74) 황영숙, 「해방기의 이태준소설 연구」, 명지대 대학원 박사학위논문, 1994.6.

75) 이명희, 『상허 이태준 문학세계』, 국학자료원, 1994.10.

76) 박헌호, 「이태준문학의 소설사적 위상」, 성균관대 대학원 박사학위논문, 1997.4.

77) 졸저, 『이태준소설연구』, 평민사, 1998.10.

78) 구체적인 논문 목록은 이 책의 부록 참조.

김상선의 『상허 이태준 문학연구』는 이태준에 대한 계속된 연구의 총집결로 생애와 문학관, 선행연구, 단편, 중·장편, 희곡·수필·평론, 문학이론, 문장론 등 이태준의 전 문학갈래에 관해 세세한 관심을 나타냈으며, 황영숙은 이태준의 생애와 문학관을 바탕으로 단편소설의 특성과 장편소설의 특성을 밝혔고, 이명희는 그의 박사학위논문을 발전시켜 장편의 여성의식, 역사소설, 희곡 등에 관심을 보였으며, 박헌호는 생애와 이태준이 활동했던 시대의 문학이론을 바탕으로 그의 소설을 초기, 30년대 중반, 30년대 후반 그리고 해방 이후로 나누어 소설사적 위상을 밝혔고, 이병렬은 그의 박사학위논문을 발전시켜 이태준의 문학사적 위상과 텍스트 문제, 소설의 허구화 과정 그리고 해방을 전후한 변신의 과정은 물론 월북 후 작품도 집중적으로 다루었다.

3. 이태준 문학 연구의 성과와 한계

이상으로 그간의 이태준 문학 연구사를 일별하였다.

이제 그 구체적인 성과물들을 주제별로 분류해 보면 다음과 같다.[79]

작 가 론				작 품 론								종 합 론			총계
작가	비교	기타	소계	단편	중·장	합평	문체	배경	비교	기타	소계	종합	문학사	소계	
48	4	6	58	105	56	23	4	4	2	16	210	26	23	49	317

---

79) 이 분류표는 필자의 판단에 따른 것이다. 한 연구물이 작가 혹은 작품, 그 중에서도 단편과 장편, 혹은 문체 등 특정 분야만을 다루고 있는 것은 아니기에 필자의 판단으로 그 연구물의 중심이 어디에 놓여있는가에 따라 분류표를 작성하였다.

필자가 조사한 총 317편의 이태준 문학 연구 성과물을 크게 세 가지로 분류해 보았다. 작가론, 작품론, 종합론이 그것인데, '구인회'의 좌장이자 『문장』의 편집인으로 1930년대 한국 문단의 헤게모니를 쥐고 있었다는 평가에도 불구하고 표에서 보듯이 작가론보다는 작품론에 비중이 실려 있어 이태준은 작품으로 평가되어야 할 작가라는 것을 알 수 있다.

작가론에서 특이한 것은 공시적이든 통시적이든 다른 작가와의 비교 연구가 아직은 미진한 상태라는 사실이다. 동시대의 작가인 김유정, 박태원과의 비교가 전부인데, 이는 작품과 관련한 것이다. 그러나 문단 정치라는 측면에서 1910년대의 춘원, 1920년대의 김동인, 해방 이후의 김동리 등과의 작가 혹은 문학관과 문단 활동의 면에서 비교 연구가 필요하리라 본다. 게다가 앞 세대 혹은 이후 세대의 작가들과의 작품을 중심으로 하는 비교 연구도 있어야 할 것이다.

작품론의 경우 표에 명확하게 나타나듯이 이태준은 단편 작가임을 말해 주고 있다. 작품의 합평이나, 문체, 배경 그리고 비교 연구도 단편을 다루고 있어 작품론의 3분의 2가 단편 쪽에 놓여 있다고 할 수 있다.

그러나 문제가 되는 것은 '스타일리스트', '미문장가'라는 평가가 논의 곳곳에 나타나면서도 이태준 소설의 문장에 대한 체계적이고 과학적인 접근이 없다는 점이다. 대부분의 단편 논의에 극히 단편적으로 '문장이 아름답다'는 수준의 언급이 있지만, 이태준의 소설의 어떠한 문장의 어떤 부분이 그를 미문장가로 만들었으며, 그러한 문장이 작품의 미학과 어떻게 연결되었는지 구체적으로 밝혀내지 못하고 있다.

작품의 배경연구나 비교 연구도 부진한 상태이다. 단편 몇 편의 배경 연구는 현재 민충환의 연구 결과[80]를 넘어서지 못하고 있으며, 비교 연구도 단 두 편에 그치고 있다. 당대 작가들의 작품과의 비교 연구도 필요하지만

---

80) 이 책의 이태준 관련 논저 목록 참조.

전대 혹은 후대 작가들의 작품과의 비교 연구를 통해 영향 관계 혹은 소설 기법의 전이 등 구체적인 비교를 통한 이태준 문학의 특성이 확인되어야 할 것이다.

또 하나의 문제는 대부분의 연구가 단편에 집중되어 있다는 사실이다. 물론 이태준의 경우 장편보다는 단편이 우수하다는 평가를 받아왔고, 그가 밝히고 있는 것[81]처럼, 그 자신 역시 단편에 우위를 두었던 것은 사실이다. 그러나 서두에서 밝힌 것처럼 이태준은 소설은 물론 시, 동화, 희곡, 수필, 평론 등 문학의 전 갈래에 걸쳐 왕성한 활동을 한 작가였다. 그럼에도 불구하고 소설을 제외하면 그 외의 갈래에 대한 연구는 실로 엉성한 실정이다. 특히 그가 쓴 수필은 당대 어느 작가들에 비해 양적으로나 질적으로 떨어질 것이 없으며, 희곡과 평론도 많은 작품을 발표하였다. 따라서 이제 소설만의 범주에서 벗어나 이태준이란 작가의 문학행위 전반에 걸친 작품 연구가 필요하리라 본다.

다음으로 표에는 나타나지 않았지만, 작가론과 작품론을 망라하여 연구의 범위가 시기적으로 해방전에 치중되어 있다는 사실이다. 물론 6·25 이후 이태준의 행적이 구체적으로 알려지지 않았고, 미학적인 면에서 해방 후의 작품이 떨어진다는 것은 주지의 사실이다. 그러나 과학적이고 논리적인 검증 없이 해방 이후 혹은 월북 후의 작품을 소홀히 다룬다거나 폄하해서는 안될 것이다. 나아가 월북 후의 행적을 조사하여 그의 전기적 사실을 마무리하고 이것이 한 작가의 종합적 평가를 이끌어낼 수 있도록 해야 할 것이다.

---

81) 이태준, 「短篇과 掌篇」, 『무서록』, 95쪽.

4. 나오면서

지금까지 그간의 이태준 문학 연구사를 일별한 후 그 성과와 한계를 점검해 보았다.

분명 이태준은 1930년대 한국의 문단을 대표하는 작가이다. 그가 비록 월북을 함으로써 그와 그의 작품에 대한 연구가 한때 금기시되었다고 하지만, 해금된 지 10년이 넘은 지금, 연구자의 지적 호기심에서 출발했다할 그의 문학에 대한 연구는 양적으로나 질적으로 상당한 수준에 이르렀다고 할 수 있다.

비록 논의의 대부분이 몇몇 작품에 집중되거나 단편에 치중된 점, 그리고 해방 이전의 논의를 무비판적으로 답습한 점을 감안하더라도, 1988년 이후 진행되었던 이태준 문학에 대한 본격적인 논의, 특히 '상허학회'의 연구 성과는 상당한 수준에 이르렀다고 평가할 수 있다. 물론 완벽한 것이라고는 할 수 없을 것이다. 그러나 지금도 상허학회뿐만 아니라 한국의 현대문학 연구자들의 관심은 계속되고 있고 해금 이후 각 대학원에서도 학위논문들이 봇물처럼 쏟아지고 있기에 이태준 문학연구의 미래는 밝다고 할 수 있다.

그럼에도 불구하고, 앞에서 지적했듯이, 연구자들이 간과하고 있는 몇 가지 사실을 지적하지 않을 수 없다. 우선 단편과 장편 혹은 해방 전과 후라는 연구 대상의 범위는 이제 어느 정도 극복했다고 하더라도, 문학인으로서의 이태준의 실체를 확인하기 위해서는 그의 소설만이 아니라 희곡과 평론은 물론이요, 그가 관심을 기울였던 문학 전 분야에 대한 검토가 꼭 필요하다. 게다가 이태준만의 특성을 밝히기 위해서는 작가 혹은 작품의 비교 연구가 뒤따라야 한다. 즉 앞 세대나 당대 혹은 다음 세대 작가·작품과의 비교를 통해 이태준 문학만이 지닌 특성은 물론 전후 영향관계까지 밝혀 문학사 혹은 소설사에서 그의 위치를 정확하게 설정할 수 있을 것이다.

다음으로, 앞의 표에서도 지적한 것처럼, 미문장가로 알려진 이태준 문학의 문체연구이다. 이 역시 비교 연구를 통해 이루어질 수 있는 것으로 그의 작품 어느 부분이 다른 작가들과 어떤 면에서 같고 다른지, 그리고 그것이 작품의 미학에 어떻게 간여하는지 구체적이고 실증적인 검토가 있어야 할 것이다. 그저 막연히 '이태준의 문장은 아름답다' 는 수준으로는 그의 문체 미학을 밝히기는 어려울 것이기 때문이다.

또한 계속 지적되는 것이지만, 해방 전 단편의 우수함 때문에 해방 후, 특히 월북 후 작품이 폄하된다거나, 해방 후 작품의 사회주의 리얼리즘이 강조되면서 해방 전의 우수한 작품들이 도외시되는 우를 범하지 말아야 할 것이다. 한 작가의 작품은 그 전체의 모습을 통해 총체적으로 해석해야 하기 때문이다.

상허학회의 지적처럼 이태준의 문학이 그 양과 질적인 면에서 복잡한 문제의식을 내포하고 있으며, 그의 삶 또한 이데올로기와 직접적으로 연관되어 있어서 쉽게 해명할 수 없는 문제점을 안고 있다[82]고 하더라도 위에 지적한 것들이 하나하나 해결될 때 이태준 문학의 참모습도 밝힐 수 있을 것이며 이는 결코 불가능한 것은 아니라고 본다.

---

82) 상허문학회, 위의 책, '머리말' 참조.

■참고문헌

「조선문단합평회 - 7월 창작소설 총평」(『조선문단』, 1925.8)

강진호, 「이태준연구」, 고려대 석사학위논문, 1987.8)

권영민, 『한국현대문학사』, 민음사, 1993.

김기림, 「작가론 - 스타일리스트 이태준을 논함」(『조선일보』, 1933.6.25)

김동리, 「이태준론」(『풍림』, 1937.3)

김문집, 「이태준론」(『삼천리문학』, 1938.4)

김상선, 「이태준 단편소설연구」(『인문학연구 17』, 중앙대, 1990.12)

김상선, 『상허 이태준 문학연구』, 한빛미디어, 1994.

김우종, 『한국현대소설사』, 선명문화사, 1968.

김윤식, 『근대한국문학연구』, 일지사, 1973.

김윤식, 『한국근대문예비평사연구』, 일지사, 1976.

김윤식, 『한국근대문학사상사비판』, 일지사, 1978.

김윤식, 『한국근대문학사상사』, 한길사, 1984.

김윤식, 「이태준론」(『현대문학』, 1989.5)

김윤식, 「빨치산 소설의 기원」(『한길문학』, 1990.11)

김윤식 · 정호웅, 『한국소설사』, 예하, 1993.

김재용 외, 『한국근대민족문학사』, 한길사, 1993.

김종빈, 「묘혈을 자청한 이태준」(『동아춘추』, 1963.4)

김 현 · 김윤식, 『한국문학사』, 민음사, 1973.

김현숙, 「이태준 소설의 기호론적 연구」, 이화여대 박사학위논문, 1991.

김환태, 「상허의 작품과 그 예술관」(『개벽』, 1934.12)

민충환, 「상허 이태준론(1)」(『논문집 6』, 부천공전, 1986)

민충환, 『이태준연구』, 깊은샘, 1988.

민충환, 『이태준소설의 이해』, 백산출판사, 1992.

박정규, 「상허소설의 현실인식」(『어문논집26』, 고려대 한국어문연구회, 1986)

박태원, 「이태준단편집『달밤』을 읽고」(『조선일보』, 1934.7.26-27)

박헌호, 「이태준문학의 소설사적 위상」, 성균관대 박사학위논문, 1997.

방준원, 「이태준론」(『백민』, 1946.11)

백 철, 「문학과 사상성의 검토」(『동아일보』, 1938.2.15-19)

백 철, 『조선신문예사조사』, 백양당, 1949.

백   철,「참 좋은 작가들이었는데」(『월간중앙』, 1978.5)

三枝壽勝,「李泰俊作品論-長篇小說な 中心として」(『史淵』117輯, 九州大文學部, 1980)

三枝壽勝,「解放後の 李泰俊」(『史淵』118輯, 九州大文學部, 1981)

상허문학회,『이태준 문학연구』, 깊은샘, 1993.

서종택,「이태준의 단편소설」(『한국현대소설연구』, 새문사, 1990.5)

선우휘,「납북 및 월북한 문인들의 문제」(『뿌리깊은 나무』, 1977.5)

신동욱,「이태준 작품의 문학적 의미」(『해금문학전집2』, 삼성출판사, 1988)

신순철,「이태준연구」, 효성여대 박사학위논문, 1991.6

신춘호,「이태준의 농민소설연구」(『논문집11』, 건국대 중원인문연구소, 1992.8)

안남연,「이태준 장편소설 연구」, 한국외대 박사학위논문, 1993.2

안회남,「문예시평」(『조선일보』, 1933.5.30)

유종호,「‘인간사전’을 보는 재미-이태준의 단편」(이선영 편, 『1930년대 민족문학의 인식』, 한길사, 1990)

이남호,「이태준 단편소설 연구」(『한국어문교육3』, 고려대 국어교육회, 1988.12)

이명희,「이태준문학연구」, 숙명여대 박사학위논문, 1993.6.

이명희,『상허 이태준 문학세계』, 국학자료원, 1994.

이병렬,「이태준문학연구의 향방」(『숭실어문』, 숭실대 숭실어문연구회, 1989.6)

이병렬,「광복기 작가의 한 유형」(『숭실어문』, 숭실대 숭실어문연구회, 1991.7)

이병렬,「이태준소설의 창작기법연구」, 숭실대 박사학위논문, 1993.6

이병렬,『이태준소설연구』, 평민사, 1998.

이선미,「이태준소설연구」, 연세대 석사학위논문, 1990.12.

이익성,「상허단편소설연구」, 서울대 석사학위논문, 1987.2.

이재선,『한국현대소설사』, 홍성사, 1979.

이재선,『현대한국소설사』, 민음사, 1991.

이태준,「短篇과 掌篇」(『무서록』, 95쪽)

임형택,「상허 이태준론(1)」(『낙산어문』 제1호, 1963)

장영우,「이태준소설연구」, 동국대 박사학위논문, 1992.6

長璋吉,「李泰俊」(『朝鮮學報』92輯, 109-149쪽, 1979)

정한숙,『해방문단사』, 고려대 출판부, 1980.

정한숙,『현대한국문학사』, 고려대 출판부, 1982.

정현기,『이태준』, 건국대 출판부, 1994.
조동일,『한국문학통사 5』, 지식산업사, 1988.
조용만,「문예시평」(『조선일보』, 1933.1.28)
최재서,「단편작가로서의 이태준」(『문학과 지성』, 인문사, 1938)
최정주,「해방기의 이태준소설 연구」, 우석대 박사학위논문, 1995.
최태응,「이태준의 비극」(『사상계』, 1963.1-2)
한양숙,「이태준소설연구」, 계명대 박사학위논문, 1994.2.
황영숙,「해방기의 이태준소설 연구」, 명지대 박사학위논문, 1994.6.

■ Abstract

A result and limitation of studies on Lee Tae-jun's literature

Lee Byung Yul

The purpose of this thesis is to consider not only result & limitation but also some future direction of studies on Lee Tae-jun's literature. The results are as follows; Even the studies on Lee Tae-jun's literature are generally focused on few works or the short story, the result we have considered is pretty high level already. Moreover many graduates schools producing thesis continually after removal of ban. Because of this, we still see the positive sign in the future studies on Lee Tae-jun's works.

Even so, there are some problems in studies on Lee Tae-jun's literature still.

First, we need to study not only his novel, but also all the genre of works in literature he had interested in(such as plays, essays etc), to see his appearance in literary history. Also it needs some comparative studies in other writers or other works. And then his final destination in the Korean literary history will be found.

Next, it's about the study of style in his works. To see him as writer, known as a stylist and a esthetical writer, we would need some logical and specific analysis about how his style performed in his works. Also, we shouldn't underestimate his works only because of the changes of society for instance, some great pieces from very before liberation were underestimated only because social realism was magnified after liberation period. We shouldn't make that mistake again because one writer's work should be interpreted by only the literature as a whole.

Even his works contain complicated thoughts in quality and quantity, and his life also directly connected to ideology that reflected in his literature, the real aspect of Lee Tae-jun will appear when we figure out those problems above one by one. And this is not impossible anymore.

시대의 인식과 그 불협화
- 이태준의 문학에 나타난 모더니즘과 상고주의 논의에 대하여

허 윤 회(호서대 강사)

1. 머 리 말

이태준은 식민지 시대와 해방기를 걸쳐 활동한 대표적인 근대작가 가운데 하나이다. 최근의 조사에 의하면 이태준에 관련된 글만 해도 300여편을 상회하고 있다.[1] 이는 그만큼 이태준에 대한 관심과 열의가 다른 어느 작가보다도 크다는 것을 반증하고 있다. 이태준에 대한 연구는 그가 월북작가라는 이유 때문에 문학 외적으로 자유롭지 못했다. 이러한 정황을 감안한다면 그 수치는 범상치 않은 관심의 결과라고 할 수 있다. 이태준에 대한 관심이 문학연구의 차원에서 본격화된 것은 실상 오래된 일이 아니다. 80년대 초반 더 이상 월북작가들을 공백으로 처리할 수 없다는 연구자들의 관심과 함께 88년 해금 조치이후 본궤도에 오르게 되었다. 따라서 그들의 의도와는 상관없이 '월북문학' 혹은 '해금문학'의 명칭과 범주가 사용되었으며, 이를 통해 이태준의 연구가 시작되었던 것도 불가피한 일이었다. 하지만 문학사를 복원하고, 문학 외적인 강제에 의하여 이루어질 수밖

---

1) 이병렬, 『이태준 소설연구』, 평민사, 1998, 참조

에 없었던 연구의 경향을 감안할 때, 외면적인 특성에 대한 고찰은 오히려 그들의 문학세계를 한정시키는 역할을 하지 않았는가 반성해 볼 일이다.

이 글은 이태준 문학에 관한 글 가운데 특별히 모더니즘과 상고주의에 관련된 글만을 고찰의 대상으로 삼는다. 이태준에 대한 전기적인 고찰에서 특징적인 사항을 들라고 한다면 다음의 두 가지이다. 하나는 이태준 자신이 정지용, 김기림, 이상 등과 함께 구인회의 구성원이었다는 점이고, 다른 하나는 『인문평론』과 더불어 1930년대 후반기 중요한 역할을 하였던 『문장』의 편집인이었다는 사실이다. 이태준 문학과 관련하여 모더니즘이 논의되는 이유가 전자에 연유한다면, 마찬가지로 상고주의가 논의되는 이유는 후자에 기인한다. 그런데 문제는 과연 이러한 논의가 작가로서의 이태준과 그의 작품에 대한 해명에 얼마만큼의 기여를 할 것인가의 문제이다. 이태준의 문학적 특성을 이 양자에서 찾는 것과는 상관없이, 이태준의 문학이 이룬 형식적 세계에 대한 고찰이 완료되었다고는 할 수 없다. 이는 역설적으로 이태준의 문학이 보여준 지향을 다시 한번 고찰하는 계기가 되었다. 이 글에서는 이태준의 세계관이 외적으로 규정된 표징으로서 '모더니즘과 상고주의'에 대하여 논의한 글들이 어떤 궤적을 그렸는가에 대하여 살펴보고자 한다. 이를 통해 이태준 문학에 대한 논의가 기존의 관점으로 인하여 결락된 부분을 찾을 수 있기를 바란다.

2. 모더니즘

이태준의 문학이 문학연구의 지평에 본격적으로 편입된 시기는, 논자에 따라 견해를 달리하겠지만, 서준섭을 통해서이다. 그런데 서준섭은 이태준의 문학을 '새로운 언어를 시도한 소설가' 임에는 분명하다는 단서를 달고 있으면서도 모더니스트로서 보다는 상고주의자의 쪽에 더 가깝다는 판단

을 내리고 있다. 구인회에 참여하였던 이상, 박태원, 이효석과는 달리 이태
준이 상고주의자에 가까운 이유를 살펴보면 다음과 같다. 일차적으로 이태
준은 '골동취미를 즐기고 전통에 관심이 많았'다. 아울러 그의 작품에서
등장하는 인물들이 '현대문명에 밀려난 노인'들이거나 '도시의 서민들의
삶'이 자주 등장한다. 따라서 이태준을 전형적인 모더니스트로 보기는 어
렵다는 어렵다.[2]고 말한다. 분명 서준섭은 모더니즘 연구의 일환으로서 이
태준을 언급하고 있다. 이는 당시까지만 해도 이태준을 상고주의적인 시각
에서 보았던 연구의 관성에 따른 견해로 볼 수도 있다. 하지만 모더니즘의
자장 내에서 이태준에 대한 고찰의 필요성을 제기했던 점은 기록할 필요
가 있다. 이와 함께 김시태도 고찰의 대상에 포함시킬 필요가 있으나[3] 모
더니즘의 시각에서보다는 순수문학이라는 범주가 강조되어 있다. 그리고
김시태는 기존의 문학사에서 언급된 구인회 작가들의 평가를 문학사적으
로 위치시키는데 초점을 맞추고 있는 듯 하다.

더 나아가 서준섭은 구인회의 작가 가운데 박태원과 비교했을 때, 이태
준은 '도시세태를 묘사하거나 문체의 혁신을 추구하는 작가'라는 점에서
유사성이 있음에도, 이태준의 창작방법론은 '리얼리즘'에 근접하고 있다
며 기존의 견해를 약간 수정한다. 그는 리얼리즘에 근접한 작품의 예로서
『사상의 월야』를 들고 있다.[4] 서준섭의 견해에 의하면 이태준의 문학 혹은
문학관은 모더니즘의 자장보다는 상고주의 혹은 리얼리즘에 가깝다는 것
으로 요약할 수 있다. 이러한 정황의 증거는 사실 이태준이 고완을 통한
골동취미를 심심치 않게 피력하고 있으며, 그의 작품 가운데 특히 장편소
설에서, 새로움에 대한 탐색이 그의 작품에는 현저하게 보이지 않는다는

---

2) 서준섭, 『한국모더니즘문학연구』, 일지사, 1988, 33쪽.
3) 김시태, 「구인회 연구」, 『제주대 논문집』 제7집, 1975, 참조.
4) 서준섭, 「구인회와 모더니즘」, 『1930년대 민족문학의 인식』, 한길사, 1990, 735쪽.

점을 들 수 있다. 서준섭은 이태준에 대한 평가의 진위를 떠나서, 이태준에 대한 모더니즘적인 접근에 있어서의 문제와 그 수위를 제시하고 있다. 이 점은 한국 모더니즘 문학의 연구뿐만이 아니라 이태준 문학 연구의 문제 틀을 제시하고 있다는 점에서 시사적이다.

먼저 이태준을 모더니스트의 범주에서 제외시킨 서준섭의 견해와는 다른 논자들의 견해를 살펴보기로 하자. 사실 서준섭의 평가는 이태준 문학의 본령이라고 할 수 있는 단편소설의 영역과 '새로운 언어를 시도한 작가'로서 그의 문학론의 연장선상에 있는 문장론(특히 『문장강화』와 『상허 문학독본』)을 논의의 대상에서 부차화시킨 결과라고 할 수 있다. 다른 말로 하면 이태준의 단편소설과 문장론이 과연 1930년대 이후 모더니즘 문학에서 모더니스트로 불릴 만큼의 충분한 조건을 갖추고 있는가에 대한 문제제기라고 할 수 있다.

이 점에 대해서 서영채는 1930년대의 이태준을 '그만한 개성론'을 연출한 예술가로 보고 있다. 서영채는 이태준이 '소설을 쓴다는 것은 자기 목적적인 것으로서의 예술 작품을 창조하는 일과 정확하게 일치'하는 것으로 보고 있다.[5] 물론 모더니즘이라는 용어를 자제하면서 '근대성'의 범주를 사용하고 있다. 예술가로서의 작가가 예술미를 가능케 하는 방법으로서 그는 '문장의 차원'을 들고 있다. 이것은 분명 『문장강화』의 세계를 암시하고 있다. 이태준은 "예술가의 문장은 생활하는 기구는 아니다. 창작하는 도구다"[6]라고 말했다. 이를 서영채는 이태준의 글쓰기가 갖고 있는 제작적 관심의 표현으로 보았다. 즉 이는 '장인적 기교를 강조하는 근대적 미의식의 소산'[7]인 것이다. 여기서 이태준의 문장에 대한 관심은 김기림이나 박

---

5) 서영채, 「두 개의 근대성과 처사의식」, 『이태준 문학연구』, 깊은샘, 1993, 59쪽.
6) 이태준, 「문장의 고전, 현대, 언문일치」, 『문장』 1940.3, 136쪽.
7) 서영채, 위의 글, 60쪽.

태원의 경우와 크게 다르지 않는 모더니즘 작가의 태도로 간주될 수 있다.

한발 더 나아가 서영채는 이태준이 근대성(모더니즘)을 의식하면서 예술가 의식을 실현하고자 한 것과 함께 '지사적 의식'을 동시에 보여주고 있다는 견해를 피력하고 있다. 지사의식을 예술가 의식과 정반대에 위치시키고 있으며, 지사의식은 '글 자체보다 그 안에 깃들어 있는 정신을 강조하는 전통적 미의식의 산물'[8]이다. '정신을 강조하는 전통적 미의식의 산물'을 의고주의라는 명칭으로 사용하고 있지만, 이는 서준섭의 경우에서 사용한 상고주의와 크게 다르지 않다. 이 두 개의 의식 즉 근대성(모더니즘)과 의고주의(상고주의)가 서로 역설적으로 동서(同棲)하고 있는 상황을 이태준 문학의 특성으로 보고 있다. 이러한 상반된 문학적 경향의 맞물려 존재하는 상황을 서영채는 다시 '처사의식'이라는 말로 범주화하고 있다. 이 점은 다음 장의 상고주의에 대한 논의와도 중복된다. 아무튼 요약하자면 서영채는 '근대성에 대한 비판과 추구가 동시에 잠재되어 있는 것'을 처사의식, 혹은 이태준 문학의 특성으로 보고 있다.

한편 『문장강화』의 위치는 단순한 작문안내서라기 보다는 이태준 문학의 지향과 준거를 알려주는 하나의 작품이라고 할 수 있다. 그런 면에서 모더니즘과 관련하여 『문장강화』에 대한 관심은 당연한 귀결이다. 한상규는 『문장강화』의 특성을 일물일어설, 말의 감각적 입체화, 개성적 발견 등으로 항목화하면서 개관한 바 있다.[9] 그런데 평가에 있어서는 대단히 비판적이다. 이태준이 『문장강화』에서 보여준 '언어에 관한 그러한 기술적 통제는 수단화된 지성'[10]에 불과하다고 보았다. 즉 제작적 관심에서 피력된 글쓰기의 방법에 대한 탐색은 '어떻게' 의식에 기울어지고, 예술적 설계와

---

8) 서영채, 위의 글, 60쪽.
9) 한상규, 「『문장강화』를 통해 본 이태준의 문학관」, 『이태준 문학연구』, 깊은샘, 1993.
10) 한상규, 위의 글, 97쪽.

계산이 고려된 작가의식은 오로지 '대상의 감각적 표현을 수행하기 위해서만'[11] 사용될 따름이다. 이것은 『문장강화』라는 한정적인 대상만을 고찰한 결과 때문이기도 하지만, 1930년대 모더니즘이 갖고 있는 한계에 대한 또 다른 지적이라고 할 수 있다. 작가의식의 측면에서 이태준이 보여준 이러한 태도는 현실에 적극적으로 대처하지 못한 작가의 한계를 지적하는 것이기도 하다. 이는 역설적으로 서준섭이 지적한 바 리얼리즘 혹은 사실주의 작가로서도 이태준을 볼 수 없다는 추측을 가능케 한다. 이태준의 문학사적 위상이 범주적으로만 본다면 상당히 애매한 위치에서 논의되는 연유를 짐작할 수 있다.

여기서 다음과 같은 질문을 할 수 있다. 이를테면 애매한 채로 남아있는 이태준 문학의 모더니즘적 특성을 괄호에 묶고서 이를 근대문학 일반론의 차원에서 다시 본다면 어떠한 결과가 나타날까? 그것은 근대문학의 전개 양상이 합리적 의사소통에 기반한 계몽의 전개과정과 일치됨을 의미한다. 이런 관점에서 이태준은 '문학의 계몽성에 충실한 작가'이다. 하정일은 이태준을 '심미적인 동시에 계몽적인 작가'[12]로 보고 있다. 앞서 서영채는 '예술가로서의 예술 작품을 창조'[13]하는 것에서 예술가의 자기목적성을 확인할 수 있다는 견해를 피력한 바 있다. 이와 비교한다면 하정일의 견해는 근대문학 일반의 관점에서 볼 때, 이는 '미적 자율성에 기초한 (종합적) 합리성의 정신이 뚜렷하게 각인'[14]된 결과이다. 예술가 의식 혹은 심미주의는 근대의 합리적 의식과 긴밀한 관계에 놓여 있다. 다시 말하면 이태준의 문학은 "내면화된 계몽의 정신과 왜곡된 근대가 맞서 있는 갈등과 긴장

---

11) 한상규, 위의 글, 같은 쪽.
12) 하정일, 「계몽의 내면화와 자기확인의 서사-이태준론」, 『근대문학과 구인회』, 깊은샘, 1996, 175쪽.
13) 하정일, 위의 글, 175쪽.
14) 하정일, 위의 글, 179쪽.

의 세계"[15]이다.

다시 말하면 이태준이 지향한 심미적 (모더니즘의) 문학세계는 계몽의 의식과의 길항과정에서 벗어날 수 없다. 한발 더 나아가 이태준의 심미주의는 '계몽의 내면화가 낳은 산물'[16]이다. 지금까지 이태준의 작가의식을 모더니즘의 관점에서 미시적으로 주목했다면, 계몽이라는 거시적 관점에서 보았을 때 이태준의 면면이 더욱 분명하게 드러날 수 있다. 특히 이태준의 『사상의 월야』는 일반적인 리얼리즘의 관점보다는 작가의 근대에 대한 의식을 문제삼았을 때 그 의미가 두드러질 수 있다고 보았다. 그것은 계몽을 통한 근대적 지식인으로서의 자아실현에 대한 욕구가 내재해 있기 때문이다. 그리하여 이태준은 근대의 중심에 다가서려는 의식적 행위를 포기할 수 없었던 것이다.

한편 이태준은 하정일이 '계몽의 내면화'라고 지칭한 심미주의에 대해서도 역시 포기하지 않았다. 과연 이태준은 '사라져 가는 과거에 대한 향수를 그야말로 향수로만 간직'했는지, '고고표일(孤古飄逸)의 동양문학에 심정적'[17]으로만 끌렸는지는 다시 재론이 필요하다. 그리고 문학과 현실 혹은 사회와의 대결 의식이 심미주의에서도 관철이 된다면, 그 다양한 층위에서 나타날 수 있는 문학의식의 설정도 이루어져야 하지 않을까? 이는 다시 근대작가의 임무가운데 하나가 문학적 현실을 제작 혹은 구축에 있다는 점을 상기시킨다. 이선미는 '주체가 대상에 대해 경험한 정서적 교감의 기억과 그러한 세상과 사람들에게 느꼈던 친화력을 드러나게 하는 미학적 기법'[18]을 다시 문제삼고 있다. 이는 이태준의 문학의 본령이 단편소

---

15) 하정일, 위의 글, 180쪽.
16) 하정일, 위의 글, 180쪽.
17) 하정일, 위의 글, 190쪽.
18) 이선미, 「'구인회'의 소설가들과 모더니즘의 문제, 『근대문학과 구인회』, 깊은샘, 1996, 85쪽.

설에 있으며, 미학적 기법으로 구현된 문학적 현실에 대한 정서적 동일시
의 효과에 대한 면밀한 고찰을 촉구하는 여러 논자들 가운데 특징적인 지
적이라고 할 수 있다.

대체로 1930년대 모더니즘 문학이 현실과의 관련하에서 논의가 이루어
질 때, 모더니즘의 작품에 실현된 내적인 현실이 문제되기 마련이다. 그러
나 그 문학적 현실의 정합성은 불구적이다. 하정일은 이것을 '내면화된 계
몽의 정신과 왜곡된 근대' 가 맞물려 있기 때문이라고 보았다. 근대적 현실
이 왜곡되었다면 이를 표현한 문학적 현실도 변형을 겪게 될 터인데, 단순
한 반영론의 입장에서라도, 문학적 현실의 진위는 윤리적인 차원에서의 근
대적 현실관과는 판이하게 다르다. 그렇다면 이러한 문학적 현실의 명칭은
자명하게 받아들여지는데 그것은 범박하게 모더니즘 문학으로 또다시 귀
결된다. 여러 논자들에게서 지적된 바이지만 문학적 현실이 현실과의 길항
에서 다양한 편차를 빚어낸다면, 그것은 '한국 근대문학의 특수성' 이 처
한 위치에서 가능하다고 할 수 있다. 그리고 이태준이 지향한 의식의 자장
가운데 모더니즘이 처한 위치는 그 특수성의 이름에 불과하다.

박헌호는 '상허의 장편양식에 대한 자의식(이를테면 소설의 본령은 단
편양식에 있으며 장편양식(소설)이란 이에 미치지 못한다는 생각)은 계몽
적 민족주의로 요약되는 자신의 현실인식의 수준을 은폐하는 것이자, 사회
성의 배제를 통해 얻어진 예술(단편)의 광채가 실상은 불구적인 것임을 토
로하는 증거물' [19]이라고 보았다. 여기에서 이태준이 지향한 계몽의 작가의
식적인 측면이 '계몽적 민족주의' 라는 명칭을 얻으면서 그의 사회의식의
층위가 정해진다. 그것은 역설적인 것인데 예술(단편)의 광채란 실상 불구
적인 것이라는 점, 따라서 이에 대한 결핍의 잠재된 욕구가 증폭될수록 계
몽적 의식도 커갈 수밖에 없다는 지적 때문이다. 특히 박헌호는 해방 후

---

19) 박헌호, 「구인회를 어떻게 볼 것인가」, 『근대문학과 구인회』, 깊은샘, 1996, 42쪽.

구인회 작가들의 태도가 변화된 커다란 이유를 여기에서 찾고 있다. 이는 미적 자율성을 구인회 작가들이 의식적으로 수용했다는 전제하에서, 그것이 가져올 결과에 대한 탐색이라는 점에서 그들의 사회의식에 대한 전면적인 검토라고 할 수 있다.

아울러 박헌호는 식민지 시대의 단편양식에 대해서 좀더 진전된 논의를 진행시켜 나아가고 있다. 그가 초점을 맞추고 있는 것은 작가가 사회와 관련을 맺는 양식의 은폐물을 걷어냈을 때 나타나는 현상이다. 그는 '지식인들은 보다 개인적인 단편양식을 선택함으로써 자신의 근대성의 수위를 낮추지 않고도 적대적인 사회와 대면할 방식을 마련한다'[20]고 보았다. 이태준의 경우 그의 단편소설에서는 심미성을 겨냥하면서도 역사적인 현실이 이입되는 경우가 있다. 특히 30년대 후반의 단편소설에서 나타나는 현실의 편린들은 해방기의 이태준의 문학과 연계시켜 살필 수 있는 단서가 될 수도 있다. 하지만 이에 대한 양식적 고찰은 심정적으로만 이루어졌다. 이태준의 경우 단편을 통해서도 사회와의 결합 가능성을 놓치지 않으려 했는데 이러한 결과 '단편의 형태를 띄면서도 장편의 내용을 지니고 있는 소설'[21]이 출현하게 되었다. 박헌호의 견해를 요약하면, 이태준을 포함하여 '구인회의 그것(모더니즘)은 근본적인 차원에서 근대성에 대한 수락이자 지향을 뜻하면서 동시에 예술적 세련화를 통해 미의 영역에서 근대적인 것을 선취하려는 의식의 산물이다.'[22] 곧 의식적 현상으로서의 모더니즘이 처한 위상은 근대성의 추구로 수렴된다. 여기에는 왜곡과 파행으로 굴절된 근대문학의 현실이 가로놓여 있다.

다시 묻게 되는 것은 의식으로서의 모더니즘이 놓여진 자리에 형식으로서 자리하는 물질적 조건이다. 의식적인 모더니즘이 논리적인 차원에서 형

---

20) 박헌호, 「이태준 문학의 소설사적 위상」, 성균관대 박사학위논문, 1997, 36쪽.
21) 박헌호, 위의 글, 36쪽.
22) 박헌호, 위의 글, 52쪽.

식 논리적인 조합에 머물 수밖에 없었던 현실은 김기림에 대한 임화의 지적에서 극명하게 나타난다. 그러나 모더니즘 작가들의 형식에 대한 궁극적 지향이 이러한 현실을 벗어나는 것에 있었다고 해도 동시에 그것은 현실에 긴박되어 있다. 그 현실을 벗어나지 못한다는 점에 모더니즘의 한계가 있지만, 그것을 초월하려는 양상에 대한 물질적인 근거를 묻지 않는다면, 그것은 역시 모더니즘을 괄호에 넣고 바라보는 것이다. 그런데 이태준은 문장의 표현이 도달하는 마지막 단계를 '창조'로 보았다. 그것은 사실상 언어의 물질성을 벗어나려는 또다른 표현이라고 보여진다. 정지용은 "시신(詩神)이 거(居)하는 궁전(宮殿)이 언어(言語)요, 이를 다시 방축(放逐)하는 것도 언어(言語)다."[23]라고 말한 바 있다. 이태준의 일물일어설은 그 언어의 초월적 양식마저도 지시어를 갖는 것이라고 보았지만, 계몽의 합리적 의식이 이율배반적인 언어의 모순에 대해서까지 관대하지 못하다는 것을 동시에 감지하였다. 사회적 의식과 예술적 의식의 동시적 구현이란 달리 말하면 그러한 합리적 위계에서만 가능한 것이기 때문이다. 그런 면에서 이태준은 모더니즘의 한계적 상황과 부딪히게 된다.

3. 상고주의

　이태준의 문학연구는 근대문학의 한 축인 모더니즘의 고찰과 긴밀한 관련이 있다. 모더니즘의 한계를 지적하는 과정은 이태준 문학의 경계를 재구성하는 작업이기도 하다. 그런 의미에서 모더니즘에 이태준을 포함시킬 것인가의 여부는 모더니즘의 자기 한계를 드러내는 과정이기도 하다. 그런데 이태준 문학연구의 다른 축으로서 상고주의가 있다. 문제는 모더니즘과 관

---

23) 정지용, 「시와 언어」, 『문장』 1939. 12, 131쪽.

련된 문제처럼 상고주의를 형식논리적인 차원에서 논의한다는 것은 모더니즘의 하위범주 내지는 특성의 하나로서 상고주의를 접근하는 것과 마찬가지의 결과를 초래한 우려가 있다는 점이다. 우선은 이태준의 상고주의가 갖는 독자적인 개념을 추출해내는 것이 전제되어야 한다. 그랬을 경우에 이태준과 상고주의와의 관련이 좀 더 구체화될 수 있을 것으로 판단된다.

A) 教養이나 學識이란 것이 어쩌게 論難될 것일지 論難치 안켓으나 「美術」이 업는 文學者는 결국 詩人이나 小說家가 아니되고 마는 것도 보아온 것이니 泰俊의 「美術」은 바로 그의 天品이요 文章이다. 동시에 그의 生活이다. 花草에 관한 것 磁器机硯 등 古翫에 관한 것, 書道筆墨南畫에 關한 것, 草家瓦屋의 樣式 裝幀 製冊에 關한 것, 妓生歌曲에 關한 것, 大部分이 文壇에 關한 것 … 이 사람의 「美術」은 相當이 多端하다. 이러한 點에서 泰俊은 文壇에서 稀貴하다.[24]

B) 李泰俊의 短篇을 읽은 讀者는 언제까지나 입안에서 도는 甘味를 잊지 않으면서도 밥술이 났분듯한 不滿을 갖인다. 생각하야 보면 그 作品들 가운데엔 現代人이 즐겨하는 思想的 苦悶이 없고 生活的 意慾이 없고 社會的 關心이 없고 그 外에도 없는 것은 만타. 이런 時代的 距離를 作者 自身도 늦겼음인저 李氏는 近來에 問題와 思索을 가진 作品을 쓰려고 한다. 이것은 앗가도 指摘한 바이지만 一端의 發展으로 볼 수 있다. 그러나 그것은 금박에 讀者의 不滿에 應할 것갓지는 않다. 죽엄에 對한 그의 思索은 결국 神秘에 부드치고 말고 人生에 對한 觀察은 아니로니-에 끝치고 社會에 對한 關心은 씨니시즘으로 引導할 뿐이다.[25]

---

24) 정지용, 「『무서록』을 읽고 나서」, 『매일신보』, 1942. 4. 18.

C) 李泰俊은 봉건주의적인 풍속과 악락한 식민지 수탈 정책이라는 이중
의 중하를 감단한 폐쇄 사회에서, 그곳을 극복하려는 아무런 의지도
내보이지 못한 패배주의적인 인물을 즐겨 그린 작가이다. 그가 자신
의 정치학을 개진하지 못하고, 사회의 압력을 그대로 받아들이게 된
것은 거의 대부분이 그의 딜레탕티즘 때문이다. 그의 딜레탕티즘을
선비 기질이라고 표현하고 있는 비평가들도 있으나, 그것은 선비 기
질과 딜레탕티즘을 혼동한 결과이다. 그의 딜레탕티즘은 개인의 안
위와 골동품에 대한 기호심의 소산이며, 지조나, 이념을 그 기반으로
하고 있는 선비기질과는 판연히 다르다.[26]

A)는 이태준의 고완에 대한 취미가 갖는 당시의 문단적 의미를 부각시
키고 있는 글이다. 정지용이 말하고 있는 '미술'이란 일면 모더니즘의 회
화성을 의미하기도 하거니와 예술적 구도를 지칭한다고 여겨진다. 그런 의
미에서 이태준의 '미술'은 시대적인 조류인 현대성의 파생적 현상으로 볼
수 있다. B)는 이태준의 단편에 대한 평가이다. 비교적 비판적으로 이루어
진 평가라고 할 수 있다. 이태준의 단편이 갖는 시대적, 사회적 의미에 대
한 객관적 접근을 가능케 하고 있다. '현대인이 즐겨하는 사상적 고민'이
란 현대인이 마땅히 가져야 할 사상적 고민 혹은 접근이라고 풀어서 설명
할 수 있다. 이때 이태준의 단편은 사상적인 구도 혹은 질서의 결여가 나
타나는데 이것이 그의 작품이 갖고 있는 한계이다. A)와 B)는 이태준이
문필활동을 하고 있을 당시의 평가들이라는 점에서 그의 작품이 당시에
어떻게 지식 독자층들에게 수용되었는가를 짐작케 할 수 있다. 그런데 이
태준 문학의 한 특징으로 지적될 수 있는 상고주의에 대한 접근은 구체적

---

25) 최재서, 「단편작가로서의 이태준」, 『문학과 지성』, 인문사, 1938, 180쪽.
26) 김현, 김윤식, 『한국문학사』, 민음사, 1973, 199쪽.

으로 이루어지고 있지 않다. 그런 점에서 C)의 문학사적 접근은 이태준의 상고주의에 대한 평가가 어떤 과정을 거쳐 출현하게 되었는가하는 유력한 단서이다. C)는 B)의 평가를 기반으로 하여 이태준이 식민지라는 '폐쇄 (닫힌) 사회'의 작가라는 점에 주목하였다. 특히 이것을 극복하려는 의지가 없는 '패배주의적 인물'을 그렸다는 지적은 앞서 서준섭이 모더니즘 작가군에서 배제했던 근거와 유사하다. C)는 이를 딜레탕티즘이란 용어로서 범주화했는데 이는 이태준의 문학이 사회 혹은 현실과의 대결의식이 현저하게 결여되어 있다는 점을 부각시킨 말이다. 사회 혹은 현실에 대한 대결의식이 결여된 상태에서의 '개인의 안위'를 지키려는 태도는 '골동품에 대한 기호심의 소산'에서 연유한다. 이른바 이태준의 상고주의는 사회와 역사에 대한 대결의식 내지는 현실의식의 사상으로 나타났다. 이러한 평가의 시각을 배경으로 이태준의 상고주의에 대한 접근이 이루어졌는데 그것의 특징은 다분히 부정적인 것이다.

그렇다면 이태준의 상고주의가 갖는 시대적 배경은 무엇인가에 대한 고찰이 뒤따르지 않을 수 없다. 이에 대한 접근은 30년대 후반기의 대표적인 문예지인 『문장』을 통해서 이루어진다. 주지하는 바와 같이 이태준은 『문장』지의 편집인이었으며 정지용, 이병기 등과 함께 문학의식을 공유하고 있었다. 흔히 최재서를 중심으로 한 『인물평론』과의 차이를 논하는 일은 30년대 후반기의 문학적 경향에서 빼놓을 수 없는 사항이기도 하다. 이점에 있어서 김윤식은 이태준의 고전에 대한 관심을 '방법적 폐쇄'라고 命名하였다. C)에서 지적한 것의 연장선상에서, 즉 폐쇄사회 속의 작가가 갖게 되는 의식의 내면을 살피고 있다는 점에서 주목할 만한 글이다. 단적으로 말해서 김윤식은 이태준의 고전에 대한 관심은 '고전이라는 완결된(폐쇄된) 세계'[27]를 의미한다. 그리고 이러한 고전의 세계에 대한 경사는 일상

---

27) 김윤식, 「『문장』지의 세계관」, 『한국근대문학사상비판』. 일지사. 1978. 171쪽.

(현실)의 세계와는 반대된다는 측면에서 산문성에 대비되는 시적인 세계이며, 논리적인 세계에 대비되는 심정적인 세계를 기반으로 하고 있다. 그리고 논리적으로 접근하였을 때, 그것의 현실적 의미는 반근대주의 혹은 반역사주의에 수렴된다.[28] 사회와 역사적 관점에서 이태준의 고전에 대한 경사 혹은 상고주의는 시대와의 거리로 인하여 자족적이고 완미(完美)한 세계에 머물 수밖에 없었다. 식민지 시대 현실과의 대결이 우선시되는 사회에서 시적이고 자율성을 강조하는 문학의 세계는 당연히 부차화될 수밖에 없다.

　김윤식의 이런한 관점은 황종연에 의해 다소 수정이 된다. 우선 황종연은 '문장파의 세계관이 반근대적이라는 그(김윤식)의 주장은 근대와 반근대라는 현상을 구체적인 역사적, 문화적 맥락 속에서 검토한 결과로 얻어진 것'[29]이 아니라는 점에 주목하고 있다. 그리하여 이태준을 비롯한 『문장』지의 문사들이 갖고 있었던 상고주의는 '전통주의'라는 개념으로 범주화된다. 하지만 근대문학의 전개과정에서 차지하는 위상에 대한 접근은 소략한 것도 사실이다. 이태준은 조선시대 사대부들의 생활상이랄 수도 있는 처사적 삶에 대하여 다음과 같이 말하고 있다. 즉 이태준은 "출처현은(出處顯隱)의 유교적 관념이나 사대부 계급의 사회적 성격에 대한 진지한 관심을 기울이지 않았지만, 그것의 상상적 계보 속에 자신을 편입시키고자 했다."[30]는 것이다. 조선시대의 처사적 삶에 진지한 관심을 기울이지 않았다는 점은 이태준의 딜레탕티즘적인 성격으로 볼 수 있는 반면 그러한 처사적 삶의 '상상적 계보 속에 자신을 편입시키고자 했다.'는 지적은 근대문학과의 관련 속에서 좀더 구체적인 의미규정의 여지를 남겨두고 있다.

---

28) 김윤식, 위의 글, 173쪽.
29) 황종연, 「한국문학의 근대와 반근대」, 동국대 박사학위논문, 1991, 14-15쪽.
30) 황종연, 위의 글, 181쪽.

다시 말해서 처사적 삶을 '유교가 공식적 권위를 잃어버린 시대에는 개인의 자유를 상상적을 체험하고 향유하는 것 이상의 의미를 갖기 어렵다.'[31] 고 했을 때, 처사의 형상은 조선시대의 유가적 형상과는 상관없이 반근대의 공간으로 이끌릴 수밖에 없다.

그러한 반근대의 공간이란 산수와 골동, 그리고 농토의 세계라고 할 수 있는데, 황종연은 이태준의 작품 가운데 「영월영감」, 「돌다리」 등이 보여준 세계를 일러 '근대성을 모르는 농본적 세계 속의 인간적 가치들에 대한 경건한 신앙으로 발전'[32] 되어 가고 있다고 보았다. 그렇다면 지금까지 이태준의 상고주의에 대한 고찰은 의고주의, 전통주의, 반근대주의의 명칭으로 불리면서 도시적 삶을 형상화한 모더니즘의 대척점에 그 위치를 두고 있다고 할 수 있다. 맥락이 다르다 하더라도 귀결점이 같다면 이태준의 전통주의는 지식인의 허위에 불과하다. '처사의식' 이라는 용어를 사용하고 있는 서영채의 경우에 있어서도 그 허상의 실질을 어떻게 채울 것인가 하는 문제가 지적될 수 있다. 그런 면에서 이태준을 상고주의자로 보는 시각의 일단에는 모더니즘의 실질적인 내용을 어떻게 채울 것인가 하는 심연이 항상 존재하고 있었던 것이다.

한편 장영우는 이태준의 상고주의가 갖고 있는 적극적인 의미에 대하여 반추하고 있다. 이태준의 상고주의는 사회와 현실에 대한 상거(相距)로 인해서 근대주의의 반대편에 위치할 수밖에 없었다는 것이 지금까지의 잠정적인 결론이라고 할 수 있다. 그런 의미에서 이태준의 상고주의가 '진취적 현실인식의 방법'[33]일 수 있다는 평가는 김윤식이나 황종연의 개괄적인 평가와는 상치되는 견해이기도 하다. 장영우는 이태준의 상고주의를 '물신적 전통숭배나 고전 세계에의 집착이 아니라 옛것을 통하여 현재의 의미

---

31) 황종연, 「반근대의 정신」, 『세계의 문학』 1992 겨울, 328쪽.
32) 황종연, 위의 글, 339쪽
33) 장영우, 「이태준 소설연구」, 태학사, 1996, 59쪽.

를 해석'[34]하려 했던 것이라고 보았다. 상고주의의 본질적인 측면인 온고지신의 관점은 그러나 새로운 매개항을 필요로 한다. 그것은 '민족주의' 적 의식이 근대문학과의 관련하에서 갖는 의미이기도 하다. 이것을 장영우는 '조선적인 것을 잃지 않으려는 상고주의의 본질적 성격'[35]으로 기술한 바 있다. 하지만 이것은 일제에 대항하는 효과적인 방법이 되지 못했다는 점과 일제 식민지배 논리와의 관련 속에서 해명해야하는 과제를 남기고 있다.

　이와는 달리 박헌호는 식민지 시대의 민족주의가 갖는 정신주의적 측면을 부각시키고 있다. 이는 이태준의 문학연구가 이태준 작가 개인이나 1930년대라는 단위의 시대를 뛰어넘는 문학사적 맥락에 대한 고찰이라는 점에서 접근의 새로움이 있다. 박헌호는 이를 '조선주의 문화운동' 이라는 개념으로 제시한 바 있다. 즉 조선주의 문화운동의 기저에 갈린 사고의 경향이 '부르주아의 주도에 의한 자본주의적 문명화' 이며, 조선적인 것의 강조는 '이러한 상황을 주도하기 위한 지도원리의 차원에서 제출' 되었는 바, 그것은 민족 의식을 민중에게 주입시킨다는 계몽주의적 관점에 여전히 서' 있는 형상이다. 박헌호에게 있어서 중시되는 관점은 물질적인 근대화와 더불어 정신적인 근대화의 모색이 동시에 이루어지고 있었으며 이것은 근대화의 전개과정에서 병존하는 현상이기도 하다는 관점이다. 그리하여 '이러한 심미성의 계발은 물질 숭상의 풍조에 빠진 저급한 조선의 현실에 비추어 보면 정신의 진정한 근대화를 이룩하는 일' 과 다르지 않으며, '삶의 격조를 단숨에 끌어올리는'[37] 계몽적 역할의 수행이기도 하다. 이러한 심미성, 정신성의 강조는 근대에 대한 비판적 시각 모두를 반근대주의로 규정하는 단조로움(단순성)에서 피할 수 있는 방식이라고 할 수 있다. 장

---

34) 장영우, 위의 글, 같은 쪽.
35) 장영우, 위의 글, 67쪽.
36) 박헌호, 「이태준 문학의 소설사적 위상」, 성균관대 박사학위논문, 1997, 63쪽.
37) 박헌호, 위의 글, 71쪽.

영우의 '조선적인 것'에 대한 관심이 갖고 있는 필연적인 계기를 고구하고 있다는 점에서 박헌호는 반근대주의의 내포적 의미를 문학사적인 시각에서 구체화시키고 있다.

그러나 이태준이 '작가로서 사회적 근대성을 성취하는 일을 장편'(소설)[38]에서 찾고 있었다면 이태준의 작품에 나타난 심미성의 계발이라는 측면이 어떻게 당시에 그의 작품에 온존할 수 있었는가에 대한 치밀한 고구가 공백으로 남는다. 이는 민족의식, 혹은 조선적인 것에 대한 탐색이 역사적인 영역으로 이월될 가능성이 많다는 것을 의미하며, 그러한 의식의 자발적인 퇴행이 심미성 혹은 정신성과의 관련하에서 맺는 관계의 문제로 다시 부각되지 않을 수 없다. 그것은 이태준의 문학연구가 서구의 사조가 이입되는 모더니즘이라는 한정된 예술사조의 범위를 넘어서는 그 본질에 대한 천착이라고 할 수 있다. 그런 점에서 근대문학 연구의 시각을 다양화할 수 있는 계기를 마련한 것이다. 그럼에도 불구하고 문학과 현실의 관련하에서, 새로운 매개항인 '의식의 표현'이라는 측면에서 개념이 재구성되어야 할 것이다. 아직까지 이태준이 갖고 있는 문학의식의 표현이라는 측면은 문학의 상대적 자율성이라는 측면에서 조감되어 온 것이 사실이다. 그 상대적 자율성의 개념이 문학의 본질적인 측면에서도 매개항을 갖지 않는다면 진정한 의미에서 문학의 논리화란 역사와 사회에 기대지 않을 수 없을 것이다. 이것은 이태준의 문학연구를 논리화시키는 과정에서 파생된 과제이며 근대문학 연구의 과제이기도 하다.

---

38) 박헌호, 위의 글, 74쪽.

4. 잠정적 결론

이태준에 대한 다양한 연구는 이제 소강상태를 보이고 있는 듯하다. 그것은 이태준의 문학연구에 대한 새로운 패러다임을 요청하는 것이기도 하다. 모더니즘과 상고주의에 관련된 글만을 대상으로 한다면, 그들의 방향이 어떻든 간에 동일한 결론에 도달하게 된다. 그것은 이태준의 이상적인 문학의 형태에 대한 내재된 욕구이다. 모더니즘에서 근대성으로 외연이 확장되어 나타난 연구의 경향에서 이를 가장 잘 확인할 수 있다. 이를테면 이태준이 보여준 문학적 경로를 '상징적 권력'에 대한 추구과정으로 볼 수 있다면[39] 이태준에 대한 연구의 경로도 그러한 상징적 권력에 대한 탐색과 동일한 궤도를 이루고 있다. 그 상징이란 실제로 문학에 있어서는 가상과도 같은 것이다. 이태준의 얼핏한 문학적 행적이 그렇게 비쳐졌다면 그것의 실체에 대한 탐색은 이미 존재하지 않았는지도 모른다. 그것의 구체적인 실례가 '상고주의'라는 패러다임이다.

이태준에게 있어서 구인회 혹은 모더니즘은 현실적인 것이다. 이미 실재하는 것이면서도 동시에 이루어내야 할 어떤 것이다. 그것의 현상적인 모습이 상고주의로 비춰졌다고 해도 그것은 실재하는 모더니즘의 본질은 아니다. 왜냐하면 모더니즘은 결코 환영이나 가상이 아닌 현실의 구체적이고 물질적인 조건, 이를테면 언어의 가공을 통해 새로운 것을 만들어내는 어떤 것이기 때문이다. 오해가 있다면 그 새로운 것이 가상에 불과할 지도 모른다는 생각이다. 문학의 상대적 자율성이 범할 수 있는 오류도 이러한 것이다. 즉 모더니즘이 새로운 현실을 가상이라고 말하지 않는 것처럼 그것은 철저하게 현실적인 것이다.

---

39) 천정환, 「이태준의 소설론과 『문장강화』에 대한 고찰」, 『한국현대문학연구』 제6집, 1998, 198쪽 참조

　문제가 된다면 이태준은 이러한 모더니즘의 밀려오는 현실에 대하여 거리를 취했다는 사실이다. 그것이 아마도 이태준을 상고주의로 몰고 간 가장 유력한 정황이다. 그런데 이태준의 입장에서는 모더니즘이 현실적인 것처럼 상고주의도 현실적인 것이다. 구체적으로 말하자면 생활적인 것이다. 그 생활적인 것이 현실적이 되려고 하였다는 점에서 이태준은 모더니즘의 기율에 따를 수 있었다. 하지만 상고주의의 기율은 이태준에게 있어서는 질료일 뿐이다. 그 질료의 형상을 개념화한다는 것은 적어도 이태준이 보기에는 불가능하고 불필요한 그 무엇이다. 이태준은 문학의 창조라는 어슴프레한 빛만을 이야기했다. 그너머에 무엇이 있다고 이태준은 말하지 않았다. 그 모든 것을 선택으로 수용하지 않을 수 없었던 정황이 또 다른 이태준을 만들어 내었다.

■참고문헌

단행본
김윤식,『한국근대문학사상비판』, 일지사, 1978.
김윤식·김현,『한국문학사』, 민음사, 1973.
서준섭,『한국모더니즘문학연구』, 일지사, 1988.
이병렬,『이태준 소설연구』, 평민사, 1998.
장영우,『이태준 소설연구』, 태학사, 1996.
최재서,「문학과 지성」, 인문사, 1938.

논문
김시태,「구인회 연구」,『제주대 논문집』제7집, 1975.
박헌호,「구인회를 어떻게 볼 것인가」,『근대문학과 구인회』, 깊은샘, 1996.
박헌호,「이태준 문학의 소설사적 위상」, 성균관대 박사학위논문, 1997.
서영채,「두 개의 근대성과 처사의식」,『이태준 문학연구』, 깊은샘, 1993.
서준섭,「구인회와 모더니즘」,『1930년대 민족문학의 인식』, 한길사, 1990.
이선미,「'구인회'의 소설가들과 모더니즘의 문제,『근대문학과 구인회』, 깊은샘, 1996.
천정환,「이태준의 소설론과『문장강화』에 대한 고찰」,『한국현대문학연구』, 제6집 1998.
하정일,「계몽의 내면화와 자기확인의 서사-이태준론」,『근대문학과 구인회』, 깊은샘, 1996.
한상규,「『문장강화』를 통해 본 이태준의 문학관」,『이태준 문학연구』, 깊은샘, 1993.
황종연,「반근대의 정신」,『세계의 문학』, 1992 겨울.
황종연,「한국문학의 근대와 반근대」, 동국대 박사학위논문, 1991.

Recognition of Age and it' s Disharmony
-On the Modernism and Traditionalism In Lee Tae-jun' s Literature

Her Yun Hoi

Lee Tae-jun is among the modern writer that play an active part from colonical age and rebirth period. Until the most recent, Focus on Lee' s Literature is widest but to study as pleasure. Because of he was going to North Korea, and he' s literlature is limited at study until the 1988. Literature of Lee Tae-jun has a distinctive characteristic which that modernity and traditionalism named studying scholor he' s Literlature.

Studying about Lee Tae-jun' s literature has a various approach but very chief way is to collect modernism and traditional trend. Lee Tae-jun is member of a Society of Nine person which that modernism' s trend and editor of Moon Jang(a literacy composition) as a representative literacy magazine 1930' in Korea. Until now Lee Tae-jun' s two trend is to interpret as a delicate and a complex in fact. However character of about Lee Tae-jun' s literature is not to say to distinct modernism or traditional trend and consolidation of two trend.

This article has a attitude of which survey articles to take Lee' s literature as modernism' s trend. And as a result Lee Tae-jun' s traditional trend is a fictional consequent or to praise he' s literature. I think th·t studying of a writer have a perspective he possessed idea that time in really. But Lee Tae-jun' s idea of literature is take a mistaken. A very reason is that many scholar is not to take he' s attitude and perspective. And then we meet another Lee Tae-jun' s illuminated image.

해방 이후의 이태준

신 형 기(연세대 교수)

1. 문제제기와 짧은 연구사 검토

월북 문인들과 그들이 남긴 문학작품을 다루고 말하는 것이 부분적으로 '해금' 된 이후 이태준이 본격적으로 연구 대상이 되면서 이내 여러 논자들은, 식민지 시대엔 '순수작가' 로 알려졌던 이태준이 해방직후 진보적 문학운동에 가담하게 되는 과정에 관심을 기울이기 시작했다. 이태준의 '변모' 는 드물지 않지만 일반적이지도 않은 문학사적 사건이었을 뿐 아니라, 해방기라는 시대의 성격을 드러내는 사례였기 때문이다. 그리고 왜 그가 그런 선택을 하였는가를 설명해야 그의 월북은 제대로 설명될 수 있었다. 해방직후 이태준이 한 선택은 소극적 지식인이 적극적으로 나아가려 한 역사적 본보기이자 그 운명을 보여준 예로서도 호기심을 끌었던 것 같다.

식민지 시대에 이태준이 썼던 여러 단편소설과 장편소설은 당연히 변모의 배경으로서 분석 대상이 되었는데, 논자들은 이태준이 그저 순수작가는 아니었다는 의견을 내놓았다. 이 작가가 낭만적 이상 지향을 가졌고 그것이 해방직후 사회주의 전망을 수용한 이유라고 한 이선미의 경우[1]나, 이태준의 자전적 장편소설 『사상의 월야』(1941)를 분석하여 그가 반제, 반봉건의 민족주의적 입장을 견지하였기 때문에 좌익에 가담할 수 있었다고 본 류보선의 논문[2]은 그 예다. 또 강진호는 이태준이 식민지 시대 동안 줄곧 사회현실에 관심을 보였을 뿐 아니라 '유교적 선민의식'을 갖는, 스스로를 지사로 생각한 인물이었다고 단정함으로써 그의 좌경화는 '적극적 처세'였다는 결론을 내렸다.[3] 필자도 이 시기에 이태준의 변모를 설명하려 했던 적이 있다.[4] 해방이 '식자의 책무'를 일깨워, 생각을 적극적으로 바꾸려는 것이 해방직후 지식인들 사이에서 퍼진 한 현상이었다는 분석 아래, 내밀한 자긍심을 갖는 깔끔한 성벽의 이태준으로선 자기 존경이나 나르시스틱한 만족을 얻기 위해서라도 그간의 '안타까운 관망자'로서의 태도를 버리고 조급하게 현실변화에 부응하려 했을 것이라 진단해 본 것이다. 이 모두는 이태준의 변모를 의식적 지향이나 사상과 이념, 심리적 기질 등의 요소가 작용하고, 또 해방이라는 역사적 사건 이후 전개된 정치적이고 사회적인 상황에 의해 유도되거나 떠밀려진 결과로 본 공통성을 갖는다. 한 작가의 변모를 개인과 역사의 유기적 작용으로 설명하려는 것은 작가 연구의 기본 입장이기도 하다. 때문에 문학적 전기에서 뜻밖의 변모란 있을 수 없다. '특별한 개인'이 보여준 변모의 원인과 결과를 밝히는 설명은 그것의 일회적 필연성에 대한 설명이다. 위의 연구들 역시 이태준이 변모한 필연성을 설명하려 한 것이다.

　이태준의 변모는 이태준이 선택한 결과다. 왜 이태준이었던가는 중요한 문제다. 그러나 이태준의 변모가 이태준을 통해서만 설명될 수 있는 것은 아니다. 필자는 이 글에서 이태준의 변모를 그가 한 이야기를 통해 설명하

---

1) 이선미, 「이태준 소설 연구」, 연세대학교 대학원 석사학위논문, 1990.
2) 류보선, 「역사의 발견과 그 문학사적 의미」, 『한국현대문학연구』 1집, 현대문학연구회, 1991.
3) 강진호, 「이상과 현실의 거리」, 『문학과 논리』 2호, 태학사, 1992.
4) 신형기, 「중간층 작가의 의식전이 양상」, 『해방기 소설 연구』, 태학사, 1992.

려 하는데, 그러기 위해서는 작가 연구의 경계를 부분적으로 헐어낼 필요가 있다는 생각이다. 글로 이야기를 꾸미는 것이 작가의 일이지만, 물론 그가 이야기를 만들어낸다고 말할 수는 없다. 이야기에는 일정한 틀이 있고 그것을 이루는 규칙으로서의 '문법'이 있다. 우리가 생활과 경험을 바탕으로 익히고 획득하는 의미론적 단위들은 이미 통사적 요소들을 갖고 있다. 우리 안에 이야기가 있는 것이 아니라 우리가 이야기 안에서 숨쉬고 생각하며 살아가는 것이다. 작가만이 이야기를 하는 것이 아닌 이상, 작가를 통해서만 이야기를 읽는 것은 시야를 좁히는 일이 된다. 이야기는 작가보다 오랜 기원과 지속력을 갖는다. 작가의 문학적 생애 동안에 나타날 수 있는 날카로운 단절이나 큰 변화를 '필연적인' 것으로 설명하려들 수 있는 것도 이야기와 그 문법의 작용이라는 것이 지속적일 수밖에 없는 데 기인할 것이다. 이태준의 변모는 그가 무슨 이야기를 해 왔고 해방직후 어떤 이야기를 하게 되는가, 그 내부 문법은 어떤 지속성과 차이를 갖는 것인가를 규명함으로써 더 잘 이해될 수 있을 것이라 생각한다.

또 이야기의 분석은 그가 민족주의적 입장을 가졌다거나 사회주의적 전망을 수용했다는 식의 설명들을 더 객관적이고 분석적으로 설명해줄 것이라 기대한다. 이야기의 문법이 일정한 전언을 발생시키는 의미론적, 통사론적 체계이자 장치라면 그것이 곧 이데올로기인 셈이어서, 민족주의적 입장이란 것도 작가의 사상 경향이기에 앞서 넓게 퍼진 이야기로 볼 필요가 있다. 사실 식민지 시대에 민족주의 이데올로기는, 특히 대항민족주의적 감정에 근거하고 귀결되었다는 점에서, 불가피하고 그만큼 보편적인 것이었다. 일제에 의해 억압받고 수탈 당하는 이야기는 끊임없이 반복되고 전해지지 않을 수 없었던 것이다. 이 이야기는 오늘날까지 계속되어서, 억압과 수탈의 이야기를 얼마나 선명하게 옮겼는가는 그 작가를 평가하는 기준이 되고 왔다. 우리는 이야기의 수준에서 이 민족주의적 입장이란 것과 사회주의적 전망이란 것이 얼마나, 그리고 어떻게 다른 것이었던가를 생각해야 한다. 이데올로기가 이야기를 만들어낸다기보다 이야기 안에서 끊임없이 스스로를 조직해내는 것이라면, 민족주의적 입장과 사회주의적 전망은 이야기를 통해 더불어 읽을 수 있을 것이다.

과연 이태준의 선택은 이태준의 선택이었던가? 이야기를 선택의 대상이라고 말하기는 어렵다. 그러나 작가는 그 문법을 의식하거나 상대할 수 있을 것이다. 그럴 겨를이 없고 그렇지 못할 때 작가는 그 문법 안에 갇히게 된다. 문법이 진실을 담보하는 것이 아니고, 오히려 진실이란 문법을 상대함으로써만 모색할 수 있는 것이라면, 문법에 함몰된 작가는 모색과 추구의 능력을 잃은 것이다. 이태준이 해방후 좌익에 가담하는 것은 새로운 추구를 위해 나선 것인가, 아니면 그를 가둔 문법으로부터 벗어날 수 없었던 결과였던가? 민족주의는 '정당한' 것이었기 때문에 남북한에서 곧 체제이데올로기의 외피가 되었다. 북한에서 그것은 강고한 하나의 이야기를 만드는 재료였다. 월북한 이태준이 보여주는 것은 하나의 이야기에 장악된 모습이다. 북한의 작가로서 그는 명백한 전언으로 수렴되는 문법의 체계를 답습하지 않을 수 없었던 것이다. 물론 이야기에 지배되어야 했던 것은 이태준만의 사정은 아니었다. 따라서 이태준의 선택도 개인적인 선택은 아니었다.

2. 식민지 시대의 이태준, 침묵 속의 이야기

이태준 소설의 서사 구성 원리를 규명해 해방후의 변신을 설명하려 한 논자는 서영채다. 서영채 역시 이태준이 갑자기 바뀐 것이 아님을 밝히려 했다. 이태준 단편소설의 의장(意匠) 분석을 통해 서영채는 '현실에 대해 말하려는 지사의식과 그로부터 거리를 두려는 예술가 의식이 팽팽하게 긴장을 이루고 있는 상태, 이 이중성이 이태준의 문학의식을 규정하는 본질적 요소'[5]라고 말했다. 현실에 대해 말하려 했다는 것은 구체적으로 어떻게 설명되어야 할 것인가. 그리고 그는 또 왜 예술가가 되고자 했던가.

이태준이 예민한 현실감각을 갖는 작가였음은 이미 1930년대 당시부터 지적되었다. 최재서는 이태준의 소설이 '선명한 인간상'을 제시한다고 칭찬했다. 사실 이 점이야말로 이태준이 작가로서 명성을 얻을 수 있었던 중요한 이유였을 것이다. 이태준이 그저 말을 맵시 있게 구사한 미문가가 아니었다는 평가는 유종호가 '인간사전을 보는 재미'[6]를 지적한 데로 이어진다. 시대적 현실과 생활 주변에서 의미론적 요소들을 날카롭게 포착, 조직하는 감각이 없이는 인물들의 얼굴을 살아나게 그릴 수 없는 법이다. 나아가 인물들의 얼굴은 그들의 운명을 담고 있는 한에서 인상적일 수 있다. 내포적 총체성이란 이로써 확보되는 내용을 이르는 말일 것이다.

인물상이 그들의 운명을 담고 있는 한에서 선명할 수 있다면 이를 그려낸 이태준이 현실에 대해 비판적이었던 것은 당연하다. 그가 제시한 인간상들은 제국주의에 의한 강점 과정으로서의 근대화 과정에 적응하지 못한 주변인이거나 그로 인한 전락을 피할 수 없는 군상들이었다. 그들은 무력하고 어리석으며 완고하거나 때로는 낙천적이기까지 하다. 그들은 우리의 모습이었다. 일방적 역사를 따라잡지 못한 것은 실로 우리의 운명이 아니었던가. 희생과 전락의 이야기는 이런 역사의 경험을 확인하는 것이었다. 이태준은 이 운명의 얼굴들을 외면할 수 없었다. 자신 역시 결국 그들 가운데 하나일 수밖에 없었기 때문이다. 작가는 연민의 감정을 표한다. 더구나 이 희생자들이 자신의 절박한 상황에 대해 자각적이지 못할 뿐 아니라 오히려 천진하고 순박한 모습을 보임으로써 연민은 강화된다. 흔히 초점 화자로 등장하는 작가는 그들을 안타까운 눈으로 바라본다. 그는 시세에

---

5) 서영채, 「두개의 근대성과 처사의식」, 『이태준 문학 연구』, 상허문학회 편, 깊은샘, 1993.
6) 유종호, 「'인간사전'을 보는 재미」, 『1930년대 민족문학의 인식』, 한길사, 1990.

영합하는 간교한 인물들이나 허영을 조롱하고 속악한 유혹을 뿌리치며 숨은 의분을 드러냄으로써 자신이 어느 편에 서 있는가를 알린다. 대개 그는 양식과 비판적 현실감각을 갖는 중간층으로 나오지만, 그러나 정작 그가 희생자들을 위해 할 수 있는 일은 없다. 결국 그는 그 자신에 대한 피로감을 드러내기도 한다.

이미 여러 사람들이 언급한 페이소스란 이런 관계에서 분비되는 것이다. 두루 알다시피 페이소스란 연민을 일깨우는 비탄의 감정이다. 연민은 희생자들의 편에 서는 동감을 동반하거나 그것을 요구한다. 동감은 대상의 고통을 같이 느끼는 것이며, 따라서 그 상황에 가까이 가는 것이다. 그러나 실천적 개입은 이미 차단되어 있다. 페이소스는 대체로 이미 이를 전제한 것이다. 가련한 희생자들은 그저 바라보는 대상이다. 많은 경우 페이소스가 감상적이 되는 것은 오직 감정적 지출만을 도모하기 때문이다. 그런 점에서 흔히 페이소스는 비극적 정서라기보다 멜로드라마적 감정으로 간주되어 왔다.

그가 실천적 개입을 스스로 차단하고 있는 데 대해서는 계급적 해석이 내려지기도 했다. 이태준은 민중의 입장에 서려 하지 않았다는 분석이었다. 반면 서영채에 의하면 그렇기 때문에 이태준은 예술가가 되려 한 것이다. 지사의 입장이 현실에 다가가려는 것이라면 예술가의 입장은 그에 대해 거리를 두려는 것인데, 이태준에게 둘은 동시적이었다는 것이다. 서영채는 이 동시성의 아이러니가 서사구성 원리 전반에 관철되고 있다고 보았다. 이태준이 그린 인물들의 운명을 감싸고 있는 '우울한 애상의 정조' 역시 이런 동시성의 작용이자 아이러니의 표현이었다.

페이소스를 아이러니라는 구조적 개념에 입각해 접근하고 이 구조가 서사 전반에 관철되고 있다고 본 점에서 서영채의 설명은 기왕의 것과 달랐다. 그는 비로소 이야기의 문법에 대해 언급하려 했다고 말할 수 있다. 서영채는 지사와 예술가의 입장이 공존하되 서로를 억제해 통일되지 않은 상태를 '처사의식'이라고 부르면서, 이 상태는 상황의 변화에 따라 한 쪽이 제거될 수 있는 상태라고 말한다. 해방후 이태준은 '현실로 나아갈 수 있는 발판이 마련'되었다고 생각한 것이며, 이로써 예술가를 버린 것이다. 경합하던 한 쪽이 사라질 때 긴장도 사라진다. 해방 이후에 이태준은 처사의식의 긴장을 잃고 계몽적 글쓰기로만 치달리게 된다는 것이 서영채의 결론이었다. 그러나 지사와 예술가에 의한 이야기 구조를 언급했으면서, 해방후 예술가가 삭제된다고 본 서영채의 글은 이태준이 이야기를 바꾼 것으로 설명한 셈이 되었다. 결국 그는 이태준의 변모를 개인적인 것으로 되돌린 것이다. 서사 구성의 원리로서의 아이러니가 어떤 역사적 의미를 가지는지, 그것이 이야기의 구조적 속성이며 문법적 원리라면 해방후 아이러니의 긴장이 사라진다는 것은 다시 어떻게 설명되어야 하는지 하는 문제는 여전히 남은 셈이다

지사란 무엇인가. 말 그대로 뜻을 가진 사람이다. 뜻을 가진 사람은 그 뜻을 펴야 한다. 그러나 이태준에게 그것은 상상 속에서만 가능했다. 그는 자신의 아버지를 비운의 지사로 회고했지만 살아 있는 지사를 그리지는 못했다. 그에게 지사는 없었고 물론 그는 지사일 수 없었다. 지사가 아니면서 지사의 지향을 갖는다는 것은 이미 아이러니가 아닌가? 예술가의 입장에 서려 했건 혹은 그렇지 않건 그의 태도는 아이러닉한 것이었다. 웅대한 뜻과 높은 경륜, 굳은 의지를 갖는 지사는 상상적 해결의 부재한 주인공이다. 없는 지사를 꿈꾸는 입장 뒤에는 역사의 일방적 진행에 대한 공포가 도사리고 있었다. 페이소스는 지사여야 하는데 지사일 수 없는 무력감을 감추고 있는 것이었다. 이태준이 했던 이야기는 이 침묵 속의 이야기와 같이 읽어야 하는 것이 아닐까? 서사 구성의 원리로서의 아이러니는 이런 독법을 통해서 분명히 드러날 수 있다. 만약 그가 스스로 외치듯 예술가이고자 했다면 이 공포를 미학으로 바꾸어 놓아야 했을 것이다. 그러나 그는 페이소스의

예술가에 불과했다. 이태준의 예술적 지향이 미적이고 기법적인 차원에서 근대성을 이룩한 실천의 방법이었다거나 근대의 부정성에 대한 항의였다는 해석[7]은 부분만을 본 결과거나 아무래도 지나친 것인 듯하다.

3. 해방후 이태준이 한 이야기의 세 형태

해방후 이태준은 어느 정도 구별할 수 있는 세 가지 형태의 이야기를 했다고 말할 수 있다. 물론 그 세 형태는 서로 다른 것이 아니다. 필자는 이 세 형태를 통해 변모의 배경을 되짚어 볼 수 있지 않나 하는 생각을 한다.

이태준이 해방직후에 써서 발표한 단편소설 「해방전후」(1946)는 그의 변모를 드려다 보려는 여러 논자들이 분석의 대상으로 삼았다. 자신이 ‘협의회’(임화 등이 <문학건설본부>를 결성한 후 다른 문화단체를 규합하여 만든 연합단체인 <조선문화건설중앙협의회>를 이름)에 든 사정을 술회한 자기고백 내지 변론의 성격을 갖는 글이었기 때문이다. 해방의 소식을 듣고 상경한 이태준 자신이라고 보아도 좋을 주인공 ‘현’은 좌익인사들이 서둘러 단체를 결성하고 나서는 모습을 보며 민족상쟁을 걱정하지만, 곧 “이들에게 이만큼 조선사정에 진실한 정신적 준비가 있었던가” 하고 감탄하는 모습을 보인다. 소설 속의 ‘현’, 혹은 이태준은 아무래도 좌익의 노선을 깊이 이해하고 있는 것 같지는 않으며, 자신의 이미 기울어진 생각을 현실적으로 확인할 분명한 기회를 갖는 것도 아니다. 그런데도 그는 ‘알고 보니 생각과는 달랐다’고 말한다. 그가 떨쳐야 했던 것은 오히려 그 자신

---

7) 박헌호, 「이태준 문학의 소설사적 위상」, 성균관대학교 박사학위논문, 1997.
　　송인화, 「이태준 소설 연구」, 연세대학교 박사학위논문, 1999.

의 의구심이었다. 이 소설에는 현의 선택을 만류하는 '김직원'이라는 인물이 등장하는데, 단아하지만 완고한 상고주의의 표상인 김직원은 새 현실로 나서지 않고 머물러만 있고자 하는, 이태준이 떨치려 한 그 자신의 다른 모습[8]이었다. 따라서 이 소설은 변모의 이유를 들어 밝히려 한 것이라기보다는 자신의 회의를 물리치려 한 것이었다.

이 소설의 통사적 핵심이 되는, '알고 보니 생각과는 달랐다'는 옳은 것을 발견했다는 뜻을 품고 있다. 해방의 경험에서 가장 특징적인 것은 이제 자신들의 손으로 역사를 만들어갈 수 있다고 생각한 것이다. 그간 역사로부터 배제되었기에, 새 역사를 스스로 '건설'해가야 하고 건설하는 데 참여한다는 바람은 강렬한 것일 수 있었다. 나라를 세우고 제도를 바꾸는 것은 그 방법으로 인식되었으니, 이데올로기의 선택은 이를 위한 절차가 되었다. 이 시기가 비상한 정치의 시기로 나타난 사정은 여기에 있다.

'알고 보니 생각과는 달랐다'는 결국 이데올로기 선택을 내용으로 한다. 그는 좌익의 이데올로기가 옳고 새 역사를 건설할 수 있는 것이라고 말한 것이다. 물론 이런 내용의 이야기는 이태준에게서만 읽을 수 있는 것은 아니다. 북한을 무대로 한 이동규의 단편소설 「그의 승리」(1946)에선 공산주의에 대해 확신을 갖지 못하고 주저하는 친구를 이미 공산주의를 선택한 친구가 자신과 같이 할 것을 종용하는 장면이 그려져 있다.

"자네나 내나 물론 그전에는 막연한 민족주의자에 지나지 못했고 우리가 또 어떤 확고한 주장을 가지지도 못했으니까 무슨 주의자였다고까지 할 것도 없지. 그러나 자네도 잘 아다시피 이 시기가 우리 조선사람으로서는 가장 중요한 시기가 아니겠는가. 우리가 한 번 잘못하면 또 어떤 불행이 우리에게 떨어질른지

---

8) 김직원을 '제 2 자아'로 본 경우는, 장영우, 「문학과 정치-해방후 이태준 소설 연구」, 『이태준 문학 연구』, 깊은샘, 1993.

도 모르는 것일세. 그러니까 좀 더 깊이, 그리고 널리 세계의 정세도 살펴보고 역사의 굴러가는 방향도 알아보고 그리해서 우리의 나아갈 방향을 대세라는 궤도에 올려놓아 그르치지 않도록 해야 할 것이 아니겠는가. 그러기 위해서는 자신의 그 좁은 주관이나 편견이나 고집에서 용감히 뛰어나와야 할 것일세. 우리들 젊은이들은 새 세대의 사람이 아닌가. 청년은 완고하고 보수적이어서는 안되네."[9]

공산주의를 역사의 옳은 방향으로 확신하는 상황에서 그에 가담하느냐 못하느냐는 시대를 따라잡느냐 뒤처져 낙오하느냐의 문제였다. 그런데 38 이북에서 공산주의는 이미 선택의 여지가 없는 '대세'였던 것이다. 공산주의자가 되지 못해 '사상적 고독감'에 시달리던 친구는 결국 자신을 타이르기 시작한다.

'알고 보니 생각과는 달랐다'는 공산주의가 옳다는 의미일 수밖에 없었지만 이태준은 처음부터 그것을 분명하게 말할 수 없었다. 이태준에게 공산주의가 옳음을 보여주는 물증이 되었던 것은 소련이었다. 소련 여행에서 그는 새 역사의 건설이 지향해야 할 미래의 모습을 발견한다. 모든 사람들이 억압이나 강제에 의해서가 아니라 윤리적 자발성에 의해 움직이고 있다고 본 것이다. 천진함이 곧 경건함이 되고 순박함이 그대로 이타적 열정이 되는 소련은 인류의 꿈이 실현된 곳이었다. 이태준은 소련이 이룩한 개가를 "제도의 승리"[10]로 진단했다. 꿈을 실현한 공산주의란 제도는 진실이 아닐 수 없었다. 이로써 의구심을 떨친 그의 선택은 옳은 것이 되었다. '알고 보니 생각과는 달랐다'는 '드디어 진실을 발견했다'고 선언하는 데 이른다.

---

9) 이동규, 「그의 승리」, 『단편집』, 조소문화협회 중앙본부, 1948, 87-88쪽.
10) 이태준, 『소련기행』, 백양당, 1947, 279쪽.

해방후 이태준은 서영채가 지적했듯 지사가 되려 했던 것이다. 지사로 나서기 위해 그에게 필요했던 것은 '진실'이었다. 진실을 좇고 그것을 이룩하려 한 것이다. 그러나 역사에 대한 공포와 무력감에서 그가 지사를 꿈꾸었듯, 그로 하여금 지사로 나서게 한 것 역시 진실이기에 앞서 역사에 대한 공포와 무력감이었을 가능성이 크다. 지사가 되어야만 역사를 따라잡을 수 있다는 생각이었다.

북한에서 이태준은 토지개혁의 결과를 보며 새 제도의 승리를 기대한다. 제도가 이미 진실이었기 때문에 새 제도의 의미를 이해하고 받아들이는 것은 모두의 과제가 되었다. 또 새 제도는 비판하거나 수정할 수 있는 것이 아니었으므로, 모두는 새 제도를 충실히 따름으로써만 새 역사 건설에 참여할 수 있었다. 새 제도의 의미를 이해하고 받아들이는 것은 곧 성장을 뜻했다. '알고 보니 생각과 달랐다'에 이어지는 것은 '진실을 좇아야 한다'는 성장의 요구다. 성장의 과정을 통해 진실을 체득하는 이야기는 오늘날까지 북한문학의 흐름에서 일관하게 지속되는 형태다.

성장의 의미가 규정된 상황은 주인공이 가야 할 길을 가리키는 것이었다. 그리고 길은 이미 정해져 있었다. 이태준의 중편 「농토」(1947)는 갖은 신고를 겪는 '억쇠'의 반생을 그림으로써 그가 성장할 수밖에 없는 필연성을 제시했다. 그가 다른 길에 접어들 가능성은 없었다. 다른 길은 없었기 때문이다. 토지개혁의 과정에서 억쇠는 잠시 생각을 잘못하기도 하지만 이내 개별적 사정을 생각하는 것보다 '원칙'을 고수하는 것이 중요하다는 점을 강조하는 데 이른다. 그는 빠르게 성장하는 것이다. 그러나 그가 그렇게 빨리 공적 엄격성을 획득하는 진짜 이유는 다른 선택의 여지가 없었던 탓이라고 보아야 옳다. 그는 결국 '추동된 영웅'일 뿐이다. 말미에서 억쇠는 낙원을 되찾는다. 이태준은 억쇠가 대지의 생생력과 하나가 되는 자연주의적 상상을 펼쳤다. 착취의 역사가 종결되는 상상이었다. 그것은 아마도 이태준이 기대한 진실의 모습이었을 것이다. 그러나 새 역사 역시 그저 따르는 것만을 허용하고 강요하는 상황이었다. 억쇠의 빠른 성장은 역사에 대한 공포를 또한 반영하는 것이었다고 보아야 옳다. 그렇다면 억쇠가 도달한 낙원 역시 이태준이 꾼 피로하고 안쓰러운 꿈이었을 가능성이 크다.

토지개혁 이후 북한에서는 '민주개혁'이 이루어진 북한과, 미제가 군림하고 매판세력이 판을 치는 남한이 흔히 대조되었다. 북한은 착취가 사라진 낙원이었고 남한은 인민들이 도탄에 빠져 신음하고 있는 지옥이었다. 미군정이 동양척식회사의 이름을 바꿔 설치한 신한공사의 횡포에 맞선 전라남도 하의도(荷衣島)의 소작쟁의를 그린 남궁만의 「하의도」(1947), 기적이 이루어진 38 이북의 눈으로 암담하고 비참한 남한 현실을 비춘 김사량의 단편소설 「남에서 온 편지」(1948), 제주도의 4.3 항쟁을 그린 함세덕의 희곡 「산사람들」(1950)은 그렇게 씌어진 예다. 월북을 하는 이야기들도 씌어졌다. 좌익운동에 참여했던 한 여인이 남편이 있는 평양으로 가기 위해 남한을 탈출하는 긴장된 여정을 기록한 이갑기의 단편 「38선」(1949)에서 38선은 잔혹한 폭력이 판치는 세상과 바른 이상이 실현된 세상을 나누는 경계였다. 남한이 훼손된 것으로 그려짐으로써 국토 완정은 불가피한 것이 되었다. 이태준의 단편 「먼지」(1950)[11]는 이런 가운데서 씌어진 것이다.

「먼지」의 형식은 '알고 보니 생각과는 달랐다'를 발전시킨 것이라고 말할 수 있다. 말하자면 그것은 실상을 확인하는 형식이다. 주인공 '한뫼선생'은 우리 고서적을 수집하는 장서가로, 평양에 출가한 작은딸과 함께 사는 것으로 설정되어 있다. 북한의 정치노선이 옳은 줄 아는 그지만, 한편으로 그는 과연 남한이 북한에서 말하는 것 같을까 의구심을 갖는다. 직접

---

11) 「먼지」는 김재용이 찾아내어 『민족문학사 연구』 10호(1997)에 게재한 것을 텍스트로 하였음.

눈으로 보지 않았다는 것이 그가 드는 이유지만, 작가는 북한에서 이는 새 기운과 새 사람들로부터 막연하지만 위압감을 느끼는 그의 모습을 길게 묘사함으로써, 그가 새 제도를 정치적으로 내면화하지 못한 인물임을 암시한다. 이윽고 월경을 해 그가 보고 겪는 남한의 현실은 과연 지옥과 다름없는 것이다. 그는 점령자 미군이 갖은 횡포를 부리고 미군에 줄을 댄 매판세력이 모리를 일삼는 광경을 목도하며, 피투성이 노동자들이 가득찬 유치장에도 갇힌다. 정당하게 살려 한 그의 사위는 쫓기는 처지다. 장서가로서 그는 미군들이 총과 구두를 닦기 위해 조선 귀중본 여러 백 권을 찢어 없앴다는 소식에 가슴 아파한다. 남한은 부패하고 타락했으며 잔혹한 폭력이 판치는 곳이다. 남한은 희망이라고는 없는 곳이다. 그런데도 남한이 막연히 무엇을 할 수 있을 것이라 기대하여 남북한이 서로 손을 잡아야 할 것이 아니겠느냐고 하는 그의 말에, 큰딸은 크게 화내어 아버지를 꾸짖고 타이른다. 남한엔 어떤 개선의 여지도 없다는 것이다. 한뫼선생 결국 선택이 '애국자 편이냐 매국노 편이냐'는 두 가지뿐임을 깨닫는 데 이른다. 한뫼선생의 남한여행기는 실상을 확인하는 이야기면서 다른 선택이 불가함을 말하고 있다. 짐짓 초연하게 좌나 우로부터 불편부당한 입장을 견지하고자 했던 한뫼선생의 생각은 여지없이 분쇄되고 마는 것이다.

　「먼지」는 남한을 더 이상 합작의 대상으로 보지 않는 국토완정론(國土完整論) 제시되었던 상황을 반영한다. 그러나 이 소설은 내면적으로 '진실의 발견'이 여전히 이태준의 관심사였음을 말해준다. 「해방전후」와 「먼지」에서 작가가 기대하고 보여주려 한 진실은 무엇인가? 그것은 개인이 돌이킬 수 없고 바꾸어 놓을 수 없는 이미 진행된, 진행되고 있는 역사다. 여기서 선택은 자명하고 불가피한 것이다. 현(「해방전후」)이나 억쇠(「농토」), 한뫼선생은 결국 이 역사를 따라가는 형상들이었다. 그들은 모두 그것이 필연적이고 옳은 길임을 말했지만 그들의 등을 떠민 것은 과연 그들의 진실이었을까? 불가항력의 역사에 대한 공포는 침묵 속에서 여전히 작동하고 있었다.

　이태준은 남북한에 정부가 서면서 남한의 빨치산 투쟁을 형상화했고 전쟁이 발발한 뒤에는 여느 북한작가들처럼 미군의 잔학상을 고발했다. 전쟁은 초기에 낭만적으로 그려지기도 했지만, 이내 전쟁시기 문학은 '모든 것을 바쳐 증오 힘으로 싸우자'는 결론을 한결같이 외쳤다. 투쟁을 고무하는 이야기는 북한문학의 기본틀이 되었다. 투쟁이 성장의 방법이자 목표였으므로, 투쟁의 이야기는 성장의 이야기와 별개의 것일 수 없었다.

　남한의 빨치산 투쟁은 38 이남을 강점하고 있는 제국주의와 매판세력에 맞선 인민의 무장투쟁이었다. 전쟁은 이미 시작된 것이다. 반민족적이고 비도덕적인 매판세력은 다만 분쇄해야 할 적이었다. 억압과 수탈의 고통을 당하는 남한 인민은 모두 일어나 싸워야 했다. 이태준은 분노의 힘을 기대하고 그려낸다. 빠른 파노라마식 전개와 긴박한 전투 묘사를 통해 빨치산 투쟁 형상화의 전범을 보인 소설 「첫전투」(1949)에서 연민과 증오의 역학은 선명하게 부각되었다. 주인공 '판돌'은 먼저 희생된 동지가 부탁한 어린 '셋째'를 살뜰히 보살핀다. 그들의 연대가 공고한 만큼 셋째의 죽음은 연민의 감정을 고조시키고 연민은 적개심을 북돋는다. 불타는 복수의 의지는 적을 향한 것인 한 얼마든지 정당하다. 역시 남한 빨치산 투쟁을 그린 박태민의 단편소설 「제 2전구」(1949)에서, 습격에 성공했으나 중상을 입은 주인공은 죽어가는 지경인데도 사로잡힌 경찰과 반역자들이 처단되는 광경을 자기 눈으로 보게 해 달라고 지휘관에게 간청한다.

　"지휘관 동무 나는 그 놈들이 처단되는 꼴을 보고야 말겠소. 그 놈들은 내가 사랑하고 존경하던 많은 동지들을 참혹히 학살한 놈들이요. 나는 몇 번이나 앞서가는 동무들에게 내 손으로 복수할 것 맹세한 지 모르우. 나는 내 손으루 그 놈들의 목을 매달을 수는 없게 되었지만두 나는 내 눈으루 그 놈들이 죽어 넘어지는 꼴을 꼭 보아야 하우. 나를 그 곳까지 다려다 주십시오, 지휘관 동무!"[12]

증오가 훼손에 맞서는 힘이 되는 시대였던 것이다. 6.25의 발발을 눈앞에 둔 무렵 이태준은 「고향길」(1950)이라는 중편소설에서 자신의 어린 아들이 '국방군'에게 맞아 죽는 모습을 숨어서 지켜보아야 하는 빨치산 전사의 고통스런 모습을 그렸다. 여기에선 적을 향한 분노뿐 아니라 훼손의 시대를 향한 분노를 읽게 된다. 낙원을 본 기쁨과 감격은 사라졌다. 낙원을 지키려는 것이라고 보기에 이 분노는 너무 감상적이다. 격렬한 감정의 지출로서의 분노는 역사에 대한 불안정한 피로감을 또한 드러내는 것이기도 했다. 어떤 확신도 주지 않는 역사는 공포의 대상이었다. 그의 분노는 궁극적으로 이 공포를 향한 것이 아니었을까?

4. 마무리; 이야기의 연속성

새로운 변화가 일었던 해방직후는 실로 발견의 시기였다. 진실을 찾고 확인하려 했기 때문이다. 이런 기도는 물론 식민지 시대로부터 비롯된 것이었다. 제국주의에 의한 강점은 부정되어야 할 대상이었다. 그런데도 압제자들은 완강하며 대항의 길을 찾을 수 없을 때 공포와 분노는 내면화된다. 현실은 훼손이 불가피하며 전락이 예정되어 있고 어떻게 해 볼 수 없는 고통스러운 곳이다. 식민지 시대에 이태준은 그런 세계를 그릴 수밖에 없었다. 여기서 진실은 보이지 않는다. 희생자와 무력한 관망자의 이야기는 보이지 않는 진실을 기다려 온 이야기였다.

해방후 진실은 더 이상 보이지 않는 것이어서는 안 되었다. 진실은 발견

---

12) 박태민, 「제 2전구」, 『단편소설집』, 북조선직업총동맹군중문화부, 1949, 285쪽.

해야 할 것이었다. 이태준은 진실을 기대하고 발견하는 이야기를 썼다. 그
것은 하루아침에 만들어진 것은 아니다. 진실을 기다려오지 않았으면 진실
을 발견할 수 없기 때문이다. 과연 이태준은 진실을 찾은 것일까? 그는 여
전히 그의 의사와 무관하게 이미 진행된, 진행되고 있는 역사 속에 있었다.
때문에 진실은 불가피한 선택의 대상이었다. 이태준과 그의 주인공들에게
주어진 것은 그것을 따르는 일뿐이었다.

　이미 진행된 역사를 뒤쫓는 이야기는 사실 오랫동안 반복되어 왔던 것
이다. 예를 들어 계몽을 역설한 소설들은 계몽의 필요성을 역설했다기보다
계몽의 불가피성을 역설한 것이었다. 그 주인공들은 추구하는 형상이었다
기보다 이미 다른 선택의 여지를 주지 않는 역사를 추종하는 형상이었다.
몇몇 경우에서 계몽의 노력이 친일로 귀결된 것은 이렇게 설명될 수 있다.
우리에게 역사는 그만큼 일방적이었던 것이다.

　해방후 이태준이 했던 이야기의 문법은 우리 근대문학의 흐름 속에 내
재해 있던 것이었다. 그의 변모는 특별한 것이 아니었다. 근본적으로 다른
이야기를 선택한 것은 아니었기 때문이다. 해방의 감격과 혼돈, 격앙과 불
안 속에서 이태준으로 하여금 진실의 빛을 보았다고 생각하게 한 것은 무
엇이었을까? 진실을 향한 기대였을까? 아니면 진실이 없는 역사에 대한
두려움이었을까?

　해방 이후 북한문학의 전개 과정은 이야기의 틀을 잡고 그것의 문법을
고정하는 것이었다. 새 시대 건설은 새 국가 건설를 통해 이룩될 것이었으
므로, 써야 했던 것은 건국의 새 역사였다. 국가에 의한 진실의 실현을 보
고하고 이를 위해 더욱 매진할 것을 결의하는 것은 북한문학의 내용이 된
다. 새 국가의 요구는 분명했다. 따라서 새 역사 쓰기의 방향과 내용도 분
명한 것이 되었다.

　이태준이 썼던 '알고 보니 생각과는 달랐다' 는 북한문학이 반복하게 되

는 성장의 이야기가 된다. 진실을 좇는 성장의 이야기와 진실을 지키는 투쟁의 이야기는 다른 것이 아니었다. 새 역사를 따라잡는 것은 성장의 속 모습이었다. 새 역사는 새 국가가 이끌 것이었고, 새 국가의 건설은 새 제도의 수립을 뜻했으며, 새 제도의 수립은 이데올로기에 의한 일자성(一者性)을 요구했다. 성장은 이런 일자성의 상태를 지향하는 것이었다. 이데올로기는 그 자체가 하나의 문법이다. 문법의 고정화와 정착은 일자성을 도모하고 획득한 결과였다.

해방후 북한에서 이야기 문법의 고정이 빠르게 이루어지고 정착되는 과정은 정치적 통제의 결과로만 볼 수 없다. 그것은 이야기를 만드는 의미론적 단위들이 다양하지 못했고 그것들의 조합이 일률화되고 말았다는 뜻으로, 결국 우리의 문법적 잠재력의 한계를 드러낸 것이다. 우리가 해방후 오늘날까지 겪고 있는 좌우 이데올로기의 소용돌이와 강박은 그런 한계의 결과일 것이다. 문법 선택의 스펙트럼이 좁을 때 문법을 파괴하려는 노력도 진행되기 어렵다. 문법이 고정될 때 작가의 내면은 주어진 길을 따라가려는 방향으로만 작동한다. 내면은 없어지고 마는 것이다. 해방후 주체시대에 이르는 북한문학의 흐름은 해야 할 이야기의 문법을 부분적으로나마 파괴하거나 다른 정보를 줄 수 있는 가능성을 제거해온 과정이었다. 전언을 드러내는 구성은 명확하고 반복적이어야 했다. 그리고 내면은 없어져야 할 것이었다.

결과적으로 볼 때 이태준은 북한에서 되풀이되어온 문법을 구체화한 장본인들 가운데 하나였다. 이태준이 이 문법을 선택한 것이라기보다 문법이 이태준을 선택한 것이다. 이태준이 다른 선택을 할 수 없었다면 그것은 선택이 아니었다.

■ 참고문헌

이태준 단편집,『첫 전투』, 문화전선사, 1949.

이태준,『소련기행』, 백양당, 1947.

이태준,『고향길』, 재일본 조선인교육자동맹 문화부, 1952.

상허문학회,『이태준 문학 연구』, 깊은샘, 1993.

신형기,『해방기 소설 연구』, 태학사, 1992.

박헌호,「이태준 문학의 소설사적 위상」, 성균관대학교 박사학위논문, 1997.

송인화,「이태준 소설 연구」, 연세대학교 박사학위논문, 1999.

이선미,「이태준 소설 연구」, 연세대학교 대학원 석사학위논문, 1990.

장영우,「이태준 소설 연구」, 동국대학교 박사학위논문, 1992.

Carlos Reis, *Towards a Semiotics of Ideology*, Mouton de Gruyter, 1993.

■ Summary

Lee Tae-jun after Liberation of Korea

Shin Hyung Ki

The Aim of this Study is to explain why Lee Tae-jun had joined left circle after Liberation of Korea. Until that time he was known as a stylist who do not has any interest about political campaign. My point is this problem can be answered by analyse the grammar of narrative. Because grammar is more immanent and prior to writer's intention. Grammar is semantic and syntactic system that produces message. Grammar is established institution and furthermore inner form of ideology so writer can not make it, it makes writer.

In Colonial period Lee Tae-jun showed pathos to the victims of colonial system. Having pity for peoples was the grammatical contour of counter-nationalism. But it ended with sentimental expenditure because he himself close the way to concrete approach to them. Lee Tae-jun have to satisfy grammar's mandate. By the Liberation on 1945 he got a chance to recover that. He faced the alternatives between left and right, North and South. he chose left and North. Because he thought the former was right and progressive. He must prove his choice was right thing. Several short stories which was written in this times showed the process discovering a truth. He described the South as a hell and North as a heaven. That was the truth he have to say. Does that truth was his truth? His quest must be ended because there can not be any objction to that truth.

외국문학으로서의 이태준 문학
-일본문학과의 차이화(差異化)-

和田とも美(富山大 敎授)

1. 들어가며

　현재 일본에서의 한국 근대 문학 연구는 활발하다고 말하기는 어렵지만 본국을 제외한 다른 나라에 비하면 지속적으로 연구 성과가 발표되고 있다. 가장 빈번히 연구대상이 되는 문인은 이광수이다[1]. 그 다음이 이태준이다. 이광수가 일본에서 연구 대상이 되는 이유는 친일문제와 무관하지는 않을 것이다. 한편 이태준에 관해서는 이광수와는 전혀 다른 시각에서 연구대상이 되어 왔다.

　당연한 일이지만 일본에서는 이태준 문학을 외국문학으로서 본다. 외국문학 연구의 방법과 국문학 연구의 방법은 다를 수밖에 없다. 한국의 국문학자들이 일본의 한국문학 연구자들에게 기대하는 바는 주로 일본어로 된 자료에 관한 부분이다. 물론 그것은 일본어를 아는 일본의 한국문학연구자

---

1) 현재 확인된 이광수에 관한 일본에서 발표된 논고는 20여편에 이른다. 심원섭, 「이광수 친일 문제를 보는 일본 연구자의 시각」, 『한 · 일 문학의 관계론적 연구』, 국학자료원, 1998, 42-66쪽, 참조.

들의 몫이다. 그러나 외국문학자로서 한국문학을 연구할 때 가장 문제가
되는 것은 한국어로 된 작품인 것은 새삼 말할 것도 아니다. 일본의 한국
문학연구자의 목적은 이문화(異文化)의 이해이며 이문화란 이언어(異言
語)문화일 수밖에 없기 때문이다. 한국에서도 많은 외국문학자들이 활동
하고 있는데 그들은 그 연구대상을 어떻게 설정하는 것일까. 외국문학에서
한국문학에서는 볼 수 없는 것을 발견했기 때문이 아닌가. 일본에서도 그
사연은 같다. 일본 문학을 비롯한 다른 외국문학에서 찾을 수 없는 한국문
학만의 매력이란 무엇인가를 발견하고 그것이 무엇에서 연유하는가를 밝
히는 것이 일본의 한국문학연구자의 연구의 목표이다. 따라서 일본문학과
의 차이를 확인하는 작업은 일본에서의 외국문학 연구에서 빠뜨릴 수 없
는 전제이다.

　이태준의 작품은 이미 1941년에 일본어로 번역이 되었다[2]. 해방 전에
한국 근대문학이 한 작가만의 작품집으로 번역되고 출판된 것은 이광수와
이태준밖에 없다. 이 『福德房』은 제2회 조선 예술상 수상자의 작품집으로
출판되었다. 조선예술상이란 그 당시 일본 문단의 거물 기쿠치 칸(菊池寬)
이 주도한 것인데 이태준의 작품에 친일적 요소가 그리 많지 않은 점을 고
려하면 기쿠치가 문학적인 기준으로 이태준 문학을 평가한 것으로 생각된
다. 또한 현재 일본의 한국문학 연구자의 시각 가운데에도 그의 문학을 가
리켜 "단편에 있어 그는 조선문학의 미학을 완성시킨 사람이라고 말해도
좋다고 생각됩니다. 그가 묘사하는 애수를 띤 아름다움은 다른 작가들보다
현저히 수준이 높습니다."[3]라고 평가한 예가 있다. 일본에서의 이태준 문
학의 연구는 그의 문학적 완성도에 대한 평가를 전제로 한 것이다.

---

2) 李泰俊, 정인택 번역, 『福德房』, 東京, モダン日本社, 1941년.
3) 三枝壽勝, 『韓國文學を味わう』, 東京, 國際交流基金アジアセンタ-, 1997, 90쪽. 인용은 논자
　가 번역.

지금까지 일본의 한국문학연구자들은 크게 나누어 세 가지 주제로 이태준 문학을 연구해 왔다. 그 하나는 이태준이 그토록 문학적으로 완성된 단편소설을 창작할 수 있었던 원동력이 무엇인가에 관한 것이고 다른 하나는 총체로서의 이태준, 즉 완성도에 있어 현저한 차이를 보인다고 평가되는 그의 단편소설과 장편소설을 관통하는 이념이 무엇인가에 관한 것이다. 세 번째는 시대에 대한 문학자의 책임이라는 문제이다. 해방 전과 해방 후에 이태준이 모순된 정치적 행동을 보일 수 있었던 배경이 되는 이념이 무엇인가 하는 것이다. 이와 같은 문제들에 관하여 일본의 선행 연구가 한국 국내의 국문학 연구와 다른 성과를 보인 것이 있다면 그것은 연구자들의 일본문학적 소양의 바탕 위에서 연구가 이루어졌다는 점에 연유한 것으로 생각된다. 이와 관련하여 본고에서는 일본에서의 선행 연구를 정리함과 동시에, 거기에서는 언급이 되지 않았던, 이태준 문학과 일본문학의 차이에 관해 논의해보고자 한다.

2. 이태준의 단편 세계

2-1. 쵸오 쇼오키치(長璋吉)의 연구 성과

젊어서 죽은 일본인 한국문학연구자 쵸오 쇼오키치(1941-1989)가 「李泰俊」을 쓴 것은 1979년이다[4]. 이 논문이 일본에서 발표된 이태준에 관한 첫 번째 본격적인 논문이다. 여기서 쵸오가 밝힌 바는 이태준의 '고아의 식'의 특성이다. 쵸오는 그때까지 본국의 연구에서 외면되었던, 아동을 위

---

4) 長璋吉, 「李泰俊」, 『朝鮮學報』, 日本, 朝鮮學會. 109-149쪽. 쵸오는 동경외국어대학교 중국어학과 졸업, 『韓國小說を讀む』(東京, 草思社, 1977) 등의 저작을 남기고 일찍 세상을 떠났다.

하여 창작된 작품들을 문학작품으로 분석함으로써 이 고아의식의 특성을 밝히고자 했다. 이태준이 <오몽녀>(1925) 이후 지속적으로 작품을 발표하지는 않았음은 잘 알려져 있다. 그는 4년의 공백기간을 두고 잡지 『어린이』에 아동을 위한 소설을 발표하면서 다시 작품 활동을 시작했는데 이들 작품에는 고아의 모습이 강하게 투영되어 있다[5]. 쵸오는 이태준의 작품 활동 재개가 자신의 고아체험에 바탕하여 이루어졌음에 주목했다.

　물론 고아가 모두 소설가가 되지는 않으며 또한 똑같이 고아인 이광수의 문학과 이태준 문학이 현저히 차이를 보이고 있음을 고려할 때, 그가 어려서 고아가 되었다는 점은 그의 문학을 이해하는데 별로 도움이 되지 않는다. 그러나 쵸오 연구의 특색은 이태준에게 있어 '고아의식'이 작품 창출의 원동력으로 되어 가는 과정을 '벽'이라는 말을 중심으로 해명하고자 했던 데 있다. '벽'이라는 말은 원래 이태준이 수필에서 사용한 말이다.[6] 이 수필에서 '벽'이라는 말이 뜻하는 바를 쵸오는 두 가지로 분석했다. 하나는 인간을 가두어놓는 '벽', 또 하나는 인간을 감싸며 보호하며 편안한 공간을 만들어내는 '벽'이다. 이태준은 이러한 양의성(兩義性)을 가진 '벽' 안에 앉아 있다. 그렇다면 이태준을 둘러싸는 '벽' 바깥에는 무엇이 있는가. 쵸오는 이태준의 자전적 장편 『사상의 월야』를 근거로 '벽' 바깥에는 죽은 아버지의 뜻과 자신이 일체화될 수 있는, 사상운동적 실천의 세계가 있다고 보았다. 이태준이 그토록 사상운동에 집착한 것은 사상운동

---

5) 쵸오가 주목한 작품들은 다음과 같다. 모두 『어린이』에 실린 것들이다. 제목에 붙여져 있는 장르 구분도 같이 인용한다.
　少年小說, <어린守門將>, 1929.1. / 小說가튼이약이, <불상한少年美術家>, 1929. 7권 2호. / 슬픈명일, <秋夕>(創作), 1929.5. / 創作, <쓸쓸한밤길>(小說), 1929. 7권 5호. / 小說, <불상한三兄弟>, 1929.7-8. / 立志小說, <눈물의入學>, 1930. 8권 1호. / 少年小說, <외로운아이>, 1930.11. / 幼稚園小說, <몰라쟁이엄마>, 1931. 9권 2호. / 幼年童話, <슬퍼하는나무>, 1932.7.20. 발행. / <길에서얻은鉛筆>, 1933.8.10. 발행.
6) 이태준, <벽>, 『신생』, 1933.3. 나중에 수필집 『무서록』에 실림.

그 자체의 가치 때문이라기 보다 죽은 아버지와 자신을 일체화시키려는 욕망 때문이었고, 그가 아버지와의 일체화를 그토록 원한 이유는 아버지와의 일체화를 통해 자신이 고아라는 사실을 극복하려 했던 데 있었다는 것이다. 쵸오의 해석을 바꾸어 말하면 이태준은 자신이 고아라는 사실을 인간의 한 가능한 현실태로 받아들이지 못하고 극복해야 할 '벽'으로 본 것이 된다.

그러나 이태준은 소설가가 되었다. 사상가가 될 수 없음을 깨달았을 때 이태준은 그 자신을 아버지와 일체화할 수 있는 다른 방법을 찾지는 않고 그 '벽' 안에서 어떻게든 살아갈 수 있는 방법을 찾았다. 그것이 문학이었다. 그렇다면 이태준이 문학 행위를 통해 아버지와의 일체화를 포기할 수 있었던 근거는 무엇인가. 그것을 쵸오는 그의 장편 『화관』(1937)에서 찾았다. 쵸오가 인용한 대목을 다시 인용한다.

왜 우리 어머니에게 이만한 쉬운 비판이 없으신가? 사주니 궁합이니 다 남존여비시대에 된것이다 우린 그런 악시대의 제물이 되어버렸지만 너이까지 그래서는 안된다 하고 딸자식도 잘되되, 인간으로 잘되도록 바라고 지도해주시는 현명이 왜 없으실가 육신이 춥고 배고플때는 나타나시는 어머니의 손길, 그러나 정신이 그럴 때에는 아모리 불러도 나타날줄 모르시는 어머니의 손길! 오늘 조선의 딸들은 대부분이 精神上孤兒가 아닌가?[7]

이것은 『화관』의 여성 주인공 '동옥'의 말이다. 등장인물에게 이러한 말을 하게 함으로써 작가는 자신의 고아됨이 그 운명에 있어 민족 전체의 상황과 일치함을 암암리에 드러냈다. 쵸오의 해석을 좀더 명백히 말한다면 이태준은 창작 활동을 통하여 민족적 상황을 고아인 자신이 체현(體現)하

---

7) 『화관』, 삼문사, 1938, 20쪽.

고 있다고 독자들 앞에서 주장했다는 것이 된다. 자신의 고아됨이 민족적 운명을 체현한 것이기에 그 극복은 개인의 틀 안에서 가능한 일이 아니라 민족 전체의 몫이라고 주장하고자 했다는 것이다. 이 때 이태준은 자신의 고아됨의 운명을, 사상운동을 통해 아버지와 자기의 일체화를 꾀함으로써 극복하고자 하는, 개인적인 차원의 노력을 포기한 것으로 해석할 수 있다. 오히려 그는 문학을 통하여 고아적 상황의 극복이 필요함을 독자들에게 호소하는 길을 선택했다고 볼 수 있는 것이다.

이러한 쵸오의 해석은 몇 가지 문제점을 내포하고 있다. 그 중에서 본고와 관련이 있는 것만을 지적한다면, 그것은 이태준이 사상운동에 그토록 집착한 이유가 사상 그 자체에 대한 집착이 아니라 아버지와 자기를 일체화하고자는 욕망에 있었다고 본 점, 또 그 욕망의 배후에 자신이 고아라는 사실을 인간의 한 가능한 현실태로 받아들이지 못한 과도하게 예민한 의식이 자리잡고 있다고 본 점이다.

그런데 이같은 관점은 『사상의 월야』에 대한 쵸오의 해석 방식과 연관이 있다. 쵸오는 해방 후에 개작된 것을 『사상의 월야』의 정본으로 본다. 개작된 작품에 민족주의자인 아버지에 대한 열정적인 사모, 민족주의 운동에 대한 열정적인 독백이 추가되어 있음은 잘 알려져 있다. 쵸오는 이 대목을, 식민지라는 상황에서 "은폐되고 있었던 것이 노출"[8]된 것이라 해석했다. 개작에 대한 이러한 해석은 본국의 연구 경향과도 일치하는 점이 있다.[9]

---

8) 長璋吉, 각주5, 130쪽.

9) 『사상의 월야』의 개작 문제를 자세히 검토한 이익성은 이 대목에 관하여 "일제의 압력(구체적으로는 신문 검열)으로 해서 신문본에서는 내면화되어 거의 드러날 수 없었던 민족주의적 성향이 일제의 압력이 사라진 을유 해방을 기점으로 단행본에서 개작을 감행하여, 민족주의적 성향을 작품 표면에 과감하게 드러내고 있다"라고 해석한다. 동시에 이 논문은 개작 후의 작품이 해방 후의 이태준이 "정치적 위상을 정립시키려고 노력한" 소산임을 지적하고 있다. 이익성, 「<사상의 월야>의 자전적 소설의 의미」, 『한국근대장편소설연구』, 모음사, 1992, 91-110쪽.

그러나 개작 이전과 그 이후 중 어느 것이 정본이냐 하는 식의 물음을 던지는 것보다는, 각각의 작품이 모두 그것을 창작한 시점의 작가적 현실을 반영하고 있는 것으로 간주하는 것이 더 타당하지 않을까.[10] 쵸오가 개작 이전과 이후의 작품을 모두 검토하지 않은 상태에서 개작된 『사상의 월야』만을 정본으로 삼아 이태준을 규정했다면 이는 이태준의 어느 한 측면만을 강조하는 결과를 빚을 위험성이 있는 것이었다. 그럼에도 불구하고 쵸오는 개작된 작품만을 주목하였고, 이에 따라 아버지와 자기를 일체화하려는 욕망이 이태준의 삶을 결정적으로 강하게 규정한 것으로 판단했다. 이러한 견해의 저변에는, 만일 이태준이 고아가 아니었다면 아버지와 자신을 일체화하려는 욕망은 생겨나지 않았으리라는 전제가 놓여 있다고 생각할 수 있을 것이다. 그러나 사상운동에 대한 이태준의 집착은 과연 아버지와 자기를 일체화하려는 욕망에서만 연유한 것이며 또 그 욕망은 고아의식의 소산이라고만 말해질 수 있는 것일까. 그렇게만 보기에는 약간의 무리가 있는 듯하다.

　쵸오가 이러한 견해를 갖게 된 것은 고아가 아닌 일본인 소설가를 염두에 둔 결과가 아니었던가 생각된다. 논자가 이러한 추측을 하는 것은 이태준과 그 정신세계가 흡사한 한편 뚜렷한 대조(對照)를 보이기도 한 일본 단편소설의 거장(巨匠)의 존재 때문이다. 그 대조적 도식의 중심이 되는 축이 바로 '아버지' 이다.

---

10) 이러한 관점에서 논자는 『사상의 월야』의 개작 이전과 이후의 작품을 각각 독립한 하나의 작품으로 보고 해방 후에 삭제된 대목들이 이태준의 해방 전 장편들을 해석하기에 중요한 실마리가 되는 것을 밝히고자 했다. 졸고, 「李泰俊の文學の低流に**ある**もの」, 『朝鮮學報』, 日本, 1996.1, 163-203쪽.

2-2. 시가 나오야(志賀直哉)와의 차이화

일본 근대 문학사상 단편 소설의 거장이 시가 나오야(志賀直哉, 1883-1971)라는 것을 부정할 수는 없다. 시가는 현재 한국에서는 그렇게 알려져 있는 것 같지 않지만 그 이유는 아마 이 작가가 사소설만을 쓴 것으로 오해를 받은 결과가 아닌가 싶다. 그의 작품에 있어서 사소설적인 것은 작은 부분에 속한다. 그는 오히려 사소설적이지 않은 면에서 일본적 단편소설을 완성시킨 문인이었다. 또한 그는 문학운동이자 사상운동이기도 했던 시라카바파(白樺派)의 중심적인 구성원이기도 했다. "시가 나오야처럼 살아있는 깊은 영향력을 현대문학에 미치고 있는 사람은 없습니다. 오오가이(鷗外), 소오세키(漱石)라 해도 이 점에 관해서는 도저히 그에게 도달하지 못합니다"[11]라고 했던 한 견해는 지나친 것이 아니었다. 일본 근대 비평의 토대를 정립한 고바야시 히데오(小林秀雄, 1902-1983) 역시 그의 작가론을 시가로부터 시작했음을 볼 수 있다.[12] 그런데 이처럼 일본 근대 문학사에서 시가가 높이 평가를 받는 주된 이유는 그가 "이 시대의 사조〔사소설-논자〕에 상당히 깊은 영향을 받았으면서도 근본적인 면에서 당시의 사소설이 가진 생활 파괴적인 성격에 결코 동화되지 않았"[13]던 데에 있었다고 말할 수 있다. 소위 '사소설'이 아닌 '심경소설(心境小說)'은 시가로부터 시작한다고 보는 것이 정설이다. 구체적으로는 그의 대표작 <城の崎にて> (1917)이라고 간주되고 있다. 이 작품에서 시가는 자아의 번민으로부터 풀려나면서 작은 존재인 그의 '아(我)'가 소멸하고 큰 생명의 흐름에 융합되는 과정을 소설화하는 데에 성공했다고 평가된다.[14] 사소설이나 심경소

---

11) 中村光夫,『志賀直哉論』, 東京, 文藝春秋社, 1954, 5쪽. 이하 인용이 일본어인 경우에는 논자가 번역.

12) 小林秀雄,「志賀直哉」,『思想』, 東京, 1929.12, 61-74쪽.

13) 中村光夫,『志賀直哉論』, 각주12, 94쪽.

설은 이태준의 단편들과 별로 상관이 없어 보인다. 그러나 시가 문학의 사소설적이지도 심경소설적이지도 않은 또 한 가지 유형은 세상 구석에서 아무 소리 없이 살아가는 하찮은 인간들을 멀리서 바라보면서 묘사한 작품들이다.

그러한 시가의 단편들과 이태준의 단편들은 여러므로 공통된 바탕을 느끼게 한다. 작품의 유사성도 물론이지만 그들에 대한 평가들 또한 유사성을 보인다. 근대적인 단편소설의 완성자로 지목되는 것, 또 그 문장력이나 구성력을 중심으로 평가되는 것, 그 아름다움이 동양적이라는 것, 사상이나 사회에 대한 관심이 작품에 보이지 않는다는 비판을 받는 점 등이 그것이다. 예를 들면 김기림은 이태준을 '스타일리스트'라고 불렀는데 이 점에서 시가 역시 마찬가지였다.[15] 아마도 김기림은 시가에 대한 그러한 평을 알고 있었을 듯하다. 또한 임화는 이태준을 현실에 있을 수 있는 일들을 그대로 쓰는 '리얼리스트'라고 규정하면서도 현실에 대한 통찰력이 부족함을 비판했다.[16] 시가에 대한 평가 역시 간결하면서도 실감이 있게 묘사할 줄 아는 '리얼리스트'라는 말을 사용했지만[17] 한편으로 그 예술적 완성도를 "대(對)사회적인 적극적인 방향으로 원심(圓心)적으로 이용해가지 못하고 단지 구심(求心)적으로 자신의 내면 검토의 도구로써 개인주의적인 단련의 껍질을 견고하게 하기 위한 것으로만 사용한다"라는 비판이 동시

---

14) 鈴木貞美, 『日本の「文學」を考える』, 東京, 角川書店, 1994. 특히 7장 「「私小說」と「心境小說」」(128-150쪽) 참조.
15) 김기림, <스타일리스트李泰俊氏를論함>, 『조선일보』, 1933.6.25,27.
　　시가에 대해서는 히로츠 가즈오(廣津和郎)의 "처음부터 끝까지 그 독특한 풍격과 독특한 스타일을 지속하고 있다"(『新潮』, 1919.4, 4면)라는 지적을 비롯하여 "시가는 스타일리스트라고 불리어 단편적 구성에 신경을 많이 쓴 작가"라는 평이 정착되었다고 한다. 勝本精一郎「谷崎潤一郎と志賀直哉」(『中央公論』, 1936.9, 289-301쪽) 참조.
16) 임화, 「七月의創作評-三. 方言의使用과純『레아리슴』의限界」, 『조선중앙일보』, 1936.23,24.
17) 菊池寬, 「志賀直哉の作品」, 『文章世界』, 東京, 1918.11, 94-100면.

에 존재했다.[18] 시가에 대한 이러한 비판이 주로 일본의 프롤레타리아 문인들로부터 나온 것을 보면 임화 역시 시가에 대한 비판의 방식을 알고 있었을 듯하다. 또 이태준의 작품은 "사상이 없다"고 비판되었는데[19] 시가의 작품 역시 "씨〔시가-논자〕의 인생관 혹은 사상을 씨의 작품 속에 살아 있는 모습으로 보여준 적이 없다"[20]라고 비판되고 있음을 볼 수 있다. 두 작가에 대한 논평에 사용되는 말들의 이러한 유사성을 볼 때 그 당시의 한국 문인들이 두 작가의 공통성을 감지했을 가능성이 크다.

본고에서 시도하고자 하는 바는 이태준이 시가의 작품에서 영향을 받았다는 식의 일방적인 수용의 문제를 다루는 것이 아니라, 두 작가에게 공통한 바탕이 무엇이며 또한 그 공통성 위에 드러나는 대조적인 것은 무엇인지 그 양상을 밝히는 것이다. 논자는 이 작업을 시가의 '기분(氣分)'과 이태준의 '기질(氣質)'을 대조하는 일로부터 시작하고자 한다.

이태준이 '작가의 기질'이라는 말을 사용한 것은 <누구를 위해 쓸 것인가?>[21]라는 글에서 이다. 이 글은 김유정과 이상의 추모의 뜻으로 쓰여졌는데 '구인회'에 대한 비판에 답하는 내용이 담겨 있다. 이태준은 이 글에서 자신의 견해를 옹호하기 위하여 모파상(Guy de Maupassant, 1850-1893)의 말을 인용하고 있다. 그 인용에 '작가의 기질'이라는 말이 포함되고 있다. 이태준은 이 말을 모파상의 "어느 단편의 서문"에서 인용했다고 하는데 실제로는 이 말은 모파상 단편집의 서문이 아니라 *Pierre et Jean*(1887)이라는 장편의 서문에 있는 말이다. 'Le roman'이라는 제목이 달린 이 서문에서 모파상은 소설을 창작하는 태도에 대하여 논하고 있

---

18) 勝本淸一郎, 「志賀直哉論」, 『都新聞』, 1928.1.1,2.

19) 최재서, 「最近文壇의動向」, 『조광』, 1937.11, 334-340쪽.

　백　철, 「文章과思想性의檢討-내가쓰는作家 李泰俊論」, 『동아일보』, 1938.2.15.

20) 廣津和郎, 「志賀直哉論」, 각주16.

21) 《조선일보》, 1937.5.25,26.

는데 이 책은 1936년에 일본에서 번역이 되었고 인용의 말투로 보아서 이태준이 일본어판에서 인용했을 가능성이 크다.[22] 이태준이 인용한 것은 다음과 같다.

讀者는 여러 사람이다 따라서 가지가지로 要求한다. / 나를 즐겁게 해달라 / 나를 슬프게 해달라/ 나를 감동시켜 달라 / 나에게 空想을 일으켜 달라 / 나를 抱腹絶倒케 하여달라 / 나를 慰勞해달라 / 그리고 小數의 讀者만이 당신 <u>自身의 氣質</u>에 맞는 最善의 形式으로 무어던지 아름다운 것을 지어달라 / 우리 藝術家는 最後의 要求에 讀者의 要求를 들어 試驗하기에 努力해야한다. 그리고 批評家는 그 試驗을 分析하고 그 結果를 評價해야한다. 思想的傾向에 關해서는 容喙할 권리가 업다. 〔-이태준이 중략한 것으로 생각됨-〕 或은 詩的作品을 或은 寫實的作品을 이러케 <u>自己氣質</u>대로 쓰는 作家의 權利를 否認하는 것은 <u>作家의 氣質</u>을 無理로 變調시키는 것이요 그의 獨創을 막는 것이요 自然이 그에게만 준 그의 눈과 그의 才質의 使用을 禁하는 것이 된다.〔밑줄 논자〕[23]

여기서 인용된 '기질'이라는 말의 원문은 'tempérament'이다.[24] 그러나 모파상이 사용한 이 말과 이태준이 사용하는 '기질' 사이에는 확실한 차이가 있다. 이태준이 이 글에서 주장하고자 한 것은 마지막 문장인 "대중을 향하기 전에 나를 향하여 나를 찾자 그리고 무엇이든 좋은 자신 있는 것을 쓰자. 거기에만 창조가 있을 것"[25]이라는 부분에 잘 드러난다. 이 부분은 단행본 『무서록』(1944)의 <누구를 위해 쓸 것인가>에서는 삭제되었다. 신남철이 '자기 집착'이라고 강하게 비판하고 이태준이 거기에 다시

---

22) モーパッサン, 杉捷夫・小西茂也 共譯, 『ピエルとジャン』, 1936, 東京, 白水社.

23) 이태준, 「누구를 위해 쓸 것인가?(下)」, 각주22.

24) Maupassant, *Pierre et Jean*, Paris, Livre de poche, 1979, pp.9-10.

25) 이태준, 「누구를 위해 쓸 것인가? (下)」, 각주22.

반론하는 계기가 된 대목이다[26]. 이 부분만이 아니라 『무서록』에 다시 실린 <누구를 위해 쓸 것인가>는 신문에 발표된 <누구를위해쓸것인가?>를 상당히 개작한 흔적이 보인다.

　　[신문판] 그쪽에 素質업는 사람이 思潮라 해서 文學을 <u>學文化해쓰는</u> 사람이 만타. 그것은 結局 文學의 本質의 한 모통이를 觸覺할 때 <u>轉向</u>하고 만다. <u>李基永</u> <u>같은 이가 百年을 쓴대야 轉向이란 新政策은 發表되지 안흘것이다.</u> 그는 무슨 統計表나 팜프레트에서 나오는 情熱이 아니요 그의 <u>氣質</u>, 그의 <u>生活속에서 쓰는 것 이기 때문이다.</u> 그럼으로 한 作品이 잘되고 못된 것은 別問題로 그의 文學의 態度만은 그 自身만은 朴泰遠의 自身이나 李孝石의 自信〔自身의 잘못?-논자〕이나 다 <u>同一價値의 것이 된다. 가튼 다름질이라도</u> 〔이하 생략, 밑줄 인용자〕.[27]

　　[단행본판] 그쪽에 소질 없는 사람이 사조라 해서 문예를 철학처럼 쓰는 사람이 많다. 그것은 결국 문학의 본질의 한 귀퉁이를 촉각할 때 전변하고 만다. 같은 다름질이라도 〔이하 생략-인용자〕.[28]

위의 인용에서 밑줄을 친 곳이 개작된 부분이다. 신문의 '전향'이란 말이 '전변'으로 바뀌고 이기영에 관한 언급은 삭제되어 있다. 삭제된 부분을 합쳐보면 여기서 '기질'이란 '작가 그 자신'과 같은 뜻으로 사용된 것

---

26) 신남철은 "自己內沈滯을 破棄하고 同時代의 感覺에 呼訴하리라는 熱情的인 리아리스틱한 情神에 轉化되지 안흐면 아니 될것"이라고 비판한다(「作家心情의問題-누구를위하야쓸것인가」, 『동아일보』, 1937.6.23). 이태준은 거기에 맞서 동시대에 살아있는 독자만을 자신의 작품의 독자로 설정하는 것이 아니라 "作家의 氣質이나 그 時代性에 따라서는 最大數가 될 수도 잇는 小數"의 독자를 위해서 쓴다고 항변한다(「評論態度에對하야」, 『동아일보』, 1937.6.27,29.).

27) 이태준, 「누구를 위해 쓸 것인가? (下)」, 각주22.

28) 《이태준 문학 전집》15권, 깊은샘, 1994, 52쪽.

을 알 수 있다. 또 이 글의 중간에도 "먼저 自身을 알믄 모든일에 잇서 賢明한 일이다. 作品은 個人의 뿌리에서 피는 꼿치다", "自己를 한번 診斷한 以上은 自己의 것을 自己의 투로 써서 天下에 떳떳이 내여노홀 것이다"[29] 등의 말이 보인다. 이 글에서 '작가의 기질' 이란 항상 내면 탐구와 연결되어 있다. 즉 이태준에 있어서 작가의 '기질' 이란 창작 활동을 통하여 탐구되어야 할 작가 자신의 내면이다.

그러나 모파상이 이 'tempérament' 라는 말을 사용할 때 그것이 내면 탐구를 위한 것이 아님은 명백하다. 이 점은 이태준이 인용하지 않은 곳에서 잘 드러난다.

> 그런데 자신이 좋아하는 소설을 바탕으로 만들어낸 생각에 따라 '소설' 이라는 것을 정의하고자 하는 비평가는 새로운 양식을 창출하는 예술가의 기질 (tempérament d'artiste)을 상대로 하여 영원히 싸울 것이다.[30]

모파상의 의도는 소설이라는 것을 어떤 하나의 틀로 묶어 정의하고자 하는 견해에 대항하는 데에 있다. 예술가란 끊임없이 기성의 틀을 벗어나 독창성을 지향하는 성향이 있고 그 성향 자체를 'tempérament d'artiste(예술가의 기질)' 이라고 한다. 이태준의 인용에는 이 규정이 빠져 있다. 이태준은 단지 <누구를 위해 쓸 것인가?>에서 인용한 'votre tempérament(당신 〔여기서는 작가~논자〕의 기질)' 이란 말만을 자신의 견해를 옹호하기 위하여 이용한 셈이다.

작가의 기질과 내면 탐구를 직결시키는 것은 그러므로 모파상에서 수용된 것이 아니다. 다만 일본문학에서 그것에 해당하는 소설가를 찾을 수는

---

29) 이태준, 「누구를 위해 쓸 것인가?(下)」, 각주22.
30) *Pierre et Jean*, p.8. 인용은 논자가 번역, 각주25.

있다. 그것이 시가이다. 시가 문학의 핵심은 '기분'이라는 말로 설명된다. 이 말은 동시대의 문인이 시가의 문학의 특징을 이야기할 때 사용한 말이다.

그 [시가-인용자]는 思索하지 않는다. 분석하지 않는다. 논리하지 않는다. 게다가 그 직관 속에는 분석이나 논리의 가장 끝에 도달하는 것이 정확히 파악되었다. 그는 이성적이지 않다. 그는 기분으로 나아간다. 그러나 그 기분은 그 순수함과 철저함으로 인하여 기분을 넘어서 오히려 이성이 추구하는 모든 것을 거기에 내포한다[31].

이후 '기분'은 시가 문학을 이해함에 있어 중요한 실마리가 되었다. 시가에 관하여 "사상 운동으로서의 시라카바파(白樺派)에서 거의 아무 역할도 하지 않았"고 "과민한 내면의 의식으로 인하여 사상으로 살아가는 길이 막혔다"고 지적함으로써, 시가 문학의 새로운 측면을 밝혔다고 평가받은 나카무라는 다음과 같이 말했다.

사상이 인간을 유형화시키는 것과 마찬가지로 감성이 인간을 개별화한다면 여기에 그 [시가-인용자]가 친할아버지의 감화를 통하여 얻은 개성의 자각이 있고 이것이 그의 생애의 근본을 규정했다고 말할 수 있습니다. 그에게 있어 아마도 감정의 동의어였던 '기분'은 사상보다 훨씬 그만의 독특한 것이고 따라서 신뢰할 수 있었던 것입니다[32].

또한 이러한, 시가의 '기분'에 관한 논의를 이어받아 카라타니 고진(柄

---

31) 시가 문학 이해에서 '기분'이라는 말이 핵심이 되어 가는 과정에 관해서는 谷川徹三「私が見た志賀さん」(『文藝』, 1936.11, 22-32쪽)에 자세하다. 이 글에 의하면 그러한 경향은 1918,9년경에 시작했다. 여기서 谷川는 시가의 '기분'은 이성이자 양심이라고 한다.
32) 中村光夫, 『志賀直哉論』, 각주12, 39쪽.

谷行人)은 시가의 소설은 "주인 공의 '기분'이 묘사되는 것이 아니라 '기분' 그 자체가 주인공"이라고 지적한다.[33] 이 때 '기분'은 "확실히 '나'의 '기분'이기는 하지만 '내'가 소유하는 것이 아니라 어디서부턴가 나타나서 '나'를 지배하는 것"이다.

> '기분'은 논리적인 판단이지만 여기에는 어떤 자의(恣意)성도 주관성도 없다. '기분'은 논리적인 절대성을 가진다. 그리고 그의 격렬한 호악(好惡)의 표출은 자기 절대성을 의미하는 것이 아니라 도리어 그 자신에 있어서는 무사(無私)를 뜻하는 것이다[34].

이들 '기분'에 대한 해석을 보면 이 '기분'이라는 말이 항상 '사상'의 대립적인 개념으로 파악된 것을 알 수가 있다. 이 점에서 '기분'은 이태준이 말하는 '기질'과 같은 위치에 있다. 시가와 이태준은 모두 '사상'과 대치(對峙)할 수 있는 무엇인가를 추구했다는 점에서 공통적이다. 이태준의 경우 그 무엇인가를 작가의 개성 즉 '기질'에서 찾고자 했다. 시가는 그것을, 작가의 개성을 지배하는 '기분'에서 찾았다. 여기에 이태준과 시가의 차이가 있다. 이 차이를 작품을 통하여 좀 더 자세히 검토해 본다.

이태준과 시가의 공통성과 차이점을 가장 잘 보여주는 작품이 <색시>(1935)와 <流行感冒>(1919)이다. 이들 작품은 모두 '나'의 집에서 일하는 무식하면서 고집이 센 미혼의 식모가 이야기의 중심이다. 그 식모가 집안에 일으키는 사소한 일들을 '나'의 시선을 통해서 묘사해 가는 점도 일치한다[35]. 식모가 결혼 상대를 찾는 과정으로 독자들로 하여금 삶의 애수(哀

---

33) 柄谷行人, 「私小說の兩義性」(1972.10), 『文藝讀本-志賀直哉』, 東京, 河出書房新社, 1983, 128-136쪽.

34) 위책, 133쪽.

35) 이태준이 시가의 작품을 어느 정도 알고 있었는지 확실하지 않지만 시가의 작품들은 이

愁)를 느끼게 하는 묘사법이나 마지막에 식모가 집을 나간 뒤에 '나'와 그의 '아내'가 쓸쓸함을 느끼는 장면들이 이들 두 작품의 공통성을 잘 보여준다. 이들 공통적인 장면에서 이태준과 시가의 차이점은 식모가 아이를 돌보는 일에 관한 대목에서 드러난다. 이태준의 <색시>에는 식모가 '나'의 아이들을 허락도 없이 데리고 다니고 결국은 그 무리한 외출이 원인이 되어 아이가 앓게 되는 장면이 있다. 이 때 직접적으로 불쾌감을 나타내는 인물은 '나'의 '아내'이다.

> 「아아니 개들은 왜 모두 끌구 갔다 오?」
>
> 「……………………」
>
> 색시는 저도 어이 없는 듯 웃기는 끄쳤으나 무어라고 이유를 설명하지 않았다. 아내는 애꾸진 아이 보는 아이만 나무래고 말았으나 저녁이 되니 갖난이가 기침을 하고 몸이 달기 시작하였다. <u>나도 성이 났지만 아내는 나보다 더할 수 밖에 없었다.</u> 안으로 들어 가더니 한참이나 음성을 높여 언잖은 소리를 퍼붓고 나왔고 나와서는 내일 아침엔 다시 식모 없이 살더라도 저이 집으로 보내 버릴 작정이었다.[36] 〔밑줄-인용자〕

여기서 '나'는 이 사건을 관찰하는 위치에서 움직이지 않고 있으며 식모와 갈등을 일으키는 역할은 '아내'만이 담당한다. 한편 시가의 경우는 어떠한가. 첫 번째 아이가 태어나자마자 죽은 경험이 있는 '나'는 아이의 건강에 대하여 지나치게 과민하다. 동네에 감기가 유행하자 모든 식구들에게 사람들로 혼잡스러운 곳에는 절대로 출입하지 않도록 명령한다. 그러나 식모는 그 명령을 어긴다. 연극을 보고 싶은 마음을 참을 수가 없던 식모는

미 1931년에 한 권 짜리 전집으로 나와 이 책에 <流行感冒>도 실렸다. 《志賀直哉全集》, 東京, 改造社, 1931년, 193-200쪽.

36) 이태준, 『가마귀』, 한성도서, 1937, 11쪽.

마침내 몰래 나갔다 오고 주인을 속인다. 그것을 알아낸 '나' 는 불쾌함을 참을 수가 없다.

　「이 자식, 이시 〔식모 이름-인용자〕에게 사에코 〔아이 이름-인용자〕를 맡기면 안 되지. 이삼 일 동안은 너, 사에코를 안으면 안 된다〕나는 불쾌함을 노골적으로 드러내면서 말했다. 아내도 이시도 불쾌한 표정을 보였다(196면).[37]

　뻔뻔스럽게 거짓을 하는 이시가 무서웠다. 사에코가 배탈이 났을 경우, 무언가 다른 집에서 먹이지 않았느냐고 물어보면 먹이지 않았습니다, 라고 단언한다. 혹은 돌보고 있을 때 실수로 높은 곳에서 떨어뜨린다. 과연 옆구리를 심하게 다친다고 가정한다. 나중에 앓는다. 원인을 알 수가 없다. 이러한 경우에도 아무 일도 없었습니다, 라고 단언한다. 이런 일들이 발생하면 곤란하다고 나는 생각했다(197면).

　위 인용은 신경이 예민해진 '나' 가, 식모가 아이에 대하여 할 수 있는 실수를 끝도 없이 상상해내면서 더더욱 정신이 피로해 가는 과정을 묘사한 부분이다. 여기서 식모를 쫓아낼 작정을 하는 것은 '나' 이다. 즉 '나' 는 식모로 인하여 유발되는 불쾌함에 완전히 지배되어 그녀를 해고하고자 하는 충동을 억제하지 못한다. 이것이 시가의 '기분' 이 '나' 를 지배하고 '나' 를 행동하게 하는 도식이다.

　한편 이태준의 <색시>에서는 <流行感冒>에서처럼 '나' 를 지배하는 강력한 힘은 나타나지 않는다. '나' 역시 불쾌함을 느끼고 있다는 것은 '나도 성이 났지만 〔인용 밑줄 부분-논자〕' 이라는 말로 표현되지만 그 불쾌함이 어떤 행동을 유발할 정도로 절대적인 강력함을 갖지는 않는다. 여기서 식모를 쫓아낼 작정을 하는 것은 '아내' 이다. 움직이지 않는 '나' 대신 '아

---

37)《志賀直哉全集》, 각주36, 196쪽.

내'는 생활의 논리로 행동한다. 이태준이 말하는 작가의 '기질'이 사상과 대치할 수 있는 강력한 힘을 갖지 못한 이유가 여기에 있다. 이태준은 자신의 불쾌함에 몸을 맡겨 행동할 수 있을 정도로는 자신의 '기질'에 대하여 신뢰감을 가질 수가 없었던 것이다.

시가는 '나'의 '기분'을 절대적으로 따라간다. 이것은 시가가 판단의 기준으로서의 '기분'에 대하여 절대적인 자신감을 가졌음을 뜻한다. 시가의 자신감은 무엇에서 연유하는 것이며, 이태준이 '작가의 기질'을 말하면서도 거기에 전면적으로 판단의 기준을 맡겨버릴 수 없었던 이유는 또 무엇에서 연유하는 것일까.

이태준과 시가의 공통성과 차이점을 드러내는 또 하나의 작품이 <토끼 이야기>(1941)와 <兎>(1946)이다. 두 작품 모두 집에서 키운 토끼를 스스로 죽일 수 있는지가 이야기의 초점이다. 같은 제재로 시가보다 이태준이 먼저 창작한 셈이다.[38] 시가의 이 작품은 소설이라 할 수 없을 정도로 짧은 것이며 특별히 주목할 만한 수준도 아니다. 그러나 두 작가의 차이를 드러냄에 있어서는 적절한 예가 될 수 있다. <토끼 이야기>에서는 소설가 '현'이 먹고살기 위하여 토끼를 키우기 시작한다. 그러나 상황이 악화되고 토끼의 먹이를 입수하는 일이 궁해지면서 토끼를 도살하지 않으면 식구들이 모두 굶을 지경에 이른다. 그러나 '현'은 도저히 그 일을 해낼 수가 없다.

암만 생각하여도 그 목을 졸라쥐고, 뻐들적거리는 것을 이기노라고 가치 힘을 쓰며 뛰여쓰는 눈을 나려다보고 숨이 끊어지기를 기다리는 노릇, 현은 그 목을 졸라 죽이는 법에 자신이 생기지 못한다. 심장이 어드메쯤이라고 그 폭신한 가

―――――――――――――――――

38) 이태준의 <토끼 이야기>는 일어판 『福德房』에 실렸기 때문에 시가가 그것을 읽었을 가능성을 완전히 부정할 수는 없지만 시가가 세 번이나 스스로 토끼를 키웠다는 점, 작품이 매우 짧은 수필풍의 것이라는 점을 고려하면 영향관계보다 두 작가의 정신세계의 공통성 때문이라고 보는 것이 정확할 듯하다.

슴을 더듬어 송곳을 디려박기는, 남의 주사침 맞는 것도 제대로 보지 못하는 현으로는 더욱 불가능한 일이요, 쥐처럼 덫 속에 든 것도 아닌 것을 물속에 끌어넣기나, 귀와 다리를 붓잡고 척추가 끊어지도록 잡아늘쿠는 것이나, 그 어린 아이처럼 따스하고 발랑거리는 목에서 동맥을 싹뚝 짤라놓는 것이나, 작고 돌아보는 것을 앞으로 숙여놓고 망치로 뒤통수를 따리는 것이나 현으로는 생각할수록 소름이 끼치고, 지금 안해의 배 속에 들어 있는, 마치 토끼 형상으로 꼬부리고 있을 태아를 위해 이런 짓은 생각만으로도 죄를 받을 것만 같았다.[39]

위 인용 부분에서는 주인공의 마음이 상상만으로도 지쳐가는 과정이 생생하게 묘사되어 있다. 이러한 묘사 수법은 <流行感冒>에서 시가가, 식모에 관하여 상상하는 것만으로도 '나'의 마음이 지쳐가는 과정을 묘사한 수법과 비슷하다. 그러나 소설가 '현'은 시가의 소설의 '나'처럼 그의 마음의 움직임에 따라 어떤 결정을 내릴 수 있는 상황에 있지 않다. 따라서 그는 단지 자신의 행동을 보류할 뿐이다. 이때 <색시>의 경우와 마찬가지로 소설가 '현'이 아무 결정도 내리지 못하고 있는 사이에 그가 못하는 도살을 그를 대신하여 실행하는 것이 '아내'이다.

한편 시가의 <兎>는 어떠한가. 시대 배경에 대한 언급이 전혀 없지만 이 작품이 쓰여진 1946년이라면 패전 직후의 일본 전국이 극심한 식료난으로 고민하던 시대이다. 호사스러운 시가 집안 또한 예외가 아니었다.[40] 어디서 토끼를 받아온 딸을 보고 '나'는 "크면 먹겠다. 그것을 알아서 키운다면 키워도 괜찮다"[41]라고 허락한다. 어떤 사람이 토끼를 비교적 잔혹하

---

39) <토끼이야기>, 『돌다리』, 박문서관, 1943, 152-153쪽.

40) <兎>와 같은 시기의 작품에 <玄人素人>(1946)이라는 작품에 있는데 거기에 "금방 식료난이 왔다. 인간조차 먹을 수 없고 강아지 등은 도저히 키우지 못하게 되었다. 모든 집의 애완용 강아지가 주사를 맞아 죽었다. 그렇게 되기 전에 우리 집 강아지가 죽은 것을 다행히 여겼다"라는 구절이 있다. 志賀直哉, <玄人素人>, 《翌年》, 東京, 小山書店, 1948, 101-108쪽.

지 않게 죽이는 방법을 가르쳐준다. 그러나 결국 '나'는 "우리 집 토끼는 이제 죽일 수 없다. 실은 기미코[딸 이름-논자]와 함께 처음부터 그것을 알고 있었다."(99면)라며 토끼를 도살해 먹지 못한다. 이태준의 작품의 주인공과는 결과적으로는 동일한 결론에 이른 셈이지만 그 결정을 내리는 주체가 다르며 그 결정의 주체의 차이는 <색시>와 <流行感冒>에서 이미 나타났던 바이다. 즉 시가의 경우 '나'의 집에서 모든 것을 결정하는 주체는 '가장(家長)'인 '나'이다. 그러나 이태준의 경우 '나'는 행동하지 않고, 혹은 못하고, 그 대신 생활의 논리를 실시하는 것이 '아내'이다. 이러한 차이가 생기는 근본에는 물론 한 집안에서 남자가 경제적 주체로서의 역할을 실행할 수 있는 상황인지의 문제가 있다.

그러나 더 근본적으로 이들 두 문학의 대조 도식의 축이 되는 '아버지'의 문제를 살필 필요가 있다. 시가의 문학 활동이 아버지와의 '불화(不和)'를 원동력으로 하여 이루어진 것은 잘 알려져 있다. 시가의 사소설로 분류되는 작품들은 모두 아버지와의 대립을 주제로 한 것이며 아버지와의 화해가 이루어졌을 때 그의 창작 활동도 실질적으로 끝났다고 보는 것이 정설이다. 시가는 아버지와의 대립의식 없이는 문학 활동을 지속할 수가 없었다. 즉 시가의 '기분'이란 겉으로 보기에는 강렬한 개성의 소산인 것 같이 보이지만 실제로는 대(對)아버지 의식의 소산일 수밖에 없다.[42]

여기서 다시 쵸오 쇼오키치(長璋吉)의 이태준 해석을 상기할 필요가 있

---

41) 志賀直哉, <兎>, 《翌年》, 東京, 小山書店, 1948, 95쪽.

42) 시가와 아버지의 대립을 분석한 대표적인 논문 竹盛天雄, 「志賀直哉における父と子」(『國文學』, 1970.6,7,11,12.)에 다음과 같은 구절이 있다.

"시라카바파의 사람들처럼 '자아' '개성'이라는 점에 예민하게 반응하고 구애하는 사람들은 없다. 그것은 일견 대타(對他)적인 의식으로부터 해방되고 자립한 것처럼 보이지만 문제는 결코 그렇게 단순하지 않다. 그들의 '자아'나 '개성'은 아버지나 가족, 및 그들을 둘러싸는 일정한 계급의 사람들에게 대치되는 것으로서 엄격히 주장된 것이다. 오히려 대타적인 가치의식이 깊이 작용하고 있는 결과가 아닌가."

다. 쵸오는 이태준의 고아의식을 규정함에 있어 아버지와 그 자신의 일체화에의 욕망을 핵심적인 요소로 보았다. 이 해석이 타당하다면 작가 이태준은, 살아 있으면서 자기를 억압하는 아버지와의 대립의식을 원동력으로 창작활동을 한 시가의 경우와 뚜렷한 대조를 보인다. 시가에 있어서는 확고한 부성을 구비한 아버지와의 대립물로 모든 행동의 윤리적 기준이 된 견고한 개성이 발생했다. 반면에 죽은 아버지와의 일체화라는, 실체 없는 아버지의 허상을 근거로 자기의 문학 세계를 구축하고자 한 이태준의 경우에는 자기 자신은 행동하지 않고 다만 관찰하는 자리에 서는 개성이 형성되었던 것이다. 이는 필연적인 결과라고 할 수 있다. 쵸오가 이태준의 개성을 "극도로 의도적으로 만들어진 것"[43]이라고 말했을 때, 그것은 일본 근대 소설의 거장 시가의, 극도로 자연발생적으로 형성된 개성과 이태준의 그것을 차이화하는 의식이 작용한 것으로 이해될 필요가 있다.

3. 이태준의 장편 세계

3-1. 사에구사 토시카츠(三枝壽勝)의 연구 성과

사에구사 토시카츠[44]의 외국문학자로서의 작업은 한 작가가 다양하면서도 모순적인 측면을 보이는 경우 그 여러 측면을 관통하는 이념의 양상을

---

43) 쵸오, 「李泰俊」, 각주5, 149쪽.
44) 사에구사 토시카츠(1941-). 경도(京都)대학교 대학원 박사과정 물리학 전공 중퇴. 현재 동경외국어대학교 한국문학 담당 교수. 일본어로 쓰여진 첫 번째 한국 근·현대 문학사인 『韓國文學を味わう』(각주4)등의 저작들과 채만식 『탁류』(東京, 講談社, 1999) 등의 번역서들과 다수의 논문이 있다. 그의 이광수 이해에 관해서는 심원섭 『한·일 문학의 관계론적 연구』(각주2)에 자세하다.

밝히는 데에 집중된다. 이태준에 관해서는 하나는 장편과 단편을 총체적으로 파악할 수 있는 이념적인 틀을 찾아내는 작업, 또 하나는 해방 전과 해방 후의 문학자로서의 그의 행동을 관통하는 이념을 밝히는 작업으로 나타난다. 「李泰俊作品論」[45]에서 그는 본국의 연구보다 앞서 이태준의 장편소설에 대한 총체적인 유형 분석을 꾀했다. 이태준의 대부분 장편소설에 공통적으로 나타나는 플롯 유형은 젊은 남녀들이 사랑의 실패를 겪으면서 결국은 사회적으로 이상적인 인물이 되는 길을 선택해 간다는 것이다. 여기서 등장인물들이 보여주는, 민족에 봉사하는 사업에 대한 지향이 무엇을 뜻하는지가 사에구사 논문의 초점이다. 사에구사는 그것을 대(對)사회적이거나 사상적인 관심으로 보지 않는다. 예를 들어 『불멸의 함성』(1934)에서 남성등장인물 '두영'은 다음과 같이 말한다.

> 내가 굶거나 주인집에서 쫓겨나서 공원뻰치에서 자거나 당신은 나의 安危를 모른 척하엿스며 차저가면 정면으로 다해주지조차 안엇습니다.〔중략-인용자〕 나도 이제는 당신께 냉정한 사람입니다.(『조선중앙일보』, 1935.1.29)

이 대사에 나타나는 것은 '두영'이 기댈 곳이 없는 고아적인 상황에 있다는 것, 그것을 외면한 옛 애인에 대한 원한과 복수심이다. 그러나 '두영'은 그 원한의 상대인 '원옥'과 결국 같이 살아가며 서로 사랑하는 사이인 '정길'과는 이별한다. 이별할 때 '정길'은 '두영'에게 다음과 같은 말을 남긴다.

> 아무턴 원옥을 박대마시고 그와 혼인하세요 그리고 곳 미국으로 도루 가셔서

---

45) 三枝壽勝, 「李泰俊作品論」, 『史淵』 117輯, 九州, 九州大學文學部, 117輯, 1980, 33-61면. 해방 후의 이태준에 관해서는 三枝壽勝 「解放後の李泰俊」(『史淵』 118輯, 九州, 九州大學文學部, 1981, 127-158쪽)이 있는데 여기서는 언급하지 못한다.

공불 마치세요. 그리고 와서 처음 뜻대루 사업하세요. 사업하시는 분들은 대개 가정에 냉정하드군요. 또 가정에 행복스런 인 사회에서 크게 성공하지 못하드군요. 그리군 전…… 제가 두영씰 생각하구 혼자 살거니 하구 측은하실 게 업시오. 한 옛날 친구처럼 자주 알리구 하실 것두 업시 나두 사회일에 성공하기만 마음으루 바래주세요. 그럼 전 만족예요. 그게 제 행복예요.(『조선중앙일보』, 1935.3.23)

이러한 결말에 대하여 사에구사는 "이 작품에서 사랑의 문제에 대한 결론은 극도로 불안정하다"(44면)라고 보았다. 여기서 사에구사가 말하고자 한 것은 이태준의 장편에서는 사랑의 문제로부터 받은 상처가 다른 사랑으로 보상을 찾는 것이 아니라 민족에 봉사하는 사회사업을 지향하는 일로 보상을 받는다는 것이다. 나아가서 이태준의 장편에서 "사랑이란 개(個)의 문제를 민족의식이라는 공(公)의 문제로 대체하고자 하는 의식"(60면)을 찾아낸다.

사에구사의 이러한 선행연구를 이어받으면서 논자는 「李泰俊の文學の低流にあるもの」[46]에서 이태준의 장편에 있어 남성이 주인공인 경우와 여성이 주인공인 경우와는 그들이 지향하는 사회사업이 지니는 뜻이 다름을 밝히는 작업을 시도했다. 이태준의 단편이 "건실한 필치 치밀(緻密)한 묘사와 구상"[47]력을 갖추었다는 점은 부정할 수 없다. 단편에서는 등장인물들의 감정적인 표현이 극도로 억제되고 그것이 묘사력이나 구상력을 만들어낸다. 한편 장편에서는 등장인물들의 하소연이나 외침이 오히려 묘사의 중심이 되고 그것이 장편의 문학적 완성을 방해한 것으로 보인다. 그러나 "길다란 物語를 쓴 것은 결코 作家의 本意가 아닐 것"[48]이라는 소극적인 평

---

46) 각주 11.
47) 「조선문단합평회-7월 창작소설 총평」, 『조선문단』, 1925.8.114-121면. 이달의 평자들은 김동인 · 나도향 · 방인근 · 최서해 · 현진건 · 양백화.

가의 관점으로부터 벗어나 적극적인 관점에서 이태준의 장편을 본다면 해석의 새로운 가능성이 열리지 않을까. 즉 문제는 그가 자신의 소설가로서의 장점인 절제된 묘사력을 포기하면서까지 장편이라는 장르를 통해서만 표현할 수 있다고 보았고 추구했던 것은 무엇인가를 묻는 일이다.

이태준의 장편 열한 편 중에 역사소설 두 편을 제외하면 여섯 편이 여성이 주인공이며 나머지는 남성이 주인공이다. 이 모든 장편에서 사랑의 배반이 문제가 되고 있음은 사에구사가 지적한 바이다. 그 배반의 특징은 사랑의 배반이 동시에 반드시 배반당한 인물의 생활마저 파괴하고 그를 고아적인 상황에까지 전락시키는 점이다. 예를 들면 『불멸의 함성』의 남성 주인공 '두영'의 경우는 다음과 같다. '원옥'은 다른 남자의 아이를 임신한 상태에서 그 사실을 감추고 '두영'과 결혼하고자 한다. 그러나 그녀를 임신시킨 남자가 죄를 범하면서 '원옥' 역시 결혼을 앞두고 감옥으로 끌려간다.

> 두영은 딱한 형편이 되고 말앗다. 언제 원옥이가 나오나 하고 외상밥을 먹으면서 막연히 학교에나 다니는 수박게에 업섯다. 자기의 딱한 사정은 원옥이뿐만 아니라 원옥의 어머니도 알아줄 법하건만 원옥의 어머니는 새로 발러노흔 건넌방엔 반드시 자기 딸과 함께 하야 들인다는 듯이 와 잇스라는 말은 하지 안엇다.(『조선중앙일보』, 1934.10.12)

'두영'의 삶은 모든 면에서 '원옥'에 딸려 있다. 그녀와의 관계가 파괴되면 먹을 것도 잘 데도 없는 고아와 같은 상황에 빠질 수밖에 없다. 그러한 상황은 여성이 주인공인 『성모』(1935)의 경우에도 마찬가지이다. 여성 주인공 '순모'는 두 번까지 사랑하는 남자에게 배신을 당하여 사생아를

---

48) 김동인, 「이 作家의 濫作-李泰俊氏 『愛慾의 金獵區』」, 『매일신보』, 1935.3.27.

혼자 키워가야 하는 처지가 된다. 주인공들은 딱한 상황을 극복하고 삶의 의미를 발견하기 위하여 민족에 봉사하는 사업을 지향한다. 이 점에서는 주인공의 성별이 문제가 되지 않는다.

 그러나 『성모』를 비롯하여 여성을 주인공으로 하는 장편에 나타나는 사회사업은 그 작품 속에서 특별한 기능을 가진다. 그 기능이란 배반하는 인물과 배반당하는 인물 사이의 갈등을 모두 해소시킨다는 것이다. 예를 들어 『성모』에서 배반을 당하는 '순모'는 사생아 '철진'을 '민족의 아들'로 기름과 동시에 여성을 위한 직업훈련소를 개설한다는 목표를 갖는다. 옛날에 그녀를 배반하고 이제는 이를 크게 후회하는 '상철'과 그의 딸이자 '철진'의 애인이 되는 '옥경' 역시 그 사업을 같이 하는 것에서 삶의 의미를 찾고자 한다. 『성모』 이후 『화간』(1937), 『청춘무성』(1940), 『행복에의 흰 손들』(1942), 『별은 창마다』(1942)에서 여성주인공들은 옛 애인의 여동생이나 딸, 자신의 아들, 더 넓게는 고아들과 함께 하나의 공동체를 형성하고 교육, 갱생 등의 사회 사업을 실시한다. 물론 이러한 공동체들은 거의 현실감이 없다. 따라서 사회에 대한 이태준의 현실 인식의 부족이나 사상의 결여를 지적할 수도 있다. 그러나 이들 공동체의 구상은 원래 견고한 사상으로 뒷받침된 것이 아니다. 이것들은 단지 등장인물들의 화해와 조화의 공간이고 그 이상의 뜻은 없다. 공동체 속으로 들어간 여성주인공들은 배반당한 고통을 감정적인 표현으로 독자들에게 호소하기를 그만 두고 배반자까지 감싸주는 인물이 된다. 이 때 등장인물들은 서로 화해하고 조화를 이룬다.

 한편 남성이 주인공인 『제이의 운명』 및 『불멸의 함성』의 경우 그들이 투신하는 사업은 결코 유토피아적인 공간이 아니다. 『제이의 운명』에서 묘사되는 출판사는 음모와 부패로 가득차 있다. '필재'는 이를 원망하면서 출판사를 그만 두고 청년교육 시설인 '관동의숙(關東義塾)'에 자리를 잡는다. 그러나 '관동의숙'은 자금부족으로 경영난을 겪고 있다. 자금 조달로 고민하는 '필재'들을 세상은 냉대와 음모로 괴롭힌다. 과거에 자신을 배신한 바 있는 '천숙'이 회심하여 '관동의숙'으로 찾아오지만 '필재'는 그녀를 용서할 수가 없다. 여기서 그는 '천숙'에 대하여 "저따위 계집엔 침을 뱉어도 좋다! 저따위 치사한 계집을 보군 비웃어라. 암만이라도 비웃어……"[49]라고 복수심을 드러내며 혼자 방랑의 길을 떠난다. 여기서는 화해도 조화도 이루어지지 않는다. 즉 이태준의 장편소설에는 여성이 주인공인 경우에만 화해와 조화가 이루어지고 남성이 주인공인 경우에는 원망과 복수심이 드러나는 구조가 있다. 이러한 구조에는 두 가지 문제점이 포함된다. 즉 그 한 가지는 사에구사가 지적했듯이 사랑이라는 개(個)의 문제를 사회라는 공(公)의 문제로 대체시키는 문제이고 다른 한 가지는 여성을 어머니에 직결시키는 문제이다.

3-2. 기쿠치 칸(菊池寬)과의 차이화

이들 두 가지 문제점에 있어 이태준과 대조적인 모습을 보인 일본의 작가가 기쿠치 칸(菊池寬, 1888-1948)이다. 그는 1930년대 일본의 소위 통속소설로 지칭되는 신문 연재소설 중에서 가장 인기가 높았던 작가이다. 그의 희곡과 초기 단편들은 순수문학으로서 비교적 높은 평가를 받았지만 나중에 창작하기 시작한 장편소설들은 통속적이고 수준미달이라는 비판을 받았다.[50] 그러나 나중에는 그 당시 문단에서 주류를 이루고 있던, 자기고백을 중심으로 한 소설의 비판자로 그를 재평가하는 논의도 나왔다.[51]

---

49)『제이의 운명』, 한성도서, 1938, (상), 294쪽.

50) 藤村作 監修,『現代文學總說 Ⅱ-大正昭和作家篇』, 東京, 學燈社, 1952, 101-148쪽.

51) 고바야시 히데오(小林秀雄)는 기쿠치가 그의 자전소설을 쓸 경우에조차 "작가의 고백병으로부터 뚜렷하게 초탈(超脫)"한 점을 높이 평가한다.「菊池寬論」,『中央公論』, 1937, 1. 참조. 이노우에 히사시(井上ひさし)는 그 당시 문단의 주류였던 고백을 중심으로 한 사소설

그는 문단의 거물이고 조선예술상의 추진자였으므로 당시 조선에도 잘 알려져 있었을 것이다.[52] 이 기쿠치의 『眞珠夫人』(1920)은 신문소설의 전성기를 연 작품이었다. 그 창작을 위해 그는 서구의 통속소설을 열심히 탐구했고 단편에서와는 다른 기법을 추구하고자 했다. 그 결과 그는 극히 묘사를 기피했던 단편에서와는 달리 치밀한 묘사로 『진주부인』의 서두를 장식함으로써 문단을 놀라게 했다.[53]

단편에 비하여 장편이 통속적이라는 비판을 받았다는 점에서 기쿠치는 이태준과 비슷했지만 기쿠치는 장편의 통속성에 대하여 조금도 수치심을 갖지 않았다. 그는 신문이라는 매체에서 보다 많은 독자의 확보라는 적극적인 가치를 보았다. 에토오 준(江藤淳, 1933-1999)에 따르면 기쿠치가 구상한 다수의 독자란 '대중'이라는 관념과는 전혀 별개의 것이다.

> 그는 생활에 대한 예민한 감수성을 수십만 명의 신문독자와 공유했다. 그리고 그것이야말로 삼천 명의 '순문학' 독자에게 결여된 것이었다. 정확히 말한다면 순문학자나 좌파적인 학자의 머리 속에 숨어 있는 '대중'이라는 관념의 망령은 기쿠치 칸과는 아예 무관한 것이며 그의 눈에는 생활하는 개별적인 인간과 그렇지 않은 개별적인 인간이 보였을 뿐이다. 그의 작품이 지나치게 명백한 것은 그가 생활의 숙달자였기 때문이다. 기쿠치는 소위 대중 숭배 작가의 대중 멸시로부터 가장 거리가 먼 작가이다.[54]

문학을 미숙한 청년들의 사고의 소산으로 보고 기쿠치의 작품에 보이는 인간의 생활에 대한 성숙한 관점을 평가한다. 「接續詞「ところが」による菊池寛小傳」, 『ちくま日本文學全集- 菊池寬』, 동경, 筑摩書房, 1991, 452-459쪽, 참조.

52) 고바야시는 기쿠치에 대하여 "내가 비평을 시작했을 적에는 이미 씨는 소위 순문학 영역의 사람이 아니었다. 예술가라기보다 오히려 문단의 거물라고 할까 사회적인 통명이 잘 어울리는 성공자로 나에게는 보였다"라고 증언한다. 小林秀雄, 「菊池寬論」, 각주52.

53) 小島政二郎, 「『眞珠夫人』思い出話」, 江藤淳 『リアリズムの原流』(東京, 河出書房新社, 1989, 140쪽)에서 재인용.

110   근대문학과 이태준

이 점에서 에토오는 쇼오와(昭和)시대 문학에 대한 최대의 비판자는 고바야시 히데오(小林秀雄)와 기쿠치의 둘이라고 평가했다. 그 기쿠치의 대표적인 신문 연재 소설은 『貞操問答』(1934)이다.[55] 『貞操問答』은 세 명의 자매를 중심으로 한 장편이다. 연재가 끝나자 바로 단행본이 출판되었고 인기를 끌었다.[56] 이 장편에는 이태준의 장편을 해석함에 있어 실마리가 되는 주제가 포함되어 있다.

이야기의 중심은 아버지를 잃은 중급계급 가족의 생활의 고난이다. 돈의 고생을 모르는 어머니와 세 자매들의 생활은 낭비로 인하여 일가의 생계가 막연한 지경에까지 이른다. 그 상황을 자각한 것은 둘째 딸 '싱코(新子)' 뿐이다. '싱코'는 여학교를 졸업하자마자 일가의 생활비를 마련하기 위하여 가정교사를 시작한다. 생활 능력이 없는 어머니와 검약할 줄 모르는 언니와 여동생들은 그녀의 고생을 모른 척한다. 그 뿐만이 아니라 여동생은 '싱코'의 애인을 유혹하고 언니는 그녀가 갖다주는 생활비를 연극활동에 탕진한다. 게다가 그녀는 가정교사 자리마저 그 집 부인의 악의로 인해 쫓겨난다. '싱코'의 애인은 '싱코'와 가정교사 집 주인 사이를 의심하고 '싱코'의 여동생과 놀러 다닌 끝에 결국 '싱코'를 버린다. 애인도 직장도 잃어버린 '싱코'는 결국 가정교사 집주인의 비호를 받아 술집의 마담이 되고자 결심한다.

이 작품에서 사랑의 실패는 이태준의 장편에서 볼 수 있듯이 주변 사람들의 개입으로 생긴 서로에 대한 불신과 오해에 그 원인이 있다. 또한 생

---

54) 江藤淳, 『リアリズムの原流』, 위책, 141쪽.
55) 『三家庭』, 『大阪朝日新聞』 및 『東京朝日新聞』 동시 연재, 1933.11.13-1934.3.22.
　　『貞操問答』, 『大阪朝日新聞』 및 『東京日日新聞』 동시 연재, 1934.7.22-1935.2.4.
　　高木健夫編, 『新聞小說史年表』(東京, 國書刊行會, 1987)는 1862년부터 1955년까지의 각종 신문소설을 연표로 작성하여 방대한 자료를 정리한 것이다.
56) 『貞操問答』, 東京, 改造社, 1935. 또 1938년에는 《菊池寬全集》이 나와 『貞操問答』도 11권에 실렸다.

활의 고생을 혼자서 맡은 여성주인공을 세상이 냉대하고 악의로 괴롭히는 점도 공통적이다. 두 작가의 차이는 사랑의 실패를 처리하는 방법에 있다. 이태준의 『딸 삼형제』(1940)에서 일가의 생활비를 마련하는 입장에 있는 것은 큰 딸 '정매'이다. '정매'는 결혼하고 직장을 찾지 못한 남편 대신 일가의 생활비를 마련한다. 그런 그녀를 세상이 학대하여 사랑도 직장도 잃어버리게 하는 것도 『貞操問答』과 같다. 경제적 곤경을 이용한 남자에게 강간당한 그녀를 남편은 용서할 수가 없어 둘은 헤어지게 된다. 『貞操問答』 경우에는 여기서 경제력을 가진 다른 남자가 나타나고 사랑과 일자리의 모두를 '싱코'에게 제공하고자 한다. '싱코'는 남자의 사랑을 외면할 수 없게 된다. 『딸 삼형제』의 '정매'는 아이만은 되찾지만 후회한 남편의, 다시 같이 살자는 애원을 거절하고 악기점을 경영하는 것으로 살아갈 길을 찾는다. '정매'를 비롯하여 이태준은 그의 모든 장편에서 사랑을 잃고 새로운 삶을 찾는 여성에게 새로운 사랑을 준비해 주지는 않는다. 그녀들은 오로지 '어머니'로서만 살아가는 길을 선택한다. 『딸 삼형제』는 그의 장편 중에서 유일하게 악기점 경영이라는 현실성이 있는 결말을 보여주고 있다. 이것은 기쿠치의 『貞操問答』을 의식한 결과일 수도 있을텐데[57] 다른 장편에서는 여성들은 한결같이 커다란 이상을 갖고 '사회의 어머니'가 되고자 했던 것이다.

　두 작품은 모두 생활의 책임을 짊어지는 여성을 주제로 하고 있으며 그 여성이 세상의 악의로 인하여 사랑도 직장도 잃게 되는 과정을 줄거리로 삼고 있다. 그러나 사랑에 실패한 여성 주인공에게 기쿠치는 경제력과 결부된 한 남자와의 관계 속에서 행복을 찾게 한다. 반면에 이태준은 여성

---

57) 기쿠치의 『貞操問答』에 가정교사 집주인이 '싱코'에게 "여성잡지에 기사가 가끔씩 나오는데 음반을 파는 가게를 경영하는 것이 어떻습니까? 깨끗하고..."(『貞操問答』, 《菊池寬全集》 제11권, 東京, 中央公論社, 1938)라고 음반점의 경영을 권장하는 장면이 있는데 '싱코'는 결국 술집 경영을 선택한다.

주인공으로 하여금 한 남자와의 관계에 얽매이지 않은 채 다만 어머니로서만 살아가게 한다. 이 차이는 두 작가가 어머니의 상을 파악하는 방식의 차이에서 연유하는 것으로 보인다. 기쿠치의 『貞操問答』에서 '싱코'의 어머니는 둘째 딸 '싱코'가 셋째 딸 때문에 사랑을 잃고 큰 딸 때문에 생활비를 혼자서 책임져야 하는 것을 알면서도 어찌 할 바를 모르고 다만 눈물을 흘릴 뿐이다. 이 어머니는 생활력을 전혀 구비하지 못한 여인이며 따라서 딸들이 의지할 수 있는 사람이 아니다.

기쿠치의 작품에서 부모는 전혀 생활 능력이 없고 자식들에게 오히려 부담이 되는 인간으로 등장하는 경우가 많다. 그의 대표적인 희곡 <父歸る>[58]에서는 가출한 아버지가 무일푼이 되어 20년만에야 집으로 돌아오고 있다. 그 아버지를 다시 내쫓으려고 하는 큰아들의 아버지에 대한 원한과 아버지를 자식들이 모셔야 할 의무가 있다는 둘째 아들의 윤리감이 대결을 이루는 것이 이 작품의 주제이다. 여기서 아들들의 어머니는 20년 동안의 미움을 잊어버리고 남자를 반가워하는 여자로 등장한다. 그러나 이 어머니에게는 어떤 결정권도 없다. 일가의 생활비를 마련하고 있는 것은 아들들이기 때문이다. 즉 기쿠치에 있어서의 여성들은 어머니로서 모든 자식들에게 공평한 애정을 제공함으로써 스스로 행복해할 수 있는 존재가 아니다. 한 남자와의 관계, 즉 개(個)와 개(個)의 관계 없이는 살아갈 수 없는 존재이다. 여기에는 생활 능력이 없는 부모를 가진 기쿠치 자신의 경험이 살아 있다.

한편 이태준의 장편에서 여성은 불행한 사람들에게 애정을 나누어주는 어머니가 됨과 동시에 한 남자와의 관계, 즉 개(個)와 개(個)의 관계를 포기한다. 그 결과 여성이 주인공인 이태준의 장편에서는 남성이 주인공인 장편에서는 볼 수 없는 세상과의 화해와 조화가 이루어진다. 즉 이태준의

---

58) 菊池寬, <父歸る>, 『新思潮』, 1917.1.

장편의 여성 주인공들은 개(個)와 개(個)의 대결을 피하기 위해서 개(個)와 개(個)의 관계를 포기한다는 대가를 지불해야 한다. 이러한 결말의 처리에는 여성은 개(個)와 개(個)의 관계를 포기한 곳에서도 행복을 찾을 수 있어야 한다는, 작가가 모성에 대하여 품은 허상의 작용을 볼 수 있다. 여성주인공들이 구상하는 사회사업이 현실감을 갖지 못한 원인이 여기에 있다.

　이태준은 『사상의 월야』에서 과부가 된 후에도 정신적으로 단단한 모습을 잃지 않은 어머니 상을 묘사했는데 이태준이 알고 있는 어머니란 이러한 모습일 수밖에 없다. 어려서 어머니를 여원 경험으로는 나이 들어서 약해진 어머니의 모습을 경험할 수가 없는 것이다. 기쿠치의 <父歸る>에 등장하는 어머니는 나이 들어서 아무 힘도 없이 외로워하는 여성이다. 그러한 어머니를 경험할 수 없었던 이태준으로서는 그의 장편에 등장하는 여성들을, 개(個)와 개(個)의 관계를 포기하고 모성만으로 살아갈 수 있는 존재로 형상화할 수도 있었던 것이다. 바로 이 점이 이태준의 장편소설을 완전한 통속 연애 소설로부터 구분한다. 그러나 한편으로는 개(個)의 문제의 심화라는 문제에서는 완성되지 못하고 있다. 사에구사는 "만일 이태준이 서로 충돌하는 자아라는 주제를 한층 더 심화시킬 수 있었다면 그 후의 그의 문학 및 살아가는 방식은 크게 달라졌을 것"[59]이라고 지적했는데, 그가 그러할 수 없었던 원인은 그가 어머니에 대하여 품은 허상이 깨지는 순간을 경험하지 못했던 바에 있었음이 함께 언급되어야 한다.

4. 글을 맺으며

　이상에서 이태준 문학을 일본문학자와의 차이라는 측면에서 검토해 보

---

59) 三枝壽勝, 「李泰俊作品論」, 각주46, 53쪽.

았다. 여기서 흥미로운 것은 이태준 문학과 깊은 공통점을 가진 일본 문학이 그 당시의 주류였던 고백조의 사소설도 아니고 지식인들의 사상을 드러낸 소설도 아닌, 그와는 오히려 대립적인 위치에 있던 문학이라는 점이다. 시가도 기쿠치도 사소설이나 사상의 흐름으로부터 거리를 두고 독자적인 문학의 자리를 유지했다. 시가는 그의 '기분'에 절대적으로 따르는 것으로 아(我)를 초월하는 방향에 나아갔고 기쿠치는 다수의 생활하는 독자를 의식함으로써 개(個)의 문학보다 최대 다수의 문학을 추구하는 방향으로 나아갔다. 이태준의 문학 또한 이들과 공통된 바탕을 보인다. 이 때 그와 그가 의식한 일본문학인들 사이에 결정적인 차이를 낳은 것은 그 자신의 고아의식이다. 시가는 그의 개성을 일본의 메이지(明治)시대를 이끌어 온 아버지와의 대립의식 속에서 견고한 것으로 만들어 갔다. 기쿠치는 그것과는 대립적으로 메이지라는 새로운 시대에 적응하지 못하고 생활 능력을 잃어버린 부모들을 그가 책임지어야 하는 무거운 짐으로 받아들이면서 생활하는 인간으로서의 자신을 확보했다. 그러나 이와는 달리 부모와의 관계를 설정할 수 없었던 이태준은 그의 개성과 생활을 구축함에 있어 아버지 및 어머니의 허상을 만들어 내고 그것을 바탕으로 창작하는 방법을 취한 것으로 보인다. 그것이 그의 장편이 일본의 한국문학 연구자들에게 인공적이거나 비현실적으로 보이는 원인이다.

그러나 이 문제는 이태준이 스스로 주장했듯이 이태준만의 문제가 아니다. 일본 근대 문학에서 강한 아버지와의 대립 혹은 왜소한 아버지에 대한 혐오가 빠뜨릴 수 없는 주제가 되었음에 비하면 한국 근대 문학은 이광수라는 고아가 그 기반을 만든 데에 연유하는 특징을 여러 면에서 반복적으로 보여준다. 한국 근대 문학에서 아버지와의 대립이 문학적 주제가 되는 것은 염상섭의 『삼대』의 등장까지 기다려야 했다. 그것과 대조적으로 일본에서는 완벽한 고아임을 자각한 인간의 자아 정립이라는 문제는 가와바타 야스나리(川瑞康成, 1899-1972)의 등장을 기다릴 수밖에 없었다. 이러한 한국 문학과 일본 문학의 시간적 역전을 논리화시키는 작업은 두 나라의 근대문학의 성립을 차이화하여 이해함에 있어 결여될 수 없는 문제이고 앞으로 더 깊은 고찰이 필요로 되는 문제이다.

■ 참고문헌

1. 기본 자료

『한국근대장편소설대계』, 태학사, 1988.

『한국근대단편소설대계』, 태학사, 1988.

『황진이』, 한성도서/동광당도서, 1938/1946.

『왕자호동』, 남창서관, 1946.

『이태준문학전집』, 깊은샘, 1988.

『이태준문학전집』, 서음출판사, 1988.

李泰俊, 『福德房』, 정인택 역, 東京, モダン日本社, 1941.

* 문예잡지

『개벽』, 『문장』, 『삼천리문학』, 『사해공론』, 『신생』, 『신시대』, 『신여성』, 『어린이』, 『조광』, 『조선
　　문단』, 『풍림』, 『인분평론』.

* 신문

『동아일보』, 『매일신보』, 『조선중앙일보』, 『조선일보』

菊池寬, 『貞操問答』, 東京, 改造社, 1935.

______, 『菊池寬全集』, 東京, 中央公論社, 1938.

志賀直哉, 『志賀直哉全集』, 東京, 改造社, 1931.

______『翌年』, 東京, 小山書店, 1948.

モーパッサン, 杉捷夫·小西茂也 共譯, 『ピエールとジャン』, 1936, 東京, 白水社.

Maupassant, *Pierre et Jean*, Paris, Livre de poche, 1979.

2. 단행본

김상선, 『상허 이태준 문학연구』, 한빛미디어, 1994.

민충환, 『이태준연구』, 깊은샘, 1988.

백　철, 『한국신문학발달사』, 박영사, 1975.

심원섭, 『한·일 문학의 관계론적 연구』, 국학자료원, 1998.

안남연, 『이태준장편소설연구』, 대영현대문화사, 1993.

임화, 『문학의 논리』, 학예사, 1940.

조용만, 『30년대의 문화예술인들-격동기의 문화계비화』, 범양사출판부, 1988.

최재서, 『문학과 지성』, 인문사, 1938.

阿川弘之, 『志賀直哉』(上)(下), 東京, 岩波書店, 1994.
井上ひさし, 『菊池寛の仕事』, 東京, 文藝春秋, 1999.
江藤淳, 『リアリズムの原流』, 東京, 河出書房新社, 1989.
三枝壽勝, 『韓國文學を味わう』, 東京, 國際交流基金アジアセンター, 1997.
鈴木貞美, 『日本の「文學」を考える』, 東京, 角川書店, 1994.
＿＿＿＿, 『日本の「文學」概念』, 東京, 作品社, 1998.
高木健夫編, 『新聞小說史年表』, 東京, 國書刊行會, 1987.
中村光夫, 『風俗小說論』, 東京, 河出書房, 1950.
＿＿＿＿, 『志賀直哉』, 東京, 文藝春秋社, 1954.
藤村作 監修, 『現代文學總說 Ⅱ-大正昭和作家篇』, 東京, 學燈社, 1952.

3. 논문

김시태, 「九人會硏究」, 『제주대논문집』 제7호, 1975.
백 철, 「文章과思想性의檢討-내가쓰는作家 李泰俊論」, 『동아일보』, 1938.2.15.
신동욱, 「이태준의 소설에 나타난 민족의식」, 『동방학지』, 1992.
오경은, 「이태준연구- 자전적 소설 <사상의 월야>를 중심으로」, 숭실대 석사학위논문, 1991.
이명희, 「장편소설에 나타난 여성의식」, 『이태준 문학연구』, 깊은샘, 1993.
이상갑, 「<사상의 월야> 연구」, 『이태준 문학연구』, 깊은샘, 1993.
이익성, 「<사상의 월야>와 자전적 소설의 의미」, 『한국근대장편소설연구』, 모음사, 1992.
채호식, 「이태준 장편소설의 소설사적 의미」, 『이태준 문학연구』, 깊은샘, 1993.

柄谷行人, 「私小說の兩義性」, 『文藝讀本-志賀直哉』, 東京, 河出書房新社, 1983.
三枝壽勝, 「1940年代前半期の小說について」, 『朝鮮學報』 86輯, 日本, 朝鮮學會, 1978.
＿＿＿＿, 「李泰俊作品論」, 『史淵』 117輯, 九州, 九州大學文學部, 1980.
＿＿＿＿, 「解放後の李泰俊」, 『史淵』 118輯, 九州, 九州大學文學部, 1981.
竹盛天雄, 「志賀直哉における父と子」, 『國文學』 1970. 6,7,11,12.
長璋吉, 「李泰俊」, 『朝鮮學報』 92輯, 日本, 朝鮮學會, 1979.

■ Abstract

Lee Tae-jun's Literary Works as Foreign Literature
—— Differentiation from Japanese Literature ——

WADA, Tomomi

The purpose of this paper is to analyze the characteristic features of the past studies in Japan on Lee Tae-jun and to investigate, based on the results of the analysis, what types of studies on Lee Tae-jun would be possible particularly in Japan. It was in 1941 that the Japanese first showed an interest in Lee Tae-jun's literary works, when the Japanese translation of the collection of his novels was published. There was no Korean novelists but two, Lee Kwang-Su and Lee Tae-jun, whose literary works were translated into Japanese in the colonial days. The most definite reason why the Japanese became interested in Lee Tae-jun was that his short stories showed a high level of completion. Therefore, the postwar study in Japan on Lee Tae-jun was also started by clarifying the structure of the mental world of the novelist, which lead his literary works to a high level of completion. Shokichi Cho paid attention to the fact that though Lee Tae-jun had aimed at becoming an activist in a racial movement in his youth, his failure in attaining his wish caused him to be a novelist. According to Cho, the motive for Lee Tae-jun's aiming at becoming an activist in a racial movement was his wish to assimilate himself to his dead father. If such assimilation had been attained, Lee Tae-jun should have been liberated from his sense of being an orphan. However, his wish could not be fulfilled under the colonial circumstances at that time, and he was resigned to his fate as an orphan, and at the same time, to the fate as a novelist, a special profession allowed to the special fate as an orphan. It can be considered that Shokichi Cho's understanding of Lee Tae-jun's literary works has greatly been affected by his experience in Japanese literature. In the Japanese literary world, there was a novelist whose mental structure was poles apart from Lee Tae-jun's. It was Naoya Shiga. His father was a living existence that oppressed him. Therefore, Shiga's literary works were always created through his sense of conflict with his father. In Lee Tae-jun's literary works, we often find the situations in which the hero/heroine is unable to act in accordance with the dictates of his/her own sense. The reason for it can be clarified by making a comparison between his literary works and Shiga's. In Shiga's literary works, the hero/heroine acts in accordance with the dictates of his/her own sense.

Hero's/heroine's decision is always made with confidence, as Shiga's reaction to his living father. On the other hand, Lee Tae-jun created a virtual image of his dead father and tried to assimilate himself to it. In the background of hero's/heroine's decision lies Lee Tae-jun's virtual image of his dead father. Therefore, such a decision cannot be made with confidence.

The next step of the study in Japan on Lee Tae-jun was to clarify the philosophy that threaded through his short stories and long novels. Lee Tae-jun's short stories have been highly estimated, while his long novels have always been estimated low. Toshikatsu Saegusa analyzed the personalities of the characters in Lee Tae-jun's long novels and classified them into several types. Through this work, it was clarified that the most important motif for Lee Tae-jun's long novels was the betrayal of love. This betrayal is characterized by the failure of the hero/heroine not only in love but also in his/her economic and social life. The hero/heroine, who failed in his/her life, is left behind the society and falls into a state just like an orphan. At this point of time, the characters in short stories and those in long novels are in the same situation. However, the characters in long novels do not disappear from the society without doing anything as in the case of those in short stories. They change their passion for love into the passion for trying to reform the society. Based on his analysis, Saegusa suggested that the reason for such an action is that they substituted love as a personal issue with the racial consciousness as a public issue. A Japanese novelist contrastive to Lee Tae-jun in this point was Kan Kikuchi. Kikuchi treated personal issues consistently on a personal level. As a consequence, Kikuchi's long novels became popular ones. Lee Tae-jun left personal issues unsolved and replaced them with public ones. Owing to this, though his novels did not result in popular ones, they still remained immature ones with regard to the deepening of his consideration of a specific issue.

Ⅱ. 특집2
이태준 문학의 확대와 심화

이태준 소설의 선본 문제
― <사상의 월야>를 중심으로

민 충 환 (부천대 교수)

1. 머리말

문학작품에 대한 올바른 이해와 연구를 위해서는 텍스트의 정확한 선본 작업이 매우 필요하다. 텍스트의 부실로 말미암아 우스운 헛수고를 하는[1] 경우가 생기기 때문이다.

이태준의 작품도 예외는 아니다. 이태준은 특히 신문과 잡지 등에 작품을 발표한 뒤 이를 단행본으로 엮을 때 작품의 일부 혹은 전반적인 부분을 개작하였을 뿐만 아니라, 때에 따라서는 소설의 제목까지 바꾸는 등 세심한 노력을 기울였다. 따라서 그의 작품을 연구하기 위해서는 세밀한 자료 검증이 더욱 필요하다 하겠다. 그런데 해금된 뒤에 출간된 그의 작품집은 이에 대한 검토 없이 졸속으로 만들어 문제점을 드러낸 바 있다.[2] 현재에는 여러 연구가들의 노력에 의해 상허의 단편소설 선본 문제가 얼추 마무리된 상태다. 그러나 그의 장편소설에 대해서는 아직까지 세밀한 선본 검토가 별반 이루어지지 못했다.

---

1) 이상섭, 『문학 연구의 방법』, 탐구당, 1972, 15쪽.
2) 졸저, 『이태준 소설의 이해』, 백산출판사, 1992, 123~135쪽.

본고에서는 상허의 대표적 장편소설 중의 하나인 <사상의 월야>를 중심으로 이 문제를 검토해 보고자 한다.

<사상의 월야>는 『매일신보』(每日新報)에 1941년 3월 4일부터 1942년 7월 5일까지 총 98회에 걸쳐 연재되었다. 그리고 그 뒤에 을유문화사에서 단행본으로 출간하였다. 1988년 상허에 대한 해금조치가 발표되고 이 작품이 서음출판사(1988. 8)와 깊은샘(1988. 10, 증보판 1996. 10) 등에서 각각 재간행되었는데 이 책들은 한결같이 을유문화사본을 저본으로 하고 있다.

여기에서 제기되는 한 가지 의문은 이 을유문화사본을 과연 선본(善本)으로 신뢰할 수 있느냐 하는 점이다. 혼란했던 해방공간에서 상허의 행적을 감안할 때 그렇다. 다시 말해서 해방공간의 혼란한 상황에서 작가가 세밀하게 검토하지 못했을 개연성이 크다는 것이다. 더욱이 단행본이 출간된 1946년 11월은, 상허가 월북하여 '방소문화사절단'의 일원으로 약 2개월간 모스크바, 레닌그라드 등지를 둘러보고 온 직후이기 때문이다.

따라서 본고에서는 신문연재본과 단행본 두 자료를 대조하여 차이를 확인해 보고자 한다. 신문연재 내용은 『신문연재소설 전집』 3권 (깊은샘, 1987)을, 단행본은 『사상의 월야』 (을유문화사, 1946)를 토대로 하였다.

2. 자료내용의 대조

두 자료를 대조하는 과정에서 먼저 지적할 점은 단행본에 나타난 오자(誤字) 문제이다. 다음 내용을 보자.

가. 단행본에 나타난 오자

① [연재본] … 기름이라면 도야지 **비계**는커녕

[단행본] … 기름이라면 도야지 **비끼**는커녕

② [연재본] … 이씨**문중**에서 먹은 것이 잇는지라 당장의 물고는 면하엿스
　　　　　나 초벌 **죽엄**이 되리만치는 혹독한 문초를 당햇다.
　[단행본] … 이씨 **감중**에서 먹은 것이 있는지라 당장에 물고는 면하였
　　　　　으나 초벌 **주검**이 되리만치는 혹독한 감초를 당했다.

③ [연재본] … 이날부터 병이 갑자기 **더쳐** 그만… 눈을 감고 말은 것이다.
　[단행본] … 이날부터 병이 갑자기 **덧혀** 그만… 눈을 감고 말은 것이다.
　　* 더치다 — 낫거나 나아가던 병세가 다시 더하여지다.

④ [연재본]　소나무 가지를 만히 **찍어다** 배 제일 우묵한 간에 쌀더니…
　[단행본]　소나무 가지를 많이 **찍었다.** 배 제일 우묵한 간에 깔더니…

⑤ [연재본] … 이불들이 온통 히싯히싯한 소곰**버개** 안진 간수로 뒤집히엿
　　　　　다.
　[단행본] … 이불들이 온통 히끗히끗한 소금**번개** 앉은 간수로 뒤집히었
　　　　　다.
　　* 소금버캐 — 엉기어 붙은 소금.

⑥ [연재본] … 젓이라고 도모지 **붓지부터** 안엇다.
　[단행본] … 젓이라고 도무지 **붙지부터** 않았다.

⑦ [연재본] … '배기미'는 **인전** 이감리네가 아니라 '이송빈이네'의 세상의
　　　　　첫 항구엿던 것이다.
　[단행본] … '배기미'는 **인천** 이감리네가 아니라 '이송빈이네'의 세상의

첫 항구였던 것이다.

　* 인전 — 인제.

⑧ [연재본] … 한곳만 오래 바라본 째문인지 **현기**를 늣기며 다시 주저안
　　　　　　 젓다.

　[단행본] … 한곳만 오래 바라본 때문인지 **문기**를 느끼며 다시 주저앉
　　　　　　 았다.

⑨ [연재본] … 송빈이 어머니는 말을 탈 수가 업서 가마를 꾸며 타고 해
　　　　　　 옥이는 것을 **씌여** 할머니께 마씨고 경성 자혜병원으로 쩌
　　　　　　 낫다.

　[단행본] … 송빈 어머니는 말을 **할** 수가 없어, 가마를 꾸며 타고 해옥
　　　　　　 이는 젓을 할머니께 맡기고 경성 자혜병원으로 떠났다.

⑩ [연재본] … 쩌나 오라는 말을 **분명히** 씨여 잇지 안엇다.
　[단행본] … 떠나 오라는 말은 **유명히** 쓰혀 있지 않었다.

⑪ [연재본] … (서분내는 송빈이의 얼굴을)… 한참이나 숨이 **씨치도록** 가
　　　　　　 싸히 드러다 보더니

　[단행본] … (서분내는 송빈이의 얼굴을)… 한참이나 숨이 **끄치도록** 가
　　　　　　 까이 들여다 보더니

⑫ [연재본] … 송빈이는 발이 **부르터** 절룩거리며
　[단행본] … 송빈이는 발이 **부를어** 절룩거리며

⑬ [연재본] … 참새가 잘 나려안는 소먹이는 집 **작둑간**에다는 잇집을 쌀

고 쌀알을 끼여서 놋코… **작둑간**으로 덤부사리로…

[단행본] … 참새가 잘 내려앉는, 소먹이는 집 **장독간**에다는 잇짚을 깔
고 쌀알을 끼어서 놓고, …**장독간**으로 덤부사리로,…

　* 작둣간 — 작두질을 할 수 있도록 마련한 헛간.

⑭ [연재본] … 할머니는 여름에 참외를 **한 임** 사 이고 쏘 한번 다녀가섯다.

　[단행본] … 할머니는 여름에 참외를 **한 짐** 사 이고 또 한번 다녀가셨다.

　* 임 — 머리 위에 인 물건. 또는, 머리에 일 만한 정도의 짐.

⑮ [연재본] "**읍내** 새미꿀선 제일 잘 사는…"

　[단행본] "**읍에** 새미꿀선 제일 잘 사는…"

⑯ [연재본] "어제 써낫는데"

　　　　　"써나다뇨?"

　[단행본] "어제 떠났는데"

　　　　　"떠나다니?"

⑰ [연재본] … 송빈이는 **손이** 절로 널름거려 견딜 수가 업섯다.

　[단행본] … 송빈이는 **춤이** 절로 널름거려 견딜 수가 없었다.

⑱ [연재본] … 리수조차 모르는 조선 **한싯**혜서부터 조선 한가운데까지 가
　　　　　는 길

　[단행본] … 잇수조차 모르는 조선 **한쪽**에서부터 조선 한가운데까지 가
　　　　　는 길

⑲ [연재본] … 서너 집박게 업는 거리에도 으레 **엿틀**은 내여노아저 잇섯다.

　[단행본] … 서너 집밖에 없는 거리에도 으레 **엿들**은 내어놓아져 있었다.

여기에서 보는 바와 같이 단행본에는 많은 오자가 보이고 있다.

연재본에서 '인전 이감리네'라는 말이 단행본에서는 '인천 이감리네'로, '작둣간'이 '장독간'으로 되었다. 또한 송빈 어머니가 몸이 몹시 불편한 나머지 말(馬)을 탈 형편이 못 되어 어쩔 수 없이 가마를 타게 되었다고 해야 문맥이 통하지 말(言)을 할 수 없어 가마를 꾸며 타게 되었다는 것은 이치에 안 맞는다. 한편, '해옥이는 젖을 할머니게 맡기고'도 그렇다. 해옥이가 이제 젖을 떼게 되어 할머니에게 안심하고 맡길 수 있게 되었다고 해야 옳다. 또한 할머니가 참외를 '한 짐 사 이고'보다는 '한 임 사 이고'가 더 적절한 언어구사다.

몇 개의 오자 정도야 하고 안이하게 생각할 수도 있겠지만 이 단행본을 선본으로 삼아 계속해서 잘못된 <사상의 월야>가 출판된다는 데 문제의 심각성이 있다. 단행본에 많은 오자가 나오게 된 것은 해방 직후의 혼란 시기에 만들어진 때문이 아닌가 생각한다.

그렇다고 단행본 내용을 일체 무시하고 신문연재본만을 좇아야 한다는 것은 아니다. 단행본의 다음 사항들은 유념해 볼 필요가 있다.

나. 단행본에서의 정정사항

① [연재본] … 공립 보통학교 아이들이 **국어**로 욕을 하며 놀리는 것이엿다.
　　[단행본] … 공립 보통학교 아이들이 **일본말**로 욕을 하며 놀리는 것이었다.

② [연재본] … 봉명학교 학생들은 …**국어**로 욕도 할 줄 알고 시펏고…
　　[단행본] … 봉명학교 학생들은 …**일본말**로 욕도 할 줄 알고 싶었고…

③ [연재본] … 졸업생들이 중학교에 가려면 **국어**를 알어야 한다고… '**국**

어 강습회'가 열리었다. 이 강습회의 **국어**교사는 원산쪽에
서 쩌드러와 교장댁 사랑에서 묵던 젊은 길손이엿다. …**국
어**는 잘하는 모양이엿다.

[단행본] … 졸업생들이 중학교에 가려면 일어를 알아야 한다고… '**일어**
강습회'가 열리었다. 이 강습회의 일어교사는 원산쪽에서
떠들어와 교장댁 사랑에서 묵던 젊은 길손이었다. …**일본
말**은 잘하는 모양이었다.

④ [연재본]   이는 **국어**만을 가리키지 안엇다.
　　[단행본]   이는 **일어**만을 가르치지 않았다.

⑤ [연재본] … **국어** 영어 노어 모든 선진국의 말을 배워…
　　[단행본] … **일어** 영어 노어 모든 선진국의 말을 배워…

⑥ [연재본]   모다 **국어** 잘하는 것으로 뽐내엿고
　　[단행본]   모다 **일어** 잘하는 것으로 뽐내었고,

⑦ [연재본] … 일학년의 시험과목은 **국어**와 영어와 산술과 조선어 작문이
엿다.
　　[단행본] … 일학년의 시험과목은 **일어**와 영어와 산술과 조선어 작문이
었다.

⑧ [연재본] … 조선어 작문과 산술은 자신이 잇섯스나 영어와 **국어**가 무
서웟다 …**국어**도 다섯 문제에서 네 문제는 썻다.
　　[단행본] … 조선어 작문과 산술은 자신이 있었으나 영어와 **일어**가 무
서웠다 …**일어**도 다섯 문제에서 네 문제는 썼다.

⑨ [연재본] … 은주는 **국어** 조선어와 한문 산술을 송빈에게 부지런히 배고
　　[단행본] … 은주는 **일어** 조선어와 한문 산술을 송빈에게 부지런히 배고

⑩ [연재본] … 이등박문 **공의** 작이라는 한시 구절이엿다.
　　[단행본] … 이등박문 작이라는 한시 구절이었다.

연재 당시의 시대적 사정으로 잘못되었던 표현을 해방 후 간행된 단행본에서 바로잡아 놓고 있다. 이 사항은 단행본 내용을 따르는 것이 타당할 것이다.

다. 결말 내용

다음으로 주목할 점은 이 소설의 결말 부분이다.

신문연재본에서는 이씨 일가의 러시아 망명에서부터 주인공 송빈(松彬)의 동경 유학생활까지 다루고 있는데 반해 단행본에서는 현해탄을 건너는 부분에서 끝맺고 있다.

이 과정에서 신문연재본 중 '동경의 달밤들' 내용을 제외시키고 '현해탄'의 끝부분을 대폭적으로 고쳐 단행본을 마무리하였다. 그 이유를 소상히 헤아리기는 어렵지만 소설의 주인공이 숱한 어려움을 극복하고 희망찬 내일을 열어가는 것으로 결말지어야 하는데 송빈의 동경생활은 고단한 삶의 연장선상에 있었기 때문이 아닌가 한다.

참고적으로 두 자료의 결말 내용을 대조해 보자.

[연재본] … "멀리 백제째는 왕인이 문자를 가지고 이 바다를 건너갓다!
　　　　　　오늘 우리들은 비인 머리를 가지고 과학과 사상을 거기로
　　　　　　담으러 가게 되엿다!"

더욱 송빈이가 놀라듯 벌덕 일어난 것은

"오, 아버지쩨서도 이 현해탄을 건느섯드랫다!"

생각을 해내인 것이다 '낭아사쎄'에서 양복을 입고 찍으신 사진은 그 천도연적과 함께 아직도 누이 송옥이가 마터 가지고 잇는 것이엿다.

"현해탄이란 우리의 모든 력사의 바다다! 모든 력사의 파도다!"

송빈이는 일어섯다. 바다가, 현해탄이 보고 시퍼젓다. 허리가 휘웃둥한다. 비틀거리며 층게를 올라와 보앗스나 강판으로 나가는 문은 잠겨 잇섯다.

밝는 날 새벽 이 갑판문이 열리자 송빈이는 누구보다도 먼저 쮜여나왓다. 솔이 새파란 섬이 벌서 보혓다. 바다는 행결 잔잔해젓다. 조선쪽으로 돌아서보앗다. 망망한 수평선뿐이다. 이등실쪽 갑판에도 벌서 여러 사람이 나와잇섯다. 모다 즐거운 얼굴이다. 송빈이는 처음 듯는 무슨 '아이다사미다샤'니 '데루니 데라레누 강오노도리'니 하는 노래를 열심으로 부르는 여자들도 잇다. 푸른 물결에 다을듯이 석벽에 가지 느러진 소나무들, 차츰 가까워지는 문사 하관 일대의 수목 울창한 육산들의 부드러운 곡선들 '마루마게'에 당홍 속옷자락을 해풍에 풍기며 쎈치한 노래를 부르는 여자들을 보며 보아그런지 무슨 유원지역에 드러서는 것가튼 다감다정한 풍물이엿다.

이윽고 현관부두에 배가 다엇다. 부두에 발을 나려 노키가 바쁘게 송빈이는 쏘 형사에게 은근히 소매를 끌리엇다. 부산서보다는 말씨부터 좀 나엇으나 취체는 취체엿다.

 하관에서부터 벌서 이상스럽게 눈에 쯰이기 시작하는 것

은 흰옷이다. 송빈이는 선뜩 윤수아저씨의 말이 생각낫다. 저게 조선옷이엿냬! 하리만치 처음처럼 조선옷부터가 새삼스럽게 보혓다. 차에서 배에서 석탄연기에 쓰을고 쑤기고 말리고 한 베것 모시것들은 흰옷의 흰옷다운 면목이라고는 옷고름 하나가 제대로 업섯다.

"우선 기차와 기선 생활을 못할 옷이다! 현대인의 옷일 수 업다!" 송빈이는 흰옷들을 보는 것이 민망스러워젓다. 더욱 동경행 기차에 올라서는 대판까지 십여시간은 송빈이는 이처럼 괴로운 기차를 타보기는 생후 처음이다. 찻칸이 조선서보다 좁아서가 아니엿다. 모다쓰리는 눈치여서 자기와 한 자리에 안게 한 경상도 사투리의 노파 한 분 째문이엿다. 귀는 어둡고 워낙 거센 말투인데다가 정은 만어 뭇지안는 자기 사정을 이야기햇고 나중엔 송빈이의 고향, 부모, 혼인 여부까지 물엇다. 주위에서들은 뜻은 모르고 소리만 드르니까더 우서운 듯하엿다.

[단행본] … **"머얼리 백제때는 왕인이 문자를 가지고 이 바다를 건너 갔다! 문자만이 아니라 의술, 점학, 철공술, 미술, 나중엔 조원사까지 백제로부터 건너갔다** 한다. 그런데 일본사람들은 그 답례로 무엇을 들고 이 현해탄을 건너 조선으로 나온 것인가? 임진란으로 일한합방으로 일로전쟁과 일청전쟁으로 오직 총과 칼을 들고 내달았을 뿐이다! 이런 악한 이웃 일본에 아니, 지금은 무서운 통치자 일본에 **나는 공부를 가고 있다!** 오늘 우리들은 비인 머리를 가지고 과학과 사상을 거기로 담으러 가게 되었다. **슬픈, 너무나 쓰라린 역전이다!"**

더욱 송빈이가 놀라듯 벌덕 일어난 것은,

"오! 아버지께서도 일찍이 현해탄을 건느셨드랬다!"

생각을 해낸 것이다. 낭아사끼에서 양복을 입고 찍으신 사진은 그 천도연적과 함께 아직도 누이 송옥이가 맡아 가지고 있는 것이다.

"현해탄이란 우리의 모오든 역사의 바다다! 모오든 역사의 파도다!"

송빈이는 일어섰다. **이 바다,** 이 현해탄이 보고 싶다. 허리가 휘우뚱한다. 비틀거리며 층계를 올라와 **갑판으로 나섰다. 하늘도 바다도 어둡다.** 그러나 바람은 배가 갈라제끼는 바다 속에서 나오는 것처럼 차도록 서늘하다.

"오 이게 현해탄! 역사에서 뒤떨어지는 조선을 일본만큼도 끌어 올려보려 김옥균 선생이 오고 가고 하던 그 뒤에는 망명으로 건너가고 말으신 이 현해탄! 내 아버지께서도 이 바다를 건느실 때는 뜻이 크셨을 게다! 결국 이루지 못하고 이 바다를 건너오셨고, 나중엔 역시 시세에 어두운 우물안 애국자들에게 매국노니 역적이니 하는 억울한 누명만 걸머지고, 그예 조국을 버리고 이 현해탄과 한 바다인 동해를 나서 노령지방으로 망명하셨던 거다! 거기서 돌아가신 설흔다섯 살인 아직도 청년이시던 내 아버지! 그 애달픈 심정은 어떠하셨을까!

오! 아버지? 이 미거한 것이나마 아버지의 뜻을 이으오리다! 선각자들의 수난에 보답하오리다! 김옥균 선생 같은 이를, 아버지같은 이를 매국노라, 역적이라 몰아붙이던 그 완매한 보수주의자들, 지금도 민철이 할아버지 따위, 원섭이 할아버지 따위가 조선엔 득실득실 차 있습니다.

그들은 지금 하나같이 남작이니 후작이니 작위를 받아먹고 민족은 도탄에 들어 있어도 저자들만은 세도를 부리며 호의호식을 하고 있습니다. 누가 정말 민족의 역적이며 누가 정말 나라를 팔아먹은 자들입니까? 아버지? 이 배에도 지금 조선청년이 많이 탔습니다. 그 속에는 매국노들의 자식으로 일본 관립학교나 졸업하고 제 할애비 제 애비의 세도나 물려 가지려는 얼빠진 자식들도 있을 겁니다만, 아직도 김옥균 선생이나 아버지께서 일본에 조국을 팔기 위해서가 아니라 일본의 유신을 본받으러 가셨듯이, 일본에 협력하기 위해서가 아니라 이 앞으로 일본과 투쟁하여 조선을 찾을 그런 준비로 학문과 사상을 배우러 가는 진정한 애국청년들이 더러는 있을 겁니다! 영혼이 계시다면 이들의 앞길을 인도해 주옵소서."

써늘하게 식은 송빈이의 뺨 위에는 뜨거운 눈물이 흘러내렸다.

오늘 자기의 외로움, 오늘 자기의 가난함이 일찍 그런 아버지가 이 현해탄을 건너신데 원인한 것이라 생각하면 송빈이는 이미 당해온 고생이 도리어 명예스러웠고, 이 앞으로 당할 고생에 더욱 용기가 솟는 것이었다.

배는 솟는 파도면 가르고, 잦는 파도면 미끄럼치듯 넘으면서 한결같은 속력으로 내닫는다. 송빈은 머얼리 바다 끝에 새벽 하늘이 트이기 시작할 때까지 밝는 날부터의 새 운명을 향해 그냥 서 있었다.

라. 부분적으로 바뀐 내용

다음으로 고려할 사항은 부분적으로 바뀐 내용이다.

① [연재본] … 유리창이 삔적거리는 집을 **'마구재네집'**이라 불럿다.(이하 같음)

  [단행본] … 유리창이 삔적거리는 집을 **마우재네집**이라 불렀다.(이하 같음)

  * '마우재'란 중국말로 '모자(毛子)'를, '모자'란 '서양놈·비적·토비' 등을 뜻한다. '마구재' 보다는 '마우재'가 중국어 발음에 더 가깝다.

② [연재본] … 어머니는 기침이 나섯다. **말슴을 하실만하면 작고 기침이 나오군 하엿다.** 기침 뒤엔 고개를 돌려 무엇을 배트시고 모새로 덥군 하시엇다.

  [단행본] … 어머니는 기침이 나셨다. 기침 뒤엔 고개를 돌려 무엇을 배앝고 모새로 덮군 하시었다.

③ [연재본] … 송빈이 할머니는 이 **「무슨 내」** **「무슨 내」** 들을 이루 기억할 수가 업섯다.

  [단행본] … 송빈이 할머니는 이 **「무슨 내」** 들을 이루 기억할 수가 없었다.

④ [연재본] … 산모에게 업치고 **덥치고** 함께 쓰러지고 함께 구르고 하며

  [단행본] … 산모에게 엎치고 함께 쓰러지고 함께 구르고 하며

⑤ [연재본] … 할 수 업시 누나와 해옥이는 용담에 썰구고 「모시울」로 **왓다.**

[단행본] ⋯ 할 수 없이 누나와 해옥이는 용담에 떨구고 「모시울」로 **오게 되었다.**

⑥ [연재본] ⋯ 벌서 모시울 **산에들은** 눈발이 히쏫히쏫 날리엇다.
　[단행본] ⋯ 벌써 모시울 **산들에는** 눈발이 히끗히끗 날리었다.

⑦ [연재본] ⋯ 엄마가 거기 게시어 '어서 걱정 말구 찬찬히 가거라' 해주시는 것 갓다. **행결 든든함을 느끼며 다시** 길로 나서 걸엇다.
　[단행본] ⋯ 엄마가 거기 게시어 '어서 걱정 말구 찬찬히 가거라' 해주시는 것 같다. 길로 나서 걸었다.

⑧ [연재본] ⋯ 돌에 스쳐 벗어지고 옷을 반이나 **마치었다.**
　[단행본] ⋯ 돌에 스쳐 벗어지고 옷을 반이나 **적시었다.**

⑨ [연재본] ⋯ "이놈! 내가 네 하래비 나인 된다. **네가튼 놈들** 실력을 몰라? 시험**에는** 잘험 뭘해 실력이 젤이니라."
　[단행본] ⋯ "이놈! 내가 네 하래비 나인 된다. **네놈들** 실력을 몰라? 시험**엔** 잘험 뭘해 실력이 젤이니라."

⑩ [연재본] ⋯ 산비둘기의 **우름** 소리는 슬픔이란 인생에게만 잇는 것이 아니라는 것도 가텄다.
　[단행본] ⋯ 산비둘기의 **우는** 소리는 슬픔이란 인생에게만 있는 것이 아니라는 것

⑪ [연재본] ⋯ 주인은⋯ 송빈이의 팔목을 끌고 **행길쪽으로** 잇는 사무실로 나왔다.

[단행본] ⋯ 주인은⋯ 송빈이의 팔목을 끌고 **행낭쪽**으로 있는 사무실로
나왔다.

⑫ [연재본] ⋯ 다리는 **씨르르하며** 풀섶헤서 나는 **씨르르** 메쑤기조차 부
러웟다.
[단행본] ⋯ 다리는 **찌르르 찌르르하며** 풀섶에서 나는 메뚜기조차 부
러웠다.

⑬ [연재본] ⋯ 잠 못잔 사람의 눈처럼 시뻘건 그믐달이엿다. 이런 아츰이
아득한 밤길을 걸어⋯
[단행본] ⋯ 잘 못잔 사람의 눈처럼 시뻘건 그믐달이었다.
"아!⋯⋯"
송빈이는 그만 주저앉고 싶었다. 이런 아침이 아득한 밤길
을 걸어⋯

⑭ [연재본] ⋯ 송빈이는 쏘 육십전을 마저 **걸엇다.**
[단행본] ⋯ 송빈이는 또 육십전을 마자 **대었다.**

⑮ [연재본] ⋯ "남들은⋯교과서도 **사고** 모자도 사 쓰고 내일은 학교에 가
겟구나!"
[단행본] ⋯ (남들은⋯교과서도 모자도 사 쓰고, 내일은 학교에 가겠구
나!)

⑯ [연재본] ⋯ 송빈이는 이날 서울의 수업는 거리거리를 눈이 뻘개 **싸다
녀** 보앗스나⋯
[단행본] ⋯ 송빈이는 이날 서울의 수없는 거리거리를 눈이 뻘개 **쏘다**

녀 보았으나…

⑰ [연재본] … 송빈이는 이리저리 **싸다니다** 빠고다공원에 드러섯다.

  [단행본] … 송빈이는 이리저리 **쏘다니다** 파고다공원에 들어섰다.

   * '싸다니다'는 '여기저기를 채신없이 바삐 돌아다니다', '쏘다니다'는
   '여기저기 분주하게 돌아다니다' 는 뜻이다. '싸다니다'는 얕잡아
   이르는 말로, 다소 부정적인 의미를 내포하고 있다. 극중인물 송
   빈은 무턱대고 서울의 이곳저곳을 돌아다닌 게 아니라 절실한 생
   존문제 를 해결하기 위해 일거리를 찾아 헤매고 다닌 것이다. 위
   문장에서 '싸다니다'보다는 '쏘다니다'가 더 적합한 표현이라 작가
   가 의도적으로 바꾼 것으로 보여진다.

⑱ [연재본] … "…나제만 일하구 밤엔 **야학갈 만한** 자리를 물어바 주마"

  [단행본] … "…낮에만 일하구 밤엔 **야학 댕길만한** 자리를 물어봐 주마"

⑲ [연재본] … 공영상회에서 남산이 가까윗는지라 날이 밝기 전에 쀠여올
      라가 북으로 삼각산 제봉을 바라보며 **혹은** 한강 일대를 나
      려다보며

  [단행본] … 공영상회에서 남산이 가까왔는지라 **며칠을** 날이 밝기 전에
      뛰어올라가 북으로 삼각산 제봉을 바라보며, **남으로** 한강
      일대를 내려다보며

⑳ [연재본] … 올에 어느 여고보**라도** 들엇을 것이엿다.

  [단행본] … 올에 어느 여고보**에고** 들었을 것이었다.

㉑ [연재본] … "저봐 쏘트들이 쩠네!"

하면 송빈이도 머리를 기웃하고 내다보앗다. 그러면 섄트
를 보는 것보다도 은주의 머리칼이 자기의 이마까지 간지
러주는 것이 멧배 유쾌하엿다.

[단행본] … "저봐아 뽀트들이 떳네!"
　　　 송빈이는 뽀트를 보는 것보다도 은주의 머리칼이 자기의
　　　 이마까지 간지러주는 것이 몇배 유쾌하였다.

㉒ [연재본] … '**문학**의 힘이란 위대하고나!'
　　　 송빈이는 문학서적에 몰두하게 되엿다.

[단행본] … (**문필**의 힘이란 위대하고나!)
　　　 송빈이는 문학서적에 몰두하게 되었다.
　　* '문학'이란 말이 뒷말과 중복되어 '문필'로 바꾼 듯하다.

㉓ [연재본] … "…체조선생도 그애 하나에게만은 어쌔 꿈적도 못하는건가?
　　　 아모리 교주의 손자라도 일단 학생으로 입학한 이상 일
　　　 률로 학생 취급을 하는 것이 교주나 그 손자에게 대해서
　　　 도 오히려 정당한 대우가 아닐 것인가?"
　　　 쏘는

[단행본] … "…체조선생도 그 애 하나에만은 어째 꿈쩍도 못하는 건
　　　 가?"
　　　 또는

㉔ [연재본] … **금세** 살이 찌듯 소담한 행복감에 **거름**이 무거웠다.

[단행본] … **금시** 살이 찌듯 소담한 행복감에 **마음**이 무거웠다.
　　* 신문연재본에서 '등잔불이 **금세** 꺼질 것처럼 깜박거리엿고'가 단
　　　 행본에서 '등잔불이 **금시** 꺼질 것처럼 깜박거리었고'라고 바뀐 예

가 앞에 나온다. 단행본에서는 '금세'를 '금시'로 통일시킨 듯하다.

㉕ [연재본] … 가슴이 그만 **돌쌍을** 맞는 것처럼 아펏다.
　　[단행본] … 가슴이 그만 **돌뎅일** 맞는 것처럼 아팠다.

㉖ [연재본] "기픈데 숨은 장미화야 잘 잇더냐…"
　　　　　를 작고 곡조를 이저버리지 안흐려 불러보앗다. 그리고
　　　　　"어쩌믄 그러케 잘헐가!"
　　　　　감탄하였다.
　　　　　"이름이 뭐드랫지?"
　　　　　"윤심덕."
　　[단행본] "깊은데 숨은 장미화야 잘 있더냐…"
　　　　　를 자꾸 곡조를 잊어버리지 않으려 불러보았다. 그리고
　　　　　"이름이 뭐드랬지?"
　　　　　"윤심덕."

㉗ [연재본] … 다른 학생이면 대뜸 불려가 싸귀를 마저야 할 **훌륭한** 교측
　　　　　위반이다.
　　[단행본] … 다른 학생이면 대뜸 불려가 따귀를 맞아야 할 **갈데없는** 교
　　　　　측 위반이다.

㉘ [연재본] … 누에가 올라 고치를 쌀 째까지는 사람들은 봉당에 멍석을
　　　　　쌀고 **자는** 것이엿다.
　　[단행본] … 누에가 올라 고치를 딸 때까지는 사람들은 봉당**에다** 멍석
　　　　　을 깔고 **사는** 것이었다.

㉙ [연재본] … "도항 증명 **내놔?**"

　　[단행본] … "도항 증명?"

㉚ [연재본] … 행렬에 끼여 섯슬 째 송빈이더러 "이리 나와"하던 형사엿다.

　　　　　　"빌자! 권도 잇는 사람들이 본다면 얼마나 비열할 거냐!

　　　　　　그러나 모든 궁한 사람들의 유일한 처세술은…"

　　　　　　송빈이는 그의 아프로 가 모자를 버섯다.

　　[단행본] … 행렬에 끼어 섰을 때 송빈이더러 "이리 나와" 하던 형사였다.

　　　　　　송빈이는 그의 앞으로 가 모자를 벗었다.

㉛ [연재본] … 알고 잇다는듯이 샛노란 **우슴**을 찡긋해 조소를 보인다.

　　[단행본] … **다** 알고 있다는듯이 샛노란 **웃수염**을 찡끗해 조소를 보인다.

㉜ [연재본] … 송빈이의 배를 꾹 찌르는 것이다.

　　　　　　저녁째야 송빈이는 백산상회를 생각해 내엿다.

　　[단행본] … 송빈이의 배를 꾹 찌르는 것이다. 송빈이는 **목을 꿀꺽 삼**

　　　　　　키고 돌아서고 말았다. 저녁때야 송빈이는 백산상회를 생

　　　　　　각해 내었다.

㉝ [연재본] … 분명한 도장까지 쯱힌 저의 상관의 것이라 멀쑥해지며 **"주**

　　　　　　임을 아나?" 하는 것이다. 하면서 다른 데로 가버렸다.

　　[단행본] … 분명한 도장까지 찍힌 저희 상관의 것이라 멀쑥해지며 다

　　　　　　른 데로 가 버렸다.

㉞ [연재본] … "나도 지금 미국처럼은 아니드라도 **모든 문물이 특색이**

　　　　　　다른 환경으로 가는거다!"

> 배는 차츰 파도를 타기 시작한다.
> [단행본] … "나도 지금 미국처럼은 아니드라도 **일본으로 가는 거다**"
> 배는 차츰 파도를 타기 시작한다.

단행본에서는 부분적으로 수정된 내용이 많다. 대부분 작가가 퇴고한 것으로 보이는데 개중에는 사실 여부가 불분명하여 오자가 아닌가 의심되는 점 또한 없지 않다. 이 점에 대해서는 면밀한 검증이 요구된다.

3. 마무리

앞에서 신문연재본과 단행본 두 자료에 나타난 상이점을 네 가지 사항으로 나누어 살펴보았다. 여기에서 보는 바와 같이 두 자료간에는 많은 차이를 드러내고 있어 을유문화사 단행본을 선본으로 삼는 데는 적잖은 문제점이 있음을 확인하였다.

따라서, 〈사상의 월야〉 선본을 정하는 데 있어 다음 사항들이 충분히 고려되어야 한다.

첫째로, '첫달밤'부터 '사랑의 물리'까지는 신문연재 내용을 면밀히 참고할 필요가 있다. 그리고 '나' 사항과 부분적으로 바뀐 내용을 신중히 검토하여 첨삭한다.

둘째로, 작품의 결말 부분인 '현해탄'은 단행본 내용을 따르는 것이 타당하다.

셋째로, 위에서 확정된 내용을 현대 맞춤법 표기로 바꿀 때 방언과 상허의 개인적 어휘로 믿어지는 말들은 각별히 유의해서 다루어야 한다.

문학연구가들은 작가의 작품을 엄밀하게 대조·분석해서 올바른 내용을 연구 텍스트로 삼아야 함은 물론, 독자에게도 올바른 텍스트를 제공할 의무가 있다고 본다. 상허가 해금된 뒤에 재출간된 〈사상의 월야〉에서 보인 것과 같은 착오가 되풀이 되지 않기를 기대한다.

아울러 상허의 장편소설에서도 선본 문제가 재검토되어야 한다고 믿어
진다.

A selective problem among the works by Lee Tae-jun
-focus on "Sasang ui Wolya" (literally 'The thoughtful nights'

Min Choong Whan

Since the lack of texts on the artistic works causes the reader's misunderstanding, the powerful selective insight is naturally required for the readers of artistic works in order to increase their understanding and developing further research about the works.

In the case of the writer named Lee Tae-jun, after he has published his writings in the newspapers or periodicals, he usually rewrote the whole or partial text while publishing them in one new volume. This matter was already discussed by the critics except his long novels.

The purpose of this study was to review and discuss the problem of Lee's rewriting especially with his long novel called "Sasang ui Wolya". From this study, it was found that discord also existed between his selected writing in the newspapers and that in a single publication; this seems to be similar in his short novels. Therefore, the selection of a single volume published by Ulumunwhasa is somewhat problematic in the way of discussion for the artistic world of the writer Lee Tae-jun.

이태준 소설의 노인, 그 기호학적 의미

김 현 숙(이화여대 교수)

1. 들어가며

소설문학에서 인물의 창조는 한 작품의 특징을 규정짓게 하는 것이면서 한 작가의 문학적 특성 보여주는, 반드시 있어야 할 근간이다. 작가는 시대에 따라 변하는 가치관이나 윤리의식을 작품 속에 등장하는 인물들의 갈등, 고민, 좌절을 통해, 그리고 그 시대를 살아내는 사람들의 사고와 행동을 통해 보여준다. 이때 등장 인물들의 갈등에 영향을 주는 요소 중의 하나인 사회 가치관의 변화는 그 폭이 크면 클수록 인물들이 지니게 되는 갈등의 폭도 그에 비례하여 증폭된다.

우리 나라의 1930년대는 변화와 사회적 굴절이 가장 심했던 시대이다. 더구나 이 시대는 우리 국민들이 사회 중심부에 있을 수 없는 시대였기 때문에 모든 사람들이 사회에 대해 느끼는 갈등은 좀더 복잡하고, 드러나는 현상 역시 다양했을 것이다. 과거와 달라진 삶의 변화와 지녔던 것을 빼앗겼다고 생각하는 데서 오는 상실감, 빼앗긴 것을 다시 찾으려는 욕구와 욕망, 그러나 이제 다시 그러한 것을 쉽게 회복할 수 없는 데서 오는 좌절감들이 사회 전반적인 분위기였으리라 생각된다. 더구나 이 시대 노인들의 경우에는 젊은이들보다도 몇겹의 어려움을 지닐 수밖에 없었으리라 생각된다. 해방 후 불어닥친 가부장제의 혼들림과 농경 사회로부터 상업사회로의 체제 변화, 일제치하라는 정치적인 특수상황, 이러한 점들은 특정 부유계층 이외의 모든 사람들의 삶의 터전을 흔들어 놓았을 것이다.

'노인' 이라는 어휘 속에 담겨져 있는 의미는 생물학적으로는 이제 생의 후반기를 맞이하면서 자녀들은 자신들의 생을 찾아 떠날 수 있을 만큼 자랐거나, 이미 자신의 생을 찾아 떠나, 생의 마지막 시간을 반려자와 함께 혹은 혼자 남겨져 인생을 정리하며 죽음에 가까이 다가서 있는 사람들을 말한다. 죽음을 향해 가는 인생의 여정에서 이들이 할 수 있는 것은 이제 새로이 창조적인 일을 하거나, 적극적으로 활동적인 일을 하기보다는 젊은 시절의 여러 가지 일들을 회상하며 인생을 정리하는 것일 것이다. 특히 과거에 이루지 못한 일이나, 해결하지 못했던 일들을 다시 생각해 보기도 하고 지금까지 살아왔던 가족과의 관계를 회상하기도 할 것이다. 심리학적으로 자아통정이 잘 이루어진 노인들의 경우에는 자신의 현재의 입장을 긍정적으로 받아들이려고 노력하며, 자신에게 남겨져 있는 힘과 물질을 사회를 위해 환원하려고 하지만 그렇지 못한 경우에는 주변 사람들에 대한 원망으로 부정적인 감정을 지니고 살 수밖에 없게 된다. 이들은 가까운 친구나 가족의 떠남으로 인한 충격과 인간적으로 고독의 문제를 겪게 되며 경제적으로 자립할 수 없는 데서 오는 자아 욕구 충족의 좌절감, 혹은 가족 구성원들에게서 받는 소외감을 느끼는 외로운 존재들로 사회나, 가족들에게 아무런 도움도 되지 못하는 존재로 전락하고 만다.

특히 우리 나라는 구한말에 이르기까지는 유교적인 가부장체제로서 장유유서(長幼有序)의 사상이 뿌리깊어 노인들은 존재하는 것만으로도 가정과 사회에서 존경의 대상으로 여겨져왔다. 그러나, 나라의 개방과 함께 불어닥친 사회의 변화는 대가족제도의 해체와 함께 적응력이 없는 노인들을 가정 밖으로 내몰게 된 것이다. 더구나, 농경사회에서 상업사회로의 변화에 길들여지지 않은 노인들이 가족에게서 버려져 스스로 자립하기는 매우 어려웠을 것이다.

노인들을 상허 이태준은 소설작품에 어떻게 표현하고 있는가, 각각의 작품에 등장하는 인물들은 서로 어떤 관계가 있는가, 상허의 작품 속 인물인 노인들을 상허는 어떤 시선과 화자의 진술로 표현하고 있는가가 이 글을 통해 규명하고 싶은 문제점들이다.

2. 인물 설정과 상호 텍스트성

이태준은 "소설은 사건보다 먼저 인물에 있으며 사건이란 인물에 소유되는 것이다"[1] 라고 표현할 정도로 소설 중요성이 인물에 있음을 강조하고 있다. 또한 인물을 표현하기 위해서는 산문 중에도 단편이 가장 적합한데 그 이유는 단편이 소설 형태 중에서 인물 표현을 가장 경제적이게," 하는 것이기 때문이라고 주장한다. 또한 단편문학에서는 "인물, 행동, 배경이 전체적으로 취급되는 것이 아니라, 인물이면 인물에만 치중하고, 행동이면 행동, 배경이면 배경만을 강조해서 단일적인 효과를 거두는 것이 단편의 약속"[2]이지만, 그래도 소설은 인물의 발견이며 발견이되 어디까지나 자기류의 발견[3]임을 강조하고 있다.

상허는 인물을 선택할 때도 "사진(신문 등)에서 오려 선택해서"[4] 작품을 쓸 만큼 일상적이며 주변에서 쉽게 만날 수 있는 보편적 인물을 작품에서 그려야함을 강조한다. 이태준 문학에 등장하는 인물들은 사회 정치, 경제

---

1) 이태준, 『무서록』, 서음출판사, 1986, 71쪽.
2) 이태준, 『상허문학독본』, 서음출판사, 1986, 277쪽.
3) 이태준, 『무서록』, 102쪽.
4) 이태준, 『무서록』, 73쪽.

의 중심부에 있는 사람들이 아니라 사회 가치관의 변화에 가장 영향과 피해를 많이 받는 주변적 인물들이다.[5] 이 인물들은 '현실과 정면하여 그 생활권을 주장해야 할 현실적인 인물들이 아니고 이미 운명이 결정된 과거에 속하는 사람들' 이라는 평가를 받게 되는 점이기도 하다. 김우종은 상허 소설의 특징을 "패배적인 인간형들이며 역사부재와 사상빈곤의 인물들이며 순수의 기수들"[6]이라고 표현하고 있다. 또 작가가 인물들의 표현에 관심을 가지는 것을 이태준의 '센티멘탈리즘'의 기질인 '소녀적인 감상성'과 '한국적인 애수' 로서 표현된다는 것이다.[7] 그리고 상허의 장편을 연구한 일본의 쵸오 쇼오키치(長璋吉)는 상허문학의 모티프를 '고아의식'[8]으로 보기도 한다. 이렇게 이야기 되는 상허 문학의 인물의 공통점은 수동적이며, 나약한 인물들이라는 이야기 일 것이다. 일상적으로 생각할 때 그런 인물의 전형적 유형이 노인이다.

실제로 상허의 작품에는 노인들이 많이 등장한다. <오몽녀>, <행복>, <온실화초>, <아무일도 없소>, <불우선생>, <농군>, <밤길>, <무연>, <뒷방마냄>에 노인들 등장인물이 있고, 주인공으로 설정되어 있는 작품은 <우암노인:愚菴老人>[9], <영월영감: 寧越令監>[10], <불우선생: 不遇先生>[11],

---

5) 상허의 단편소설은 落魄한 儒者, 陋巷에 沈眠하는 退妓, 不遇한 小學校員이나 혹은 流浪하는 農民, 어리석은 新聞配達夫, 생에 希望을 잃은 노인등, 인생의 그늘 속에서 움직이는 희미한 存在들의 孤獨과 哀愁를 同情과 유-모아로 그리고 있다는 것이다.
   李泰俊, 「인물의 표현」, 서음출판사, Vol.16, 235-8쪽.
6) 김우종, 『韓國現代小說史』, 선명문화사, 1968, 239-246쪽.(최재서와 일치)
7) 백   철, 『백철전집』, 신구문화사, 1968, 435-438쪽.
8) 「李泰俊 作品論」에서 이태준의 13편의 장편을 요약, 소개하면서 거기에 나타난 작가의 '고아체험' 이 작용하고 있음을 강조한다. 그리고 그것이 나름의 독자적 세계를 구축하여 조선의 근대문학에 있어서 중심적인 작가의 한사람이 되었다고 한다. 「解放後의 李泰俊」에서는 해방후 이태준의 행적을 정치적 활동과 결부지어 설명하고 있다.
9) 발표지 : 『개벽』 1934. 11 수록 단행본 : 『가마귀』 1937.8, 『해방전후』 1947.1, 日文版 : 『福德房』, 상허의 수필집 『無序錄』 중에는 "소설부분에 …나도 수년 전에 <우암노인>이란 小篇

<아담의 후예>[12], <복덕방>[13], <석양>[14]이다. 또 여성 주인공을 설정하고 있는 작품인 <뒷방마님>[15], <박물장사 늙은이>[16]가 있다.

상허는 이들 노인을 어떻게 표현하려고 했으며 독자들이 독서를 통해 얻게 되는 작품에서 노인들의 의미는 무엇인가를 규명하기 위해 지금까지 열거한 작품의 내용을 살펴보면 다음과 같다.

<우암노인>은 나이 오십이 넘어 첩실을 통해 아들을 본 노인이 자신을 되돌아보며 자신의 늙음과 늦게 태어난 아들의 앞날을 빛과 어둠으로 대비하고 있는 작품이다.

<영월영감>은 화자의 한 때 군수를 지냈던 아저씨뻘 되는 친척 영감이 어지러운 사회라 생각되어 소신을 갖고 칩거하다가 다시 삶의 목표를 돈을 버는 것으로 정하고 화자에게 와서 돈을 취해 금광을 사서 금을 캐는 사업을 시작한다. 작업 중 사고로 병원에 입원해 있으면서 광산에서 갖고 온 돌덩이를 금인줄 알고 안고 죽는다.

〈불우선생〉은 능력 있고 유능했던 사람이 자신이 번 돈이 불의한 돈이라

에서 한자를 실험해 보았다. 사소설의 맛, 수필적인 풍미를 가하는 데는 가장 효과적이다." 라고 표현하고 있어 한자로 표현하는 데서 오는 정보의 양을 이미 독자들에게 주고자 하고 있음을 알 수 있게 한다. (『달밤』, 깊은샘, 1995, 292쪽)

10) 발표지 : 『문장』 1939. 2-3 수록단행본 : 『이태준 단편선』 1939. 12, 『돌다리』 1943.12 『福德房』, 1941.8

11) 발표지 : 『삼천리』 1932. 4 수록단행본 : 『달밤』 1934.7, 『이태준 단편집』 1941.2, 『복덕방』 1947. 5 日文版 『福德房』1941.8

12) 발표지 : 『신동아』 1933. 8 수록단행본 : 『달밤』 1934.7, 『이태준 단편집』 1939.12, 『복덕방』 1947. 5 日文版 『福德房』1941.8

13) 발표지 : 『조광』 1937. 3 수록단행본 : 『가마귀』 1937. 8, 『이태준 단편집』 1939. 12, 『복덕방』 1947. 5

14) 발표지 : 『국민문학』 1942. 2 수록단행본 : 『돌다리』 1943. 12

15) 발표지 : 미상 수록단행본 : 『돌다리』 1943.12

16) 발표지 : 『신가정』 1934. 2-7

생각하여 그 돈을 한꺼번에 써버리고 가족까지 버리고는 남에게 얻어먹으며 돌아다니며 받게 되는 여러 가지 수모와 고초를 당하는 인물의 이야기이다.

〈아담의 후예〉의 안영감은 가족과 헤어져 혼자 살면서 길에서 밥을 빌어먹고 잠도 한데서 자면서 오로지 멀리 가 있는 딸을 만나려는 꿈을 갖고 있다. 그러던 중 길에서 도둑으로 몰려 몰매를 맞을 만큼 곤란한 입장이 되었을 때 그곳에 와 있던 한 여 선교사의 도움으로 그 자리를 모면하게 된다. 그리고는 앞으로 그녀가 양로원으로 운영하게 될 과수원에 들어간다. 안영감은 그곳에서의 생활이 자유롭지도 못하며, 그곳에서 지켜야하는 많은 규율을 지킬 수 없다는 생각 때문에 그곳을 탈출한다.

〈복덕방〉에 등장하는 인물도 안영감이다. 그 안영감도 유일한 혈육인 딸과 헤어져 친구인 서영감의 복덕방에서 기거하면서 경제적으로 다시 재기하기를 바란다. 그래서 안영감은 딸의 돈을 빌려 땅투기를 해서 돈을 벌려고 했으나, 결국 사기를 당하고는 자살한다.

주인공을 노파로 설정하고 있는 작품인 〈뒷방마님〉은 실제 마님으로 불릴 수 있는 양반신분이 아니다. 화자인 나의 집에서 드난살이를 하던 노파가 이제 죽음을 바라보는 나이가 되어 주인집에서도 얹혀 살 수 없는 형편이 되자 혼자 양로원에서 살고 있다. 그런데 주인 집 아들이었던 내가 길에서 우연히 그 노파의 뒷모습을 보고는 예전에 노파가 돈을 얼마 갖고 쓰고 싶어하던 것을 기억해 낸다. 나는 가지고 있던 돈을 거슬러서 그 일부를 그 노파에게 주고 싶어 따라가다 노인을 놓치고 만다. 그리고는 곧 노인이 죽었다는 전갈을 받게 된다.

〈석양〉은 주인공 매헌이 경주와 서울을 오가는 여정에 일어난 이야기이다. 경주에서 만난 타옥이라는 젊은 여성과의 만남과 이별을 통해 자신을 다시 생각하게 되고 타옥을 보낸 허전함과 자신의 처지가 하루 해가 지는 석양의 시간과 같음을 대비하면서 글을 쓰고 있다.

〈박물장사 늙은이〉는 중편으로 잡화를 팔면서 돌아다니는 한 노파에 대한 이야기이다. 남편이 첩을 얻자 딸을 데리고 혼자 살면서 외딸은 길러 시집보내고 이곳저곳 돌아다니면서 사람들을 만나 젊은 여인들에게는 화장품을 팔기도 하고 여러 사람에게 필요한 일을 해주면서 웃돈을 챙긴다. 자신의 행동이 사회 윤리에 저촉이 되어도 상관이 없고, 타인에게 피해를 입혀도 실제로 내가 받을 이익만을 생각할 뿐이다. 그러나 사위가 첩을 얻어 자신처럼 불행한 결혼 생활을 하는 딸을 보고는 사위의 첩 집을 찾아가 행패를 부린다. 그리고는 그 집을 나와서 딸에게는 들리지도 않고 그곳을 떠나면서 자신의 처지를 되돌아본다. 노파는 자신이 저질렀던 일 중에 돈 많은 영감의 부탁으로 젊은 과부를 유인하여 회절을 하게 해 결국 그 과부는 목매어 죽은 일을 떠올린다. 노파는 비로소 자신의 그릇된 생각으로 젊은 과부를 죽게 만든 것을 생각하고는 절을 찾아가 그 영감에게 받았던 돈 중 쓰고 남은 돈 일부로 그녀를 위해 명복을 비는 제를 올려주게 된다.

위의 작품에는 불우선생, 우암노인, 복덕방과 아담의 후예의 안영감들, 석양의 매헌, 뒷방마님, 박물장사 노파와 같은 인물들이 들장한다. 이들 중에는 과거의 경력으로는 학식도 있도 물질도 가졌던 사람들도 있다. 그로나 이들의 공통점은 현재 삶의 방향과 지표가 없다는 점이다. 상허는 이들을 문학안에서 들추어내 보여주고 있는 것이다. 그 보여주는 방식을 어떻게 선택하고 있는가, 그리고 어떻게 표현하고 있는가, 또 각 인물들은 개별적인가, 상호 연관성이 있는가를 살펴보고자 한다.

위 노인들의 행위와 그 역할에 따라 두 그룹으로 분류가 가능하다. <석양>의 매헌이 젊었을 때의 행위와 생각이 우암노인의 모습으로 이어지고 불우선생의 아직 불의에 대해 참지 못해 모든 것을 포기했던 그 모습은 다시 영월영감이 칩거하다가 자신의 사회적 위치를 찾고 돈을 벌기 위해 광산을 사서 금광의 맥을 찾기 위해 떠도는 점은 불우 선생이 후에 자신에게 기회가 주어지면 다시 신문사를 경영해보겠다고 야심차게 말하는 태도와

그 성향의 공통점을 느끼게 한다. 특히 〈아담의 후예〉와 〈복덕방〉의 경우
는 두 주인공의 이름도 안영감으로 하고 있어, 두 노인의 유사성을 가장
잘 느끼게 하고 있다. 더구나 두 인물은 공통적으로 가정이 없고, 가족으로
는 딸만 있으며 그 딸들은 공부하기 위해 먼 곳에 가 있어서 노인은 기다
리는 입장이거나, 딸이 돌아왔어도 아버지의 생각과는 달리 아버지와 함께
살기를 원하지 않는다. 여성 인물들이 행위주로 되어 있는 박물장수 늙은
이의 노파와 뒷방마님의 경우에도 지금 힘이 있어 박물을 팔러 다니는 모
습이 더 늙어 힘이 없어졌을 때는 뒷방마님처럼 가족과 떨어져 혼자 양로
원에서 살게 되리라는 것을 상상하게 한다.
　이러한 소설 내용의 관계는 다음처럼 설명될 수 있겠다.

	A	B
작품	석양	우암노인
	불우선생	영월영감
	아담의 후예	복덕방
	박물장수 늙은이	뒷방마님
(아직)젊다	+	-
(힘이)있다	+	-
(기회가)있다	+	-
(생명이)있다	+	+ -

　이 두 그룹을 차이화할 수 있는 근거는 연령의 정도, 힘, 욕망 실현의 기
회를 가졌는가에 따라서이다. 두 그룹의 서사 내용은 서로 상관성을 가지
며 A그룹에서 B그룹으로 진행하는 양상을 보여주고 있다. 그 진행은 등장
인물의 성격과 행위, 결말이 한 그룹에서 또 한 그룹으로 진행하고 있다.
　B그룹 인물들의 공통점은 죽음과 관련되어 있는 점이다. 우암노인을 제
외하면 주인공들은 자살(<복덕방>의 안영감) 하거나 사고 등 (<영월영감
>) <뒷방마님>의 노파)으로 죽었거나, 죽음에 다가가고 <우암노인> 있다.

반면 A그룹의 인물들은 아직은 힘도 있고, 상대적으로 젊었으며, 경제적인 기회가 있다면 무엇인가를 해낼 수 있을 만큼 능력있는 인물들이다. 이러한 점은 이들이 지닌 욕망과도 무관하지 않다. 모든 사람들이 그렇듯 이 인물들에게도 욕망이 있다. 이들의 욕망은 물질적인 부를 지니고 싶어하는 것이다. 이들의 목적은 돈이다. 이들은 시대 변화에 적응하고자 하면서도 따라갈 수 없는 현실 때문에 불행하고 그 불행을 극복하기 위해 또 욕망을 갖는다. 아직 욕망을 지니고 그것을 이루기 위해 노력하는 부류들이 A군이고, 욕망에 대한 생각조차 가질 수조차 없게 된 부류가 B 군이다.

작가는 A그룹과 B그룹의 작품들의 인물성격 묘사나 행위의 표출 양상을 서로 연관된(intertextualty) 묘사로써 인물들을 그려내고 있다. 이러한 상호 연관된 작중 인물의 창조는 작가에게는 작품마다 개별적인 인물을 창조할 때보다 이미 설정되어 익숙한 기존 인물을 표현으로 하게 하므로 다작을 할 수 있는 근거는 되지 않았을까 추측할 수 있다. 독자들은 이미 만났던 친숙한 인물들을 만나지만 각 작품을 통해 느낄 수 있는 인물에 대한 신선한 기대감은 없어질 것이다. 또한 독자들이 각 작품의 인물들을 대할 때 작품마다 개별성으로가 아니라, 이미 만났던 인물이라는 점에서 연작과 같은 성격을 느끼게 될 것이다.

3. 호칭과 인물, 그 인식의 거리

작중 인물의 호칭이나 이름으로 제목이 정해진 작품[17]은, 독자에게는 하나의 질문이거나 의문이 된다. 즉 인명은 수수께끼와 같은 속성을 지닌다. 작품의 제목이 고유명사로 되어있을 때 그가 누구이며, 무엇을 할 것인가

---

17) 고유명사로 된 작품은 인명이며, 이태준의 작품(단편 55+장편12)중 7편이 이에 해당된다.

에 독자들은 관심을 갖게 된다. 이것은 고유명사의 명칭이 이미 정보성을 지닌 기호-운반체이고, 우리가 처음 대하면서도 정확한 무엇임이 틀림없다고 믿게되는 난해한 과학 용어를 해독할 때와 같다고 생각한다.[18] 그래서 고유명사의 명칭은 독자들에게 텍스트의 절대성으로 보여지게 된다. 따라서 독자들은 그러한 인물들의 행위에 관심을 갖게되고, 동시에 고유명사가 지닌 수수께끼를 푸는 행위, 즉 독서를 하게 된다. 인물의 이름으로 작품의 제목을 정하는 경우, 고전 문학의 경우에는 작중 인물이 작품의 주제나 작품 내부에서의 역할에 부합하며 인물의 일대기가 작품의 내용이 되고 인물의 행위가 의미를 갖게 된다. 그러나, 현대문학에서는 고유명사의 의미가 많이 약화된다. 작중 인물들만의 고유한 성격이나 역할을 하기보다는 사회와 인간관계에서 누구나 부딪치는 개인적, 보편적 문제를 갖고 군중들 속에서 소외되는 인물들로 설정되기 때문이다. 따라서 현대문학에서는 인명이 작품 내용과는 전혀 무관하게 설정되어 작품의 흐름을 파악하기 어려운 경우도 있다. 고유명사보다는 별명이나 호칭 혹은 성격의 특성의 설명으로 등장 인물을 더 잘 이해할 수 있게 된다. 이러한 것들이 텍스트의 기호로서 작품을 해독할 수 있는 단서를 제공해 주는[19] 역할을 한다.

어쨌든 작가는 발신자로서 독자에게 기호를 보내고 독자는 그것을 바탕으로 기호 해독을 하게 된다. 그 해독의 단서도 작품속에 내재하고 있는 서술자나 상대 인물에 의해 이루어진다. 다시 말하면 작가들은 직접 기호체를 제시하기보다는 작중 화자나 서술자를 내세워 독서의 완·급을 조절하게 된다. 수신자인 독자들은 작가가 보내는 기호의 종합체인 텍스트를 서술자와의 관계에서 그 층위를 가늠해 냄으로써 기호의 변별적 상황을 추출할 수 있다. 여기에서 독자들은 작중인물의 고유명사에 관심을 갖게되

---

18) 움베르토 에코, 『기호학 이론』, 서우석 역, 문학과지성사, 1985, 101쪽.
19) Roland Barthes, 『S/Z』, 1974, 190-191쪽에서 재인용.

는 것이다. 인물을 존재하게 하는 가장 구체적이며 명확한 것은 주인공에게 주어진 명명(命名 : nameing)을 통해서이기 때문이다. 따라서 독자들도 작가의 감정의 선을 따라 독서하는 과정에서 등장인물들에 대해 작중 화자와 같은 감정을 갖게 된다.

명명은 처음부터 끝까지 변하지 않는 고유명사로 주어지는 경우와 사건의 양상이나 작품내의 다른 인물들과의 상호관계에 의해 우유적(analogous)으로 주어지는 경우가 있다. 이름들은 작품내의 문맥과 관련되어 긍정적 혹은 부정적일 수도 있고 주인공들의 작품내 존재의 층위를 결정하게도 한다. 같은 인물이 여러 가지 호칭으로 불릴 때, 호칭은 상황에 따라 발화자의 감정을 알 수 있게도 한다. 예를 들어 나폴레옹을 호칭할 때 도구적인 나폴레옹이라는 이름으로부터, 몬스터, 폭군, 보나파르트, 폐하 등[20]의 표현은 각각 그를 대하는 사람들의 감정이 어떠한지 알 수 있게 한다. 또한 부르는 사람에 따라 화자와 대상 사이의 거리와, 독자와 작중인물 사이의 거리가 결정된다.

등장 인물과 독자 사에의 거리를 형성하는 것으로 화자의 역할이 있다.

---

20) 다음과 같이 나폴레옹에 대한 호칭의 다양성은 나폴리 사람들의 나폴레옹에 대한 감정을 알게 한다.
① 나폴레옹이 엘바섬을 탈출 파리 입성하다: 도구적 호칭에 의한 객관적 사실을 제시함
② 코르시카의 몬스터가 엘바섬을 탈출 파리 입성하다: 지역에 감정 비하와 특정인물이 지닌 속성을 제시함.
③ 카니발 어드밴서(식인종)가 엘바섬을 탈출 파리 입성하다: 전쟁을 일으켰던 나폴레옹을 비문화적 인간 자질로 규정함.
④ 폭군이 지금 엘바섬을 탈출 파리 입성하다: 국민의 입장에서 그의 치적으로 평가 서술하다.
⑤ 보나파르트가 엘바섬을 탈출 파리 입성하다: 나폴레옹을 한 평범한 민중으로 보는 시선으로 기술함.
⑥ 폐하는 충성을 맹세하는 국민들을 위해 엘바섬을 탈출 파리 입성하시다.
보리스 우스펜스키, 『소설 구성의 시학』(현대소설사, 1992)의 명명법(命名法)과 서술시점.

누가 보고 누가 이야기하는가가 거리 형성의 역할을 한다는 것이다. 등장인물 자신이 행위의 주체로서 자기 자신의 이야기(Autodiegetic)를 하는가, 작품에 같이 등장하면서 작품의 주인공에 대해 이야기하는가, 아니면 작품에 등장하지도 않고 사건 속에도 없는 인물이 남의 이야기(Hetero-diegetic)를 하는가에 따라 작중인물과 독자와의 거리도 달라진다. 이럴 때 독자들은 작중화자의 감정 층위에 따라 함께 움직이기 때문에 독자는 언술의 감정 층위에 따라서 작중인물과 밀착할 수도 있고, 멀어질 수도 있다.

이와 같은 상황을 참조하여 <우암노인>, <영월영감>, <불우선생>, <아담의 후예>, <복덕방>, <뒷방마님>, <석양>, <박물장사 늙은이>에 등장하는 인물들은 '영감', '늙은이'라는 객관화된 호칭으로 불리고 있음을 알 수 있다. 이러한 호칭은 작중인물을 보고 있는 시선이 객관적 입장에 있고 시선과 서술이 일치되지 않는 입장임을 알 수 있게 한다. 이러한 서술기법의 경우 작중인물은 시선의 주인과 거리를 지니게 되고 서술자와도 거리를 지니게 되기 때문에 인물과 독자들의 거리는 가장 멀어지게 된다. 다시 말하면 독자들이 볼 때는 사건속의 인물은 액자속의 그림을 보거나, 화면에 등장한 인물의 사건을 보는 것과 같기 때문에 인물에 대한 밀착된 내면의 모습을 볼 수 없게 된다. 따라서 시선의 주인이 보고 서술자가 쓰는 대로 작중 인물에 대한 감정을 지니게 된다. 그 결과 인물에 대한 독자의 감정은 시선의 주인이나 서술자가 지닌 작중인물에 대한 감정에 따라 긍정적이거나, 부정적이 된다.

이태준의 대부분의 작품들에 등장하는 주요 인물들이 명명된 호칭이나 고유명사로 일관되게 표현되고 있는데 비해 <복덕방>의 등장인물인 안영감에 대한 표현은 다양하게 나타난다. 안영감의 친구인 서참의는 상황에 따라 변하는 안영감의 심사를 그때그때마다 다르게 불러 안영감과의 감정을 알 수 있게 해 주고 있다. 상황에 따라 안영감의 과거 직책인 초시 혹은 도구적 호칭인 안영감, 그리고 딸이 부르는 아버지라는 호칭외에도 행위에 따라 좀보, 쬠보로 불리고 있다. 여기에서 '좀보'라는 언어가 지닌 의미에서 안영감에 대한 감정이 긍정적이 아님을 알 수 있으며, 더구나 쬠보라는 호칭은 좀보보다 더욱 강화된 상대방에 대한 비하의 호칭이다. 이 호칭은 가까운 사람들 사이에서 불리워지는 것이지만 편안한 감정의 호칭도 긍적적으로 느껴지는 호칭도 아니다. 이상의 설명을 다음처럼 도표화 할 수 있다.

호칭	관련문장	상 황
안초시	서술자 호칭	도구적 호칭(일반적 지칭)
안영감	서술자 호칭	도구적 호칭(일반적 지칭)
좀보	좀보야, 술한잔 사 주라	가정적 호칭(안초시의 성격에 대한 대상의 부정적 지칭)
쬠보	쬔보야, 넌 또 뭘 아니?	감정적 호칭(부정의 강도가 심화된 지칭)
이사람	이사람 봐아… 어느땐줄 알구 코만 고누	도구적 호칭(객관적 지칭)

이러한 인물의 호칭은 그 인물에 대한 설명으로 접근하게 된다. 일반적으로 한 작품의 구조를 한문장 구조와 동일한 구조체로서 설명하려할 때 S→Np+Vp로 표현 한다. 이때 인물을 나타내는 Np는 고유명사이다. 이 고유명사를 형성하는 것 속에는 변화하지 않는 요소로 인명인 고유명사와 인물을 설명하는 형용사가 있다. 이때 형용사는 인물의 상황이나 성격 등을 설명하는 기능을 갖는다.

인물에 대한 형용사적인 설명이 잘 나타난 작품이 <우암노인>이다. 우암노인에 대한 다음과 같은 설명이 그와 같음을 말해준다. "어렴풋이 의식이 돌자 소스라쳐 눈을 떴다. 그리고 얼른 손부터 입으로 가져가려 했으나 맥없이 던져졌던 손은 시들은 호박잎 같아서 그렇게 날래게는 움직여지지 않았다."라는 표현과 작품 곳곳에 표현된 '소스라치다', '맥없다', '시들은 호박잎', '그렇게 날래게는'의 표현은 작중 인물의 절망적 심정을 느끼게 한다. 또한 의성어로 표현하고 있는 '후-', '허! 하필…', '젠장', '저 짐생!', '-후'는 삶의 막바지에서 들어내는 자신의 힘 없음에 대한 표현이며, 부정적인 자신의 상황에 대한 감정을 나타낸 것이라 볼 수 있다. 작가는 제목 조차도 우암(愚菴:어둠)과 노인(老人:늙음)의 두 부정적인 어휘를 사용하여 절망적인 현실의 상황을 나타내고 있다. 더구나, 작중인물인 우암 노인은 쉰살이 넘어 태어난 아직 어린 아들을 보면서도 기쁨보다는 절망을 느끼고 그 절망에서 헤어나오기 위해 불빛을 그리워한다. 이제 자신의 나이도 언제 꺼져버릴지 모르는 불티에 불과하기 때문이다. 한점 불빛을 그리워하는 노인의 심정이 어둡다는 데서 명명된 우암(愚菴)이라는 표현에서 독자들이 작중인물에 대해 얻을 수 있는 의미를 미리 제시하고 있다.

　<불우선생>은 운이 없는, 때를 잘못 만난 불행한 사람의 이야기이다. 이 작품의 주인공인 '불우선생'의 경우에도 그의 호칭 불우(不遇)라는 한자와 선생이라는 어휘는 무조건 한 인물에 대해 부정적으로만 볼 수 없게 인물에 대한 정보로 시작하고 있다. 독자들은 왜 그가 불우선생으로 불리는가에 대한 수수께끼를 독서를 통해 풀어나가게 된다. 독서를 통해 다음처럼 작품 내용의 단락((Sequence)을 나눌 수 있다.

① 내가 여관으로 밥을 얻어 먹으며 돌아다니는 그가 여관에 묵기 위해 들어와서 만나다.
② 그의 말을 통해 그의 전력을 알게 되다.
　② -1. 자신은 귀인이었고, 시대일보 간부였고, 중외일보를 만들었고 돈도 모으다.
　② -2. 재산을 모은 것이 불의한 것인 줄 알게 되어 재산을 버리다.
③ 불우 선생이 여관에서 쫓겨나다.
④ 내가 그의 목소리와 그의 태도를 보고 그를 불우선생이라 부르다.

⑤ 삼청동 산 계곡에서 옷을 빨고 있는 그를 보다.

⑥ 나와 우연히 만났을 때, 이제라도 기회가 주어지면 신문사를 만들고
   싶다고 말하다.

⑦ 그러나 돌아다니면서 사고 등을 당해 그의 처지는 더 나빠져 있다,

이러한 단락마다에서 그의 모습을 설명하는 '의복이 초췌해', 후주근한
모시 고의에 맥고모자', '먼지가 떡게로 앉고', '땀이 얼룩이가, '누르퉁퉁
한 고무신' 과 같은 표현은 현재 그가 물질적으로 몹시 어려운 지경임을 알
수 있게 한다. 그러나 '그 손님은 목소리만은 젊잖스러웠다' 의 표현을 통
해 그의 과거 생활의 풍요로운 전력이 있었음을 암시한다. 그리고 실제 작
중인물의 표현을 통해 자기는 십여년 전만 하여도 천여석 추수를 받아먹
고 살던 귀인이었다는 것과, 그 재산이 한말 풍운 속에서 하루밤 꿈처럼 얻
은 것이라 불순한 재물인 것을 깨닫던 날부터는 물 퍼내 내리듯 하였다는
것과, 한동안 시대일보에도 중요한 간부였었고, 최근에 중외일보에도 자기
가 산파역을 한 사람 중의 하였다는 것과, 오늘의 자기는 이렇게 형색이
초췌해서 서울을 객지처럼 여관으로 돌아다니지만 여섯 식구나 되는 자기
집안이 모두 서울에 있다는 것에서 그가 잘못 만난 시대의 희생자임을 알
수 있게 한다. 따라서 신문사를 그만두고부터는 하는 일마다 불행한 일을
당하는 그를 객관적 입장에서 불우 선생이라고 부르고 있는 것이다.
　영월영감의 경우에는 "젊어 영월(寧越) 고을을 지내어 영월댁이라, 영월
영감, 아저씨 영월 할아버지도 불리어지는 인데…"로서 영월영감의 호칭
을 지역의 정보로써 설명하고 있다. 영월영감은 그를 설명하는 '키가 훤칠
하고, 이글이글 타는 눈망울이 늘 술 취한 사람처럼 화기된 얼굴에서 번뜩
일 뿐 아니라 음성이…행길에서 듣드라도 찌렁찌렁 울리는 데가 있는…'
의 표현처럼 동적(動的)이고 야심만만한 인물이다. 주인공을 영월 영감으
로 정하고 있는 근거 중 영월이라는 장소를 선택한 이유는 이 인물이 나중

에 금광에 관여하게 된다는 점과 관련되기 때문이라 여겨진다.

〈아담의 후예〉의 주인공은 자신의 성과 관계없이 '안변(安邊)사람'이란 지역의 호칭에서 안영감이라 불린다. 안영감은 실제의 이름이 무엇이어도 상관할 필요가 없는 하찮은 인물이다. 매일 부둣가에 나와 딸이 오기를 기다리다가 외국 선교사 부인의 '계획중인 양로원'에 수용되려고 따라가는 모습을 보더라도 그의 삶이나 그의 말년이 행복하다고 이야기할 수는 없을 것이다. 그를 '아담의 후예'로 명명하고 있는 것은 구약 성경 창세기의 아담이 하나님이 지시한 '선악과를 먹지 말라'던 금지의 명령을 위반해 에덴동산에서 추방당하는 내용과 안영감의 행위의 내용이 일치하고 있기 때문이다. 이 작품은 기독교와 관련된 '금기를 위반한 남자'라는 내용을 서술의 화소(motif)로 삼고 있다. 선교사 부인을 따라 과수원이 딸린 양로원에 들어가 며칠 사는 동안 떨어진 사과조차도 먹지 못하게 하는 부인의 명을 어기고, 사과를 따서 자신도 먹고 함께 살던 병든 노인들을 위해 방문 앞에 놓아준 뒤 담을 넘어 다시 도망간다. 양로원은 마음만 먹는다면 성서에서 일컫는 에덴일 수도 있으나 안영감은 선교사의 비인간적인 모습을 보고 또 언제 올지 모르는 딸을 싣고 올 배를 기다리기 위해 담을 넘어 다시 길거리로 나간다. 기독교의 이름으로 벌어지는 비인간적인 태도와 마찬가지로 안영감에게 에덴동산은 없다. 에덴동산은 이미 인간을 추방하기 위해 만들어진 것이기 때문에 안영감은 그곳에 안주하려 하지 않고 딸을 기다리기 위해 담을 넘어 도망을 간다. 그러한 안영감의 행위와 성경을 대비하여 보면 다음과 같다.

작품명	성경 : 창세기	작품 : 아담의 후예
주인공 이름	아담	안영감
행위 공간	낙원	양로원
금기의 내용	선악과를 먹지 말라	사과를 따지도, 먹지도 말라
금기의 제정자	신, 하나님	선교사 B부인
금기 위반의 이유	뱀, 이브의 유혹	B부인의 비 인간적인 모습에
결과	추방당하다	도망나오다.
주인공의 의지	(-)	(+)

주인공 안영감은 자신의 성(姓)으로도 불리지 못할 뿐만 아니라, 행위조차도 어떤 의미 있는 행동을 하는 인물이 아니다. 위의 도표에서에서 볼 수 있듯이 이러한 인물에 대해 어떤 의미를 부여하고자 한 작가의 의도는 볼 수 있으나 작중 인물의 작은 행위를 통해 제목을 삼고 있는 것은 합리적으로 보이기보다는 궁색스러워 보인다.

〈박물장사 늙은이〉의 제목에서 '박물장사' 와 '늙은이' 라는 어휘는 긍정적인 느낌을 주는 단어가 아니다. 남의 집에 박물을 이고 팔러다니는 노파에게서 느껴지는 것은 물건을 파는 장삿꾼이면서 무엇인가가 감추어져 있는 것과 같은 느낌을 갖게 되는 점이 위의 작품들과 다르다. 또한 이태준의 작품중 노인이 등장한 소설[21]에서 늙은이라는 호칭으로 불리는 유일한 인물이기도 하다. 그녀의 행위의 서술어로 내용을 정리하면 다음과 같다.

'돌아다니다 → 물건을 팔다 → (식모를)바꾸어치기하다 → 돈 많은 영감에게(과부를) 소개하다 → 딸네집을 찾아가 딸의 사정을 알게 되다 → 사위와 그의 첩의 집에 가 행패를 부리다 → 그곳을 떠나다 → 과부가 죽은 것을 알게 되어 그녀를 위해 제를 올리다 → 다시 일상으로 돌아오다' 의 그녀의 일상은 좀 부유한 집에 돌아다니며 각 집의 젊은 여성 주인들을

---

21) 이태준 작품에 노인이 등장하는 작품의 호칭은 다음과 같다. 〈幸福〉:노인, 〈불우선생〉:불우선생, 〈아담의 후예〉:안영감, 〈복덕방〉:안초시, 서참위, 박희완, 〈영월영감〉:아저씨, 영감.

상대로 화장품 등의 물건을 팔고, 기회를 보아가며, 자신에게 유리한대로 이집저집에 식모들을 바꿔치기하고, 그리고는 몫돈을 벌기 위해서는 수절 과부를 회절시키기도 한다. 이것이 그녀의 직업이며 세상을 사는 방법이다. 당시 사회에서 새롭게 만들어진 이 계층의 역할과 기능을 보여주는 작품이다.

이 박물장사를 상대하는 여성들도 당시의 사회 윤리 속에서는 바람직한 여성들이 아니다. 이들은 돈 많은 남자의 첩실이거나, 본부인이 있는 남성이 자신의 입장을 속이고 끌고 와 살고 있는 신여성 등이다. 이들과 수작하는 박물장사가 긍정적인 인물일 수가 없음을 작가는 그녀의 호칭을 통해 보여주고 있다.

4. 인물의 삶과 의식 공간

지금까지 다루어온 인물들이 현재 살고 있는 공간은 길, 거리, 부둣가, 복덕방, 양로원으로써 이들은 가족도 집도 없다. 젊은 인물들도 아니면서 이들에게는 현재의 거주할 공간이 없다. 그러나 이들 중에는 그럴 듯한 과거의 전력을 지녔던 인물들이 있다. 이들은 시대를 잘못 만나, 혹은 너무 운이 없어 현재 불행해진 인물들이다. 그들은 현재의 불행에서 벗어나기 위해 욕망을 갖고 있다. 그 욕망이 이루어지면 다시 행복할 수 있다고 생각한다. 그러기 위해 한결같이 그들은 어떤 행위를 시도한다. 〈아담의 후예〉의 안영감은 부둣가에서 딸을 기다리고, 〈복덕방〉의 안영감은 땅투기를 시도하고, 〈영월영감〉은 조카에게 빌린 돈으로 금광을 사서 금을 찾는 일을 한다.

이들이 갖고 있는 행복하기 위한 욕망의 1차적인 표현은 돈이라든가 금이라든가 하는 물질적인 것이다. 그러나 이들에게 내재되어 있는 욕망은 불행한 현실을 벗어나고자 하는 것이다. 그들은 과거에 자신이 누렸던 지위, 명예, 물질적인 부를 다시 갖고 싶은 것이며, 충족될 수 없는 현재 공간에서 벗어나 다시 과거의 세계로 되돌아가고 싶은 것이다. 이들의 몸은 현재의 시간과 공간에 머물고 있으면서 지속적으로 과거를 반추한다. 과거의 시간과 공간이 이들이 현실에서 꾸는 꿈이다. 현재의 삶에서 이어지는 외공간인 길과 거리의 공간에서라도 이들이 만족할 수 있는 것은 딸을 만나면, 혹은 투기한 땅이 몇 배 오르게 되면 그들은 가족을 만나게 되고 과거의 위치를 다시 가질 수 있게 된다고 생각한다. 현재에서 부재하는 가족공간에 대한 갈망은 욕망으로 나타나고 그 욕망은 '과거에 대한 집착'으로 나타나며 그 꿈을 이루기 위해 물질을 욕망하게 된다. 여전히 욕망이 남아 있는 노인들, 물론 이들에게 성욕도 있고, 자식 욕심도 있다. 이런 것 중 가장 얻고 싶은 것은 과거 시간과 공간 회복에 대한 욕망이며, 그것을 얻기 위해 한없이 물질에 집착하고 물질을 얻을 수 있는 행동은 무엇이든지 한다. 이러한 이들의 사고와 행위에 있어서 이들은 노인이 아니다.

　작품속의 노인들은 모든 욕심을 버리고 한가로이 과거를 반추하는 것이 아니라, 물질을 얻어 과거의 젊음, 가족, 명예, 부 등 현재의 시간과 공간에서는 이미 존재하지 않는 것들을 회복해야 하는 사람들이다. 따라서 과거를 다시 회복할 수 없음은 이미 미래도 없다는 것을 말한다. 이런 욕망과 이 욕망을 이루기 위해 활동하는 이들은 정적인 노인들이 아니다.

　가장 대표적인 작품의 인물이 <영월영감>, <불우선생>, <복덕방>, <박물장사 늙은이>의 주인공들이다. 이들은 그 꿈을 이룰 수 있는 기회를 갖게 된다. 그러나 그 결과는 실패로 나타난다. 작가는 이미 이들에게 미래가 없음을 「복덕방」에서 제시하고 있다. 외국으로 무용 유학을 갔다가 온 딸은 자신의 명예에 대한 욕심만 드러낼 뿐 아버지에 대해서는 관심도 없다. 작중인물이 유사한 <아담의 후예>의 안영감도 유학 간 딸을 기다리지만 그 딸이 돌아온 경우 〈복덕방〉 안영감의 딸과 행동이 다르지 않다면 그들이 기다리는 과거의 공간과 함께 미래의 공간도 없다.

5. 글을 나오며

　사회변화에 적응하기 힘들고, 가진 것도 먹을 것도 잘 곳도 없는 보통의 사람들, 어느 시대나 이러한 인물들이 한 사회에서 어느 정도의 구성 비율을 차지하는가가 그 시대를 나타내 주는 사회 경제의 지표일 것이다. 우리나라의 1930년대는 자율적으로는 아무 것도 할 수 없었던 사회였고 그 안에서 개인의 자존심 따위는 존재할 수도 없었던 사회였다. 지금까지 지켜져 내려오던 가부장 제도에서 노인의 위상은 한 가정의 웃어른으로서 존경의 대상이었다. 그러나 노인은 이제 어느 곳에도 안주할 수 없는 존재들이 되었다. 이러한 인물의 모습은 당시 사회에서는 보편적인 모습이었을 것이며, 상허문학의 노인들도 그러한 변화에 대한 소설적 반영이 분명하다.

　작가 이태준은 변화하는 사회의 모습과 인간의 관계를 그 시대 가장 주변적 인물인 노인들을 통해서 보여주고 있다. 이들은 사회 중심부에서 밀려나 있기 때문에 그들에게 가해지는 외부 압력에 대해 느낌조차도 둔감한 것처럼 보이지만 가장 피해를 받는 사람들이다. 그들은 자신들에게 처해진 환경에서 그럭저럭 살아내기 위해 움직일 뿐이다.

　작가는 이러한 인물들을 텍스트 자체에 개별적으로 존재하게 하지 않고 호환성을 지닌 인물로 그려냄으로써 다른 텍스트 속에서도 친숙한 인물로 만날 수 있도록 하고 있다.

　또한 노인을 서술하는 경우 보는 사람과 말하는 사람(화자)을 구분해서 쓰고 있다. 이 인물들을 보는 시선의 주인으로는 교육받고 젊고 능력 있는 남성인물을 설정했고, 상황을 또 다른 화자가 말하도록 하고 있다. 이런 경우 화자는 보는 인물의 심리뿐만 아니라 행위하는 중요 등장인물의 심리까지도 설명하고 있어 주 등장인물과 독자와 심리적 거리는 화자와 시점이 인물의 심리상태에 따라 형성된다. 독자는 상상의 작가가 제시하는 눈으로 인물을 따라가며 객관적으로 보기도 하고 그 감정을 들여다보기도 한다.

여기에서 작중 인물들이 지닌 욕망은 과거의 회복이다. 그래서 이들은 과거의 지위와 명예와 부의 욕망을 이루기 위해 돈을 벌고자 하는 구체적인 행위를 한다. 그러나, 주인공들의 이러한 욕망 실현을 위한 주인공들의 행동은 결국 좌절로 드러난다. 그 좌절은 죽음으로 작중인물들을 몰고 간다. 과거 시간과 공간의 회복을 위해 길에서 딸을 기다리고, 땅투기를 하지만 이룰 수 있는 것은 아무 것도 없다. 이들이 존재하는 현실 공간은 행복이 없어져버린, 욕망도 이제 더 이상 꿈꿀 수 없는 이생과 저생의 중간적 공간이다.

이태준은 왜 가장 주변적인 인물들인 노인들로서 가장 주변적 소재로서 소설을 쓰고 있는가. 아마 작가는 변화하는 시대에 그로 인해 가장 많은 피해를 받으면서도 그 변화에 민감하게 대처하지 못하는 이들이야말로 변화하는 사회와 함께, 석양의 노을처럼 곧 사라져간다고 보았기 때문일 것이다. 그러나 분석과정을 통해 추출할 수 있었던 것은 이들은 수동적인 노인으로 머무는 것이 아니라 욕망을 이루어내고자 하는 의지를 가진 인물들이라는 사실이다.

■참고문헌

이태준, <불우선생>, 『삼천리』, 1932. 4

______, <아담의 후예>, 『개벽』, 1934. 11

______, <복덕방>, 『조광』, 1937. 3

______, <영월영감>, 『문장』, 1939. 2-3

______, <석양>, 『국민문학』, 1942. 2(『돌다리』, 1943. 12)

______, <뒷방마님>, 『돌다리』, 1943. 12

______, <박물장사 늙은이>, 『신가정』, 1934. 2-7

______, 『무서록』, 서음출판사, 1988.

______, 『상허문학독본』, 서음출판사, 1986.

______, 『이태준 전집』 1 · 2 · 3, 깊은샘, 1988.

김우종, 『한국현대소설사』, 선명문화사, 1968.

민충환, 『이태준 연구』, 깊은샘, 1988.

백   철, 『백철문학전집』, 신구문화사, 1968.

J. 꾸르떼, 『기호학 입문』, 오원교 역, 신아사, 1986.

움베르토 에코, 『기호학의 이론』, 서우석 역, 문학과지성사, 1985.

보리스 우스펜스키, 『소설 구성의 시학』, 김경수 역, 현대소설사, 1992.

Martine Collin, *Desir et Raison*, Hatier, 1978.(『인간과 욕망』, 박윤영 역, 예하, 1989)

Roland Barthes, *S/Z*, Richard Miller(translated), Hill and Wang, New York, 1974.

Pierre Guiraud, *Semiology*, Routledge & Kegan Paul, 1971.

The Semiotic Study of Lee Tae-jun's novel

Kim Hyun Sook

The 1930's was a time of extreme political and social change in Korea. Politically, Korea was under the colonial rule of Japan. And due to gradual opening to foreign cultures, the partriarchal large-family system was shifting to the small-family system where family members would live apart. When we consider the fact that even the younger generation found this age to be a time of difficulties, we can imagine how it must have been for the elderly.

Lee Tae-jun, a novelist of this time was one who frequently depicted the lives of the elderly in his novels. The elderly being the marginal man of society and thus excluded from the mainstream of society, it is the general notion that they are insensible to the external pressures inflicted upon them. But it was they who suffered the most in acutual life. The elderly did not live to eke out a living or to pursue prestige but moves just for the sake of living.

Lee uses the method of introducing similar characters in various texts so that the readers may develop a feeling of familiarity towards the characters.

And when describing the elderly characters, he distinguishes the observer and narrator. The observer is usually a young, competent, educated male with a seperate narrator explaining the situation. The narrator here not only links the readers to the mind of the observer but also explains the state of mind of the main characters. Thus, the psychological distance that is developed between the reader and the main characters relies on the narrator's point of view. The reader understands the characters through the eyes of the imaginary writer, viewing them objectively and at times looking into their feelings and thoughts.

The elderly characters in Lee's novels have the desire of recovering their past time and place. That is, they strive to earn money in their present lives in order to retrieve their past status, prestige and affluence. But despite their efforts to fulfill their desires, the characters would always end up in a state of despair. Their despair is symbolized by death. To retrieve their past time and place, they wait for their daughters on the road and engage in speculation but nothing avails. The reality that they are placed in is a mutual ground of death and life where happiness is long gone and desires are not to be dreamed of.

Why does Lee write his novels on the subject matter of the most marginal man, the elderly? Lee considers the elderly to be the biggest victims of society undergoing change, for they are the ones who suffer the most due to the changes and lack the ability to adapt to them efficiently.

But a fact that can be derived from an analysis of Lee's novels is that the elderly characters in his stories were not passive but active. They possessed the will to achieve their desires. Unfortunatley, their ambitions and desires were not acceptable by society.

1930년대 후반기 소설의 전통지향성 연구

― 이태준을 중심으로

강 진 호(성신여대 교수)

1. 30년대 후반기 문학과 고전

고전(古典)[1]이란 단순하게 보자면 '옛것' 혹은 '과거의 아름다운 것'이라고 정의할 수 있을 것이다. 물론 옛것이 모두 고전이 되는 것은 아니다. 고전이란 근대화된 현실에서 수용할 수 있는 삶에 대한 본원적 통찰이나 지혜를 담고 있어야 한다. 『논어』의 가르침이 중요한 고전으로 인정되는 것은 그것이 갖고 있는 옛것으로의 가치뿐만 아니라, 그로부터 제공되는 행위와 가치판단의 기준이 오늘날도 여전히 유효하기 때문이다.[2] 그런 점에서 고전이란 그 자체가 목적이 되기보다는 오히려 현재의 삶을 위한 도구적 대상으로 수용되는 경우가 많다. 1930년대 작가들이 보여준 고전(혹

---

1) 1930년대 후반기의 전통 관련 논의들이나 작품을 논할 때 흔히 '상고주의(尙古主義)', '의고주의(擬古主義)', '전통', '고전' 등의 여러 말들이 혼용되고 있다. 물론, 엄밀하게 정의되어야 할 말들이지만, 이 글에서는 '상고주의'와 '고전'이라는 말을 사용하기로 한다. 상고주의란 소박하게 옛것을 숭상한다는 뜻이고, 고전이란 옛것으로서의 전범, 오늘날까지도 유효한 가치의 원천이라는 의미보다는 포괄적으로 과거의 물건이나 사상을 의미한다.

2) 유종호, 「우리에게 고전은 무엇인가」, 『문학의 즐거움』(전집 5권), 민음사, 1995.

은 전통)에 대한 관심 역시 이런 사실과 무관했던 것은 아니다. 당시 고전에 대한 논의는 임화가 지적한 것처럼 재래의 상식을 가지고는 현재를 이해할 수 없게 되고 또 미래를 투사할 수 없게 된 상황에서 과거의 지혜를 빌어서 현실의 어려움을 타개해 보려는 방책[3]의 하나였다.

알려진 대로, 1932년부터 『동아일보』를 중심으로 전개된 고전부흥운동은 '신간회'가 해소되면서 민족운동의 새로운 활로를 찾고 있던 상황에서 야기된, 말하자면 부르조아적 의식과 '조선적인 것'의 결합을 통해서 조선의 지도원리를 창출하자는 데 목적이 있었고, 그래서 구체적인 방안으로 '조선적인 것'의 선양이 주창되었다.[4] 이를테면 조선의 정신사를 재구하고 역사 문화 회화 건축 등 문화적 산물을 보존 · 발달시키는 사업이 권장되었으며, 특히 한글에 대한 연구와 보급, 브나로드 운동 등이 활발하게 추진되었다. 물론 이 외에도 당시 고전에 대한 논의에는 여러 요인들이 개입되어 있었다. 서구적 근대의 몰락에 대한 위기의식과 일본의 대동아공영권의 영향 등도 당시의 논의를 부추긴 요인들이다[5]. 이 복합적 요인들에 의해서 30년대 중반 이후 전통에 대한 논의들이 다양하게 개화했던 것이다. 그런 까닭에 이들의 관심 속에는 현실에 대한 문제의식이 강하게 내재되어 있고 그 현재적 관심사를 어디에 두느냐에 따라 고전에 대한 이해 방식이 각기 다르게 드러나게 된다.

1930년대 중후반의 전통론에 대한 최근의 연구들은 이러한 논의의 특

---

3) 임화, 「역사 · 문화 · 문학」, 『문학의 논리』, 학예사, 1940, 726쪽.

4) 당시 이런 주장을 구체적으로 확인할 수 있는 글로는 <동아일보>의 「문화혁신을 제창함」(1932, 4.18), 「조선을 알자」(1933, 1.14), 「조선 말, 글과 조선문화」(1932, 8.1) 등이 있다.

5) 여기에 대한 자세한 사항은 다음 논문을 참고할 것. 「고전론과 동양문화론」(김윤식, 『한국근대문예비평사연구』(일지사, 1976), 「한국문학의 근대와 반근대」(황종연, 동국대 박사학위논문, 1991), 「1930년대 후반기 시의 전통지향적 미의식 연구」(최승호, 서울대 박사학위논문, 1994), 「1930년대 후반기 신세대 작가연구」(강진호, 고려대 박사학위논문, 1995), 『1930년대 후반문학의 근대성과 자기성찰』(상허문학회 지음, 깊은샘, 1998) 등.

수성을 구명하고자 한 것이고, 그 결과 이제는 그에 대한 의문의 상당 부분이 해명되었다고 해도 과언이 아니다. 『조선일보』를 무대로 1930년대 이후 전개된 고전부흥론은 카프 해체로 전환기를 맞이한 당대 현실에서 한국 고전문학의 탐구와 계승을 통해서 문학을 재건하기 위한 정당한 방책이었고, 그러한 관심이 현실화되어 상고주의적(尙古主義的) 경향의 잡지 『문장』이 출현하게 되었다는 김윤식의 견해는 이제 거의 상식이 되다시피 했다. 또한 고전에 대한 관심은 근대성 이념의 심각한 동요와 연결된 것이라는 황종연의 견해나, 소위 '문장파'의 주역들, 즉 이병기, 정지용, 이태준, 김용준 등의 전통주의를 미의식의 측면에서 분석하고 그 바탕을 유교사상에서 찾는 최승호의 논의 등도 이 시기의 전통론에 주목한 대표적인 성과물들이다.[6] 물론 이 외에도 이태준이나 김동리 등 전통 지향성에 바탕을 둔 개별 작가들을 다루면서 그 의미를 천착한 논문도 상당수가 존재한다.[7]

이 글은 이런 성과들을 수용하면서 이태준을 중심으로 상고주의적 경향의 작품을 살피는 데 목적이 있다. 기존 연구에서 상고주의적 경향의 작품을 모더니즘적인 것으로 해석하거나 탈근대적인 것으로 이해하려는 노력이 없었던 것은 아니지만 대개는 특정 개념에 얽매여 작품의 전모를 해명하지 못했던 것으로 보인다. 내면 서술이나 산책자 모티프가 등장한다고 해서 모더니즘 소설이 되는 것은 아니며, 상고 지향성이 두드러진다고 해서 곧바로 근대세계를 부정하는 탈근대적 의지를 표명한 것으로 볼 수는 없다. 더구나 상당수의 논문은 문학사의 큰 구도를 바탕으로 이태준을 설명한 까닭에 그 실체를 해명하기보다는 오히려 편의적으로 재단하는 경우가 적지 않았다. 이 글은 이태준이라는 한 작가의 문학적 행로를 염두에

---

6) 앞의 김윤식, 황종연, 최승호의 논문 참조.

7) 대표적으로 박헌호의 「이태준 문학의 소설사적 위상」(성균관대 박사학위논문, 1997)과 상허문학회 편의 『1930년대 후반문학의 근대성과 자기성찰』(깊은샘, 1998) 등을 들 수 있다.

두면서 그가 보인 상고주의의 특성을 구명하고 나아가 그것이 작품에서 어떻게 드러나는가를 살피고자 한다. 이 과정에서 특히 주목하고자 하는 것은 고전에 대한 상허의 태도이다. 이를테면, 고전을 특정 목적을 위한 도구적 대상으로 보는 태도와 그 자체를 탐닉하고 찬양하는 가치론적인 대상으로 이해하는 태도로 나누어 본다면[8], 이태준은 심정적인 차원에서 그것을 수용하고 완상하는 가치론적인 입장에 더 가까웠다. 이런 사실은 현실의 난관을 타개하려는 방책의 일환으로 고전에 주목했던 당대인들의 태도와 비교하자면 한층 분명해지는데, 이태준에게 있어서 고전이란 완상하고 몰입하는 미적 관조의 대상이지 현실 타개의 방책은 아니었다. 물론 '주체'에 대한 반성이 이루어지고 그런 시각에서 포착된 고전은 이와는 달리 속물화된 현실과 대비되는, 그러면서 동시에 그 현실을 비판하는 매개적 도구로 제시되기도 한다. 순박한 인정의 세계를 상징하는 고전이란 속물화된 현실과는 격(格)이 다른 또 다른 지향으로 비쳐진다. 하지만 이 과정에서도 고전에 대한 탐미와 완상의 태도가 완강하게 유지된다는 점에서 현실 타개책의 일환으로 고전을 이해했던 당대인들의 도구적 태도와는 엄연하게 구별된다. 더구나 상허는 고전을 통해서 포착된 삶의 지혜와 통찰을 현실에 적용하려는 자세를 보이지 않는다. 단지 고전을 속물화된 일상 현실과 대비하여 이해하는 시각의 확대만을 보여주는 것이다. 해방후의 소설에서 확인할 수 있듯이, 고전의 본질에 대한 심도 있는 이해가 없었던 까닭에 고전을 삶을 규율하는 지혜로까지 고양하지 못했던 것이다. 이 글은 이런 맥락에서 이태준의 상고주의를 살피고 나아가 1930년대 후반기에 족출했던 상고주의적 소설들의 성과와 한계를 유추해 보고자 한다.

---

8) 도구적 대상으로 보는 태도와 가치적 대상으로 보는 태도는 각각 도구 합리성과 가치 합리성에 대응하는 말이다. 전자는 대상을 특정 목적을 실현하기 위한 조건 또는 수단으로 보는 태도를 말하며, 후자는 대상 그 자체의 절대적 가치만을 문제시하고 몰입하는 태도라고 규정할 수 있을 것이다.

2. 주관화된 고전과 미적 자의식

이태준이 남다른 상고주의적 성향을 갖고 있었다는 것은 이미 여러 논자들에 의해서 지적된 사실이다. 그는 난(蘭)을 기르고 고색창연한 옛 서적을 어루만지면서 선인들이 "정독한 자취"를 즐겨 완상하였으며, "서양화보다는 동양화를 더 즐길 줄 아는 이가 문화가 좀 더 높은 사람"[9]이라고 말할 정도로 동양적인 것을 탐미하는 생활을 일상화하고 있었다. 이태준이 이렇듯 고전에 깊은 관심을 보인 데는 여러 원인이 있겠으나, 무엇보다도 고아로서의 불운했던 삶과 그 과정에서 형성된 남다른 자존심, 또는 고아로서 갖게 된 결핍의식 등이 작용했기 때문이라고 할 수 있다. 상허에게 있어서 고전이란 자기 동일시의 대상이자 동시에 탐닉의 대상이기도 했다.

알려진 대로, 이태준은 철원에서 상당한 세도를 누렸던 집안에서 태어났고, 부모 역시 유교적 기품을 지닌 선비 집안의 후예들이었다. 부모를 잃고 외조모 밑에서 성장하는 불운을 겪기는 했으나 서당교육과 가정 환경은 그로 하여금 전통적 가치와 소양을 형성하는데 필요한 조건을 충분히 제공했던 셈이다. 부친 이창하는 철원 공립보통학교 교원과 덕원감리서 주사를 역임한 구한말의 개화파 지식인이었고, 또 상허가 졸업한 사립 봉명학교는 그의 5촌이자 독립운동가였던 이봉하가 설립자이자 교장으로 있는 학교였다. 수필과 소설에서 그려진 서당에서 한시를 외우면서 보냈던 어린 시절에 대한 회고는 모두 이런 성장 환경을 배경으로 한 것이다.[10] 그리고 자전소설 『사상의 월야』에서 보이는 민족주의적 성향이나 단편적인 일화에서 언급되는 고완 취미 역시 상허의 친(親)고전적인 태도를 말해주는 사례가 된다. 이런 환경 속에서 상허는 옛것에서 발견되는 고절미나 강인함

---

9) 이태준, 「동양화」, 『무서록』, 깊은샘, 1994, 135쪽.

10) 「산의 추억」(『신생』, 1931. 6, 12면)에서 이태준은 "松下에 問童子하니 言師採藥去라 只在此山中이언만 深雲 不知處를 서당에서 읽든 생각이 난다."고 회고한 바 있다.

을 자연스럽게 자신과 동일시하는 심리를 갖게 된 것으로 보인다.

매화란 고운 꽃이기보다 맑은 꽃이요 달기보다 매운 꽃이라 그러므로 색 있
는 것이 그의 자랑이 못되는 것이요 複葉이 그에게는 무거운 옷이라. (중략) 국
화를 凌霜이라 하나 매화의 苦節을 당치 못할 것이요 매화를 百千盆 놓았더라도
난방이 완비되었으면 매화의 고절을 받아보기 어려우리라. 절개란 무릇 견디기
어려움에서 나고 차고 가난한 데가 그의 産地라 인정이니 생활이니 복이니 함도
진자일진댄 또한 고절의 邦域을 벗어나 찾기는 어려울 줄 알러라.[11]

"절개란 무릇 견디기 어려움에서 나고 차고 가난한 데가 그의 산지"이고
거기서 "고절의 방역"을 본다는 진술에서 불우한 환경에서 형성된 정신적
결핍의식을 옛것을 통해서 보상받으려는 심리를 읽어내는 것은 그리 어려
운 일이 아니다. 「악반려」에서 자신의 불우한 성장환경을 회상하면서 남다
른 자존심을 갖게 되었다는 사실을 떠올리자면 이점은 더욱 분명해지는데,
이를테면 매화의 고절미는 역경을 헤치면서 입신한 상허 자신의 모습이자
동시에 동경하는 삶의 지향인 것이다. 그렇기에 이태준에 있어서 고완품이
란 단순한 옛것이 아니라 자신의 심경과 체험이 가탁된 미적 기호나 다름
없게 된다. 부르디외의 말대로, 예술작품은 오직 문화적 능력 즉 해독의 기
준이 되는 약호를 갖고 있는 사람에게나 의미가 있고, 오직 그런 사람의
관심만을 불러일으킬 수 있다.[12] 성장과정에서 접촉한 친고전적인 환경은
고전에 대한 해독의 능력을 자연스럽게 길러준 것이고, 그런 까닭에 상허
에게 있어서 고전이란 자신의 소양과 미의식에 의해서 재구성된 미적 가
상이나 다름없는 것이었다. 상허가 '앙상한 죽음의 글자'인 골(骨)자를 쓰

---

11) 이태준, 「매화」, 앞의 『무서록』, 123쪽.
12) P. 부르디외(P. Bourdieu), 『구별짓기;문화와 취향의 사회학』(상), 최종철 역, 새물결, 1999,
    22쪽.

는 '골동품(骨董品)'이라는 말 대신 '여운 그득한 글자'인 '고(古)'를 사용
하는 '고완품(古玩品)이라는 말을 쓰고자 했던 것이나, "고전이라거나, 전
통이란 것이 오직 보관되는 것만으로 그친다면 그것은 '주검'이요 '무덤'
일 것"이라고 생각했던 것은 그런 이유이다. 그는 역사적 실체보다는 그로
부터 받는 미적(혹은 정신적) 가치를 더욱 중시하였고, 그래서 "완상이나
소장욕에 그치지 않고, 미술품으로, 공예품으로 정당한 현대적 해석을 발
견해서 고물 그것이 주검의 먼지를 털고 새로운 미와 새로운 생명의 불조
사가 되게 해 주어야"[13] 고전은 그 가치를 발휘할 수 있을 것이라고 한다.
말하자면 미적으로 해석되고 수용될 때 고전은 고전으로서의 가치를 갖는
다는 것. 이렇듯 이태준에게 있어서 중요했던 것은 역사적 실체로서의 고
전이 아니라 작가의 주관에 의해서 재음미된 대상으로서의 그것이었다.

　이태준이 수필과 소설 등에서 고전에 대한 일관된 시선을 유지하지 못
하고 서로 상충되는 시각을 피력했던 것은 이런 이유로 설명할 수 있다.
체계적인 탐구의 대상이라기보다는 자신과 동일화된 대상이거나 탐미의
대상이었기 때문에 고전에 대한 이해는 피상적이고 자의적일 수밖에 없게
된다. 가령, 이태준은 수필에서 고전이란 그만의 독특한 개성을 지닌 것이
라기보다는 집단과 상투화된 전고법(典故法)에 바탕을 둔 것이고, 그래서
개성이 강조되는 오늘날에는 인정할 수 없을 것이라고 말한다. 특히 조선
시대의 소설을 언급하면서 내용상으로는 문학의 반열에 오르겠으나 상투
화된 과장과 대구, 잘난 체 하는 태도 등으로 인해서 결코 문학적으로 평
가될 수 없다고 한다. 말하자면 근대적 기준에서 보자면 수준 미달이고 따
라서 근대 문학의 반열에는 오를 수 없다는 것이다. 그래서 『춘향전』이나
『장화홍련전』이나 신소설은 문학으로 대우될 수 없으며 단지 문학사에서
나 거론될 수 있을 것이라고 한다. 그렇지만, 다른 한편에서는 이들 작품에

---

13) 이태준, 「고완품과 생활」, 『무서록』, 141쪽.

서 '맛'을 찾고 '완상'하는 또 다른 모습을 보여준다. 「춘향전의 맛」[14]에서 이태준은『춘향전』의 진정한 맛은 소리에 있음을 강조한다. 소설, 영화, 연극, 소리로 존재하는『춘향전』은 기실 수많은 사람들의 입심과 몸짓과 이상으로 다듬어진 것이고, 그 수많은 사람이란 다름아닌 '가객(歌客)' 들이기 때문에『춘향전』의 가장 좋은 맛은 '소리'에 있다. 또 「기생과 시문」에서는 기생이 기생 고유의 미를 헐어가는 것을 안타까워하면서도 시문에 익숙했던 옛 모습을 간직하고 있어야 진정한 아름다움을 느낄 수 있다고 한다. 말하자면 고전은 그 특유의 존재방식을 현재까지도 유지하고 있어야 그 가치를 인정받고 완상의 대상이 될 수 있으리라는 것이다. 이런 데서 고전을 대하는 이태준의 태도가 그것을 무조건 찬양하고 긍정하는 맹신적인 것이라기보다는 그것의 근대적 가치와 역할을 분별하여 이해하는 합리적인 것임을 알 수 있다. 따라서 이태준의 상고주의를 탈근대로 보는 기존의 시각은 옳지 못하다.

그렇지만 이때의 합리성이란 사실은 매우 소박한 수준의 것임을 간과할 수 없다. 옛것이 가치를 발휘하기 위해서는 그 특유의 존재방식을 현재까지도 유지하고 있어야 한다는 생각은 시대의 변천에 따른 가치관의 변화를 인정하지 않는 것이고, 또 시간에 의해 마모될 수밖에 없는 고전의 유한성을 항구적인 것으로 착각하는 미망에 불과하다. 또 조선시대의 소설이 문학적으로 평가될 수 없다는 견해는 조선시대 소설의 긍정성보다는 상투성을 비롯한 부정성에만 주목하여 폐기처분 해야 한다는 단견이기도 하다. 고전이란 그것이 만들어진 역사적 맥락이 있는 것이고, 그것을 계승한다는 것은 그 정신과 지혜를 수용하는 일이라고 할 수 있다. 그런데 이태준은 이런 고전론의 본질을 전제하지 않은 채 주관적 관심의 일환으로 그것을 바라보고 있었고, 이런 자의적 수용으로 인해 그의 상고주의는 더 이상의

---

14) 이태준, 「춘향전의 맛」, 앞의 『무서록』, 80쪽.

깊이를 갖지 못하게 된다. 하지만 이런 태도는 이태준 한 개인에게만 국한된 것이 아니라 당대 여러 작가들에게서 두루 발견되는 것이기도 하다는 데 당시 고전론의 중요한 특성이 있다.

당시 이태준을 비롯한 김동리, 정비석 등 많은 작가들이 고전을 소재로 한 작품을 창작하였음에도 불구하고 그것이 서양의 고전주의처럼 하나의 유파나 경향으로 발전하지는 못했다. 이를테면 고전에 대한 광범위한 관심에도 불구하고 그것이 동일한 범주로 유형화될 수 있는 집단이나 경향으로 나가지는 못했다. 서양의 경우에는 모방하고 따라야 할 고전의 전범이 존재하고 있었다. 서양인들에게는 균제, 조화, 원만, 완전 등을 목표로 하는 그리스 예술이 정전(正典)처럼 존재했고, 작가들은 그것을 모방함으로써 창작의 준거를 세울 수 있었다.[15] 하지만 우리는 그런 전범이 없었고, 그런 까닭에 고전에 관심을 두었던 대부분의 작가들은 개인적 차원에서 전통을 선별하고 수용할 수밖에 없게 된다. 더구나 고전이란 단순히 과거의 것만을 의미하는 게 아니라 실체를 갖는 것이기도 하다.[16] 고전은 그것이 생성된 역사적 맥락과 실질을 갖는 것이고, 따라서 전통에 대한 올바른 이해는 이 실체를 현재화하는 데 있다고 해도 과언이 아니다. 고전에 대한 해박한 이해를 바탕으로 전통문화 부흥운동을 벌였던 가람의 경우처럼 고전을 단순히 좋아하는 수준을 넘어서 그 본질에 대한 이해를 전제해야 고전을 현재화할 수 있는 것이다. 이병기는 자신의 전 생애를 통해서 조선조 지식인인 '선비'라는 교양과 기품을 유지하려 했고, 그런 육화된 이해를 바탕으로 조선조 선비들의 이념이 가장 잘 표방된 시조학을 정립할 수 있었다.[17] 하지만 상고주의적 경향이 두드러졌던 이태준을 비롯한 대부분의 작가들

---

15) 조용만,『세계문학소사』, 박영사, 1974, 153-155쪽.
16) 유종호의 앞의 글, 290쪽.
17) 최승호의 앞의 논문, 11-12쪽.

은 이와는 달리 전통에 대한 체계적인 탐구를 하지 않았다. 이들은 고전에 대한 깊은 연구를 했던 것도, 그렇다고 필생의 과업으로 그것을 생각하지도 않았다. 말하자면 고전에 대한 공감에도 불구하고 막상 무엇을 고전으로 분류해야 할 것인가에 대한 합의를 갖고 있지 못했고, 특히 그것의 민중적 수용에 대해서는 거의 관심이 없었다고 해도 지나친 말이 아니다. 그래서 고전에 대한 이들의 관심은 주관적 취미의 수준을 크게 벗어나지 못하게 된 것이다.

단편 「석양」은 고전에 대한 이태준의 태도, 특히 탐미적 태도를 한층 구체적으로 보여준 작품이다. 이 작품은 상허가 평소 벼르던 경주 여행을 하고 난 직후의 심경을 기록한 것으로[18], 고도 경주에서 느끼는 주인공 '매헌(梅軒)'[19]의 호고벽(好古癖)이 무절제하게 토로되어 있다. 생활의 "번루를 떠나"서 "최소 한도의 단순을 생활해 본다는, 또는 고독에 환원해 본다는" 그런 취지로 이루어진 경주행에서 매헌은 우연하게 '타옥'이라는 여인을 만나는데, 그녀는 동경에서 여학교를 중퇴한 뒤 귀국해서 현재 고완품점을 운영하고 있는 상태였다. 이 여인과의 로맨스를 소재로 하여 고도 경주에서 느낀 심경을 피력한 작품이 「무연」이다. 작품에서 엿보이는 작가의 미의식은 '황혼'이라는 상징어에서 느낄 수 있는 것처럼 쓸쓸함으로 요약되는데,[20] 그것은 천진하고 자애로운 타옥이라는 여인에게서 느끼는 정서이자 동시에 경주의 오릉(五陵)에서 느끼는 감정과 등가물로 나타난다. 작가가 타옥에게서 매력을 느끼게 된 것은 시골에서는 보기 힘든 도회풍의 자태 때문이지만, 보다 깊은 이유는 "오래 두고 보아도 애착이 변하지 않을 평범"하고 "담담할 뿐인 표정" 때문이었다. 마치 '이조백자'를 보듯이 화

---

18) 이태준, 「불국사 돌층계」, 『무서록』, 262쪽.
19) 매헌은 상허의 부친 이창하의 호이기도 하다.
20) 사실 이태준 소설 전반에서 발견되는 것은 이 쓸쓸함과 비애의 정조라 해도 과언이 아니다.

려한 자리를 다투거나 주인이 눈을 다른 데로 줄까 애태우지도 않고, 그저 바쁜 때는 없는 듯 보이지 않으나 고요한 때는 바로 옆에서 기다리고 있는, 고요히 위로와 안식을 주며 싫어지는 날이 없는 그런 존재가 바로 타옥이다. 뿐만 아니라 그녀는 작가의 섬세한 심리를 읽어내고 거기에 적절히 호응할 줄 아는 여인이다. 이런 타옥에게서 매헌은 "고요히 위로와 안식"에 젖어들고 동시에 "돈망경(頓忘境)"의 감정을 느끼게 된다.

'오릉(五陵)'의 이미지 역시 이와 전혀 다르지 않다. 신라의 시조 박혁거세를 비롯한 다섯 능을 한 자리에 모아 놓은 오릉에서 주인공이 느낀 것은 '니힐(nihil)'이었다. 대소가 다르고 고저가 다른 다섯 봉분의 곡선은 보는 각도에 따라 얼마씩 다른 리듬과 하모니를 일으킨다. 하지만 담으로 둘러싸여 그것을 제대로 볼 수 없었던 까닭에 그 미를 감상하려면 좀더 높은 곳으로 오를 수밖에 없는데, 그곳이 바로 소나무 중턱이었다. 소나무 중턱에서 바라본 오릉의 모습은 말로는 형언할 수 없는 신비한 감정, 곧 무아(無我)의 경지로 나타난다.

> 오릉의 아름다움은 이 처녀가 발견한 이 소나무의 중턱에서가 가장 효과적인 포즈일 것 같았다. 볼수록 그윽함에 사무치게 한다. 능이라기엔 너무나 소박한 그냥 흙의 모음이다. 무덤이라기엔 선에 너무나 애착이 간다. 무지개가 솟듯 땅에서 일어 땅으로 가 잠긴 선들이면서 무궁한 공간으로 흘러간 맛이다. 매미 소리가 오되 고요하다. 고요히 바라보면 울어야 할지, 탄식해야 할지 그냥 나중엔 멍- 해지고 만다. 처녀의 말대로 '니힐'을 형용사로 쓰는 수밖에 없을 것이다.[21]

오릉의 참 맛을 느끼기 위해서 소나무 중턱까지 기어오르는 이 열성은 상허의 탐미주의가 얼마나 집요한 것인가를 말해준다. 그러기에 그는 곡선

---

21) 이태준, 「석양」, 『돌다리』, 깊은샘, 1995, 212쪽.

들의 신비한 미감 외에는 어떤 것에도 관심을 보이지 않는다. 아름다움과 평온함을 느끼고 사무치는 그윽함 속에 빠져들면 그만인 것이다. 실체에 대한 이해를 떠나서 자기 식으로 포착해낸 이 '니힐'이야말로, 칸트(I. Kant)가 말한 실제적 목적이 없는, 그 자체가 목적이 되는 미적 체험인 것이다. 따라서 이 미란 그 자체만의 자족적인 세계를 갖는 것이고, 그 자체로 아름다움을 구성하는 '무목적의 목적성'이나 다름없다. 「달밤」이나 「꽃나무는 심어놓고」의 황수건이나 방서방이 현실에서 고통받는 가난한 민중임에도 불구하고 작품 속에서는 그와는 거리가 먼 미적 관조의 대상으로 드러나듯이 고전 역시 작가의 미의식을 구성하는 하나의 소재에 불과했던 것이다. 초기에서 중기에 이르는 상허 소설은 대체로 이런 특성을 보여주며, 그런 이유로 상허는 심미주의자로 평가받게 된 것이다. 이렇게 보자면 상허에게 있어서 고전이란 삶에 대한 통찰과 지혜를 제공하는 실체적 대상이 아니라 완상과 탐미의 대상이자 그 자체가 목적이 되는 가치적 대상이었음을 알 수 있다.

3. 주체의 변화와 고전의 대상화

이태준의 30년대 후반기 소설이 문제적으로 거론되는 것은 고전에 대한 이런 몰입과 가치적 태도가 다른 한편에서는 상당히 다른 모습으로 드러난다는 데 있다. 「패강냉」이나 「영월영감」에서 목격되는 고전은 앞의 경우와는 달리 초라하게 조락하는 비애의 대상이거나 아니면 젊은 사람이 추구해서는 안 되는 은일(隱逸) 취미로 비판된다. 고전에 대해서 거리감이 형성되면서 무조건적인 탐미의 대상에서 벗어나 객관적으로 조망되는 변화를 보여주는 것이다. 물론 이 과정에서 고전에 대한 기본 태도가 변한 것은 아니다. 고전 자체에 몰입했던 이전과는 달리 이제는 그것을 형성하는

외적 조건에 관심을 보이기 시작하고, 그런 시야의 확대를 통해서 고전의
존재가 새롭게 인식되는 것이다. 몰입보다는 대상화된 대상으로 고전이 그
려지는 것이다. 가령, 영월영감의 입을 빌어서 조카 성익의 상고취미를 비
판한다거나, 경찰서과 빌딩은 늘었지만 재래의 미풍은 사라진 평양을 마치
"폐허"와 같다고 느낀다. 특히 「패강냉」에서는 이런 심경이 '이상견빙지
(履霜見氷至)' 라는 주역의 불길괘를 환기하는 심각한 위기상황으로 제시
된다.

① 다락에는 第一江山이라, 浮碧樓라, 빛 낡은 扁額들이 걸려 있을 뿐, 새 한
마리 앉아 있지 않았다. 고요한 그 속을 들어서기가 그림이나 찢는 것 같아 玄은
축대 아래로만 어정거리며 다락을 우러러본다. 질퍽하게 굵은 기둥들, 힘 내닫
는 대로 밀어던진 첨차와 촛가지의 깎음새들, 李朝의 文物다운 우직한 순정이
군데군데서 구수하게 풍겨나온다.[22]

② 오면서 자동차에서 시가도 가끔 내다보았다. 전에 본 기억이 없는 새 빌딩
들이 꽤 많이 늘어섰다. 그중에 한 가지 인상이 깊은 것은 어느 큰 거리 한 뿌다
귀에 벽돌 공장도 아닐 테요 감옥도 아닐 터인데 시뻘건 벽돌만으로, 무슨 큰 墳
墓와 같이 된 건축이 웅크리고 있는 것이다. 현은 운전사에게 물어 보니 경찰서
라고 했다.
또 한 가지 이상하다 생각한 것은, 그림자도 찾을 수 없는, 여자들의 머릿수건
이다. 운전사에게 물으니 그는 없어진 이유는 말하지 않고,
"거, 잘 없어졌죠. 인전 평양두 서울과 별루 지지않습니다."
하는, 매우 자긍하는 말투였다.
현은 평양 여자들의 머릿수건이 보기좋았었다. 단순하면서도 흰 호접과 같이
살아 보였고, 장미처럼 자연스런 무게로 한 송이 얹힌 댕기는, 그들의 악센트 명

---

22) 「패강냉」, 앞의책, 103쪽.

랑한 사투리와 함께 '피양내인' 들만이 가질 수 있는 독특한 아름다움이었다. 그런 아름다움을 그 고장에 와서도 구경하지 못하는 것은, 평양은 또 한 가지 의미에서 廢墟라는 서글픔을 주는 것이었다.[23]

옛것에서 느끼던 우직한 순정은 이제 어느 곳에서도 찾아볼 수 없다. 전에 본 기억이 없는 빌딩 옆에는 분묘와도 같은 경찰서가 들어섰고, 흰 호접처럼 보기 좋았던 여자들의 머릿수건은 이제 자취도 없이 사라졌다. 말하자면 완상하고 탐미하던 대상들이 거의 사라졌거나 초라하게 퇴색되어 있다. 물론 이런 도시의 변화를 굳이 퇴보라고 볼 수는 없을 것이다. 빌딩이 들어서고 효율성 위주로 생활이 재편되었다는 것은 그만큼 전근대적인 환경과 풍속이 근대적으로 재편되었음을 의미한다. 하지만 화자는 그런 변화를 결코 긍정적인 시선으로 보지 않는다. 지문에서 드러나듯이, 전근대적인 누각과 근대적인 빌딩이 공존하는 이 도시를 바라보는 작가의 시선에는 연민의 정조가 짙게 드리워져 있다. 부벽루를 바라보는 ①에서는 이전의 탐미와 완상의 심경이 엿보이지만, ②에서는 머릿수건이 사라진 현실에 대한 안타까움의 정서가 짙게 배어 있다. 즉 완상의 대상이 사라져버린 데 대한 연민과 안타까움의 시선이 글의 전반을 착색하고 있는 것이다. 이런 데서 우리가 옛것을 보는 작가의 시선이 이전과는 상당히 변화되어 있음을 알 수 있다. 주체와 대상 사이에 거리감이 개입되어 있고, 대상을 객관화는 이 거리감으로 인하여 「패강냉」, 「영월영감」 등에서 고전이 단순한 탐미의 대상이 아니라 객관적으로 관조되는 타자화된 대상으로 드러나고 있음을 목격하게 되는 것이다.

이런 변화가 야기된 것은 우선 일제의 식민정책이 강화되고 그로 인한 작가들의 정신적 충격이 한층 심화된 데서 원인을 찾을 수 있을 것이다.

---

23) 「패강냉」, 앞의책, 105쪽.

전시체제로 통치구조를 개편하면서 일제는 조선을 일본식으로 개조하는 데 박차를 가했고, 그 결과 작품에서 언급되듯이 '조선적인 것'은 거의 황폐화되는 지경에 이르렀다. 이런 현실에서 한가하게 고전을 완상하거나 그것에 몰입할 수는 없는 일이다. 「무연(無緣)」에서 표현되듯이, 모든 것이 효율성 위주로 재편된 현실에서 희미한 옛 자취를 추구한다는 것은 대세의 운행을 무시하는 한갓 "부질없는 꿈"일 수밖에 없다.[24] 하지만, 좀더 근원적인 것은 30년대 후반기 들어서 뚜렷해지는 '주체'의 변화에 원인이 있는 것으로 보인다. 「장마」, 「패강냉」, 「무연」 등에서 보이는 주체의 불안정한 심리는 고답적인 문학세계를 유지했던 과거에 대한 반성과 관계되어 있다. 여러 글에서 고백되고 있듯이 30년대 중반 이후 이태준은 사상과 현실성이 약하다는 주변의 비판에 대해서 매우 민감하게 반응했고, 자신은 더 이상 그런 작가가 아니라는 사실을 강하게 토로한 바 있다. 「참다운 예술가노릇 이제부터 할 결심이다」[25]에서 언급되듯이, "취미에 맞는 인물을 붙들어 가지고 스켓취나 공부하"듯이 "즉흥기분으로" 작품 활동을 해왔던 과거를 반성하면서 상허는 이제 새롭게 변신할 것을 다짐한다. 또 「이상견빙지 기타」[26]에서는 단편작가 기질론을 내세우며 정적이고 시와도 같은 작품을 써 왔던 과거를 반성하면서 더 이상 "기질에 숙명적으로 인종"하지 않고, 스스로를 "좀더 응시하고 더 해방할 시기가 온 듯하다"고 변신을 예고하기도 한다. 말하자면 현실성을 직접적으로 드러내지 않았던 과거의 「꽃나무는 심어놓고」, 「달밤」, 「손거부」 등의 세계와는 달리 지금부터는 현실을 적극적으로 수용하겠다는 태도를 분명히 하는 것이다. 이런 데서 우리는 작가의 '주체'가 심각하게 동요하고 있음을 알 수 있다.

---

24) 「무연」, 앞의 책, 206쪽.
25) 이태준, 『조선일보』, 1938, 3. 31.
26) 이태준, 『삼천리문학』, 1938. 4. 175쪽.

　주체란 인물의 행위와 가치판단을 행하는 작가이자 동시에 미적 조정의 중심을 의미한다. 라캉에 의하면, 이 주체는 대개 유아적인 주체와 사회적 주체로 나누어지는데, 전자는 타자를 의식하지 않는 즉 자기의 고립된 견해를 바탕으로 현실을 판단하고 이해하는 자아를 뜻하며, 후자는 타자와의 교감을 통해서 자아를 형성하고 판단하는 것을 말한다.[27] 우리가 주체라고 하는 것은 대개 후자를 의미하는데, 이태준의 경우는 30년대 초반까지만 하더라도 전자의 상태에서 크게 벗어나지 못했었다. 미적 자율성에 대한 집착에서 외부 현실과 교섭하기보다는 스스로의 견해를 배타적으로 유지했다는 것은 말을 바꾸자면 자아가 사회적 지평으로 확장되지 못한 채 주관의 울타리를 벗어나지 못하고 있음을 말해주는 것이다. 그런데 중반 이후에는 그러한 주체의 한계를 스스로 반성하고 외부 환경을 적극적으로 수용하는, 곧 타자와의 관계를 통해서 스스로를 형성하는 사회적 주체로 발전한다. 앞의 두 글에서 발견되는 과거에 대한 반성과 다짐은 이런 변화를 뜻하는 것이고, 따라서 이 시기 들어서 나타나기 시작하는 사회 현실과 적극적으로 맞서는 인물 유형의 등장이라든가, 역사 현실에 대한 관심과 객관화된 묘사(가령, 「농군」이라든지 「영월영감」, 「밤길」) 등은 이런 주체의 변화와 관계되는 것이다.

　내 취미에 맞는 인물을 붓들어 가지고 스켓취나 공부하면서 제작생활을 할 수 잇는 시기를 기다려 왔다. 그래 불우선생 황수건이(달밤의 주인공) 안영감(아담의 후예의 주인공) 색시 손거부 복덕방 영감들 따위 사상적 사고라거나 현실 기구와 긴밀한 구성이라거나 그런 것을 피할 수 잇는 이미 운명이 결정된 인물들을 택해 거이 시를 쓰는 즉흥기분으로 쓴 것이다. 나의 작품에 애수는 잇고 사상이 업다는 것은 가장 쉽고 또 정확한 지도들이다. 그러나 이 작가는 이런 범주

---

27) J. 라캉, 『자크 라캉 ; 욕망이론』, 권택영 편, 문예출판사, 1996, 38-50쪽.

내에서만 완성할 수 잇다는 것은 속단이다.[28]

　주체의 확대를 통해서 상허는 자신과 작품 나아가 현실에 대해서 거리감을 확보하게 되며, 그로 인해 그간 거의 관심을 두지 않았던 '일상' 현실에 시선을 돌리게 되는 것이다.「장마」나「토끼이야기」등에서 일상(日常)의 사소한 일화들이 작품의 중심서사를 형성하고 그것을 통해서 일제 암흑기에 처한 작가의 비감한 심경이 표현되는 것은 이런 맥락에서 이해할 수 있다.「장마」(36)에서, "선미(禪味) 다분(多分)한 여수(麗水)(박팔양-필자)가 사회부장 자리에서 강도나 강간 기사 제목에 눈살을 찌푸리고 앉았는 것은 아무리 보아도 비극이다. 동아에선 빙허(憑虛)가 또 그 자리에서 썩는 지 오래다. 수주(樹州)(변영로-필자) 같은 이가 부인 잡지에서 세월을 보내게 한다."고 탄식했던 것은 자신의 개성과 능력을 무시당한 채 일상에 매몰되어 살아가지 않을 수 없는 속된 현실에 대한 분노를 표현한 것이다. 또「패강냉」에서 강의시간이 줄어서 시간강사로 전락한 친구의 초췌한 모습과 퇴락한 평양 시내를 둘러보면서 갖게 된 위기감 역시 모두 '일상성'이 작품의 내용으로 승화된 경우라 할 수 있다. '일상'이란 생활의 단순한 반복만을 의미하는 것이 아니라, 고도로 발달한 현대 산업사회의 도시적 특징을 대변하는 것이자 동시에 근대성이 첨예하게 현현하는 공간이라고 할 수 있다.[29] 따라서 이 일상이 작품의 중심 서사를 형성한다는 것은 미적 자율성에 대한 집착에서 벗어나 현실의 대해로 스스로를 투신하겠다는 의지에 다름 아닌 것이다. 말을 바꾸자면, 사회적 삶이 특정한 목적에 맞추어서 스스로를 합리적으로 조정하는 것이라면, 문학을 자율적 영역으로 설정한다는 것은 예술적 창조는 사회적 활동의 총체로부터 분리되고 거기에

---

28) 이태준,「참다운 예술가노릇 이제부터 할 결심이다」, 앞의 신문.
29) 앙리 르페브르(H. Lefebvre),『현대세계의 일상성』, 박정자 역, 주류 · 일념, 1990, 43-61쪽.

추상적으로 대립하는 것을 의미한다. 즉 미학적인 것은 삶의 모든 영역을
지배하는 이윤 극대화의 원칙에 종속되지 않는 영역으로 보는 것이다. 이
런 견지에서 이태준은 현실성을 직접적으로 담지하지 않은 인물이나 사건
들을 주로 그려왔던 것이다. 그런데 30년대 후반기 이후 본격화되는 일상
의 소설화는 이런 단계에서 벗어나 사회적 자아로 스스로를 재정립하면서
현실에 대한 시선의 변화를 보여준 것이고, 따라서 그것은 자율성에 대한
집착을 포기한 문학관의 일대 변화로 볼 수 있다.[30] 이런 변화에 힘입어 고
전에 대한 태도 또한 앞 항의 그것과는 상당히 다른 모습을 보여주게 된
것이다.

　이렇게 보자면 고전이란 획일화된 문화에 맞서는 '개성'의 상징이자 동
시에 속물화된 근대에 맞서는 성찰의 매개가 된다. 빌딩이 늘어나고 생활
전반이 합리적으로 조정된 현실의 한켠에서 초라하게 옛 모습을 간직하고
있는 전각에서 구수한 인정의 세계를 발견하고, 그 시선으로 도시 전체를
'폐허'와 같다고 보는 것은 고전이 속물화된 현실을 비판하는 바로미터로
기능하고 있음을 말해주는 것이다. 사실, 도구적 가치와 효율성이 중시되
는 근대화란 인간의 삶을 향상시키기보다는 비인간화하는 속성을 갖기 마
련이고, 이태준의 비판대로 독창적이어야 할 문화마저 획일화시킨다. 진보
의 공간이 역설적으로 퇴락의 공간이 되는 셈이다. 평양이 폐허처럼 느껴
졌던 것은 이 물신화의 위력 때문이고, 그래서 상허는 고전을 통해서 그것
과 대비되는 순박한 '인정의 세계'를 소망한 것이다. 이런 점에서 이들 작
품에서 볼 수 있는 고전은 이전의 주체와 동일시된 대상이 아니라 거리감
을 둔 채 조망되는 객관화된 대상이 되고, 그렇기에 거기에는 자연스럽게

---

30) 이 시기 소설의 또 다른 특징으로 말해지는 '여행 모티프'의 적극적인 채용 역시 밀폐된
　　자아에서 벗어나 현실을 적극 수용하려는 의지의 표명으로 볼 수 있다. '여행 모티프'에
　　대해서는 최혜실의 『한국현대소설의 이론』(국학자료원, 1994, 209-212쪽) 참조

식민지 근대화에 대항하는 작가의 비판의식이 깃들게 된다.

4. 상고주의의 의의와 한계

고전이란 본래 옛 책이나 옛 경전을 가리키는 말이다. 그것이 특정 분야의 권위서나 명저 또는 뛰어난 문학작품을 가리키게 된 것은 서구어 클래식(classic)의 역어적 성격을 띠게 되면서부터라고 한다. 최고 계급을 뜻하는 라틴말을 어원으로 하는 '클래식'이 서구에서 숭상됨으로써 고전이란 그 반열에 오른 옛 저자와 더불어 그 저술물까지도 의미하게 된 것이다. 그런데 이 고전의 숭상은 15-16세기의 학문 부흥과 관련되는 것이고, 이 시기 인문주의의 여러 경향의 소산이었다. 참다운 교양을 획득하기 위해서 고전 고대로 돌아가야 한다는 자각적 기운이 발흥했고, 그래서 고전에 대한 검토는 교양 이념의 참조를 요구하게 되었다. 18세기 독일의 인문주의가 성장소설 또는 교양소설이라는 특정 장르를 산출했던 것은 이런 인문주의적 풍토에서 비롯된 것이다.[31]

서구의 이런 움직임과 비교해 볼 때 30년대 중·후반기에 족출했던 고전에 대한 관심은 그 열기에 비해 그리 만족스럽지는 못했던 것으로 보인다. 이태준의 경우에서 단적으로 확인되듯이, 고전의 핵심을 이루는 인문적 전통이라든가, 삶의 본원적 가치에 대한 천착이 상대적으로 결여되어 있었다. 언급한 대로 고전에 관심을 둔다는 것은 그것의 역사적 맥락을 이해하고 동시에 현실에 적용할 수 있는 삶의 본질적 가치와 지혜를 읽어내는 일이지만, 이태준은 그것을 단지 탐미하거나 비애를 느끼는 주관화된 대상으로 수용했을 뿐이다. 더구나 당대의 논의가 서구적 근대의 몰락과

---

31) 앞의 유종호의 글, 298-299쪽 참조.

그에 따른 위기의식의 산물이었던 것을 상기하자면, 이태준이 과연 거기에
대한 적절한 해답을 찾았는가는 더욱 회의적일 수밖에 없다. 그래서 상허
의 상고주의는 작가적 전망(혹은 미적 전망)이나 대안적 세계의 제시로까
지는 나가지 못했던 것으로 보인다. 그에게 있어서 고전이란 오히려 자신
의 심미적 취향과 현실에 대한 위기의식을 매개하는 정신적 대응물과도
같은 것이었다. 한 연구자의 지적대로, 사회적 근대성이 구현될 수 없는 상
황에서 이태준은 미적 근대성을 통해서 그것을 대신 충족하려 했는데[32],
30년대 후반기 소설에서 목격되는 상고주의는 이런 태도가 심리적 동요를
일으키면서 잠시 정신적 은거처를 찾은 것이라 할 수 있다. 즉 미적 근대
성에 대한 집착을 완강하게 유지했던 작가가 주체의 확대와 더불어 사회
적 근대성으로 관심 영역을 옮기는 과정에서 그 매개적 도구로 선택한 것
이 고전이었고, 그런 까닭에 그것의 본질에 대한 천착은 상대적으로 소홀
히 될 수밖에 없었던 것이다. 그렇기에 상허의 상고주의가 갖는 의의란 소
박한 형태로나마 근대적 가치의 부정성을 포착하고, 그것을 고전을 통해서
비판한 데 있다고 할 것이다. 오늘날 우리들은 서구가 생산한 지식체계를
통해서 세계와 나를 보는 일에 너무나 익숙해져 있고, 사실 우리의 삶이란
이런 가치들을 욕망하고 수용하는 과정이라 해도 지나친 말은 아니다. 근
대화 초창기였음에도 불구하고 이태준이 근대적으로 변모된 평양에서 폐
허를 느꼈던 것은 바로 이 근대화가 지닌 물신성과 속물성이었고, 그런 점
에서 그의 통찰은 선구적이고 또한 매우 시사적인 것이라 할 수 있다.

　하지만, 해방후의 소설에서 확인되듯이 그것이 더 이상의 깊이를 갖지
못하고 아쉬움을 남겼던 것을 부인할 수는 없다. 이를테면 「해방전후」나
「먼지」에서 목격되는 고전에 대한 태도는 「패강냉」이나 「석양」에서 보였
던 비애와 탐미의 두 모습이 그대로 변주된다. 「해방전후」에서는 고전이

---

32) 앞의 박헌호 논문 참조

이제는 필연적으로 몰락할 수밖에 없는 부정의 대상으로 제시된다. 주인공 현은 조선조 선비의 상징이기도 한 김직원의 뒷모습에서, 청조에 대한 그리움을 간직한 채 자살한 "왕구유의 애틋한 최후"를 본다. 「먼지」에서는 작가의 분신과도 같은 상고주의적 노인이 주인공으로 등장하여 남한과 북한의 실상을 비교하는데, 여기서 작가는 특히 고전이나 문화재를 한갓 환금가능성과 소장의 대상으로만 받아들이는 남한의 미제국주의자들의 천박성을 강하게 비난하고, 문화에 대한 이해가 상대적으로 깊은 북한에 대한 긍정적 시선을 표시한다. 말하자면, 일제가 미제국주의자로 바뀌었을 뿐, 이 시기까지도 그에게 중요했던 것은 고전이 그 가치를 발휘할 수 있는 현실 여건이었지 고전의 실체는 아니었던 것이다. 만일 이태준이 「패강냉」에서 포착한 '인정의 세계'라든가, 「돌다리」에서 그려진 토지에 대한 근원적인 친화감과 의고적 태도를 좀더 심화했더라면 해방후의 변화된 현실에서 그렇듯 과거의 태도를 되풀이 하지만은 않았을 것이다. 더구나 사회주의 역시 도구적 합리성에 바탕을 둔 것이고, 그 역시 인간의 삶을 도구화하고 왜소화하는 속성을 갖는다는 사실을 간파했더라면, 「먼지」에서의 상고주의는 혼돈의 시기를 밝히는 삶의 지혜로까지 고양될 수도 있었을 것이다. 고전에 대한 깊이도 그렇다고 사회주의에 대한 이론적 무장도 갖추고 있지 않았기에 그가 할 수 있는 행동이란 기껏 이전의 태도를 반복하면서 '민족의 대동단결'이라든가 '민주주의 민족국가 건설'라는 추상적 구호를 반복할 수밖에 없었던 것이다. 오늘날 이태준의 상고주의가 '정신이 결여된' 단순한 '기호심의 소산'이라는 평가를 받게 된 소이는 이런 데 있었던 것으로 보인다. 그렇지만 역설적으로 보자면, 그런 깊이 없음과 부동성이 바로 이태준의 작가적 정체성을 형성한 것이라고도 할 수 있다. 나아가 그것이 바로 30년대 소설에서 보이는 상고주의의 일반적인 특징이라고도 해도 지나친 말은 아닐 것이다.

■ 참고문헌

《동아일보》《조선일보》 1932년- 1938년.

『삼천리 문학』(1938.4)

『신생』(1931, 6)

강진호, 「1930년대 후반기 신세대 작가연구」, 고려대 박사학위논문, 1995.

김윤식, 「고전론과 동양문화론」, 『한국근대문예비평사연구』, 일지사, 1976.

박헌호, 「이태준 문학의 소설사적 위상」, 성균관대 박사학위논문, 1997.

상허문학회, 『1930년대 후반문학의 근대성과 자기성찰』, 깊은샘, 1998.

유종호, 『문학의 즐거움』(전집 5권), 민음사, 1995.

이태준, 『돌다리』, 깊은샘, 1995.

이태준, 『무서록』, 깊은샘, 1994년.

임   화, 「역사 · 문화 · 문학」, 『문학의 논리』, 학예사, 1940.

조용만, 『세계문학소사』, 박영사, 1974.

최승호, 「1930년대 후반기 시의 전통지향적 미의식 연구」, 서울대 박사학위논문, 1994.

최혜실, 『한국현대소설의 이론』, 국학자료원, 1994.

황종연, 「한국문학의 근대와 반근대」, 동국대 박사학위논문, 1991.

H. Lefebvre, 『현대세계의 일상성』, 박정자 역, 주류 · 일념, 1990.

J. Lacan, 『자크 라캉 ; 욕망이론』, 권택영 편, 문예출판사, 1996.

P. Bourdieu, 『구별짓기;문화와 취향의 사회학』(상), 최종철 역, 새물결, 1999.

A Study on the tradition-oriented novels in the late 1930's
- on the Lee Tae-jun's novels

Kang Jin Ho

1. Novels in the late 1930's & classic(or tradition) ; The purpose of this article is to analyze Lee's antiquarianism and to analogize the results and limits of the late 1930's novels.

2. Subjectified classics and aesthetic self-consciousness ; Lee didn't derive to the insight and wisdom for life from the classics, but regarded it as an aesthetic objects.

3. Change of the subject and objectification of the classics ; Through Lee's novel represent self-reflection, he secured the distance between classics and reality in the life. He realized classics as the means of criticizing the modernization under Japan empire was ruling.

4. The significance and limit of antiquarianism ; The significance of Lee's antiquarianism is criticizing snobberism and fetishism. But he didn't derive to the wisdom of life from that.

이태준 희곡 연구

이 종 대 (동국대 교수)

1. 시인 · 소설가들의 희곡

이미 1910년대에 이광수가 <규한>, <순교자> 등의 희곡작품을 발표한 바 있으며, 1920년대에 시인인 홍사용과 김동환의 작품이 있었지만 1930년대에는 우리 희곡사상 가장 많은 시인 · 소설가들에 의해 극작이 이루어져 희곡사의 독특한 지형을 차지한다. 시인으로 홍사용, 김동환 등을 꼽을 수 있으며, 조용만, 유진오, 이효석, 채만식, 이무영, 이태준, 김송 등은 희곡을 창작한 소설가에 해당된다. 특히 채만식, 이무영, 김송 등은 많은 희곡을 썼다.[1] 그러나 이 가운데 실제 공연되었던 작품은 홍사용의 <향토심>과 <출가>, 이무영의 <톨스토이>, <한낮에 꿈꾸는 사람들>, <무료치병술>, 채만식의 <역사나 안믿었으면>, 이태준의 <어머니> 정도이다. 홍사용은 1920년대의 연극단체인 토월회의 회원으로, 이무영은 극예술연구회의 회원으로 연극운동에 적극적으로 참여한 경우로 그들의 작품이 공연될 수

---

1) 채만식은 후대의 연구자들로부터 많은 주목을 받은 <당랑의 전설>, <제향날>를 비롯하여 27편, 이무영은 삼부작인 <어머니와 아들>, <아버지와 아들>, <탈출>을 포함하여 9편을 발표했으며, 김송은 『호반의 비가』, 『산의 승패』등의 희곡집까지 발간한 바 있다.

있었던 사정을 짐작할 수 있지만 이태준의 경우는 각별하다고 할 수 있다.[2]

시인·소설가들의 희곡이 공연되지 못한 데에는 여러 가지의 이유가 있다. 우선 첫째로 그들의 작품은 문학성 중심의 극작이어서 연극성(상연성)이 미흡한 점을 꼽을 수 있다. 그들의 대다수는 연극이 계몽의 수단이며 따라서 그 내용이 계몽적이어야 한다고 믿는 사람들이었다[3]. 그렇지 않으면 극작이 시나 소설의 창작에 도움이 된다고 생각하고 있었기 때문이다.[4] 그런 그들의 희곡에서 연극성을 찾기 어려운 것은 당연하다고 하겠다. 둘째는 극작가가 아닌 시인·소설가들의 극작에 대한 극관련자들의 배타적인 태도이다. 연극평론가이며 극장의 지배인을 역임했던 박영호가 이들의 희곡을 '여기(餘技)의 문학'으로 간주한 것은 그 대표적 사례에 속한다. 그는 「극문학건설의 길-리알리즘적 연극성의 탐구」에서 연극성을 강조하고 그것을 성취하려면 일차적으로 희곡의 여기화(餘技化)에서 벗어나야 된다는 견해를 편다. 이어서 그는 이광수의 <순교자>, 김동환의 <능수버들>,

---

2) 한상직은 이태준의 희곡 <어머니>의 공연에 대해 소설가로서 인기가 있던 이태준의 이름을 내건 극단의 상업주의라고 비판한 바 있다.(한상직, 「극단 고협 공연의 인상」, 《매일신보》, 1939.12.19.)

3) 김동환, <애국문학에 대하여>, 《동아일보》, 1927.5.14; 이태준, 「국민극희곡선후감(國民劇戱曲選後感)」, 《매일신보》, 1941.10.20; 유민영, 『한국현대희곡사』, 홍성사, 1982, 171~212쪽.

4) 채만식의 경우가 여기에 해당된다. 그는 <당랑의 전설>의 후기에 "반드시 희곡을 쓰고싶었다느니 보다는, 제재가 마침 소설로는 불편한 점이 있기로, 전험(前驗)에 따라 역시 이 형식을 빌린 것이다"라고 밝히고 있다(『인문평론』, 1939.10) 여기서 그가 말하는 '불편한 점'이 구체적으로 어떤 것인가는 채만식이 이해한 소설과 희곡의 미학적 형식을, 나아가 당시의 장르인식을 구체적으로 파악할 수 있는 단서가 되기에 매우 중요한 것으로 보이는데 채만식은 이에 대해 더 이상 언급하고 있지 않다. 다만 '전험'은 하나의 질료를 가지고 소설과 희곡 두 문학양식으로 다루어 본 경험을 일컫는 것이라고 추정된다. 이를테면 <인텔리와 빈대떡>(1막, 1934)과 <레디메이드 인생>(단편, 1934), <심봉사>(7막, 1936)과 <심봉사>(중편, 1944), <낙일>(1막, 1930)과 <태평천하>(장편, 1938) 등이 그것이다.

이태준의 <어머니> 등이 공연성을 소홀하게 다룬 여기적(餘技的) 작품이라고 지적하고 비판한 바 있다.[5] 또한 한상직은 1939년 12월 극단 <고협(高協)>에 의해 부민관에서 공연된 이태준의 <어머니>에 대한 공연평에서 "이 희곡 속에서 맺어진 연출이나 연기를 여기에 쓸 필요를 느끼지 않는다"[6]라고 홀대하고 있을 정도이다. 또한 윤규섭은 채만식의 <당랑의 전설>에 대해서 "희곡으로써 채만식씨의 <당랑의 전설>이 있으나 그 소재로써 소설을 만들었다면 모르거니와 전(全)히 희곡으로서는 구성이나 대화가 습작정도에도 이르지 못하였다"[7]고 그 작품성을 폄하시키고 있다.

셋째로 그들이 공연에 적극적이지 않았다는 점도 크게 작용했을 것이다. 김동환의 다음과 같은 진술에서 이것을 확인할 수 있다.

> 내가 戱曲을 압니까. 그러나 劇場이 無産階級敎化에 있어서 가장 큰 任務를 맡고 있는 것은 사실인즉 우리 속에도 劇과 劇場이 나와야겠지요 그리고 유의할 것은 카이자의 <轉變>이나   <群衆人間>, <夜> 같은 것을 보면 모두 詩 모양으로 토막글로 되어 있는데, 이것이 아마 效果가 있는 모양이야요. 모든 것이 시로 접근하는 傾向이랄까요[8]

극작에 대하여 묻는 기자에게 김동환이 자신이 희곡을 쓰게된 동기를 밝히는 대목으로, 김동환의 이 진술에서는 앞서 지적한 세가지 근거가 모두 발견된다. 즉 계몽지향적 극정신, 희곡에 대한 몰이해, 연극성의 미비, 소극적 자세 등이 그것이다. 요컨대 그는 "시를 쓰기 위해" 극작을 했고 그것은 박영호의 지적대로 극작을 여기(餘技)로 간주하고 있다는 사실을 확

---

5) 박영호, 「극문학 건설의 길-리얼리즘적 연극성의 탐구」, 《동아일보》, 1936.4.2~10.
6) 한상직, 「극단 고협공연의 인상」, 《매일신보》, 1939.12.19.
7) 윤규섭, 「작가의 고립(孤立)」, 『인문평론』, 1940.11, 155쪽.
8) 김동환, 「애국문학에 대하여」, 《동아일보》, 1927.5.14.

인시켜준다.

공연이 이루어지지 않았다는 사실 때문에 그들 곧 시인·소설가들의 희곡은 연극사에서 다루어지지 않거나 희곡사에서도 소략하게 다루어졌을 뿐이다[9]. 또한 채만식을 제외하고는 그들 작품에 대한 본격적인 연구도 이루어지지 않았다. 반면에 그들의 문학적 세계관을 조망하는 시인론이나 작가론에서는 그들의 희곡이 희곡이라는 이유로 배제되곤 한다. 따라서 그들의 희곡 작품은 연극이나 문학의 어느 영역에서도 주목하지 않는 경우가 대부분이다. 그러므로 시인·소설가들이 쓴 희곡은 그들 문학에서 진공의 상태로 남아있는 경우가 많다. 그러나 이러저러한 이유로 문학과 연극 두 분야에서 모두 제대로 평가받지 못한 작품 가운데에는 문학사와 희곡사에서 소홀이 할 수 없는 작품도 있다. 채만식과 이태준의 희곡이 그 대표적 사례에 해당된다. 그러나 채만식은 그가 취한 극형식의 다채로움으로 후대의 연구자들로부터 전문 극작가 못지 않게 많은 주목을 받았지만 이태준의 경우는 사정이 다르다. 그는 두 편의 희곡과 한 편의 번역극[10]밖에 남기

---

9) 유민영의 『한국현대희곡사』는 홍사용, 김동환, 유진오, 이효석, 조용만, 채만식, 이무영, 김송 등의 희곡을 소개하고 소략하게나마 거기에 내재된 극정신을 다루고 있다(유민영, 『한국현대희곡사』, 홍성사, 1982, 171~224쪽) 또한 서연호의 『한국근대희곡사』에서도 김동환, 채만식, 이태준, 유진오 등의 희곡에 대하여 약술하고 있다. (서연호, 『한국근대희곡사』, 고려대 출판부, 1996)

10) <어떤 날의 베토벤>은 『학생』(1929. 9)지에 '이태준역'으로만 되어있지 누구의 어떤 작품을 번역한 것인지는 밝혀져 있지 않다. 이 작품이 번역이라는 사실을 뒷받침하는 또다른 근거는 유치진이 1934년 《조선중앙일보》(1934.2.23~3.1)의 신춘희곡 개평을 통하여 1934년에 발표된 <어머니>를 이태준의 "첫번째 극작"이라고 지목하고 있다는 사실이다. 그러나 그것에 대한 상세한 연구는 뒤로 미루어지겠지만 이 작품은 소설로 본다면 장편(掌編)에 해당될 만큼 그 분량이 적을뿐더러 플롯의 완결성도 찾기 힘들다. 또한 작품을 "이리하여 대성악이 났다. 그는 위인이다. 영웅이다. 참된 인생의 영웅이다. 이러한 베토벤을 나은 어머니는 고난인 것이다. 그의 명곡의 대반은 모두가 이 후의 작이라 한다. 얼마나 지당한 일인가"라는 작품외적 자아의 영탄으로 끝맺고 있는데 이러한 형식은 희곡의 형성원리와는 거리가 멀다는 사실, 이태준이 <어떤 날의 베토벤>를 제외하고는 외국문학작품을 번역한 사실이 없다는 점 등은 이 작품이 과연 번역인가 하는 의구심을 갖게 한다.

지 않았으며 또 그가 많은 장·단편을 남겨 소설가로서는 대단한 주목을 받았지만 희곡은 소설에 가려져 그의 문학에서 언제나 소외되어 왔다.[11] 그러나 이태준의 희곡은 그의 문학세계를 더욱 정교하게 이해하는데 기여할뿐더러 근대희곡에서 찾아지는 희곡미학의 범주를 확대·심화시킨 것으로 보인다.

이태준은 연극과 희곡에 대해서 두 가지의 견해를 가지고 있는 듯 하다. 첫째는 동시대의 문인들이 그랬던 것처럼 연극이 민중교화를 위해서 반드시 필요한 문화이며, 연극을 활성시키기 위해서는 희곡창작을 촉진시켜야 한다는 것이다. 그는 1939년 2월 동아일보가 주최한 연극경연대회에 보내는 축하메세지를 통해 "연극이 민중을 위한 위대한 사회학교인 것은 설명할 필요도 없습니다. 거기서 좋은 의의가 되고 못되는 것은 민중 개인 개인에게 문제요, 사회 전체의 막대한 문화 문제일 것입니다. 그런데 요즘 보면 극장치고 성황 아닌 데가 없습니다. 관극자와 극단이 격증(激增)해 가는 것은 경향(京鄕)이 일반(一斑)으로 이것도 신문화 발전"에 기여하는 것이라고 전제하고 이어서 그는 "특히 이번 대회에는 「우리연극한정」이라는 목표 아래 창작극만을 상연(上演)하게 되었다 하니 이것은 극문화와 떼일 수 없는 희곡창작을 촉진하는 것이라 대회의 의의(意義)는 한층 깊은 바 있습니다."[12]라고 희곡의 중요성을 강조하고 있다. 요컨대 이태준은 연극의 사회적 의미를 중요하게 생각했으며, 그것을 위해 희곡창작이 활성화되어야 한다는 것을 강조한다.

둘째는 희곡의 창작 기법과 태도에 관련되는 것으로 연극이 아무리 사회적 효과가 크다고 하더라도 그것이 관객의 호응을 통해서 이루어져야지 일방적으로 메시지를 전달하는 방식은 곤란하다는 것이다. 바꾸어 말하면

---

11) 이태준의 희곡은 서연호의 『한국근대희곡사』에서 소략하게 다루었고, 본격적으로 다룬 글은 이명희의 「이태준 희곡 연구」(『국어국문학』 112, 1994.12) 한 편뿐이다.
12) 이태준, 「희곡생산의 촉진으로나 민중교화 위해 의의 깊다」, 《동아일보》, 1939.2.24.

희곡이 무엇보다도 문학성을 지녀야지 문학성을 배제하고 주제전달만을 목표로 삼는 희곡은 아무리 연극적인 작품이라도 안된다는 견해이다. 이태준은 1941년 매일신보의 「국민극희곡」을 심사하고 나서 "연극(演劇)은 연극문학(演劇文學)이 아니나 희곡(戱曲)은 희곡문학(戱曲文學)이다. 먼저 희곡(戱曲)이라고 보아야 한다. 이번 응모작중(應募作中)에는 무대엔 꽤 익숙한 솜씨가 있으면서 대체로 「문학(文學)」에 수준(水準)이 저하(低下)한 것은 유감이었다. 최후에까지 「상연(上演)할 수 있는」이 열거(列擧)가 되었으나 결국 그 걸작(傑作)보다는 좀더 문학(文學)으로 나은 것으로 당선을 결정(決定)할 수밖에 없었다."라고 심사평을 밝힌 바 있다. 이어서 문학성이 모자라는 이유로 "지나친 목적의식"을 지적하고 있다[13]. 요컨대 이태준은 그 자신이 연극의 목표가 민중교화라고 밝히면서도 오히려 그것을 강조한 희곡보다는 '문학성'을 확보한 작품을 높이 평가한다는 것이다. 1941년도의 국민극이 일제의 강요에 의한 것이어서 일제에 적극적이지 않았던 이태준이 지적한 '목적의식'은 충분히 짐작할 수 있다. 그러나 그러한 사정을 감안하지 않더라도 이태준으로서는 당연한 지적이다[14]. 그렇다면 한편으로는 민중교화를 주장하고 다른 한편으로는 그것으로부터의 이탈을 강조한 그의 극적 세계관은 무엇인가.

---

13) 이태준, 「국민극희곡선후감(國民劇戱曲選後感)」, 《매일신보》, 1941.10.20.

14) 서영채는 근대문학 초창기의 문인들이 공통적으로 지니고 있는 문학적 세계관이 "현저히 계몽주의적이라는 사실"이지만 이태준은 그러한 계몽적 의식으로부터 거리를 유지한 채 글쓰기를 시작했고, "그가 서 있는 자리는 선각자나 지사로서의 문인, 곧 계몽주의자의 자리가 아니다. 단적으로 말하자면 그의 출발점은 직업적인 소설가 혹은 장인으로서의 예술가라는 위치"라는 것을 강조한 바 있다. (서영채, 「두 개의 근대성과 처사의식」, 『이태준 문학연구』, 상허문학회 편, 깊은샘, 1993, 54~55쪽).

2. 훼손된 지식인의 초상

희곡 <어머니>가 발표된 직후 유치진은 「신춘희곡개평」를 통하여 "이미 소설에 있어서 일가를 이룬만큼 사건 구성에 있어서 용의주도한 준비를 발휘"한 작품으로 평가하면서 등장인물의 성격에 대해 상론하고 있다. 그에 따르면 '명문가이며, 천여 석을 수확하는 집안의 외아들 보다 자기가 사랑하는 고학생에게 사랑을 바칠 각오를 하지만 집이 빼앗기게 되는 처지에 이르자 부자집 외아들과의 결혼을 결심하는 만옥이의 내면을 자연스럽게 그렸다' 고 평가한다. 그러나 주인공 만기와 어머니의 성격제시는 문제가 있다고 지적한다.

> 만 기 : 어머니? 이 세상엔 저희 같은 자식들과 어머니 같은 부모들이 얼마든지 있습니다. 그중에서 내 집 하나만, 내 부모 하나만 호강스럽게 섬기려면 그 자식은 세상에 나가 남의 혓바닥이 되고 남의 밑씻개가 되어야 하는 줄 아십니까? 이제 그놈의 늙은이처럼 간특해져 남에게 아첨을 잘 해야 되는 줄 아십니까? 어머니? 어머니는 당신의 호강을 위해 이 자식이 그렇게 되기를 바라십니까?
>
> 어머니 : (머리를 흔들며) 아니다 아니다. 사람은 인끔이 첫째라구 전부터 내가 안그리든?
>
> (잠깐 침묵.마루에 털석 앉아 만옥과 함께 눈물어린 눈으로 어머니를 지킴)
>
> 어머니 : (실성한 모양으로 주목쥔 두 손을 마주치며 무대 위를 두어 번 오락가락하다 서서 집을 한번 둘러보고) 지금세상엔 고진감래란 말두 괜한 말이든가? 괜한말…… (아들에게 달려들어 그의 머리를 힘껏 끌어안으며) 오냐? 오냐? 다 알었다. 집이야 아무데면 어떠냐, 사내 대장부가 무얼 그런 걸 다 가지구 상심을 하느냐…….
>
> 만 기 : (어머니의 두 손을 마주잡고 기운차게 일어서며) 어머니!
>
> (어머니와 아들의 빛나는 얼굴이 잠깐 마주보고 있을 때)[15]

<어머니>의 마지막 장면으로 유치진은 여기서 "만기의 대사는 오히려 어머니의 입에서 흘러나와서 자식을 위로하는 것이 자연스럽지 않을까? 그리고 만기는 집을 쫓겨나게됨을 알게 된 이 순간에는 다시 집없는 생활로 돌아가야 할 그 어머니를 위해서 고뇌하도록 하는 것이 만기의 모(母)에 대한 사랑에 있어서 더 타당하지 않을까?"라고 지적한다. 다시 말해 유치진은 이 작품의 테마를 "효"로 만기의 성격을 지식인으로 파악하고는 그것에 미치지 못한 점을 들어 "성격의 불철저"를 이 작품의 "결함"으로 진단한다.[16] 유치진 뿐 아니라 동시대인들은 이 작품의 중심테마를 "효"로 파악한 것으로 보인다. 그렇기 때문에 <어머니>는 1939년 12월 극단 <고협(高協)>에 의해 부민관에서 공연되고[17] 또한 방송극 대본으로 사용되기도 하였다[18].

효도를 하고 싶어도 하지 못하는 만기의 절규와 그러한 자식의 마음을 헤아리는 그 어머니의 대사는 대중극의 속성인 감상주의에 호소하는 바 그것은 관객의 감상을 자극시켜 눈물을 유도하는 극적 기능이다[19]. 또한 만기의 여동생 만옥이 경제적 이유 때문에 자신이 사랑하는 남자가 있음에도 불구하고 권력과 많은 돈을 가진 남자와 결혼한다는 서브 서스펜스도 당시의 대중극에서 흔하게 보아온 설정이다. 당대에 대중극단으로 알려

---

15) 이태준, 『달밤-이태준문학전집1』, 깊은샘, 1995, 347쪽. 앞으로 텍스트 인용은 이 책의 것으로 한다. 따라서 맞춤법도 이 책의 것을 따른다.

16) 유치진, 「신춘희곡개평」, 《조선중앙일보》, 1934.2.23~24.

17) 이두현, 『한국연극사』, 학연사, 1997, 303쪽.

18) 한상직, 「극단 고협공연의 인상」, 《매일신보》, 1939.12.19.

19) 대중극이 지닌 통속성의 범주를 대표하는 요소는 웃음의 해학성(the comic), 성의 관능성(the erotic), 폭력의 선정성(the sensational), 눈물의 감상성(the sentimental), 몽상의 환상성(the fantastic)을 꼽을 수 있다(박성봉, 『대중예술의 미학』, 동연, 1996, 323쪽). 또한 그 효과로는 대체로 도피, 감상, 흥미, 그리고 그것들의 결과적 양상인 상업주의 등으로 정리된다. 여기서 눈물은 비록 등장인물을 통한 외부의 자극에 의해서지만 결국은 자기애나 자기연민에서 더욱 깊어지는 것이 눈물의 메카니즘이다. (이종대, 「근대극 텍스트에 나타난 대중성 연구」, 『한국문학연구』 20, 한국문학연구소, 1998, 220~224쪽).

진 극단 <고협>이 이 작품을 공연하게 된 이유도 이러한 대중극적인 요소와 무관하지 않다. 여기서 대중극과 정극의 성립과정과 변별성의 세목을 일일이 거론하기는 어렵지만 대중극이 관객들에게 오락을 제공하고, 의식적이든 무의식적이든 동시대인들의 정신풍경과 관심사를 보여주는 것이고 근대극은 삶의 본질과 관련된 충격적인 질문을 던지거나 새로운 인식을 제공한다는 것[20]을 상기할 때 <어머니>는 대중극 곧 당대의 신파극의 속성과 멀리 떨어져 있지 않다. 요컨대 유치진을 포함한 동시대인들은 <어머니>의 주제를 효로 파악했고, 그럴 경우 이 작품은 대중극의 성격을 지닌다고 볼 수도 있다.

<어머니>에 대한 또다른 평가는 서연호의 『한국근대희곡사』에서 발견된다. 서연호 역시 만기의 성격에 근거하여 이 작품을 "지식청년의 내면적 고뇌를 사실적으로 그린 작품"이라는 견해를 보인다. 그는 만기의 행동과 대사, 이를테면 조선사람들이 사는 동네를 헐뜯는 집주릅에게 "이놈 뭣이라구? 자식들을 길러두 조선촌엔 집 살 것 아니라구? 요 간사한 놈! 그럼 넌 어딧놈이냐? 네 새끼들은 어느 놈의 종자냐? 이놈!" 하며 격렬하게 대항하는 대목 등에서 "정신적인 굴종이나 야합은 죽음이나 다름없으니, 고통 가운데에서도 깨어있는 의식으로 식민지적 현실을 깊이 통찰하면서 인간답게 살아야한다는 지식인의 의지"를 읽어낸다. 특히 집안의 몰락으로 돈 많은 집안으로 팔려가기를 자청하는 누이동생에게

만 기 : (한참 무엇을 생각하고 긴장한 소리로 일어서며) 안된다. 아까는 네가 뭐라구 했니? 언제까지든지 문환이를 기다린다구 그랬지? 그게 진정한 네 마음이다. 부모를 위해 몸을 팔아서는 안된다! 사랑하긴 문환이를 사랑하며 시집은 돈에 끌려 다른 데로 가는 게 팔려가는 것이 아니고 뭐냐?

어머니 : 애들아, 그게 다 무슨 말이냐, 응 원! 이게 어찌된 셈이냐?

---

20) 이종대, 위의 글, 224쪽.

> 만 기 : 몸이고 마음이고 팔려서는 안된다. 팔린다면 네가 팔리기 전에 내가
> 팔릴 길도 얼마든지 있다. 그러나 팔리는 건 자살 아니냐? 자식을 죽이며 자기
> 의 호강을 탐낼 부모가 어디 있을 거냐? 자식으로 보아도 그건, 그건 진정한 효
> 도는 아니다![21]

라고 충고하는 대목에서 "다소 소극적이기는 하지만, 근대적인 인간상의 구체적 모습"과 "가족으로서의 따뜻한 사랑과 사회적인 정의를 동시에 추구하는 성실한 자세"를 발견하고 있다. 그런 점에서 서연호는 <어머니>에서 식민지 시대 지식인의 초상을 발견하고, 이 작품을 근대극으로 평가하고 있는 것으로 보인다. 요컨대 유치진은 <어머니>에서 부모에게 지극정성을 다하는 아들을, 서연호는 식민지 시대 고뇌에 찬 지식인을 찾아낸 셈이다.

유치진과 서연호의 평가는 <어머니>에 등장하는 인물, 특히 주인공인 만기의 대사가 인물에 투사된 작가의 목소리라는 전제 아래에서 유효하다. 그러나 이태준 소설의 구성원리 가운데 중심이 되는 것이 아이러니라는 사실[22]과 작품에 드러난 현실에 대해, 특히 성격의 형상화에서 직접 개입하는 방식이 아닌 관찰자적 태도를 지니고 있다[23]는 견해를 상기하면 만기의 대사와 태도는 작가의 것이 아니라는 판단도 가능하다. 또한 극작에 있어 문학성을 강조한 이태준 자신의 진술도 이러한 가능성을 뒷받침한다. 그런 점에서 이태준의 작품은 두 겹의 의미 층위를 가진다고 할 수 있다. 하나는 인물의 대사 내용을 작가의 메시지로 읽을 때 발생하며 유치진과

---

21) 이태준, 앞의 책, 177쪽.

22) 서영채는 이태준 소설의 원리로 아이러니를 제시하고 "아이러니를 구성적 본질로 하고
    있는 소설들은 초점인물과 작가의 목소리를 철저하게 구분하여 작가의 목소리가 작품 속
    으로 개입하는 것을 배제하고 있다. 그럼으로써 형식미를 추구한다"고 진단한 바 있다.
    (서영채, 「두개의 근대성과 처사의식」, 『이태준 연구』, 깊은샘, 1993, 70쪽).

23) 장영우, 『이태준 소설 연구』, 깊은샘, 1996, 145쪽; 서영채, 앞의 글, 54~71쪽.

서연호의 분석이 그것의 대표적 사례이다. 다른 하나는 작가가 등장인물에게 극적 가면을 씌우거나 자신의 목소리는 철저히 감추고 인물의 성격을 제시하는 경우이다. 그때 작가 자신의 목소리는 어디에 있고 그것은 무엇인가. 바꾸어 말하면 <어머니>의 심층구조에서 확인되는 또다른 의미는 무엇인가. 이것을 밝히기 위해서는 두 가지 사항을 고려해야 한다. 첫째는 희곡텍스트와 연극텍스트의 차이이다.

　　희곡 텍스트를 읽는 독자가 연극을 관람하는 관객과 똑같은 방식으로 희곡적 세계를 구성한다고 생각해서는 안된다. 관객의 경우 (무대 매체를 통해서 제시되는) 다양하고 특정한 정보를 다루어야 할뿐 아니라, 독자와는 다르게 시간적 상황 속에 예속된다. 독자는 여유있게 그리고 준서술적 방식으로 희곡적 문맥을 상상할 수 있는 반면, 관객은 엄격한 시간의 제약 속에서 동시적이며 연속적으로 제공되는 청각적·시각적 신호들을 처리해야 한다. 그럼에도 불구하고 기본적인 희곡의 행동구조와 논리적 일관성은 문자텍스트의 분석을 통해 성취될 수 있다. 이 경우 텍스트 분석과 공연분석을 혼동하는 함정에 빠지지 않도록 주의해야 한다.[24]

　　앞의 유치진의 지적은 희곡 <어머니>에 대한 평가라기 보다는 공연을 전제로 한 평가이다. 비록 그것 때문에 동시대의 연극평론가들로부터 홀대 받았지만 이태준은 희곡이 무엇보다도 문학성을 확보해야 한다고 역설한 작가이다. 따라서 그의 희곡은 문자텍스트로서의 분석이 선행되어야 한다. 물론 희곡이 공연을 전제로 삼는 문학형식이라는 사실은 새삼스런 것이 못된다. 그러나 공연에 앞서 반드시 선행되어야 할 것이 문자텍스트 분석이다. 그리고 그 분석에 따라 연출의 방향이 결정되어야 한다. 문자텍스트 분석에서 작품에 내재된 의미의 층위를 무시하고 표면에 드러나는 의미만

---

24) 케어 엘람,『연극과 희곡의 기호학』, 이기한·이재명 역, 평민사, 1998, 119~120쪽.

을 취할 경우 전혀 다른 작품이 되어버린다. 극단 <고협>에 의해 이루어진 <어머니>의 공연이 그것을 말해준다. <고협>의 공연은 유사신파에 가까웠기 때문이다.[25] 따라서 <어머니>는 우선 문자텍스트로 읽어야 한다. 다시말해 "준서술적 방식으로 희곡적 문맥을 상상"하며 읽어야 한다. 이때 상상하며 읽기의 범주에 드는 것 가운데 하나가 감추어진 작가의 목소리 즉 함의된 것을 찾는 일이다.

둘째는 문학적 읽기의 세목으로, 주인공 만기의 정체성을 확인하는 일이다. 그는 어머니를 위해서라면 무슨 일이든지 해야 한다는 것을 강조하다가 자신의 행동이 폭로되고 나서는 태도를 바꿔 인간답게 사는 것이 진정으로 어머니를 위하는 길이라고 주장한다. 이러한 만기 성격은 유치진에 의해 성격의 모호함으로 지적받기도 했지만 한편으로 그러한 성격의 불일치는 "현실과 극 안에서의 성격에서 발생하는 거리(distance)"이며, 거기서 발생하는 정체성의 혼란(confusion of identities)은 관객에게 발견(recognition)과 폭로(revealation)의 효과"[26]를 주기기도 한다. 대사와 그 기저에 깔린 의도 사이의 심각한 균열이 존재할 경우 작품의 표층에 드러난 의미와 심층의 그것이 다르기 때문이다. 따라서 <어머니> 안에서 극진행을 수행하는 만기의 성격부여를 표층과 심층으로 나누어 각각의 모습과 그것들 사이의 거리를 확인하는 일은 이 작품에 숨어있는 작가의 목소리를 파악하는 단초가 된다.

이태준의 소설에는 다양한 계층의 인물들이 등장한다. 이를테면 일본유학까지 했지만 현실에서는 허약한 지식인, 전통을 중시하는 상고주의자, 극심한 가난으로 고향을 떠날 수밖에 없는 사람들, 새로운 세상을 만난 듯 활개치는 청년, 변화된 세상에 약삭빠르게 처신하는 인물 등이 그들이다. 다양다종한 인물들이지만 그들에게 한 가지 공통점이 있다면 그것은 대체

---

25) 이두현, 『한국연극사』,
26) 로날드 헤이먼, 『희곡을 어떻게 읽을 것인가』, 김만수 역, 현대미학사, 1995, 71쪽.

로 정신적으로나 물질적으로 궁핍한 사람들이다. 이태준 소설의 인물, 특히 지식인에 주목한 장영우는 그들을 지식인과 하층민, 기성세대와 젊은 지식인으로 분류하고 지식인은 다시 '허무적 지식인과 부르조아적 지식인'으로 세목화 시키고 있다. 그에 따르면 '허무적 지식인들은 이상과 현실의 낙차를 좁히지 못하고 좌절하는 공통점을 지니며 부르조아 지식인은 체제에 아부하여 개인의 물질적 이익추구에 혈안이 되어 있는 사이비 지식인'이며, 이러한 인물 설정에 대해 "두 유형의 지식을 병치 혹은 대립시켜 긍정적 지식인이 파멸하는 구도를 설정함으로써 역설적인 효과를 거두고 있다"고 진단한다.[27] 또한 하층민 혹은 소외된 인물에 대해 "작가는 그들이 사회의 뒷자리로 점차 밀려나는 비정한 현실에 분개하고 있는 듯하며, 그들의 인정을 그리워하고 있는 듯하다. 그러나 그는 관찰자적 입장에서 바라보는 데 그칠 뿐이다. 이러한 작가의 관찰자적 태도는 아이러니의 효과"를 가져온다고 지적한 바 있다[28].

이태준의 단편 <고향>(『동아일보』, 1931.4.21~29)과 <삼월>(『사해공론』, 1936.1)의 주인공들도 <어머니>에서의 만기와 유사한 처지에 놓인 인물들이다. <고향>에서의 주인공 김윤건은 일본에서 "교수들이 혀를 차는 훌륭한 논문"[29]을 쓰고 귀국하지만 그는 취직을 위해 동분서주할 뿐이며, 무수한 속물들이 판치는 세계에 대해 폭력을 휘두르다 유치장에 수감되고 만다. 또한 <삼월>에서의 주인공 창서는 대학을 졸업하면 "그날로 큰 수가 생길 줄 알고 있는"[30] 부모들과의 갈등 해소 방법으로 졸업식이 있는 삼월이 오기 전에 부모가 죽기 바라는 것을 생각할 정도로 현실대처 능력이 소극적일뿐더러 현실도피적이다. 그가 직면한 현실의 모순과 부조리에 대해 아무런 힘을 발휘하지 못하는 것은 물론 그것을 도래시킨 변화의

---

27) 장영우, 앞의 책, 82~102쪽.
28) 장영우, 앞의 책, 145쪽.
29) 이태준, 앞의 책, 123쪽.
30) 이태준, 위의 책, 330쪽.

정체조차 파악하지 못하고 개인의 억압된 일상에서 벗어나는 길을 피동적으로 모색할 뿐이다. 이들 곧 김윤건과 창서는 모두 이태준에게 포착된 동시대 지식인들의 초상이다. 그 점에 대해서는 <어머니>의 만기도 마찬가지다.

아울러 눈가리고 아웅식으로 이자가 비싼 사채로 집을 지은 행동이 어머니가 곧 돌아가실 것이라고 생각했기 때문이라는 것이나 어느날 갑자기 찾아온 집주름을 보고 당황해하는 여동생에게 "우리집! 생각해 봐라. 너도 그렇게 속았니? 동경서 번돈이라니? 내가 고학하면서 무슨 재주루 이런 집 질 돈까지 벌어가지고 나왔겠니"라며 오히려 느닷없이 힐난하는 행동 등은 "지식청년의 내면적 고뇌"로 보기 힘들다. 오히려 그것은 세계에 대한 지식인의 성찰이라기보다 자신의 뜻대로 되지 않는 현실에 대한 불평에 가깝다. 그런 점에서 만기는 당대가 절실하게 필요로 하는 이상적인 지식인의 모습이 아니다. 그렇기 때문에 만기를 '식민지적 현실을 깊이 통찰한' 청년으로 보기에는 무리가 따르고, 이 작품이 '지식인의 의지를 드러냈다'는 견해 역시 쉽게 동의하기 어렵다.

<어머니>에서 주인공 만기는 세가지를 상실하는데 시계와 집과 누이동생이다. 시계는 서울 구경을 온 외삼촌에게 술대접을 위해 전당포에서 돈으로 바뀌어져 없어져 버린다. 그 덕에 만기는 '출세한' 조카가 된다. 이 시계는 작가가 무대설명에서 "정면기둥에는 큰 못이 하나 박혀 있는데 시계걸었던 자리같음"이라고 설정한 것으로 보아 단순한 소품이 아닌 각별한 의미를 부여 한 것이다. 두 번째는 이 작품의 메인 서스펜스인 집의 상실이다. 그 집으로 인해 한동안 만기는 힘들여 공부시킨 어머니와 누이동생에게 보람을 갖게 하지만 그 집의 내막이 폭로됨으로써 집을 잃음과 동시에 어머니와 누이에게 오히려 강한 절망을 남긴다. 세 번째의 상실은 도평의원이며 돈많은 집안의 며느리로 '팔려가는' 누이동생이다. 그러나 그러한 상실 뒤에도 만기의 태도는 조금도 변하지 않는다. 오히려 상실의 의미조차 파악하지 못한 채 "내 집 하나만, 내 부모 하나만 호강스럽게 섬길

려면 그 자식은 세상에 나가 남의 혓바닥이 되고 남의 밑씻개가 되어야 하는 줄 아십니까? 이제 그놈의 늙은이처럼 간특해져 남에게 아첨을 잘 해야 되는 줄 아십니까? 어머니? 어머니는 당신의 호강을 위해 이 자식이 그렇게 되기를 바라십니까?"라고 자신의 행동에 대한 변명으로 목소리를 높일 뿐이다.

사실 <어머니>에서 이러한 상실은 공격점(a point of attack, inciting force)의 기능을 수행해야 하고 시계로부터 시작되는 점진적인 상실이 누이동생에게 이르러서는 이른바 '발견'(anagnorisis)에 이르러야 하는데 만기는 그러한 자각과는 거리가 먼 인물이다. 주인공 만기의 목소리는 작가의 것이 아니다. 만기는 이태준에게 포착된 동시대 지식인의 초상일 뿐이며 작가는 그것을 가감없이 무대로 옮겨 놓은 것에 지나지 않는다. 정작 작가의 감추어진 목소리는 만기로 표상되는 동시대 지식인들의 세계에 대한 몰이해와 허약함에 대한 안타까움 혹은 서글픔이다.

3. 연민과 분노의 정체

<산사람들>은 깊은 산 속을 배경으로 절대빈곤에 시달리지만 순박하게 살아가는 화전민들의 삶과 취재라는 명목으로 그들의 생활을 구경하러 온 도시 지식인들의 태도를 동시에 보여주는 작품으로 1936년 2월 『중앙』에 발표되었다. <어머니>가 발표되자마자 유치진이 「신춘희곡개평」을 통하여 언급한 것이나 몇 년 뒤 공연된 것에 비하여 이 작품에 대해서는 아무런 반응도 없었다. 다만 최근에 이르러 서연호의 『한국근대희곡사』에 줄거리와 함께 "대자연을 배경으로 잔잔하게 서정적으로 진행되는 이 작품은 화전민들의 착한 마음씨와 사회적 불평등과 소외된 삶에 대한 그들의 조

---

31) 서연호, 『한국근대희곡사』, 고려대 출판부, 1996, 177쪽.

용한 저항감을 조화있게 표현"[31]한 작품으로 평가되고 있으며, 최초로 이 태준의 희곡작품를 분석한 이명희는 "<산사람들>은 화전민들의 비참한 생활상이 드러난 작품"이며, "식민지 시대에 있었던 화전민의 극한적 삶을 형상화하면서 일제의 불합리한 정책을 비판한 작품"[32]이라고 평가한 바 있다.

용길네 가족은 먹을 나물마저 떨어져 정신지체자이며 한 팔과 한다리마저 불구인 용길이에게 각설이 타령을 가르쳐 대처로 내보낼 궁리를 한다. 그래도 '대처에선 올 같은 흉년에 개도 낟알을 먹' 을 수 있다는 기대 때문이다. 또한 그 이웃인 쾌석이네 역시 식량이 떨어져 쾌석이가 위험한 벼랑에서 발견한 산딸기로 주린 배를 급히 채우다 관격에 걸려 소금물을 먹이려 하나 그마저도 없는 형편이다. 용길이를 대처로 보내기 전에 '낟알 든 것 것쯤 먹여' 보내기 위해 용길모가 동분서주하는 외중에 낯선 '양복쟁이' 두 명이 멀리서 나타나고 그들을 단속원으로 짐작한 동네사람들은 노인과 여자를 제외한 청 · 장년들은 모두 산 속으로 피신한다. 그러나 그들은 단속원이 아니라 서울서 온 기자와 지방지국 기자이다. 그들은 서울서는 돈을 내고도 구경하지 못할 것이라며 화전마을을 둘러보고는 화전민의 주식이지만 그것도 없어서 못먹는 감자가루를 신기해하고 감자가루마저 떨어졌을 때 먹는 감자껍데기 말린 것을 방문기념으로 사려고 한다. 또한 사이다를 마시면서 "이런 때 얼음에 챈 삐-루나 뒤 잔 먹었으문 좋-겠군" 하며 맥주 타령까지 한다. 결국 용길은 그들을 따라 대처로 떠나고 쾌석이는 죽고 만다는 것이 <산사람들>의 중심 내용이다.

<산사람들>에 드러난 화전민들의 가난은 생존을 위협할 지경에 이른다. <어머니>에서의 인물 소개가 각 인물들간의 관계와 나이만을 제시 한 것에 비해 이 작품에서는 등장인물들의 외모를 소상하게 묘사하고 있는데 그들이 한결같이 남루하다는 것으로 일관한 것을 상기하면 이태준이 이

---

32) 이명희, 「이태준 희곡연구」, 『국어국문학』 112, 국어국문학회, 1994.12.

작품에서 보여주려는 것을 짐작케 한다. 화전을 금지한 것은 일제 침략 전인 조선시대부터이다. 그러나 일제의 화전개간 금지정책이 조선시대의 그것보다 훨씬 조직적이고 엄격했는데도 불구하고 일제시대에 화전민의 수는 급격히 증가했기[33] 때문에 일제는 수시로 단속을 했고, 일단 단속이 되면 온갖 고생 속에 징역을 살기 때문에 화전민들은 단속을 두려워했다. 그러나 이러한 화전민들의 삶의 세목이 도시인들에게는 호기심의 대상일 뿐이다.

> 기자갑 : 양식이 떨어졌으문 요즘 뭣들 먹소? 뭐 먹는 게 그래두 있겠지?
> 용 순 : 나물죽 쒀 먹어요.
> 기자갑 : 나물죽? 어떻게 뭐 넣구?
> 용 순 : 거기다 귀릴 갈아서 넣구. 애탕쑥두 넣구. 고사리서껀……
> 기자갑 : 걸루만?
> 용 순 : 거기다 귀릴 갈아서 좀 넣구 쑤드랬는데 그게 떨어졌어요.

---

33) 조선시대의 화전민과 일제시대의 화전민은 다르다. 김재석은 「조선의 화전과 화전민 생활」(《조선일보》, 1931.317)에서 조선시대의 화전민을 구화전민, 일제시대이후의 화전민을 신화전민이라 구분하고 구화전민은 토지조사사업의 피해자로 "수십 년 내지 수백 년 동안을 대대손손 상속하여 화전경작을 해서 생활해온 자인데 수십 년 동안 경작했다는 연고권으로써 넉넉히 자기의 소유로 사정(査定)할 수 있었음에도 불구하고 애매한 그들은 사정후의 세금을 무서워했으며 출원수속의 번잡을 피하기 위하여 또는 그 시기를 놓치며 그 방법을 알지 못하여 그 경지가 국유림으로 편입된 까닭에 화전민이라 부르게 된 "이들이며, 신화전민은 "농촌에까지 침입한 자본가들에게 생도(生途)를 빼앗긴 자, 기계문명에게 직업을 박탈당한 자, 불황으로 돌아온 노동자, 압박으로 되돌아온 만주 이민의 후신이며" 교통 편리한 곳은 전부 그들의 선배가 먼저 기경(起耕)한 후여서 그들은 교통이 심히 불편한 심산의 국유림, 국경의 벽지와 강원도의 험한 산에서 화전을 시작한다. 또한 "화전민들이 관헌의 검경(檢警)을 받으면 미리 희생자가 될 것을 승낙한 노인을(노인이면 판관의 동정을 얻기 쉬우므로) 표면상의 방화책임자로 삼아 수형(受刑)케 하고 투옥된 희생자의 가족은 부락민 전체가 협력하여 이를 위로하고 그 생활을 보장하며 이와같은 희생자는 형을 마치면 향당(鄕黨) 화전민으로부터 크게 존경받는다"고 한다. (강만길, 『일제시대 빈민생활사 연구』, 창작과비평사, 1995, 141~143쪽).

기자갑 : 그럼, 요즘은 뭘 넣구 쑤?

용 순 : 감자농말낸 무거릴 넣요.

기자을 : 그래…… 것 좀 내오, 응? 이 어른이 저-서울서 오섰는데 좀 구경하
    시자니까 죄끔만 내오란 말야. 돈 주께, 응?

용 순 : (부엌으로 가더니 감자껍질과 약간의 전분이 누룩처럼 굳은 것을 한
    조각 들고 나온다)

기자갑 : (그것을 받아 코에 대어보고 부수어보고 하다가) 거 똑 누룩 같습니
    다그려……이걸 먹다니!

기자을 : 어디요. (하고 받아가며) 이것두 요즘은 귀물일 겝니다.

기자갑 : (용순이에게) 무슨 그릇 하나 주. 우리 사이다 좀 따뤄 먹게……(용순
    이 잠자코 또 부엌으로 들어가더니 금이 가고 더러운 사기탕기를 들
    고 나왔고 기자갑은 사이다 한 병을 끌러 뚜껑을 열더니 탕기를 받는
    다.)이런! 좀 깨끗한 그릇 없오?

용 순 : 없예요.

기자을 : 여기선 뭐 그런 그릇이문 상이올시다. 뭐 형편이들 사나요.

기자갑 : (사이다를 조금 따루어 그릇을 부시고 다시 따라서)자 한잔 잡수십
    시오.

기자을 : 먼저 잡수세요.(사양하다가 먼저 마신다)

기자갑 : 이런 때 얼음에 챈 삐-루나 돼 잔 먹었으문 좋-겠군……(그릇을 받아
    자기도 한 잔 마시고 다시 한 잔을 용순이에게) 여보, 이것 좀 먹어
    보, 응?(용순이 부엌쪽으로 달아난다.)[34]

 1930년대는 일제의 통치기간 중 화전민이 급격히 증가, 커다란 사회문
제로 등장하여 총독부에서도 그것에 대한 원인과 대책을 제시한 바도 있
다. 총독부의 「화전조사보고서」에 따르면 화전의 원인으로 ‘조선인의 천

---

34) 이태준, 앞의 책, 1995, 364~365쪽.

태적인 나태성 및 그 생활의 미개성, 화전단속의 불철저성, 자연재해로 인한 농토의 상실' 등을 지적하고 있다. 그러나 화전민 증가의 문제는 당시 언론에서도 각별한 관심을 가져 직접 취재한 내용을 연재하기도 했다. 1931년 《조선일보》에 27회에 걸쳐 연재된 김재석의 「조선의 화전과 화전민생활」은 화전민 증가의 원인을 보다 적극적으로 또 본질적으로 지적하고 있다.[35] 신문기사에 따르면 총독부가 제시하는 내용과는 달리 화전민의 증가가 '토지조사사업으로 인한 농토의 상실 및 농민층의 절대적 빈곤과 조선총독부의 행정적 단속 내지 간섭, 더 나아가 식민지 지배체제에 대한 저항적인 태도' 등으로 요약된다.

그러나 총독부 자료와 언론의 자료가 다르다는 것은 여기서 중요하지 않다. 주목되는 것은 작품에 등장하는 기자의 태도이다. 서울에서 화전민을 취재하러 온 기자갑이나 그를 안내하고 있는 기자을 모두 그들의 상식으로는 먹을 수 없는 것을 주식으로 삼는 화전민에 대한 연민의 감정이나 그렇게 살 수밖에 없는 근본적 원인에 대한 숙고는 조금도 찾아볼 수 없다. 뿐만 아니라 용길의 누이동생 용순에게 '산골색시가 무슨 내우냐' 고 여자로 여기지도 않는 태도를 보이기도 하고 자신들이 갖고 있는 돈으로 무엇이든 해결할 수 있는 것처럼 행동한다. 그것은 실제 기자의 모습이라기 보다 당대 지식인 혹은 도시인의 표상이다. 자신의 삶과는 전혀 다른 비참한 삶에 대한 관심과 호기심은 누구나가 가질 수 있는, 개인적 관심사에 속한다. 그러나 그 개인적 관심사는 사회적 차원으로 심화 · 확대되어 그러한 현상에 대한 원인규명과 해결하려는 행동이 지식인, 특히 1930년대 지식인에게 각별히 요구되었고, 당대의 많은 지식인들이 그러한 사회적 요구를 알고 있었다. 당대의 지식인들이 말하는 민중교화, 계몽, 반봉건, 신교육, 탈식민지 운동 등이 이와 관련된다. 그러나 이태준에게 목격된 지식인들은 성찰과 숙고가 부족하고 더욱이 실천적 행동을 수반시키지 못하는, 생각과

---

35) 강만길, 『일제시대 빈민생활사 연구』, 창작과비평사, 1995, 135쪽.

말만 앞세우는 사람들, 바로 <산사람들>에 등장하는 기자의 모습이다.

<산사람들>에는 지식인의 표상이라고 할 수 있는 기자 뿐 아니라 화전 민들도 중요한 캐릭터로 등장한다. 그러나 도시의 지식인의 캐릭터가 강화 되어 있는 반면에 화전민들의 그것은 오히려 감추어져 있다. 즉 먹을 것이 없어 몸도 성치 않은 아들에게 각설이 타령을 가르쳐 대처로 내보내는 가 족들의 슬픔은 겉으로 드러나지 않지만 조용히 작품을 휩싸고 있다. 그 슬 픔과 고통은 어머니의 안타까움과 그런 어머니에게 고함지르는 아버지의 목소리에 스며있고, 추석에 집을 못 찾아올 것을 걱정하는 누이동생에게서 발견된다. 그들은 자신들의 슬픔과 처지를 과장하지도 않고 그것을 알아달 라고 목소리 높혀 호소하지도 않는다. 그러나 그들의 슬픔과 고통은 관객 의 가슴 속 가장 깊은 곳에서 형성된다. 그리고 이미 관객에게 전이된 그 슬픔을 더욱 증폭시키는 인물은 용길이다. 작별의 안타까움도 없이 누이동 생에게 '돈 벌어 사다줄' 품목을 잊어버릴까 중얼거리는 정신지체아 용길 의 행동은 아이러니이면서 거기서 발견되는 균열은 연민의 정서를 불러일 으킨다. <산사람들>에서 기자들이 불러일으키는 정서가 분노라면 용길이 와 그 가족들이 촉발시키는 것은 연민이다. 아울러 그것은 이 작품의 극적 정서이다. <산사람들>은 작가가 등장인물를 통하여 자신의 주장을 펼치는 것이 일반화되어 있는 시대에 이태준은 자신의 목소리를 가능한 한 배제 시키면서도 강렬한 극적 효과를 가져온 작품이라고 할 수 있다.

4. 맺음말

이태준의 희곡 <어머니>에 대한 종래의 평가는 두 가지이다. 하나는 <어머니>의 주제가 효와 자애라고 지적하고 주인공 만기의 성격 통일을 통하여 그것을 더욱 강화시켜야 한다는 유치진의 견해이다. 다른 하나는 "지식청년의 내면적 고뇌를 사실적으로 그린 작품"이라는 서연호의 평가로, 주인공 만기의 신분과 대사내용 등에 근거하여 <어머니>를 근대극의 범주에 포함시키는 것이다.

그러나 <어머니>는 당대 지식인들의 허약함과 무능력, 나아가 실천적 행동을 수반시키지 못하고 말만 앞세우는 당대 지식인의 태도를 비판하는 작품이다. 예컨대 주인공 만기가 자신에게 닥친 구체적 현실을 전혀 파악하지 못하고 자신을 알아주지 않는 사회에 대해서 불평만 토로한다거나 그가 취한 행동이 미봉책에 불과하다는 것, 특히 누이동생마저 돈에 팔려가는 현실 앞에서 과장된 신파조의 대사만 읊어대는 모습 등을 통하여 당대 지식인의 초상을 가감없이 보여준다.

이태준의 지식인에 대한 조용한 비판은 <산사람들>에서도 확인된다. <산사람들>에서 일차적으로 발견되는 것은 식민지 시대 도시인과 화전민, 지식인과 소외된 사람들의 생활 수준, 계층적 위화감 등이지만 그보다 더 중요한 것은 그들의 시선이다. 도시인에 대한 화전민들의 조용한 저항감의 시선과 화전민을 바라보는 도시 지식인의 '돈 주고도 못 볼' 구경거리 차원의 시선이 불행하게도 엄연히 존재했고, 그 균열은 이태준 작품의 발신자로 작용했다. 따라서 화전민들의 소박한 삶과 도시 지식인의 태도가 환기시키는 극적 정서는 각각 연민과 분노이며, 이태준은 동시대의 두 인물군(群)을 통하여 깨우쳐야 할 것이 무엇인가를 관객에게 조용히 묻고 있는 것이다.

이태준의 극적 세계관은 "민중교화"와 "지나친 목적의식으로부터의 탈피"였다. 상호 모순되어 양립하기 어려운 극적 세계관이지만 이태준은 그것을 수행한 작가이다. 그는 민중교화가 무대에서 배우의 입을 통하여 이루어진다고 생각하지 않았다. 대신에 깨우침 혹은 말 그대로 교화가 이루어지는 장소는 무대 위가 아닌 관객의 내부라고 판단한다. 그러기 위해 그는 작품에 개입하고 싶은 욕망을 최대한 억제하며, 그러한 유혹을 힘들여 뿌리친 작가이기도 하다. 그가 즐겨 구사하는 아이러니는 그러한 문학적 태도의 소산이다. 그런 점에서 1920~30년대의 희곡, 특히 극작가가 아닌 시인 · 소설가들의 작품이 민중교화 혹은 계몽을 전면에 내세우는 것과는 쉽게 차별된다. 이태준은 시대적 요청에 의해 특정한 극정신이 요구되더라도 그것을 담아내는 극형식에 대한 숙고, 곧 미학적 장치에 대한 고민없이 좋은 희곡은 탄생되지 못한다는 것을 동시대 극작가들에게 확인시켜 준 작가이다.

그러나 이태준의 희곡 <어머니>와 <산사람들>은 연극성의 확보에는 미흡했다. 동시대 전문연극인들이 시인 · 소설가의 극작을 여기화(餘技化)라고 폄하하는 것도 이와 관련되며, 이태준의 작품도 이러한 지적에서 크게 벗어나지 못한다. 그리고 그것은 이태준 희곡의 한계로 남는다.

■ 참고문헌

1. 기본자료
이태준,『달밤-이태준문학전집1』, 깊은샘, 1995.
이태준,「국민극희곡선후감」,《매일신보》, 1941.10.20.
이태준,〈어떤날의 베토벤〉,『학생』, 1929.9.
이태준,「희곡생산의 촉진으로나 민중교화 위해 의의 깊다」,《동아일보》, 1939.2.24.
상허문학회,『이태준 문학연구』, 깊은샘, 1993.

2. 단행본
강만길,『일제시대 빈민생활사 연구』, 창작과비평사, 1995.
박성봉,『대중예술의 미학』, 동연, 1996.
서연호,『한국근대희곡사』, 고려대 출판부, 1996.
유민영,『한국현대희곡사』, 홍성사, 1982.
이두현,『한국연극사』, 학연사, 1997.
장영우,『이태준소설연구』, 깊은샘, 1996.
로날드 헤이먼,『희곡을 어떻게 읽을 것인가』, 김만수 역, 현대미학사, 1995.
케어 얼람,『연극과 희곡의 기호학』, 이기명 · 이재명 역, 평민사, 1998.

3. 신문기사 및 논문
김동환,「애국문학에 대하여」,《동아일보》, 1927.5.14.
박영호,「극문학건설의 길-리얼리즘적 연극성의 탐구」,《동아일보》, 1936.4.2.~10.
박영호,「무대희곡창작의 실제」,《조선중앙일보》, 1934.1.18~23.
서영채,「두 개의 근대성과 처사의식」,『이태준 문학연구』, 깊은샘, 1993.
송 영,「희곡작법1」,『삼천리』 76, 1936.8.
송 영,「희곡작법2」,『삼천리』 81, 1937.1.
안 확,「조선의 문학」,『학지광』 6, 1915.7.
유치진,「극작가가 되려는 분에게」,『학등』 23, 1936.2.
유치진,「극작법-처음 희곡을 쓰는 이에게 주는 편지」,《동아일보》, 1939.3.5.
유치진,「신춘희곡개평」,《조선중앙일보》, 1934.2.23~3.1.
윤규섭,「작가의 고립」,『인문평론』, 1940.11.
이광수,「문학이란 하오」,《매일신문》, 1916.11.

이명희, 「이태준 희곡연구」, 『국어국문학』 112, 1994.12.
이종대, 「1920년대 희곡의 세계인식 연구」, 『국어국문학』 121, 1998.5.
이종대, 「근대극 텍스트에 나타난 대중성 연구」, 『한국문학연구』 20, 한국문학연구소, 1998.
진장섭, 「희곡소론-주로 관극대중을 위한 통속적 해설」, 《매일신보》, 1932.10.8~11.6.
한상직, 「극단 고협 공연의 인상」, 《매일신보》, 1939.12.19.
현　철, 「현당독폐」, 『개벽』 5, 1920.10.

The Study of the drama by Lee Tae-jun

Lee Jong Dae

There have been two opinions about Mother written by Lee Tae-jun. One is the view of Yoo Chijin that the theme of the drama is filial piety and benevolence and it must be intensified by the integration of Mangi's splitted ego who is the protagonist of this work. The other is that of Seo Yeonho that the work which dramatizes the mental suffering of one intellectual man can be included in the category of modern drama because of the protagonist's social position and the contents of dialogue.

Mother, however, criticizes the weakness of the intellectuals in those days and their inability, especially the attitudes of them who would put into words but didn't suit the action to the words. For example, that Mangi can't recognize tangible reality in the presence of himself at all but only complains that his real worth have not been appreciated in society, the fact that the action taken by him is only a temporary excuse, and that he is just reciting clich exaggeratively when his sister is sold for money, these show the portraits of the intellectuals of those days very well.

We can confirm the silent criticism of the writer about the intellectuals in People Living in the Mountain. At first we can recognize the gap between urbanites and fire-field farmers, the different life style between the intellectuals and the alienated people, and the social disharmony between two classes in the work. It is more important that we must recognize the different kinds of gazes. Unfortunately the resistant gaze of fire-field farmers to urbanites and the gaze of urbanites to "the show of fire-field farmers which they have little chance to see though paying for it" are coexistent. But the crack of these two gazes plays the role of messenger for the intention of Lee Tae-jun. In the end the coexistence of two different lives evokes the dramatic emotions, pity and wrath, and the writer is asking to the audience what should be recognized through these two kinds of people in those days.

The dramatic view of the world of Lee Tae-jun is the enlightenment and the escape from over-tcleological ideas. Those are, of course, contradictory and incompatible, but the writer achieved them. He didn't thought that the enlightenment could be achieved by dialogue on the stage. He thought that the realization or enlightenment should be accomplished not on the stage but inside the mind of the audience. So he restrained his desire to control the flow of the drama as possible as he could, and this effort gave birth to irony which was his favorite literary apparatus. On account of this point, the drama can be easily differentiated from other dramas by poets and novelists in the twenties or the thirties which just emphasized the enlightenment. That is to say, Lee Tae-jun is the very author who gave contemporary writers the important lesson that a writer cannot produce a good drama without contemplation of the theatrical form and aesthetic methods though the times demands the particular spirits of drama.

Mother and Poeple living in the mountain, however, are insufficient with establishment theatricality. And this has to do with the fact that contemporary professional dramatist depreciated the drama written by poets and novelists as dilettantish theatricals. It is also the limits of the drama by Lee Tae-jun.

이태준의 수필론 연구
- '근대적 산문문학' 과 '수필' 에 대한 이해를 중심으로

김 현 주(경원대 강사)

1. 1930년대 수필문학 연구의 전제들

우리 문학계가 수필과 수필적인 글쓰기에 대해 주목하기 시작한 것은 1930년대 중반에 이르러서 였다. 30년대 중반 이후의 문학계는 긍정적인 의미에서건 부정적인 의미에서건 수필이라는 주제를 끊임없이 언급했는데,[1] 이는 이 시기에 수필 혹은 수필적인 글쓰기가 양과 질에서 비약적인

---

1) 이 시기 수필에 대한 논의는 아래의 자료를 참조할 수 있다.
  (1) 김기림, 「文壇時評」, 『신동아』 제23호, 1933. 9.
  (2) 민병휘, 「隨筆文學의 跌蹦에 對한 感想」, 『신동아』 제23호, 1933. 9.
  (3) 김기림, 유치진, 김광섭, 백철, 서항석, 임화, 정지용, 이무영 토론, 「수필문학에 관하여」, 『조선문학』, 1933. 10. 1.
  (4) 현동염, 「隨筆文學에 關한 覺書 1, 2」, 『조선일보』, 1933. 10. 21-22.
  (5) 김광섭, 「隨筆文學小考」, 『문학』 창간호, 1934. 1.
  (6) 강한인, 「엣세이(隨筆)와 文學 上, 中」, 『조선일보』, 1935. 5. 5-7.
  (7) 이원조, 「散策文學論」, 『조광』 제1권 1호, 1935.
  (8) 김　관, 「隨筆과批評」, 『조광』 제20호, 1937. 6.
  (9) 이헌구·김진섭 대담, 「隨筆文學에 對하야」, 『조선일보』, 1938. 1.
  (10) 임　화, 「수필론」, 『문학의 논리』, 학예사, 1940, 667-682쪽.

발전을 이룩했으며, 이런 사실을 당시의 문학계가 민감하게 의식하고 있었
다는 것을 가리킨다. 특히 이 시기에 비로소 수필에 대한 이론적 검토가
시도되었다는 점은 매우 중요하다. 일반적으로 문학의 실제와 이론은 상호
영향을 주면서 발전한다고 볼 수 있는 바, 하나의 문학 형식이 장르로 성
립하는 데에는 무엇보다도 완미(完美)한 작품의 존재가 전제되어야 하겠
지만 그 형식의 독자성을 이론적으로 정초하는 작업 역시 필수적인 것이
다. 이 시기에 특히 서구적인 에세이 개념과 일본적인 수필 개념을 수용함
으로써 나타나게 된 다양한 담론들은 수필이라는 문학 형식을 의식화하는
데 중요한 역할을 한 것으로 보인다.[2] '문학의 수필화'[3]라는 진단도 수필
적인 글쓰기 양식의 부상과 그것에 대한 당대적 이해의 일단을 보여주는
것인 바, 30년대 후반 문학(특히, 소설)의 전반적인 경향이라는 맥락에서
뿐만 아니라 수필 장르의 정립과 연관하여 생각할 때 새로운 의미가 부각
될 수 있는 지점이다. 그리고 1930년대 당시 수필을 둘러싼 논의에서 특기
할 만한 사항으로, 저널리즘의 상업성에 영합하는 현상에 대한 우려[4]를 지

---

(11) 최재서, 「文學의 隨筆化」, 『동아일보』, 1939. 2. 3.

(12) 김진섭, 「隨筆의 文學的 領域」, 『동아일보』, 1939. 3.

2) 이러한 판단은 사실 잠정적인 것이다. 근대문학 초창기 이광수의 '엣세이' 론에서 시작하
여 임화에 이르기까지 서양의 에세이관에 입각한 수필 이해와 일본의 영향으로 추정되는
주정적인 수필관이 분명한 차이를 보이고 있었던 것으로 판단되지만, 두 가지 이론적 조
류가 각각 이 시기의 수필과 수필론의 형성에 어떻게, 얼마나 영향을 끼쳤는지, 그리고 크
게는 서양 혹은 일본의 영향에 의한 것으로 분류된다고 하더라도 그 내부에 다양한 차이
를 발생시키고 있는 것이 무엇인지는 좀더 세밀한 검토를 요하는 문제이다.

3) 최재서, 「文學의 隨筆化」, 『동아일보』, 1939. 2. 3, 참조. '문학이 수필화하고 있다' 는 진단은
당시 광범한 공감대를 형성하고 있었던 듯 하다. 안회남도 1938년간의 '수필기행계' (『수
필문학연감』, 인문사, 1939)를 검토하는 글에서 이를 심각한 문제로 지적한 바 있다.(김윤
식, 「한국근대수필고」, 『문학사와 비평』, 일지사, 1975 참조)

4) 상업적 저널리즘과 수필의 유착이라는 문제는 사실 1920년대 중반 이후 일반 잡지나 문
예지들이 대거 수필란을 신설한 이후 지속적으로 제기되어 왔다. 1924년 창간한 『조선문
단』에서도 이미 그러한 단초를 보이고 있는데, 20년대 초 동인지들에서 실험되었던 주정

적할 수 있다. 저널리즘과 근대적인 산문문학과의 관련성은 비단 우리나라에서만 아니라 어느 정도 보편적으로 확인되는 현상이지만, 저널리즘의 상업화와 수필의 유착이 두드러지게 된 이 시기의 문제성은 수필사 연구에 있어서 하나의 주제를 형성할 만한 것이다. 앞에서 열거한 여러 사실들은 1930년대의 수필사적 의미를 가늠하는 데 있어서 중요 항목으로 거의 매번 거론되어 왔던 것인데, 이를 통해 우리는 1930년대가, 간단하게 말한다면, 수필이라는 장르와 그 장르의 개념이 정립된 시기였음을 알 수 있다.

그런데 1930년대에 수필이라는 장르와 그 장르의 개념을 형성하는 데 가장 큰 기여를 한 것은, 그것의 문학적 독자성을 탐색하고 실천하고자 했으며 수필 창작을 자신의 가장 중요한 문학활동으로 의식했던 김진섭, 이양하 등 소위 해외문학파라고 보는 것이 통설이며, 이로써 이상, 박태원, 김기림, 정지용, 이태준, 이효석 등의 수필과 김기림, 이태준, 임화, 이원조 등의 수필론은 수필사에서 그 역할이 거의 부각되지 못했다. 이들의 수필과 수필론이 일반인의 감상이나 학계, 수필계의 비평과 연구의 대상이 되지 못한 데에는 두세 가지 원인이 있는 것으로 생각된다. 먼저, 이들 중 대다수가 월북 문인이어서 해방 후 오랫동안 문학사에서 철저히 배제되었던 점을 지적할 수 있다. 이들의 작품은 읽힐 수 없었고 공공연한 논의의 대상이 될 수도 없었다. 둘째, 수필이 이들의 문학적 위치와 성격을 판별할 수 있는 대상으로 고려되지 않았다는 점을 들 수 있다. 이들은 소설가, 시인, 비평가였으므로 수필은 이들의 본격적인 '문학'이나 작가론적 주제를 해명하는 부차적인 자료로서의 역할을 하는 데 그쳤을 뿐 그 자체가 연구 대상이 되지 못했다. 작가가 수필에 대해 지속적으로 진지한 태도를 보여

적인 산문이 여기에 와서는 편집진의 요청에 따라, 특집 형식으로, 여러 문인들이 비슷한 주제로 가벼운 글을 쓰는 것으로 정착하고 있음을 볼 수 있다. 30년대에 들어 수필을 논하는 거의 모든 논자들이 이 문제를 제기하는 것은 저널리즘의 상업화가 가속화되면서 이러한 현상이 더욱 심각해졌음을 의미한다.

서, 수필이 작가의 전체 작품세계에서 결코 부차적인 지위에 머물지 않는 경우에도, 수필을 '진지한 문학'이라는 가족의 구성원으로 인정하지 않는 문학계의 풍토에 의해 수필 작품이 소홀하게 취급된 경우가 많았다. 다음으로는, '수필가의 작품만이 수필'이고 '수필가의 이론만이 수필론'이라는, 수필계의 뿌리 깊은 편견과 관련된다. '순수수필'이라는 관념의 기원과 성격은, 수필에 대한 지배적인 관념의 형성과 관련하여 우리 근대수필사를 검토하는 데 중요한 주제가 되는 바, 여기에서 자세히 논의하는 것은 버거운 일이다. 다만, '수필가의 수필'과 '수필가의 수필론'만을 인정하는 풍토 속에서 30년대에 활발하게 전개되었던 수필에 대한 다양한 담론들은 급격히 잊혀져 갔고, 수필사는 김진섭, 이양하에서 피천득 등으로 이어지는 흐름을 주류로 인정했다는 것을 지적하고자 한다.[5]

분단과 단정 수립을 계기로 한 문학사적 단절은 수필사에 있어서도 예외가 아니었던 것인데, 시사와 소설사의 복원은 80년대에 이데올로기적 금기로부터 벗어난 진보적인 연구자들의 열정에 의해 비교적 활발히 추진되어 이미 적지 않은 성과를 낸 것에 비해 수필사의 복원과 잊혀진 수필론의 복권은 아직 전면적으로 이루어지지 않고 있다. 따라서 위에서 거론한 1930년대의 여러 작가, 비평가의 수필과 수필에 대한 이해를 검토하는 것은 수필사의 복원과 잊혀진 이론의 복권이라는 측면에서 큰 의미를 지니며, 오늘날 수필이라고 불리는 것이 형성되어온 과정과 그 의미를 '밖으로부터'[6] 볼 수 있는 시선을 재발견한다는 의미를 지닌다.

---

5) 현재 통용되는 수필 개념의 양 극단을 수필에 대한 교양주의적 견해와 주정주의적 견해라고 할 수 있다면, 전자는 '인격의 반영인 동시에 교양의 산물로서 문학적 표현 양식에 의거한 것이면 모두 수필이 된다'는 식의 이해로서 김진섭의 논의를 잇는 것이며, 후자는 '수필은 서정적 에세이'라고 보는 피천득의 수필론이 대표적이다.

6) 수필의 '밖'이라는 것은 이중적인 의미를 내포한다. 첫째, 수필가에 의해 쓰여진 수필과 수필론의 밖을 의미한다. 이는 우리 수필계의 뿌리 깊은 폐쇄성을 문제삼는 것이다. 타자

1930년대의 수필과 수필론의 지형을 검토하는 데 있어서, 우선 이상, 박태원, 김기림, 정지용, 이태준, 이효석 등 30년대 중반 이후 우리 문단을 주도했던 작가들이 수필 장르의 형성에 기여한 바를 정당하게 평가해야 할 것이다. 일찌기 윤오영은 이상, 박태원, 이효석이 '수필문학을 의식했거나 아니했거나를 불문하고' 이들의 산문은 '수필문학의 중요한 본질적인 요소를 갖추고 있다'고 평가하면서, 이들의 산문작품을 '수필문학의 태동'으로 보았다. 이러한 판단의 근거는 이들이 산문에서 (1) 각자 개성적인 독특한 문체를 구축하려고 노력한 점, (2) 자기들의 내적 체험의 세계를 표현했다는 점, (3) 시, 소설과 일관한 작가 정신을 잃지 않았다는 점이다.[7] 윤오영이 수필 문학의 본질로서 들고 있는 요소의 타당성 여부는 좀더 세밀한 검토를 요하는 문제일 것이다. 그러나 이들의 산문 작품을 수필 장르의 형성이라는 관점에서 바라보고 그 의의를 분석한 것은 수필사 연구에 있어서 적지 않은 시사점을 제공한다.

그리고 이 시기에 수필이라는 장르의 이론화를 시도했던 김기림, 이태준, 임화, 이원조 등의 견해도 중요한 의미를 지닌다. 1930년대에 수필론을 선도했던 것은 김진섭, 이양하만이 아니었으며, 위에서 거론한 이들의

의 존재를 전제하지 않은 상태에서 나의 독자성이란 성립할 수 없는 것처럼, 수필의 독자성이란 다른 장르와의 관계 속에서만 분명히 의식될 수 있는 것이다. 수필이 무엇인지가 오로지 수필가들의 의견에 의해 결정되는 것은 아니라는 것이다. 둘째, 오늘 우리가 수필에 대해 가지고 있는 관념의 밖을 의미한다. 수필이라는 장르의 기원에 대한 탐색은 그것의 밖으로부터의 시선이 전제되지 않는다면 불가능할 것이므로 이는 수필에 대한 역사적 연구를 목적으로 하는 이 글이 꼭 확보해야 할 지점이다. 필자는 이러한 두 가지 의미를 가진 '밖으로부터의 시선'이 근대의 수필과 수필론의 모습을 복원하는 데 꼭 필요한 동시에 최종적으로 그 복원을 통해서만 완성될 수 있는, 전제이자 결론이라고 생각한다. 필자의 「한국 근대수필 형성과정 연구-1920년대 초 동인지를 중심으로」(『한국문학평론』, 1999, 가을호)는 역사적 장르로서 수필의 근대성을 탐색한 글로서, 특히 두번째 문제의식에 입각해 쓰여진 것이다.

7) 윤오영, 『수필문학입문』, 관동출판사, 1975, 136쪽.

견해는 수필 밖으로부터의 시선이었다는 점에서도 큰 의미를 지니는 것이다. 작가로서 자기 세계를 개척하고 작품을 모색하는 과정에서 나온, '작가적 입장에서의 수필론'으로부터 구체적인 수필론을 들을 수 있다[8]는 견해는 일반적으로 타당하다고 말할 수 있을 것이다. 그러나 중요한 것은 오히려 그 입장의 폭과 깊이라고 할 수 있는 바, 작가의 직접적인 체험에만 의거해서 이론을 성립시킨다는 것은 어불성설이다. 이론은 있는 것만을 말하는 것이 아니라 있어야 하는 것을 말하는 것이며, 그렇기 때문에 이론과 실제는 오히려 생산적인 관계를 맺을 수 있는 것이라고 했을 때, 이 시기 김기림, 이태준, 임화, 이원조 등 수필을 밖에서 볼 수 있었던 작가, 비평가들이 각각 수필의 본질과 이상을 무엇으로 보았는가 하는 것을 검토하는 것은 중요하며, 이들의 수필론이 김진섭 등의 수필론과 어떤 점에서 동일하고 어떤 점에서 차이를 낳고 있는지, 이 시기에 수필의 일반적인 개념을 성립시키는 데 어떤 영향을 주었는지를 살피는 것은 매우 중요하다.

이 글은 위와 같은 문제 의식에 입각하여 이태준의 수필론을 검토하는 것을 목적으로 한다. 이태준은 근대적인 단편소설의 한 완성자[9]라는 평가를 받을 정도로 소설에서 일가를 이룬 작가이지만 수필이라는 장르와 그 개념을 형성하는 데 있어서의 역할 또한 만만찮은 것이었다. 이는 당시 수필을 논한 많은 사람이 이태준을 거론하고 있는 것에서 단적으로 드러난다.[10] 또 『文章講話』는 수필을 비롯한 다양한 한글 산문의 작법을 교양하려는 목적에서 쓰여진 것으로서, 당대는 물론이고 그 이후 오랫동안 작문 교과서의 역할을 해왔다.[11] 이런 대략적인 검토를 통해서도, 이태준이 우리

---

8) 윤오영, 앞의 책, 141쪽 참조

9) 이재선, 『한국현대소설사』, 홍성사, 1979, 364쪽.

10) 대표적으로 김광섭, 임화의 평가를 들 수 있다.

11) 30년대 후반에 이런 시도는 상당히 많았던 것으로 생각된다. 예를 들어, 이태준의 『서간문강화』, 이광수의 『춘원서간문범』(1939), 노자영의 『문예미문서간집』(1939)등은 편지 작

문학사에서 근대적인 산문과 산문예술에 대해 가장 전방위적인 지식과 실천을 보여준 작가임을 알 수 있다. 이 글에서는 특히 근대적인 산문과 산문 예술에 대한 그의 이해가 수필에 대한 이해와 어떤 관련이 있는지를 밝히는 데 중점을 두었다. 필자는 그가 근대적인 산문의 특질을 무엇으로 생각했는지, 산문예술의 두 형식인 소설과 수필을 어떻게 이해했는지, 일기나 서간 같은 산문 양식과 수필의 관계를 어떻게 인식했는지를 살펴봄으로써 1930년대에 수필의 개념이 형성된 한 경로를 추적하려 한다. 이 글이 검토의 대상으로 삼은 주요 텍스트는 『無序錄』[12]과 『文章講話』[13]이며, 여기에 실린 글들 중 수필작품보다는 산문문학, 소설, 수필에 대한 견해를 드러내는 것에 중점을 두어 살폈다.[14]

법의 대중적 교양을 목적으로 하는 것이었다. 편지 이외에 일기, 기행 등 다양한 산문의 창작법은 사실은 1920년대 동인지 및 문예 잡지들에 게재된 작가들의 작품을 통해 간접적으로 대중에게 소개·확산되기 시작한 것이다. 1930년대 후반에 이르러 실제적인 작법을 가르칠 목적으로 책이 쓰여졌다는 것은 근대적인 산문 문체의 형성이라는 측면에서는 일단 바람직한 것이었다고 할 수 있지만 이 책들의 미문주의에 대한 비판도 적지 않다. 예를 들어 김수업은 『배달문학의 갈래와 흐름』에서 20년대 이후 문예잡지들에 게재된 편지의 감상적 특성과, 편지 작법을 가르친 이광수, 노자영의 책이 감상적 미문을 문체의 모범으로 확산시킨 점을 비판했다.(현암사, 1992, 430-431쪽 참조)

12) 이태준, 『無序錄』 이태준 문학전집 제15권, 깊은샘, 1994. 이 책은 1944년 박문서관 3판본 『무서록』을 원본으로 하고 있으며, 이태준의 다른 수필들도 싣고 있다. 이 글에서 『무서록』을 인용할 때에는 각주로 처리하지 않고 본문 안에서 (무: 쪽수)로 표시했다. 예) (무: 123)

13) 이태준, 『文章講話』, 창작과비평사, 1988. 이 책은 1947년 박문출판사에서 펴낸 증정판을 원본으로 삼고 있다. 이 글에서 『문장강화』를 인용할 때에는 각주로 처리하지 않고 본문 안에서 (문: 쪽수)로 표시했다. 예) (문: 123)

14) 이 글의 목표가 이태준의 '수필론'에 대한 검토로 한정됨으로써 1930년대 수필문학에 있어서 이태준의 위치와 역할을 전체적으로 평가하는 데에는 다다르지 못했음을 인정하지 않을 수 없다. 수필 작품에 대한 검토와 더불어 전체적인 평가는 이후의 작업으로 남긴다. 그리고 이 글에서는 되도록이면 그의 수필 작품을 감안하지 않은 상태에서 수필론을 이해하려고 노력했음을 밝혀둔다. 수필의 실제와 이론이 작가 개인에게 있어서나 독자, 비

2. 이태준의 근대 산문예술에 대한 이해
- '서술적 낭독체'에서 '묘사적 산문체'로의 변환

근대적인 산문예술의 특성과 의의가 어느 정도 일목요연한 이론화를 이룩할 수 있었던 것은 30년대 중반 이후였다. 이 시기 활발하게 전개되었던 소설론 탐구가 크게는 이러한 맥락 안에 있었다고 할 수 있으며, 이태준의 단편소설론도 여기에서 벗어나지 않는다. 이태준의 단편소설론은, 문학적 영향면에 한정해 말한다면, 전대(前代) 소설에 대한 강한 양식적 대타의식과 소설의 근대성에 대한 의식에 근거하고 있다.[15] 그가 전대 서사 양식, 즉 활자본 고소설과 신소설의 양식적 특징으로 지적한 것은 이야기성과 낭독조 문체였다.

> (고소설에는) 인물 하나를 진실성이 있게 묘사해 놓은 것을 찾기가 어렵다. 장화의 계모 허 부인, 흥부 형 놀부, 춘향이나 이도령이나 하나 제대로 그려나간 것이 없다. 문장이란 처음부터 끝까지 낭독조만을 위해 쓸데없는 과장과 對句와 유식한 체 해서 愚衆을 무조건 압도해 나가려는 典故法에만 몰두하고 말았다.(무: 65)

평가에게 있어서 각기 독립적으로 이해되고 수용되는 것은 아니다. 그러나 작가의 장르에 대한 의식과 실천이 항상 일치하는 것은 아니며, 장르 정립의 초기에는 의식과 실천의 분리 현상이 두드러지는 바, 이후에 이태준의 수필론과 수필 작품의 관계를 탐구하기 위해서라도 일단은 분리하여 살필 필요가 있다고 판단했다.

15) 박헌호,「이태준 문학의 소설사적 위상」, 성균관 대학교 박사학위논문, 1997, 37-42쪽 참조. 박헌호는 이 논문에서 이태준의 단편소설 양식 선택의 기저가 되는 정신적 형질로서 '반봉건적 사회와 근대적 개인 간의 불협화음'을 든다. 그에 따르면, 김동인에서 이태준에 이르기까지, 우리 소설에서 단편 양식의 주도성은 반봉건적 사회와 근대적 개인 간의 불협화음에 의해 나타난 특성이다.

위 글에 따르면, 고소설이 이야기성에 치중하고 있다고는 하지만, 그것
의 매력은 무엇보다도 낭독조 문체에서 나오는 것이다. 고소설은 "이야기
책, 즉 귀로 듣는 책일 뿐으로, 뉘집에서 얘기책을 본다 하면, 누구의 작품
이라거나, 무슨 책이란 것은 문제가 아니다. 누가 읽느냐가 문제요, 또 처
음부터 꼭 들어야 하는 것도 아니다. 춘향전 하면 대강은 내용을 알면서도
들으러 가는 것은, 소설 그것보다 목청을 돋우고 군소리를 넣어 가며 듣기
좋게 읽는, 그 소리를 들으러 가는 것이다.(무: 66) 이태준에 의하면, 고소
설에서 이야기의 흡인력을 상회하는 힘은 바로 낭독 지향적인 문체에서
발생하는 것인데, 한편 그것은 과장, 대구, 전고법에 몰두한 문장을 낳게
함으로써 '표현의 진실성' (문: 65)을 훼손한다.[16] 이때 진실한 표현이란 작
가의 개성적인 '눈' (인식)과 '손' (표현)에 의해 형성된 스타일, 곧 문체를
말한다[17]. 그런데 문체를 개성적인 스타일로 정의할 경우, 사실 산문과 시
사이에 본질적인 구별은 아무 것도 없다고 할 수 있을 것이다. 작가의 개
성적인 인식과 표현은 자유로운 시와 산문 둘 다에서 가능하다는 말이다.
그러나 이태준이 '난조투어(爛調套語)와 고담준론(高談俊論)은 필요없고
철두철미 묘사라야 한다' (무: 73)고 주장했을 때, 그의 경우 표현의 진실성
을 성취할 수 있는 문체가 낭독조 문체로부터 탈피한 묘사적 산문에서 찾
아졌다는 것을 짐작할 수 있다. 현대소설은 '묘사로 들어가 묘사를 졸업한
이야기', '들려주는 이야기가 아니라 보여주는 이야기' (무: 73쪽)여야 한

---

16) 이태준이 고소설의 리얼리티 부재를 표현의 문제, 즉 낭독조 문체에서 찾고 있다는 점은
   이미 지적된 바 있다.(박헌호, 앞의 글, 41쪽 참조)
17) 과거 중국이나 한국에서 '문체' 는 '장르' 나 '패턴' 에 해당하는 말이었다. 그러나 근대문
   학에서 '문체' 는 영어 'style' 의 역어에 해당하며, 문장상의 스타일을 말한다. 일반적으로
   그리고 지금 이 맥락에서 문체는 작가의 개성personality에 의하여 나타나는 문체를 말한
   다. 그런데 '낭독조 문체' 라고 할 때의 '문체' 는 주제, 장르, 혹은 기타 형식에 의한 문체를
   말한다. 비문체(碑文體)니 내간체(內簡體)니 하는 것이 그 예라고 할 수 있다. '문체' 의 개
   념에 대해서는 김상태, 『언어와 문학세계』, 이우출판사, 1989. 59-64쪽 참조.

다는 말을 통해 거듭 강조하고 있는 '묘사'와 '보여주기'는 일반적으로 '정열적인 지각'이 아니라 '냉정한 지각'을 바탕으로 한다는 점에서 본래 산문적인 성질을 갖고 있다. 묘사는 냉정한 마음을 바탕으로 한 지각의 내용과 그 지각이 지시하는 개요를 정확히 전달하는 것을 이상으로 하는 바, 운율(리듬과 각운 등)에 의한 제약이나 과장된 설명을 견딜 수 없는 것이다.[18]

> 월색은 方濃하고 松竹은 은은한데 翠屛 튼 欄干 하에 백두루미 당거워요, 거울 같은 연못 속에 대접 같은 금붕어와 들쭉, 측백, 잣나무요. 포도, 다래, 으름덩굴 휘휘친친 얼크러져 淸風이 불 때마다 흔들흔들 춤을 춘다.(〈춘향전〉에서, 문: 89)

이태준은, '이런 문장은 산문이라기보다, 또 운문이라기보다, 낭독문체라고 할까, 낭독하기 위해 다듬어진, 의식적인 일종 율문(律文)'이라고 말하고 있다.(문: 89-90) 그가 운문과 율문을 구별하고 있는 점은 주의를 요한다. 둘 다 운율이 있다는 공통성이 있지만, 운문은 정서를 음악적으로 드러내는 독자적인 문학형식(문: 84)인 반면 율문은 낭독을 위해 운율에 맹종하는 것이며, 이것이 낭독조 문체가 패턴화될 수밖에 없는 이유이다. 이태준이 이러한 낭독조 문체의 결정적인 한계라고 지적하는 것은 "음조를 다듬다가는 그만 '뜻에만 충실'을 지키지 못하기가 쉽다"(문: 89)는 것인데, 여기에서 '뜻'이란 앞에서 말했던 것처럼 지각의 내용과 그것이 지시하는 개요라고 할 수 있다.

이태준은 〈춘향전〉과 달리, '뜻을 가리며 나설 다른 것(음조)을 용허(睿

---

18) 냉정한 지각과 산문의 관계에 대해서는 J. M. 머리, 『문체론강의』, 최창록 역, 현대문학, 1990, 71-78쪽 참조.

許)하지 않는' '뜻에만 충실한 글'(문: 91)로 안회남의 단편 <노인>의 일부를 인용하여 보여준다.[19]

커다란 체경 앞에 서니까 노인의 발가벗은 몸뚱이는 그냥 앙상하다. 아주 늙은 편은 아니건만 무섭게 말랐다. 곳곳이 뼈가 드러났다. 가슴패기는 똑 자라 배때기처럼 肋骨이 나와 금이 생겨서 임금왕자를 두어 개나 그렸고, 양편 어깨는 움푹하니 앞으로 오므라졌으며 엉덩이에서부터 아래는 골격만이 기다랗게 말라깽이일 뿐이다. (안회남의 단편 <노인>에서, 문: 90)

그가, 지각의 내용을 '실상답게' 전달하기 위해서는 운율에 종속되지 않은 산문이 요구된다고 주장했을 때, 이러한 산문문장의 이상형은 현대 소설의 묘사문에서 찾아졌던 것이다. 인용문에서 관찰자로서 작가의 시선은 냉정하고 엄밀하며, 그는 마치 자신의 눈으로 본 노인의 몸을 오직 실상대로 전달하려는 의도만을 가진 것처럼 보인다. 언어는 오로지 대상의 정확한 재현만을 위해 사용될 뿐 허투루 낭비되는 일이 없기 때문에 문장은 매우 간결하다. 그런데 이태준에게 있어서, 이러한 '묘사'는 본래 산문적인 성질을 갖는 표현 기법이라는 일반적인 의미를 넘어서 "산문의 육험(肉驗)이요 정신"으로 강조한 "실증(實證)"(문: 90-91쪽)과 뗄 수 없는 연관을 맺고 있는 것이다.

앞에 인용한 <춘향전>은, 대상의 명암과 그림자를 처리하지 않으며 이른 봄에 피는 수선화를 가을 꽃인 국화와 함께 한 화면에 등장시키는 전통 미

---

19) 이 외에, 한설야의 단편 <술집>에서 인용된 부분도 역시 다섯 환자의 환부를 특징적으로 묘사하여 부각시키고 있는 곳이다. "(중략: 필자) 태풍자(문둥이)같이 얼굴을 싸맨 사나이, 연주창이 났는지 턱을 잔뜩 싸매고 목도 잘 놀리지 못하는 젊은 사나이, 다릿매디가 곪아 터져서 다리를 찍어야 한다고 잉잉 울고 있는 사나이, 얼굴이 팅딩 부어서 눈이 잘 보이지 않는 주먹만한 어린애, 치질이 나서 노상 엉뎅이를 움키고 오만상을 찌푸리고 있는 중년 사나이, (중략: 필자)"(문: 90)

술의 화의(畫意)를 공유하고 있다고 할 수 있을 것이다. 그것은, 자신이 보고 있는 대상을 그대로 그리는 것이 아니라 그것을 빙자하여 자신이 알고 있고 또 생각하고 있는 것을 그리려는 것이다. 그래서 풍경 속의 자연은 묘사에 의해서라기보다 상징에 의해 표현된다. 전통회화 속에 보이는 모든 자연물은 이미 본래의 자연이 아니라 인간적으로 해석되고 탈바꿈된 자연임과 동시에 화가의 사상과 정서를 매개하는 상징물인 것이다.[20] 이와 마찬가지로 〈춘향전〉에 나타난 정원의 풍경은 사실적이라기보다 관념적이다. 특히 '거울 같은 연못 속에 대접 같은 금붕어' 라는 어구에 나타나 있듯이, 연못을 거울과 일치시키고 금붕어를 대접과 일치시키는 비유적 발상에는 '유사한 것은 같은 것이다' 라는 비분석적인 인식이 전제되어 있다. 이런 점에서 그것은 일종의 '주술' 이며 '시' 이다.

반면, 산문은 소재의 사실성을 전제로 하여 자신이 실제로 경험했던 사실을 그대로 전달하려는 태도의 산물이며, 이런 점에서 '산문은 비교적 근대의 산물이다'.[21] 따라서 근대 산문문학의 제1조건은 소재의 사실성 factuality이며, 산문문학은 인식론상으로는 경험론을 바탕으로 하면서 과학적 방법에 의해 실제로 확증하는 것을 지향하는 실증주의정신positivism에 입각하고 있다고 할 수 있는 것이다.[22] 안회남의 <노인>은, 대상을 하나의 존재태로 보고 그것의 외형을 사실적, 객관적으로 묘사하여 대상을 재창조하려는 서양 풍경화의 화의를 공유하고 있는 것으로 보인다. 작가는 노인의 마른 가슴을 자라의 배에 비유하는 것에 만족하지 않는다. 그는 그

---

20) 우리의 전통회화와 서양회화의 인식론의 차이에 대해서는 허균,『전통미술의 소재와 상징』, 교보문고, 1991, 5-6쪽 참조.

21) 김윤식,「산문과 신화의 골짜기-현대일본문학고」,『한일문학의 관련양상』, 일지사, 1974, 222쪽.

22) 유기룡,「기록문학의 영역과 형성」,『수필문학연구』, 국어국문학회 편, 백문사, 1979, 267-269쪽 참조. 유기룡은 이 글에서 근대적인 산문문학을 '기록문학' 으로 범주화하고, 17-8세기 기록문학의 발생 조건과 의의를 논하고 있다.

것이 '임금 왕 자가 두어 개 그려진 모습'이라고 더 자세히 시각화하며, 그 원인은 늑골의 돌출에 있다고 분석한다. 이태준은 안회남의 소설을 통해, '산문'이란 대상의 실태를 정확하게 파악하고 그 원인을 분석하는 것을 목표로 하는 실증정신에 기반해있으며, 이러한 정신이 묘사에 의해 실현되는 것임을 보이고 있는 것이다. 이런 점에서, 이태준이 "소설에서 문자성이 지닌 의미를 본격적으로 제기하고 그것을 자신의 문학관의 근본으로 삼은 첫 작가"[23]라고 했을 때, 여기에서 '문자성'이란 더 정확히 표현한다면 '산문성'이라 할 수 있을 것이다. 그래서 그가 정초한 단편소설의 '근대성'은 근대적인 실증 정신과 그것의 육화로서의 산문, 그리고 묘사라는 방법을 떼어놓고는 애기할 수 없는 것이다.

3. 이태준의 수필 장르에 대한 이해

3-1. 독특한 문예문장으로서의 수필

중국에 기원을 둔 동양의 고전시학에서 '문장'이란 말이 실용적인 목적의 다양한 기록까지 포함하는 넓은 뜻으로 사용되었다는 것은 널리 알려진 사실이며, 이태준이 『문장강화』에서 일기, 서간문, 감상문, 서정문, 기사문, 기행문, 추도문, 식사문(式辭文), 논설문, 수필을 '각종 문장'(문: 8)으로 포괄하고 있는 것은 그가 '문장'이라는 말을 고전 시학에서와 똑같은 의미로 사용하고 있다는 것을 의미한다. '문장' 안에 시, 소설 등 소위 '문학'이 포함되어 있지 않다는 것도 이런 추론을 뒷받침한다.

이태준은 『문장강화』에서 위에서 말한 다양한 산문 양식의 특성을 설명

---

23) 박헌호, 앞의 글, 42쪽.

하고 각각의 양식에 알맞은 작법을 가르치고 있다. 예를 들어, 일기를 "그 날 하루의 견문, 처리사항, 감상, 사색 등의 사생활기"라고 정의하고, 일기 쓰기의 가치를 수양, 문장공부, 관찰력과 사고력의 배양으로 요약하며, 일기의 내용 요소로서 기상(氣象), 사건, 감상, 서정, 관찰, 사교를 들고 있는 것이 그것이다.(문: 92-102) 한편, 그가 일기문 그 자체의 문학적 가능성에도 관심을 기울이고 있다는 사실이, "내면 생활의 기록은 훌륭히 문학에 접근할 뿐 아니라 내면생활이 풍부한 사상가나 예술가들은 일기가 그들의 작품만 못하지 않게 예술 가치를 발휘"(문: 95)한다고 보는 데 나타난다. 고전 시학에서 문학적 표현은 실용적 의도와 목적을 더 잘 달성하기 위한 수단으로만 의식되었던 것에 반해, 이태준은 일기와 더불어 서간문, 감상문, 서정문 등을 실용문인 동시에 그 자체 풍부한 예술적 가치를 실현할 수 있는 산문 양식으로 이해하고 있는 것이다.

'문장' 들이 실용적인 목적을 초과하여 예술적인 성격을 가질 때, 우리는 이런 것들을 제4의 문학으로 분류한다.[24] 그런데 어떤 특정한 기록물이 문학이 되는지 못되는지의 여부는 쓴 사람의 의도에 의해서만 결정되는 것이 아니다. 실용적 의도에 의해 쓰여졌고 당시에는 실용적 가치를 가지는 데 그쳤지만 오랜 시간이 지나 그 실용성이 상실되었을 때 그것은 문학으로 향수되기도 한다. 오늘 우리가 기행, 일기, 서간 등 고전 산문을 문학작품으로 읽고 있는 것은 대개 이런 과정을 거쳐 나타난 현상인데, 이는 이태준이 <한중록>, <인현왕후전>, 인목왕후(仁穆王后)의 전교(傳敎), 필자 미상의 제문(祭文)과 <제침문> 등을 인용하며(문: 289-293), 그것들을 '조선의 산문 고전' (문: 278)으로 평가하는 데에서도 볼 수 있다. 그러나

---

24) 삼분법적 체계를 벗어나 제 4장르를 설정하는 이론은 허구적 상상물만을 문학으로 인정하려는 기존의 협소한 문학관으로부터 벗어나 '논픽션' 을 문학으로 수용한다. 김준오는 '수필의 장르적 특성은 제 4장르의 개념에 의해 본질적으로 규명된다' 고 하였다.(「수필의 장르적 특성」, 『현대수필』, 1997년 겨울, 30쪽)

1930년대 당시에는 이미 서구의 삼분법 체계가 일반적인 것으로 받아 들여지고 있었고, 소위 문학성이 있는 것만이 문학으로 대접받을 수 있었다. 따라서 당대에 어떤 문학 형식이 또 하나의 장르로 성립하기 위해서는 다른 형식과 구분되는 독자성을 확보해야만 했다. 일기가 문학으로 읽히기 위해서는 그것의 문학성이 확증되어야 하며, 문학으로서의 일기는 시, 소설, 희곡이 가지는 것과는 다른 독자적인 성격을 보여야만 한다는 말이다. 이 시기에 수필의 이론이 탐구되기 시작한 것은 시, 소설, 희곡으로 분류할 수 없는 다양한 산문 작품들의 성격을 해명하고 그것들의 문학성을 정초해야 할 필요성 때문이었다고도 할 수 있을 것이다.

'수필'은 다양한 산문 양식들 중의 하나로 등재되어 있지만 그 자체 하나의 '문예문장', '작품'으로 파악되고 있다.

(수필은) 자연, 人事, 만반에 단편적인 감상, 所懷, 의견을 경미, 소박하게 서술하는 글이다(문: 165)

수필은 엄숙한 계획이 없이, 가볍게 손쉽게 무슨 감상이나, 의견이나, 무슨 비평이나 써낼 수가 있다. 인생을 말하고 문명을 비평하는 데서는 작은 논문일 수 있고, 偶感이나 서경, 서정에 있어서는 모두 小作品들일 수 있다.(문: 186)

수필은 다양한 산문 양식들의 예술화로 인식되고 있다. 앞에서 열거한 다양한 양식들-사실을 객관적으로 전달하는 것을 목표로 하는 기사문은 제외되겠지만-은 실용적 의도를 초과하여 '예술적'(문: 187)인 의도에 의해 가공됨으로써 문예문장인 수필이 되는 것이다. 그러나 수필이 다양한 산문 양식의 예술화라면, 그것은 앞에서 말한 것처럼 그저 그 양식들이 가진 문예적 가능성이 실제화되었다는 것을 의미하는 것이 아니라 특정한 방향으로 예술화됨으로써 그 양식 자체와는 구분되는 새로운 형식으로 산출된 것이다. 그것은 '계획 없이', '가볍고 손쉽게', '단편적으로', '경미, 소박한' 방향으로의 예술화이다. 이태준에게 있어서 수필이 하나의 독자적인 성격을 가진 문학 형식으로 의식되고 있다면, 그것의 독자성은 '수록(隨錄)', '수상(隨想)', '수기(隨記)', '수평(隨評)' 등의 혼합물이라는 데 있다고 할 수 있을 것이다. 이는 이태준이 '수필'을 제4의 문학 등으로 불리워지는, 소설을 제외한 예술적 산문 전체를 일컫는 이름으로 사용하고 있는 것이 아니라 그 안에 포함될 수 있는 하나의 작은 갈래의 이름으로 사용하고 있으며, 그 작은 갈래의 특징은 여러 산문 양식들이 가볍고 소박한 방면으로 예술화된 것이라는 점에 있다고 의식하고 있음을 보여준다.

앞의 논의를 정리해본다면, 이태준은 수필을 아직은 문학이 아닌, 문학적 가능성을 가졌지만 본래는 실용적인 성격을 가진 산문들과 나란히 위치시키는 동시에 그것들과는 달리 독특한 형식을 가진, 본래 예술적인 성격을 가진 문예문장으로 인식하는 혼란을 보이고 있다. 그리고 문예문장, 즉 문학으로서의 수필의 특징은 대상에 대한 느낌이나 의견을 단편적으로 서술한다는 데 있으며, '네가티브한negative', 즉 '어떤 것이 결여된' 형식이라는 데 있다. 즉 수필은 계획이 없고, 일관성이 없고, 무게가 없고, 크기가 없는 문학이라는 것이다. 그런데 이태준의 이러한 수필관은 그가 수필의 특성을 소설에 대비하여 포착하려고 할 때 더 구체화된다.

3-2. 주정주의적 산문문학으로서의 수필

인물이나 사건을 묘사하는 문장에서는 구체적으로 인물과 사건을 보여주니까 독자가 시각적으로 만족하지만, 인물도, 아무 사건도 보이지 않는 문장에서는 어구나 문장 그 자체까지 아무 맛볼 것이 없다면 읽는 데 너무나 흥미 없는 노력만이 부담될 것이다.

그러기에 文藝에서도 아무 시각적 흥미가 없는 수필류의 문장은 한자가 섞인

편이 훨씬 읽기 좋고 風致가 난다.(문: 68)

위 인용문이 수필과 소설의 차이를 드러내고 있다면, 그것은 이야기의 유무에 있는 것이 아니다. 위 글의 핵심이 수필에는 인물과 사건이 얽히면서 빚어내는 이야기가 없다는 것을 지적하는 데 있는 것은 아니라는 것이다.[25] 소설과 수필의 차이는 '보여주기' 혹은 '묘사'의 유무와 관련된다. 이태준은, 소설은 대상을 '묘사'하여 '보여주는' 문학 형식이지만 수필은 그렇지 않다고 보고 있는 것이다. 여기에서 이태준이 수필을 '자연과 인간 사에 대한 단편적인 감상, 생각, 의견을 서술하는 글'(문: 165)이라고 정의했던 것의 의미가 더 분명해진다. 이태준은, 수필 작품이 실제로 취하는 표현 형식은 대상에 대한 묘사일 수도 있고 설명일 수도 있지만[26], 그러한 형식을 통해 드러내고자 하는 것은 대상 자체가 아니라 대상에 대한 주체의 감정과 사유라고 보고 있는 것인데, 이는 현재 수필에 대한 가장 위력적인 담론, 즉 '수필은 서정적인 산문'이라는 견해의 형성과 관련하여 주목해야 할 사항이다.

인간이 대상에 대하여 취하는 두 가지 태도, 객관적 태도와 주관적 태도는 정신 활동의 두 가지 근본 형식이라고 할 수 있을 것이며, '서사'와 '서

---

25) 이런 해석은 일반적인 견지에서나 이태준 자신의 실제 창작을 고려할 때나 타당하지 않다. 수필이란 본시 존재했던 사실을 소재로 하는 글이며, 예를 들어 그의 「기생(妓生)과 시문(詩文)」이라는 글 역시 십수 년 전 명월관에서 기생을 만난 실제 경험을 외화(外話)로 하고 고죽(孤竹) 최경창(崔慶昌)과 기생 홍랑(洪娘) 사이의 실제 이야기를 내화(內話)로 삼고 있다(무: 81-85)는 점에서 그러하다. 수필의 경우, 서사가 중심이 되는 것은 아니지만 인물과 사건이 등장하지 않는다거나 서사가 없다고 단정하는 것은 큰 잘못이다. 더 나아가 수필은 허구적인 서사를 도입하는 경우도 적지 않은데, 말하고자 하는 바를 구체화하기 위해서 상상적 예화를 도입하는 것이 대표적인 방식이다.

26) 실제로 이태준도 '수필의 표현 방법은 설명일 수도 있고 묘사일 수도 있다'(문: 165)고 말하고 있다.

정'은 그러한 정신 활동에 각기 대응하는 본래적인 표현 양식이라고 할 수 있을 것이다. 정신 활동의 이러한 두 가지 형식은 역사적·사회적 상황의 규정을 통과하면서 특수하게 발현된다고 할 수 있는데, '실증주의'와 '낭만주의'는 바로 이러한 두 가지 정신 형식이 근대라는 역사의 규정을 통과하면서 발전된 특수한 태도이며, 이는 각기 상이한 인식 패러다임을 구성한다. 그런데 대상에 대한 낭만주의적 태도의 문학적 표현을 수필 장르의 발생과 연관하여 생각한 대표적인 수필 이론가로 윤오영을 들 수 있다. 윤오영은 '독서성령(獨抒性靈)에 불구격투(不拘格套)'라는 표어를 내걸었던 만명(晩明)의 소품문小品文운동을 '중국 현대수필문학의 기초[27]로 본다. 명조 말기나 조선 후기에 '성령(性靈)'이나 '성정(性情)'이라는 용어가 인간의 자유로운 감정을 일컫는 말로 쓰였던 것을 생각할 때, 위 슬로건은 '오로지 자신의 자유로운 감정을 서술할 뿐 규격과 상투에 얽매이지 않는다'라고 해석할 수 있을 것이다. 그는 현대수필의 기초를 소위 주정주의 emotionalism로의 변환에서 찾고 있는 것인데, 이는 현대수필이 '낭만주의적 주정주의'와 깊이 연관된 문학 형식임을 암시하고 있는 것이다. 즉 이것은 감정을 가진 인간이면 누구나 그리고 언제나 표명할 수 있는 본래적인 성격으로서의 주정주의가 아니라, '어떤 특정한 역사적·사회적 상황에서 발생하고 발전한 특수한 태도로서의 역사적 낭만주의가 갖는 중요한 특성'으로서의 주정주의이다.[28] 윤오영이 현대 수필문학의 기초로서 강조하고 있는 주정주의가 낭만주의적 주정주의라는 것은 그가 수필을 하나의 역사적 장르로 의식하고 있다는 것을 의미한다. 수필은 생각과 느낌의

---

27) 윤오영, 앞의 책, 161-168쪽 참조.

28) Isaiah Berlin, *The Roots of Romanticism*, Princeton University Press, 1999. pp. 1-20. 벌린에 의하면, 1760-1830년 사이에 서구인의 의식에 광대한 변화가 일어났는데 이러한 변화의 내용을 '낭만주의'라고 정리할 수 있다. 벌린은 '주정주의로의 변환'을 이러한 역사적 낭만주의의 한 특징으로 들고 있다.

주체로서의 개인 존재의 정립을 기반으로 해서만 존재할 수 있는 것이며, 동시에 그러한 주체를 생산하는 문학적 매체이다.

윤오영이 "수필의 정신은 어디까지나 산문정신"[29]이라고 했을 때, 여기서 '산문'이란 운문에 대척되는 것으로서의 산문이 아니라, 대구와 반복, 전고에의 몰두라는 패턴화된 형식과 익명적, 공식적, 보편적 가치에 대한 비판을 담지한 형식인 것이다. 윤오영은, 동양에서 "산문이란 말은 낭송체(朗誦體)에서 오는 대구여사(對句麗辭)와 같은 수사법을 파기(破棄)한다는 뜻이니 원래 산문은 시에 대칭되는 말이기보다 변문(騈文)에 대칭되는 말이었었다."[30]라고 말하고 있다. 여기에서 '변문'이란 '변려체(騈儷體)'의 다른 표현인데, 그것은 '사자구(四字句), 육자구(六字句)에 대구를 써서 지은 화려한 문장으로 육조 시대에 많이 행해졌던 문장'이다.[31] 원래 산문이란 시에 대칭되는 말이라기보다 변문에 대칭되는 말이었다는 언급은, 이태준이 운문과 율문을 구분한 논리와 정확히 상통한다. '시' 또는 '운문'은 하나의 문학 형식을 칭하는 용어이지만, '변문' 또는 '율문'이란 패턴화된 낭송체를 칭하는 용어이다. 대구가 반복을 낳고, 반복은 운율을 낳으며, 전고에의 몰두는 화려한 수사로 귀착되는데, 이는 낭송체의 필연적 결과이다. 윤오영은 수필의 본질이 이러한 낭송체로부터 해방된 자유로운 산문예술이라는 점에 있다고 본다. 그가 "수필이란 자유로운 산문"[32]이라고 말할 때, 여기에서 '자유롭다'는 말은 고전 문장의 일체의 규격과 제한된 사상에서 탈피한다는 뜻이고, '산문'이란 앞에서 말한 것처럼 낭송체에서 해방된 문체를 의미한다. 요약한다면, 그는 수필의 가장 큰 특징을 전대(前代)의 형식적, 내용적 규범으로부터의 해방에 두고 있는 것인데, 이는 개인적

---

29) 윤오영, 앞의 책, 183쪽.
30) 윤오영, 앞의 책, 152쪽.
31) 『漢韓大字典』, 민중서림, 1377쪽.
32) 윤오영, 앞의 책, 152쪽.

이고 주정적인 태도라는 인식론적 변환에 의해 이룩되는 것이다. 이처럼 윤오영이 근대적인 산문문학으로서의 수필의 정신을 낭만주의적 주정주의로 보았다면, 이태준은 근대적인 산문 정신을 실증의 정신으로 보았고 묘사를 산문의 정신인 '실증'과 필연적인 관련을 가진 방법으로 의식하였으며, 이를 소설과 연관시켰다.

대상에 대한 실증주의적 태도의 대표적인 문학적 표현을 기록문학의 발생에서 찾을 수 있을텐데, 기록문학은 먼저 사실성에 입각하여 일회적이면서도 특수했던 인간 자신의 경험 가운데서도 가시적·검증적 대상만을 그 작품적 소재로 하면서 다시 그 사실의 내용을 신빙성 있게 전달하려는 의도에 의해서 창작된다.[33]

나는 여길 거슬러 올라가기 시작하였다. 바위 모습은 넓어지면서, 어지럽게 흐르는 물은 발을 내딛기 어렵다. 여러 사람들은 아래서 내가 떨어질까 걱정하였으나, 말리지 못한 그들은 나를 바라볼 뿐 오지는 못하였다. 나는 한 걸음 더 올라가 머리를 돌려보니 손짓하며 부르는 손과 입들은 역력히 헤아릴 수 있었고, 다섯 걸음 뒤에 머리를 돌려 내려다 볼 때엔 아직도 나를 향해 쳐든 얼굴의 눈썹 언저리까지만 보였고 열 걸음 뒤에 돌아볼 땐 다만 갓의 평면만 가물거릴 뿐이다. 나는 백 보쯤 더 올라가서 다시 돌아보았더니 멀리 떨어진 洞口의 사람들이 폭포 밑에 와 앉은 듯이 보이고 나를 보낸 폭포 밑의 사람은 이미 보이지 않았다.[34]

박제가의 <만폭동 답사기>의 일부이다. 박제가가 폭포의 근원을 찾기 위하여 산을 올라가면서 아래에 두고 온 사람들을 바라본 것인데, 그는 자신의 위치가 변함에 따라 보이는 모습이 달라지는 것을 소상히 적고 있다.

---

33) 유기룡, 앞의 글, 156쪽.
34) 장덕순, 「실학자의 국토기행」, 『한국수필문학사』, 새문사, 1984, 260쪽에서 재인용.

처음에는 밑에 있는 사람들의 손짓하는 손과 입이 분명히 포착되었으나, 그가 더 높이 올라 뒤돌아 볼 때에는 얼굴의 눈썹 언저리만 보였고, 좀더 높이 올라갔을 때에는 갓의 평면만이, 그 다음에는 결국 보이지 않게 되더라는 것이다. 이 글은 주체의 감각에 포착되는 실제를 객관적으로 파악하려는 실증주의적 태도의 산물인 동시에 그것이 말 그대로 완벽한 객관주의를 성취할 수 있는 것이 아니라 관점주의를 내포하게 된다는 것을 보여준다. 다시 말하면, 보편적이고 익명적인 지식 혹은 진리가 개인적인 경험 혹은 진실에 의해 대체되고 있음을 보여주는 기록문학의 등장은 '진리는 '지금'과 '여기'에 있어서만 타당할 뿐이라는 것'을, 더 극단적으로는 '어떤 한 개인의 경험 안에서조차 한 순간과 다른 순간이 같지 않다는 것'에 대한 예민한 의식을 동반하게 된다는 것이다. 그러므로 감각과 사유의 주체로서 개인을 정립하는 것은 개인의 감각과 사유를 통한 실재의 파악이 제한적이라는 인식을 내포할 수 밖에 없다. 즉 사유와 감각의 주체로서 개인을 정립하는 것은 역설적이게도 개인의 사유와 감각의 제한성, 즉 '모든 생각은 상황적이라는 것', '실재의 모습은 그것을 포착하는 입지점에 의해 제한되지 않을 수 없다는 것'을 의미하게 되는 것이다. 이러한 태도는 실증주의의 인식 패러다임이 일정하게 수정될 수 밖에 없다는 것을 의미하는 바, 이는 벌린이 말한, '계몽 자체의 균열 지점으로서의 일반적 상대주의'[35]의 징후라고 할 수 있을 것이다. 이러한 상대주의는 좀더 진정한 객관

---

35) 벌린은, 계몽 그 자체에 의해 생겨난 균열로서, 계몽의 전형적인 표상인 몽테스키외의 의식에 나타난 '일반적인 상대주의'를 들었다. 몽테스키외는 모든 사람들이 사실상 똑같은 것들, 즉 행복, 만족, 조화, 정의, 평화를 원했다 할지라도 서로 다른 환경이 서로 다른 방식을 필요로 한다고 생각했다. 이는, 벌린에 의하면, 원칙적으로는 계몽의 기초들과 모순되지 않지만 어떤 객관적이고 통일되고 영원하며 고정된 실재가 존재한다는 명제의 변형을 요구하는 것이라는 점에서 계몽 사상 내부로부터 발생한 균열을 보여준다는 것이다.(앞의 책, pp.30-31 참조)

에 도달하고자 하는 시도의 산물이지 객관을 포기함으로써 얻어진 것이 아니다. 즉 이는 실증의 정신 혹은 그것을 구현하는 묘사를 포기함으로써가 아니라 그 실증과 묘사의 추구를 관점주의적으로 전환함으로써 얻어진 것이다.

실증주의 정신이 자체 내에 내포하고 있는 균열 지점으로서의 상대주의는 하나의 역사적 장르로서 소설과 수필의 발생을 추동한 중요한 정신적 토대이자 경향이다. 상대주의는 보편적 진리의 권위에 대해 회의와 의심의 태도를 보이며, 개인의 경험과 감정의 참신성과 성실성을 무엇보다 중시하는 동시에 작가로 하여금 자신이 선 자리, 즉 자신의 담론의 맥락이나 상황을 계속 성찰하도록 한다. 결국 새로운 리얼리티의 발견을 목표로 하는 상대주의는 '기존의 형식과 전통에 얽매이지 않는 새로운 개성적 형식과 새로운 가치를 창조하고 발견하려는 정신의 산물'인 수필[36]이나 '상대성과 애매성의 영역'으로서의 소설[37]을 그 발생기에서부터 추동한 중요한 정신적 태도라고 할 수 있을 것이다.[38] 이런 점에서 근대적 산문과 실증의 정신 그리고 묘사라는 세 개의 꼭지점을 연결한 곳에 소설을 두는 이태준의 소설론은 소설이라는 장르의 특성을 예민하게 통찰한 결과라고 할 수 있을 것이다.

그러나 이태준은 현대소설과는 사뭇 다른 지점에 수필을 놓고 있다. 이

---

36) 김수업, 『배달문학의 갈래와 흐름』, 현암사, 1992.
37) 밀란 쿤데라, 『소설의 기술』, 권오룡 역, 책세상, 1994, 20-21쪽 참조.
38) 이언 와트는 소설의 발생을 르네상스 이래 서구문명의 광대한 변환으로부터 귀결된 철학적 리얼리즘과의 연관 속에서 살폈다.(『소설의 발생』, 전철민 역, 열린책들, 1988) 한편 오발디아는 에세이를 중세의 독단적인 확실성으로부터 고전주의 시대의 자기 확증적인 인식론으로 가는 과정인 르네상스 시기 인식론적 불안을 반영하는 장르로 보며, 그것의 미종결성, 완성에 대한 거부, 반체계화의 경향성은 이러한 회의주의에 의해 추동되는 것이라고 말한다. 에세이의 발생에 대해서는 Claire De Obaldia, *The Essayistic Spirits*, Clarendon Press · Oxford, 1995. 참조.

태준은 수필을 주관의 표현 형식으로 설정하기 위하여 묘사의 부재를 그
것의 특성으로 강조하게 되는데, 이 과정에서 그는 수필을 '산문 정신과
방법의 결여 형식'으로 귀착시키는 경향이 있다. 필자가 보기에는 이 곳이
이태준의 수필론에서 가장 문제적인 지점인데, 수필을 묘사의 결여라고 규
정하는 것은 앞에서 말한 수필의 온갖 결여-계획이나 일관성, 진지함 등의
결여-를 초과하는 근본적인 문제를 야기한다. 왜냐 하면 이태준에게 묘사
가 단순한 표현 기법이 아니라 근대적인 산문 정신과 연관된 '방법'의 차
원이라고 했을 때, 그의 수필론에는 이 묘사의 결여를 상쇄할 어떤 정신과
방법도 설정되어 있지 않기 때문이다. 윤오영이 근대적인 산문문학으로서
수필의 정신을 낭만주의적 주정주의로 확립함으로써 수필의 근대성을 이
론적으로 정초한 반면, 이태준은 묘사의 결여를 소설과 구분되는 수필의
특성으로 정초하는 과정에서 수필에 있어서 근대적인 산문 정신의 부재와,
문자, 어구, 문장의 스타일 다듬기와 풍치(風致)에의 경도를 정당화하는 결
과를 야기했다고 판단된다. 그가 '수필류의 문장'에서 묘사의 부재를 상쇄
할 것으로 선택한 것이 '한자가 섞인 풍치있는 문장'이었다는 사실이 이
러한 판단을 뒷받침한다.

4. '수필'의 함정
- 산문정신의 몰각

　일찌기 김윤식은 '미문주의는 1930년대의 한 특징이며 동시에 계승해
야 될 한국 수필문학의 중요한 유산'이라고 말한 바 있다.[39] 범박하게 말한

---

39) 김윤식, 「한국 근대 수필 문학의 한 성격」, 『우리 문학의 넓이와 깊이』, 서래헌, 1979, 285-
　　286쪽 참조.

다면, 산문은 운문으로 표현할 수 없는 경험과 요구가 있었기 때문에 태어 난 것이며, 그런 점에서 산문 예술의 아름다움은 운문 예술의 그것과 같지 않다고 할 수 있다. 그러나 앞에서 살펴본 것처럼, 주정적인 산문 역시 근 대적인 산문 예술의 중요한 한 가지 가능성이라는 점을 고려할 때, 주정적 성격 그 자체를 곧장 산문 문학의 결함으로 평가하는 것은 또 하나의 극단 적인 편견임에 틀림없다. 김윤식의 평가는 1930년대에 주정적인 산문문학 으로서의 수필이 하나의 형식으로 실제화하고 있음을 긍정적으로 고려한 위에 내려진 것일 것이다. 그러나 이러한 주정적인 태도가 말 그대로 미문 의 추구로 떨어지고 말 때, 한 시기의 산문예술이 주정적인 미문에로만 흘 렀을 때, 이는 문제적이다.[40] 따라서 1930년대의 수필사적 위치를 가늠하 는 데 있어서 우리의 중요한 과제 중 하나는 그 시대의 특성이 주정적 산 문형식을 정제된 형태로 보여준 데 있는지 미문주의로의 함몰에 있는지를 판별하는 것일 것일텐데, 이는 필자가 이 글의 맨 앞에서 제기한 것처럼 그동안 우리 근대 수필사에서 소외되어 왔던 작가와 비평가의 수필과 수 필론에 대한 정밀한 검토를 통해서만 해결될 수 있는 과제이다.

이 글은 이태준의 수필론을 근대적인 산문예술, 즉 수필의 이웃 장르라 할 수 있는 소설과 다른 산문 양식들에 대한 이해에 대비하여 살피고자 하 였다. 이태준은 수필을 다른 산문 양식들과는 달리 본래적으로 예술적인 성격을 갖는 '문학'으로 파악하는 한편, 대상을 실상답게 전달하는 데 중 점을 두는 소설과는 달리 주체의 생각과 감정을 드러내는 주정적인 성격 을 갖는 문학으로 파악하였다. 이는 1930년대에 이르러 수필이 주정적인 산문예술로 정립되는 사실과 밀접한 관련을 가지는 것이다. 또한 그는 수 필의 매력을 문장에서 찾고, 문장을 작가의 개성적인 스타일의 표현으로

---

40) 한편 김윤식은 같은 글에서 '1930년대 말 문인들의 수필이 형상화와 미문주의를 동일시 함으로써 언어의 병적 미학을 낳았다'고 비판하기도 하였다.

중요시하였는데, 이는 1930년대 수필론의 중요한 지점이며[41], 30년대가 수필사에서 가지는 의미 중의 하나라고 할 수 있을 것이다. 그런데 그는 수필을 소설처럼 근대적인 산문 정신을 체현하는 장르라기보다 고대나 중세에서도 그 예를 찾을 수 있는 정제된 형식의 아름다운 산문으로 여겼다고 판단된다. 이태준은 수필을 스스로 산문의 정신이라고 강조했던 실증의 정신과 유리시키면서 주정적인 산문예술로 설명하는 과정에서 수필의 ‘근대적 의의’를 놓쳤던 것이다. 이런 점에서, 이태준이 한자나 고전적인 뉘앙스를 가진 어구와 문장을 통해 고아한 풍치를 표현하는 수필을 지향한 것은 단지 딜레탕트의 고전 취향이라는 문제로 환원되지 않는다. 이는, 그가 근대적인 산문과 산문예술의 특성을 누구보다 분명히 포착하고 있었음에도 불구하고 수필을 그 연장선 상에서 사고하지 않았다는 점과 관련된다.

　이태준은 수필에 있어 근대적인 산문 정신의 부재를 보상할 것으로 ‘스타일’을 선택한다. 그에게 있어 스타일의 문제는 대개 ‘어떻게 말하는가’의 문제로 환원되곤 했는데, 이러한 의미의 ‘자기 문장의 개척’(문: 296)은 단순히 작법의 문제로 떨어지거나 피상적이고 공허한 장식에의 열망을 추동할 가능성이 농후하며, 이는 결국 그가 그렇게도 비판했던 음조에의 맹종과 똑같은 결과를 초래할 수 있다는 점에서 문제적이다. 고소설이 음조를 다듬다가 대구, 과장, 전고에 의한 화려한 수사라는 패턴화된 형식을 낳음으로써 ‘뜻에의 충실’이라는 산문정신에 배리되는 결과를 낳았다면, 문자, 어구, 문장의 스타일 다듬기에 치중하는 태도 역시 산문정신을 저버릴 가능성이 있는 것이다. 규범적, 관습적, 익명적인 것에 대한 비판에서 효과적인 역할을 했던 개성적인 스타일 혹은 문체가 이번에는 스스로를 또 하나의 규범 혹은 관습으로 정립하게 되는 것인데, 이는 스타일이 문자, 어

---

41) 김기림, 「수필을 위하여」, 『신동아』, 1933. 9. 김기림은 이 글에서 언어, 문장, 스타일의 문제를 수필의 관건으로 보고 있다.

구, 문장 같은 표현론적인 문제로 고착됨으로써 야기된다. 수필은 산문의 세련화를 추구하지만, 문체를 향한 과도한 경사는 수필에 있어서 가장 명백한 함정[42]이라는 것을 인정한다면, '수필은 무엇보다도 아름다운 산문이어야 한다'고 강조하는 것, 그것의 순문학적인 열망을 강조하는 것은 기껏해야 피상적인, 보잘 것 없는 문학성을 조장할 수 있다는 것을 기억해야 할 것이다. 이태준의 수필론에는 이런 타락을 대비하기 위한 안전 장치에 대한 의식이 부족한데, 그 근본적 요인은 그의 수필론이, 소설론과는 달리, '정신과 방법의 결여' 위에 수립된 데 있다고 판단된다.

---

42) Claire De Obaldia, *The Essayistic Spirits*, Clarendon Press · Oxford, 1995, pp.8-9 참조.

■ 참고문헌

1. 기본자료

이태준,『文章講話』, 창작과비평사, 1988.
______,『無序錄』, 깊은샘, 1994.

2. 단행본

김상태,『언어와 문학세계』, 이우출판사, 1989.
김수업,『배달문학의 갈래와 흐름』, 현암사, 1992.
윤오영,『수필문학입문』, 관동출판사, 1975.
이재선,『한국현대소설사』, 홍성사, 1979.
허   균,『전통미술의 소재와 상징』, 교보문고, 1991.
이언 와트,『소설의 발생』, 전철민 역, 열린책들, 1988
J. M. 머리,『문체론강의』, 최창록 역, 현대문학, 1990.
Claire De Obaldia, *The Essayistic Spirits*, Oxford, 1995.
Isaiah Berlin, *The Roots of Romanticism*, Princeton University Press, 1999.

3. 논문

김기림,「文壇時評」,『신동아』제23호, 1933. 9.
민병휘,「隨筆文學의 跌躇에 對한 感想」,『신동아』제23호, 1933.9.
김기림, 유치진, 김광섭, 백철, 서항석, 임화, 정지용, 이무영 토론,「수필문학에 관하여」,『조선
        문학』, 1933. 10. 1.
현동염,「隨筆文學에 關한 覺書 1, 2」,『조선일보』, 1933. 10. 21-22.
김광섭,「隨筆文學小考」,『문학』창간호, 1934. 1.
강한인,「엣세이(隨筆)와 文學 上, 中」,『조선일보』, 1935. 5. 5-7.
이원조,「散策文學論」,『조광』제1권 1호, 1935.
김   관,「隨筆과批評」,『조광』제20호, 1937. 6.
이헌구 · 김진섭 대담,「隨筆文學에 對하야」,『조선일보』, 1938. 1.
임   화,「수필론」,『문학의 논리』, 학예사, 1940, 667-682쪽.
최재서,「文學의 隨筆化」,『동아일보』, 1939. 2. 3.
김진섭,「隨筆의 文學的 領域」,『동아일보』, 1939. 3.
김윤식,「산문과 신화의 골짜기-현대일본문학고」,『한일문학의 관련양상』, 일지사, 1974.

______, 「한국근대수필고」, 『문학사와 비평』, 일지사, 1975.

______, 「한국 근대 수필 문학의 한 성격」, 『우리 문학의 넓이와 깊이』, 서래헌, 1979.

김준오, 「수필의 장르적 특성」, 『현대수필』, 1997 겨울호.

김현주, 「한국 근대수필 형성과정 연구-1920년대 초 동인지를 중심으로」, 『한국문학평론』,
　　　　1999 가을호.

박헌호, 「이태준 문학의 소설사적 위상」, 성균관대 박사학위논문, 1997.

유기룡, 「기록문학의 영역과 형성」, 『수필문학연구』, 국어국문학회 편, 백문사, 1979.

장덕순, 「실학자의 국토기행」, 『한국수필문학사』, 새문사, 1984.

A study of Lee Tae-jun's Theory of Essay
A focus on the comprehension of modern prose literature and the essay

Kim Hyun Joo

The modern Korean essay, as a distinct literary form, was established in mid-1930's. In the 1930's writers not only wrote a lot of essays, but also contributed to establishing the concept of the essay with critics. In particular, Lee Tae-jun, who was one of the significant novelists and essayists in that period, contributed to opening-up of the concept of the essay. The study aims to examine the essay concepts of Lee Tae-jun by comparing them with his comprehension of modern prose literature, especially the novel. For this study, 'Museorok', a collection of essays by Lee Tae-jun and literature from the 'Munjang-Kanghwa', which explains the traits of various prose moalities and composition methods, especilly literature which indicates the comprehension of prose literature, novel, and essay, will be the objective of this study.

Lee Tae-jun emphasized the traits and significance of the 'modern novel' while he criticized the old novel and 'sin-soseol' as a narrative modality in the prior period. Accordng to him, the novel of the prior period signified stories and used many hackneyed expressions, exaggerations and antitheses in order to rhythm. He stated that the reality of the novel was ruined as a result of the recitative inclination. On the contrary, modern prose is based on a spirit of positivism; therefore, the character of prose art was considerably transformed into a 'descriptive prose style' in order to convey the perceived contents as reality. Such a typical expression of modern prose literature is the 'short novel.'

Lee Tae-jun's comprehension of the essay is not as clear as of the novel. He evaluated the essay as equal to various forms of prose which had primarily practical character and literary possibility, but was not as true literature. On the other hand, he defined the essay as literature with artistic character and a typical form unlike other prose modalities. In addition, he considered that, in terms of literature, the distinctive character of the essay is in the narrative of feeling or opinion of the object lightly, piece by piece, without formality. He considered that the essay emotionalised the object unlike the novel which focuses on conveying the object realistically, and the character of the essay form was in a 'characteristic style' unlike the novel form in 'description.' While, in his theory of literature, 'description' is not simply one of the expressive tecniques, but a function of one of the important creative methods contected to modern positivism, 'style' tends to be expressive character. Therefore, his theory of the essay has a limit without moving forward to true 'modernism' of the essay and, instead, it tends to fall dangerously close to merely an elegant prose style.

Ⅲ. 일반논문

정지용 산문 연구

김 신 정(연세대 강사)

1. 1930년대 '수필의 범람' 현상과 정지용의 산문[1]

1930년대 한국 문단에서 '수필'이라는 글쓰기 양식은 문제성을 띠고 등장한다. 대체로 1933년에서 1939년에 이르기까지 문예잡지를 비롯한 각

---

1) 본고의 연구대상은 정지용의 '산문'이다. 본고에서는 시 이외의 정지용의 글에 대해 '산문'이라는 용어를 사용하려 한다. 여기서 특별히 '수필'이라는 용어를 사용하지 않고 '산문'으로 개념규정하는 이유는 다음과 같은 고려에서 비롯된다. 먼저 당대의 용어사용의 맥락을 고려한 것이다. 1930년대 문단에서 '수필'이라는 용어는 "자기의 체험이나 감상, 견문 등을 붓가는대로 자유롭게 쓴 글"이라는 의미로 주로 사용되었다. 그러나 실제 작품 활동 면에서 '자기'에 대한 강조는 '명경지수와 같은 상태로 존재하는 작위적·관념적 개인'을 그리게 되는 경향을 낳았고, '붓가는대로 쓰는 글'이라는 '무형식성'과 '자유로움의 강조'는 형식상·장르상의 혼란을 부추기는 결과를 낳게 된다. 본문에서 다루겠지만, 정지용의 '산문'은 당대 수필 문학의 부정적 양상을 어느 정도 의식한 차원에서 쓰여지고 있고 그러한 양상과 구별되는 특징을 보여준다고 판단된다. '자기'의 체험보다 대상의 부분적·구체적 특성에 주목하는 정지용의 글쓰기 방식은 주관적 감정과 상상의 자발성에 따라 현실의 하찮은 대상을 영원한 것으로 다루는 에세이의 방법과 닮아 있다. 개념의 본질 면에서 볼 때, 정지용의 글이 산문의 정신에 기반하고 있다고 판단하는 이유가 여기에 있다. 또한 정지용의 산문 가운데는 시적 이미지와 상징적 어법을 차용한 시적 산문으로 볼 수 있는 글이 상당 부분 존재한다. 이러한 글의 경우에도 '수필'이라는 개념으로

종 잡지에서 '수필'은 주요란으로 정착하며, 시인, 소설가, 비평가가 '수필 쓰기'를 겸업하는 행위는 문단의 일반적인 관습으로 굳어져 간다. 문제는 "오날과 같은 수필왕성시대"[2], "우리 문단의 일반적 경향이 수필화해간다"[3]는 자기 진단이 나올 만큼 '수필의 범람'이라는 현상이 양적으로 문단의 주류를 위협하는 사태로까지 진전되고 있다는 점이다.

1930년대 '수필의 범람'이라는 현상이 함의하는 바는 두 가지 점에서 생각해 볼 수 있다. 우선 이미 『조선문예연감』에서 지적한 것처럼 문단의 전반적 침체 상황, 특히 본격문학의 창작이 크게 위축되고 점차 저널리즘 및 상업화 경향이 두드러지는 상황 속에서 대다수의 수필이 창작되고 있다는 점이다. 30년대에 발표된 많은 수필 작품은 대체로 작가의 '신변잡기'를 드러낸 글이나 장르 규정이 불분명한 '잡문'의 성격을 띤다. 이것은 당시의 '수필가'들이 수필 장르에 대한 개념적, 형식적 고려 없이 작품을 발표하고 있었다는 것을 의미한다. 실제로 당시 논의에서 가장 큰 쟁점이 되었던 문제는 '수필이 과연 무엇인가' 하는 문제, 다시 말해 "수필은 문학이냐 혹은 문학이 아니냐, 그것이 만일에 문학이라면 수필은 문학의 어떤 분야에 속할 것이냐"[4]하는 문제였다. 이에 대한 당대 수필가들의 견해는 일반적으로 '수필은 무형식의 형식이다', "문학으로서의 일정한 형식을 갖지 못하고… (중략) 작품으로서의 형식을 갖지 않는 데 그 특질이 있다"

규정하기에는 무리가 따른다고 생각된다. 결론적으로 본고에서 정지용의 글에 대해 사용한 '산문'이라는 용어는, 먼저 시 이외의 모든 글에 대한 총칭이자, 또한 대상의 부분적 특성에 대한 병렬과 연합을 통해 대상의 깊이에 다가가는 글쓰기 방식을 지칭하는 장르적 개념으로 사용된다.

2) 김관, 「수필과 비평」, 『조광』, 1937.6
3) 『조선문예연감』, 인문사, 1939 ·
4) 김진섭, 「수필의 문학적 영역」, 『동아일보』, 1939.3.14~23, 『교양의 문학』, 조선공업문화사, 1950, 128면에서 재인용.
5) 김진섭, 위의 글, 같은 면.

[5]는 것으로 집약된다. 지금까지도 흔히 수필의 성격을 논할 때 등장하는 '붓가는대로 쓰는 자유로운 글'이라는 정의아닌 정의는 이 시기부터 이미 일반화되어 사용되고 있다.

그러나 '무형식의 형식', 또는 '형식이나 규범에 얽매이지 않는 가장 자유로운 형식'으로 수필 장르의 특성이 논의된 반면, 실제 창작에서는 크게 두 가지 경향이 나타난다. 장르 규정이 불분명하거나 불가능한 '잡문'이 하나의 경향을 이룬다면, 한편으로는 극히 정형화된 형식이 등장하고 있다. 30년대 뿐만 아니라 한국 근대수필사에서 한 흐름을 형성하는 '예찬(禮讚)', '찬송' 류의 형식, 그리고 자기 고백류의 형식이 이 시기 '정형화'의 대표적인 예이다. 즉 수필 장르에 대한 '자유로운' 정의는 다양하고 새로운 형식의 개발과 창조로 이어지는 것이 아니라 '예찬과 고백'이라는 정형화된 틀을 낳고 있는 것이다. 이러한 현상은 몇 가지 점에서 그 원인을 찾을 수 있을 것이다. 수필 장르가 창작자의 적극적이고 의도적인 창작의지로부터 고려된 것이 아니라 차선으로 선택되었다는 점, 전반적으로 산문이 현실에 대한 응전력을 상실하는 상황 속에서 좀더 '쉬운' 길로서 받아들여졌다는 점을 들 수 있다. 그러나 무엇보다도 이 문제는 수필 장르 형성의 주요한 전제 사항으로 떠오르는 '개인'과 '개인의 일상'이라는 문제와 깊이 관련되어 있다.

'수필의 범람'이라는 30년대 문단의 독특한 현상이 함의하는 두번째 지점은 '개인'의 의미라는 면에서 살펴볼 수 있다. 수필의 양산은 30년대 한국 문단에서 '개인'이 문제시되고 있다는 것을 의미한다. 수필은 다른 무엇보다도 개인의 일상에서 소재를 찾거나 또는 개인의 사소한 감정이나 심경 자체를 달리 채색하지 않고 드러내는 글이다. 당대 문단에서 수필에 관한 논란은 '개인의 사소한 일상이나 감정 자체가 문학이 될 수 있는가'라는 질문에서 시작된다. "숨김없이 자기를 말한다"[6]는 것이 수필의 특징이라고 보는 김진섭의 견해가 이에 대한 긍정의 대답이라면, "사소한 우수

깡스러운 일상사를 통하여 심원한 것을 표현할 수 있는 기능이 수필에는 요구된다"[7]고 보는 임화의 견해는 '사소한 일상'을 그 자체로 드러내는 것만으로는 수필 장르가 성립될 수 없다는 입장을 보여준다.[8] 여기서 주목해야 할 것은 "수필의 매력은 자기를 말한다는 데 있"다는 전자의 견해이다. 이때의 '자기'란 무엇인가. "자기 신변과 심경을 아울러 고백하는 참된 기쁨"을 수필 범람 현상의 한 근거로 들고 있는 김진섭의 글을 보자.

> 모든 종류의 전문지식을 가진 전문가가 그 지식을 토대로 싣고 흉금을 열어 감춤이 없이 자기의 심경을 하소연하고 황홀한 주위의 생활동태를 고요히 방관한 결과를 말할 때 그곳에 좋은 수필은 탄생되고야 만다.[9]

> 고도의 지식과 관찰력을 구비한 사람이 방관자적 태도로 인생사업을 관찰하여 거기서 느낀 감흥을 솔직히 고백할 때 필자의 지성과 감성이 아울러 풍부하면 풍부할수록 또 그것을 고백하는 심경이 고결하면 고결할수록 그 수필의 문학적 생명이 오랠 것은 두말할 것이 없다.[10]

수필가가 수필 속에서 '숨김없이' 말한다는 '자기(自己)'란 사실상 '고백'이라는 수필의 형식 속에서 만들어낸 '자기', 즉 일상의 자기가 아니라 생활에 매이지 않는 고립된 공간 속에서 존재하는 '자기'이다. 김진섭, 이양하 등 해외문학파 문인들의 수필에서 찾아볼 수 있는 '고독하고 고상한 개인'으로서의 예술가, 이태준, 이은상, 이병기 등의 수필에서 나타나는 고

---

6) 김진섭, 위의 글, 130쪽.
7) 임화, 「수필론」, 『문학의 논리』, 서음출판사, 1989, 398쪽.
8) 임화가 수필 장르에서 강조하는 것은 "인간적, 윤리적 진실", 수필가의 "좋은 사상"이다.
9) 김진섭, 위의 글, 129~130쪽.
10) 김진섭, 위의 글, 130쪽.

전적, 전통적인 미적 감식안을 지닌 예술가상에는 이처럼 '고백'이라는 형식, 자기심경의 직접적 토로라는 출구를 통해 만들어지고 부각된 '고결한 자기'가 드러나 있다. 한국의 근대수필이 '사적 개인의 감정생활을 솔직하게 표현하는 친숙한 글쓰기 양식'으로서 등장하고 그처럼 '개인적'이고 '주정적'이라는 특징으로 인해 수많은 창작자를 불러모을 수 있었다면, '자기'가 만들어진 자기, 소통을 거부하는 고립된 자기로 존재하는 상황 속에서 수필의 장르적 특성은 퇴색되어 버린다. 개인주의의 왜곡과 형식의 정형화라는 문제적인 상황이 벌어지고 있는 것이다.

본고는, 30년대 '수필의 범람'이라는 상황과 한국 근대 수필형식의 역사 속에서 정지용의 산문 양식을 살펴보는 데 궁극적 관심을 두고 있다. 당대 최고의 문필가 중의 한 사람이었던 정지용은 청탁에 의한 원고를 가장 많이 썼던 문인으로 손꼽힌다. 30년대 주요 일간지와 잡지에 발표되고 뒷날 책으로 묶인 산문 가운데 많은 양이, 신문·잡지에서 기획되거나 심한 경우에는 제목까지 이미 정해졌던 것으로 보아야 할 것이다. 그런데 저널리즘의 속성을 누구보다도 잘 알고 있었을 정지용이[11] '산문'에 관해 갖고 있는 생각은 이중적이다. 정지용은 자신의 창작 활동 가운데 시와 산문 창작의 의미를 스스로 엄격하게 구분짓는다. 산문이 "의무로 쓸 수 있"[12]는 것이라면, 즉 산문쓰기를 "편집자의 提題를 즉시 수응하는 현대 신문잡지문학의 청부업적 문자기능"[13]에 한정할 수 있다면, 시는 "이른바 산문시대"에 "오직 예술문화의 순수와 영구를" 고고히 지켜나가야 할 영역으로 고수하고자 하는 것이다. 어차피 근대적 문학 제도에 몸을 섞을 수밖에 없는 것이라면, 산문 양식으로 저널리즘을 상대하면서 시의 '순수'와 예술성은

---

11)「시와 발표」에서 저널리즘에 관한 정지용의 생각을 확인할 수 있다.

12) 정지용, 앞의 글, 248쪽.

13) 정지용, 앞의 글, 같은 쪽.

더럽히지 않겠다는 생각이다.

그러나 그렇다고 해서 정지용이 산문 양식을 잡문 정도로 가볍게 취급하거나 저널리즘의 요구에 일방적으로 순응하는 통로로서만 생각하고 있었던 것은 아니다. 당대의 문장가로 인정되고 있었던 이태준에게 "산문대권을 양위하라"[14]고 하거나 "나도 散文을 쓰면 쓴다. --泰俊만치 쓰면 쓴다는 辨明으로 散文쓰기 練習으로 試驗한 것이 책으로 한권은 된다."[15]는 말에서 글쓰기 자체에 대한 정지용의 오만한 자존심과 그에게 산문 양식이 차지하는 의미를 엿볼 수 있다. 마치 일종의 "자연현상"[16]처럼 인공의 노력과 의무에 의해서 창조될 수 없는 것이 바로 시라고 생각했다면, 그에 비해 산문이란 '영감' 이 아닌 의도적이고 숙련된 '제작' 에 의해 이루어지는 일종의 '작업' 으로서 간주되었다. 예술가로서의 오만한 자존심과 책 한 권의 분량이 넘는 지속적인 글쓰기 '연습' 의 과정은 곧 저널리즘이라는 근대적 문학 제도에 응수하는 정지용 특유의 방식이었다고 생각된다. 그런 점에서 시작품과는 또 다른 차원에서 그가 남긴 많은 양의 산문 작품은, 이미 근대적인 삶, 근대적인 제도가 정착되고 그 부정성이 만개해가는 상황에서 그러한 시대적 상황에 적응하면서 긴장하는 근대적 문인의 태도와 방식을 좀더 분명하게 보여줄 수 있을 것이다.

정지용은, 수필 장르의 역사라는 객관적 흐름과 근대적 문학 제도에 대해 그의 독특한 '형식' [17]을 창조하는 방식으로 대응하려 한다. '개인성' 의

---

14) 「여묵」 『문장』 14호, 문장사, 1940, 258쪽.

15) 정지용, 『지용문학독본』, 박문출판사, 1948, 서문.

16) 정지용, 「시와 발표」, 248쪽.

17) 본고에서 주목하고자 하는 것은, 예술형식의 역사 속에서 독특한 내부형식을 만들어내는 정지용의 글쓰기 방식이다. 이때의 형식이란, 절대적이고 정형화된 형식이 아니라(엄밀한 의미에서 절대적 형식이란 없다) 변화하고 또 생성되는 형식, 과거의 형식의 흔적을 지니고 그것을 깨뜨려나가는 형식이다. 본고에서 하고자 하는 작업은, '수필' 혹은 '산문' 장르의 개념을 명확하게 정의내리는 것이 아니라 개념의 혼돈 속에서 질문하고 모색하고 반

천명과 형식의 자유로움에서 시작된 수필 장르가 개인주의의 왜곡을 불러일으키고 정형화된 일정한 틀을 낳는 상황 속에서, 그는, 매너리즘에 빠지지 않는 독특한 '형식'이 무엇인가에 대해 사고하고 '연습'한다. 본고가 관심을 갖는 부분은 바로 그의 '형식'에 대한 사고와 형식을 운용하는 고유의 작업 방식에 있다. 흔히 딜레탕티즘으로 평가받는 정지용의 집요한 자기류의 문체 개발은 객관적 '형식'을 변형시키며 독특한 방식으로 운용하는 과정, 그리고 고유의 '형식'을 향해 부단히 실험하는 과정으로서 이해해야 한다고 판단된다. 이러한 문제의식 속에서 본고는, 당대에 이미 그의 산문 문체의 독특함으로 평가받았던[18] 내간체 문장에 초점을 맞추어 내간체 문장의 실험 과정에서 나타나는 과거의 예술형식[19]과 현재의 예술형식의 갈등과 변형 과정, 그리고 일정한 형식의 틀 안에 머무는 것이 아니라 끊임없이 형식을 세우고 허물어뜨리는 과정 속에서 수필 장르의 '자유로움'을 구현해나가고자 하는 정지용의 작업 방식을 살펴보려 한다.

2. 전통 내간 양식과 내간체 산문의 의미

정지용이 내간(內簡)[20]이라는 전통시대의 서간문 양식에 골몰하게 된 것은 직장 동료이자 같은 <문장>파의 구성원이었던 가람 이병기의 영향에

성하며 자기의 형식을 탐구해나가는 과정을 들여다보는 것이다.

18) 이태준, 『문장강화』, 서음출판사, 1988, 297쪽.

19) 내간, 언간이 예술형식인가에 대해서는 좀더 고려가 필요하다. 다만 예술형식이 창조되는 전단계로서 존재했다.

20) 또는 언간(諺簡)이라고도 부른다. '내간'이라는 용어가 국문서간을 부녀자의 전유물로 생각한 관점에서 기원한 것이라면, '언간'이라는 용어는 국문서간이 남녀와 귀천을 초월하여 사용된 점에 착안한 것이다. 명칭에 대해서는 김향금, 「언간의 문체론적 연구」, 서울대 석사학위논문, 1994. 서론 참조

서 비롯되었던 것으로 보인다. 식민지 시대부터 내간(內簡)을 발굴하고 정리·주석하는 작업을 진행했던 이병기는 해방 이후 그간 정리한 자료를 묶어 『근조내간선(近朝內簡選)』(국제문화관, 1948)이라는 책을 펴낸다. 이병기는 이 책의 서문에서 내간체가 한글 문체[21] 가운데 매우 "세련된 문체"[22]이며 내간이란 "오로지 우리말글로 된 실답고 정다운 문학"[23]이라고 보고 있다. 계속해서 이 책에 실린 내간에 대해 소개하고 있는 글에는 그가 고전 자료 가운데 특히 내간에 주목하는 이유가 나타나 있다.

> 宣祖. 正宗. 翼宗의 御筆은 尊嚴한 帝王으로도 자상한 人情이 匹夫와 다름 없으며 純元皇后의 傳敎는 그 친절 곡진함이 漢文따위로는 到底히 미칠 수 없으며 趙持元妻 鄭氏의 所志도 하고싶은대로 말을 다하였으며 「雨念齋手書」는 日本通信使의 隨員으로서 「海行摠載」, 「通文館志」에도 없는 史實과 또는 그어머니를 思慕한 情景이 細細히 그려 있고 그리고 그 夫人과의 성장은 어떠한가 이러한 孝誠과 戀情이 또 어디있을가하며 「韓山遺札」도 그 간절한 오고가는 정의 變化 많은 筆致가 사람을 놀래게 하였으며 其他에도 그 句句字字가 珠玉보다도 빛나지 않는가[24]

이병기가 내간에서 발견하는 가치와 매력은, 먼저 제왕(帝王) 등과 같은 지위에 의해서 규정되는 공적 인간이 아닌 사적 개인의 생활과 감정이 진솔하게 드러난다는 것, 그리고 개인의 감정이 일방적으로 표출되는 것이 아니라 "간절"하게 "오고가는" 소통의 언어를 지향하고 있다는 점, 가장

---

21) 이병기가 들고 있는 세 가지 한글 문체란 내간체(內簡體), 담화체(談話體), 역어체(譯語體)이다.
22) 이병기, 위의 책, 같은 쪽.
23) 위의 글, 같은 쪽.
24) 위의 글, 같은 쪽.

중요한 것으로는 이같은 정(情)의 표시와 전달을 가능하게 하는 "곡진"한 한글문체에 있다. 정지용이 특별히 내간체에 주의를 기울이게된 최초의 동기도 이병기가 발견한 내간체의 매력에서 크게 벗어나지 않는다. <옛글 새로운 정>[25]이라는 글을 통해 정지용은 시조 한 편과 내간 세 편을 소개하고 있는데, 여기서 그는 이병기와 마찬가지로 "자애"와 "마음 쓰심"과 "엄위(嚴威)"와 "인정"과 같은 편지 수신자를 향한 발신자의 감정과 태도에 관심을 보이고 있다. 다만 이병기가 찾아낸 '개인의 감정'과 '예민한 문체'라는 내간의 특징이 정지용에게서는 서로 분리 불가능하게 결합되어 있으며 그러한 관계 속에서 글의 '형식'을 사고하고 있다는 점에서 차이를 보인다. 글의 형식에는 정해진 '법'이나 '틀'이 따로 있는 것이 아니라는 인식,[26] "말과 뜻과 진정이 서로 얼키어 안팎을 가릴 수 없이 그대로 들어난 것"[27]에서 글의 이상을 발견하는 태도가 '형식'에 대한 특유의 사고 과정을 보여준다.

이런 점에서 볼 때 정지용은, 내간이 발신자와 수신자 사이의 감정의 소통을 지향하는 형식이라는 것, 또한 내간에서 글의 내적 형식과 내용이 따로 구별할 수 없이 서로 어우러져 있는 점에 특별한 관심을 기울였던 것으로 생각된다.

그러나 과거의 형식은 과거의 역사적 상황 속에서 존재한다. 내간이라는 과거의 서간문 양식과 내간체 문장이 '감정의 소통'과 그것을 가능하게 하는 '깊이있는 문체'를 구현할 수 있었던 것은 봉건시대라는 특수한 역사적 상황 속에서 가능했던 일이다. 상대방에 대한 개인의 감정을 직접적

---

25) 정지용, 『조선일보』, 1937.6.10-11.
26) "위도 밑도 없고 겉 꾸밈이나 사연 만들기 위한 글이 아니요(일로 보면 札翰法이나 편지 틀이 따로 있는 줄 아는 것이 우습다)" (정지용, 「옛글 새로운 정(下)」, 『정지용 전집 2』, 215쪽.)
27) 「옛글 새로운 정(上)」, 『전집 2』, 213쪽.

으로 드러내는 일이 흔하지 않았던 봉건사회에서, 내간은 비공개를 원칙으로 하는 사적인 성격[28]을 띠고 있었다. 내간이 지닌 비공개성으로 인해 발신자의 개인적인 요소가 강하게 표출될 수밖에 없으며, 이처럼 자기표출성이 강하다는 특징으로 인해 수신자와의 감정적 일치를 꾀하는 문학적 감동을 자아내기도 하였다.[29] 발신자-수신자 사이의 친밀함[30]은 자칫 상투적 형식으로 고정될 수도 있는 서간문 양식을 격식으로부터 이탈시키는 힘이었다.

정지용이 당대의 예술형식에 다시 구현하려 했던 것은 이러한 친밀과 소통의 언어, 개인의 감정 처리를 깊이있고 다양하면서도 절제된 방식으로 보여주는 언어였다. 그러나 과거의 형식을 현재에 되살려내는 과정에서 그의 의도는 일정하게 굴절을 겪을 수밖에 없다. 전통시대의 내간이 발신자와 수신자의 친밀함을 전제로 하여 수신자의 손에 직접 주어지는 형식이었다면, 내간의 문장을 빌어 온 현대 내간체 산문은 활자화된 인쇄매체를 통해 미지의 보편적 수신자를 향한 일방적 전달의 형태로 변형된다. 또한 내간체에서 주로 사용하는 '-□□(노)이다, -□오링잇가, -□오이다, -노라, -으리' 등과 같은 종결어미의 경우, 공손법의 의미가 그 형태와 더불어 그대로 살아있어 구어체의 특징을 보여주고 있었다면,[31] 현대 문장에서 사용되는 고어의 공손법 어미는 수사적이고 장식적인 격식형의 문어체로 그 의미와 역할이 한정되고 만다. 이런 경우 발신자와 수신자 사이의 감정적 소통이란 일정하게 제한되고 굴절될 수밖에 없다.

정지용은 내간체 문장을 매우 다양하게 활용하고 있는데 그 가운데 가장 흔한 유형은 신문 연재 기행문에서 발견된다. 남도 기행문 연재물인

---

28) 김향금, 「언간의 문체론적 연구」, 서울대 석사학위논문, 1994, 2쪽.
29) 앞의 논문, 115-119쪽 참조.
30) 앞의 논문, 49쪽.
31) 앞의 논문, 67-68쪽 참조.

「남유(南遊)편지」 가운데 마지막 편으로 「동백나무」란 제목을 달고 있는 아래 글을 보자.

　　동백꽃을 제철에 와서 못본 한이 실로 크외다. 그러나 워낙 이름이 높은 나무고 보니 꽃철은 아닐지라도 허울만으로도 뛰어나게 좋지 않습니까? 울안에 선 오륙株가 연령과 허우대로 보아도 훨씬 고목이 되었건만 잎새와 순이 어찌 이리 소담하게 좋으며 푸른 것이오리까! 같이 푸르러도 소나무의 푸른 빛은 어쩐지 老年의 푸른 빛이겠는데 동백나무는 고목일지라도 항시 청춘의 녹색입니다. 무수한 열매가 동글동글 열리어 빛갈마자 아릿답게도 붉은 빛입니다. 열매에서 香油가 나와 칠칠한 머릿단을 다시 윤이 나게 하는 것입니다. ……(중략) …….하물며 첫 정월에도 흰눈이 가지에 나려 앉는 날 아조 푸른 닢닢에 새빨간 꽃송이는 나그네의 가슴속에 어떻게 박힐 것이오리까! 무덤 앞에 石物은 못 장만할지라도 동백나무와 盤松을 심어서 세상에도 쓸쓸한 처소를 겨울에도 봄과 같이 꾸민다 하오니 실로 南方에서 얻을 수 있는 황홀한 詩趣가 아니오리까.[32]

　　위의 글은 특정한 자연물에 대한 세밀하고 화려한 묘사와 더불어 그에 대한 글쓴이의 감각적 경험으로 가득차 있다. 현재시제로 진행되는 묘사와 부정의문형, 감탄형의 고어체 어미는 글쓴이의 감정과 감각적 경험에 대해 독자의 동의를 구하고 있다. 그러나 정지용이 과거의 문학에서 가져온 형식은 내용과 유기적으로 결합된 형식이 아니라 단지 부분으로서의 형식만을 떼어온 것이다. 전통시대의 내간에서 존칭과 겸양의 표현이 상대를 배려하는 존경의 마음과 일상의 보편적 경험을 공유하려는 태도에서 빚어진 것이었다면, 정지용이 구사하는 극존칭의 공손법은 오히려 글쓴이의 경험에 대한 독자의 동일화를 어렵게 만들고 있다.

---

32) 정지용, 「南遊편지」, 『동아일보』, 1938.8.23

위 글의 주체는 일상에서 발견한 작고 구체적인 감각의 행복에 몰입해 있다. 감각적 체험이 발생하는 최초의 순간에 주체는 결코 다른 사람과 같을 수 없는, 지극히 내밀하고 개인적인 영역에 사로잡혀 있다. '내가 느낀 것은 남과 다르다. 세계는 내가 느낀 대로 존재한다' 는 생각이 바로 그것이다. 그러나 이 글에서는 그러한 개인의 감각적 체험조차도 충분히 성숙해 있지 않다. 지극히 개인적이고 내밀한 영역에서 일어나는 감각적 체험이 보편적으로 공감을 이끌어내기 위해서는 그 체험이 예술화 · 작품화되는 과정과 연결되어야 한다. 이 글의 전제가 되는 감각적 체험은 예술형식으로 성숙화되기 이전에 이미 급조된 표현의 방식을 마련하고 있다. 글 전체가 '동백나무' 에 대한 외적 묘사로 치우치고 있는 것도 글의 표현 방식에서 비롯된 것으로 보아야 할 것이다.

그런데 주의할 것은 이 글이 '급조' 될 수밖에 없는 한계를 그 형식 안에 이미 안고 있다는 점이다. 이 글은 『동아일보』에 연재된 기행문 가운데 한 편이다. 따라서 일상생활에서 어느날 갑자기, 지극히 자연스럽게 발견한 '동백나무' 의 아름다움에 취해 그 자연발생적인 감정을 따라 씌여진 글이 아니다. 신문 편집자의 요청이 없었다면 '동백나무' 의 체험은 애초부터 가능하지 않았다고 가정해 볼 수도 있다. 저널리즘의 요청이라는 '인위' 의 힘과 개인의 자연발생적 체험 사이, 그 삐걱거리는 틈을 비집고 들어가 이 글을 급조된 형식으로 마무리하고 있는 것이 바로 내간체 문장이다. 내간체는 순간의 감각적 체험을 장식하는 효과를 낳으면서, '동백나무' 의 체험을 일정하게 테두리짓고 있다. 그리고 그 테두리로 인해 독자는 마치 한 편의 잘 된 글을 감상한다는 느낌 이외에 더이상 동일화의 체험은 갖기 힘들게 된다. 테두리 밖으로 밀려 나가고 있는 것이다.

내간체가 독자를 소외시키면서 수사적·장식적 기능으로 떨어지는 예는 〈노인과 꽃〉에서도 발견된다.

노인이 꽃나무를 심으심은 무슨 보람을 위하심이오니까. 등이 곱으시고 숨이 차신데도 그래도 꽃을 가꾸시는 양을 뵈오니, 손수 공드리신 가지에 붉고 빛나는 꽃이 매즈리라고 생각하오니, 희고 희신 나룻이나 주름살이 도로혀 꽃답도소이다.

나희 耳順을 넘어 오히려 女色을 길르는 이도 있거니 실로 陋하기 그지없는 일이옵니다. 빛갈에 醉할 수 있음은 빛이 어늬 빛일런지 靑春에 마낄것일런지도 모르겠으나 衰年에 오로지 꽃을 사랑하심을 뵈오니 거룩하시게도 정정하시옵니다. ---(중략)----

해마다 꽃은 한 꽃이로되 사람은 해마다 다르도다. 만일 老人 百世後에 起居하시던 窓戶가 닫히고 뜰앞에 손수 심으신 꽃이 爛漫할 때 우리는 거기서 슬퍼하겠나이다. 그꽃을 어찌 즐길수가 있으리까. 꽃과 주검을 실로 슬퍼할 자는 靑春이요 老年의 것이 아닐가 합니다. 奔放히 끓는 情炎이 식고 豪華롭고도 홧홧한 부끄럼과 건질수 없는 괴롬으로 繡놓은 靑春의 웃옷을 벗은 뒤에 오는 淸秀하고 孤高하고 幽閑하고 頑强하기 鶴과 같은 老年의 德으로서 어찌 주검과 꽃을 슬퍼하겠읍니까. 그러기에 꽃이 아름다움을 실로 볼 수 있기는 老境에서 일가 합니다.[33]

〈노인과 꽃〉은 후기 정지용 문학이 지닌 중요한 특성[34]을 보여주고 있는 글이다. 이 글에서 '청춘(靑春)'이 실리적·실용적 기능과 목적에 얽매이는 상태, 자기 욕망에 대한 집착을 의미한다면, '노인(老人)'은 삶의 도구성과

---

33) 정지용, 「老人과 꽃」, 『조선일보』, 1936.6.21.
34) 정지용의 후기시는 가시적 현상의 세계를 감각적으로 형상화하는 차원이 아니라 '보이지 않는 세계', '없으면서 있는 세계'에 대한 지향이 강하게 나타난다. '보이지 않는 것'을 시로써 형상화할 수 있는 방법에 대한 모색은 그로 하여금 독특한 시형식을 창조하는 지점에 다다르게 한다. 〈노인과 꽃〉에서는 "청춘", 곧 유한한 인간의 감성적 현존이 아닌, '보이지 않는' 죽음의 세계, 보이지 않지만 엄연히 현존의 삶 속에 존재하고 있는 세계의 가치를 말하고 있다.

끊임없이 분출하는 인간의 욕망으로부터 초탈한 상태를 의미한다. 그런데 이러한 상태는 어떻게 가능한 것인가. 그것은 '꽃'으로 상징되는 심미적 체험, 또는 예술의 작업을 통해서 가능해진다. 꽃의 만개, 곧 예술의 완성은 지금 현재의 삶에서 향유할 수 없는 것이지만, 장차 존재할 것이기에 이미 여기에 잠재해있는 것이라고 볼 수 있다. '청춘(靑春)'에서 '노년(老年)'으로 돌아가는 삶의 과정은 곧 몸이 '애(衰)'하면서 이승에서 그 존재가 사라져가는 과정이다. 지극히 인간적인 눈으로 보면 다만 삶이 쇠퇴해가는 과정에 지나지 않는 '노년(老年)' 속에서, 정지용은 역설적으로 어떤 것이 '꽃 피어가는' 과정을 발견한다.

그런데 후기 정지용 문학의 독특한 원리를 보여주고 있는 이 글에서 내간체 문장은 역설적인 효과를 낳고 있다. 내간체의 존칭보조어간과 공손법 어미는 글쓴이가 '노인(老人)'에게 품고 있는 존경의 태도에서 비롯된 것이다. 그러나 때로 숭엄하기까지 한 극존칭의 표현은 '노인'의 행동과 내면을 수사적으로 묘사하는 장식체로 기능하고 있으며, 자연히 '노인'에 대해 숭모(崇慕)의 감정을 품고 있는 글쓴이의 태도 역시 하나의 포오즈로 전락하고 만다. 이 글에서도 내간체 문장은 '청춘(靑春)'과 '노년(老年)'에 대한 충분한 사유를 펼치기 이전에 이미 완결된 '옛' 형식을 덮씌우고 있다. 독자는 다만 형식화된 포오즈 속에서 예술에 대한 정지용의 사고 과정을 조심스레 끌어올릴 뿐이다.

지금까지 과정에서 살펴본 것처럼, 과거의 예술이 지닌 빛나는 미덕을 발견하고 그것을 오늘에 이으려 할 때 과거의 '미덕'은 온전하게 되살아나지 않는다. 전통의 계승은 단지 모방과 아류로 머물 뿐이다. 과거의 예술을 부정하면서 계승할 때, 곧 과거 예술의 형식 법칙을 한편으로 준수하면서 그것을 위반할 때 진정한 창조가 이루어질 수 있다. 정지용의 내간체 실험 과정에서는 '계승'의 측면이 좀더 짙게 나타나며 '부정'과 '위반'의 의미는 약화되어 있다. 그러나 그가 벌이는 내간체 실험 과정이 기행문과 몇 편의 고어체 글에 제한되지 않고 광범위하게 펼쳐진다는 점에 주의해야 한다. 그 가운데 특히 고어체의 존칭·공손법을 떼어 버리고 현대 경어체로 변형시키는 방식, 시에서 사용하는 내간체 표현은 정지용 문학을 다채롭게 변화시키는 중요한 특성으로 기여하고 있다. 시는 본고의 논외로 돌리고 현대문장의 경어체를 사용한 산문에 주의해 보자.

  酒場의 여급들도 福岡 京都 東京 등지나 혹은 平壤 大連 등지에서 고향과 가정을 떠나서 온 이가 많은 모양인데 대개 소속한 酒場 이층에서 자기네끼리 합숙제도로 기거하며 밤마다 오전 두시나 세시에 한방에 십여명씩 자게 된다고 합니다. 대체 그들은 무엇에 정진하기 위한 합숙입니까. 그들은 밤마다 받들고 대하여야만 하는 人士가 모다 취하고 떠들고 노래부르고 외설한 농담을 건늬는 남자들뿐이겠는데 그들은 역시 무슨 시합을 위한 운동선수들처럼 남편의 옷도 걸리지 않고 어린아이 울음소리도 나지 않는 이층에서 밤마다 합숙하고 정진해야 하는 것입니까.[35]

  그런데 몽-끼가 이 자리에서 기둥을 다 밝고 저 자리로 옮기랴면 불가불 일꾼의 어깨를 빌리게 됩니다. 실한 장정들이 어깨에 목도로 옮기는데 사람의 쇄골이란 이렇게 빳잘긴 것입니까. 다리가 휘창거리어 쓸어질까 싶게 갠신갠신히 옮기게 되는데 쇄골이 부러지지 않고 백이는 것이 희한한 일이 아닙니까. 이번에는 그런 입에 올리지 못할 소리는커녕 영치기영치기 소리가 지기영 지기영 지기지기영으로 변하고 불과 몇걸음 못 옮기어서 흑흑하며 땀이 물솟듯 합데다. 짓궂인 몽-끼는 그 꼴에 매달려 가는 맛이 호숩은지 둥치가 그만해가지고 어쩌면 하고 품파리로 살어가는 삯군 어깨에 늘어져 근드렁근드렁거리는 것입니까. 숫제 침통한 우슴을 견딜 수 없었읍니다.[36]

---

35) 정지용, 「合宿」, 『동아일보』, 1939.4.20.
36) 정지용, 「肉體」, 『조선일보』, 1937.6.10.

장식을 떨구어버리자 사실의 세계가 드러난다. 겸양과 존경의 태도를 담은 고어 내간의 공손법 어미가 그것을 사용하는 당대의 세계, 당대의 인간 관계 속에서 그 의미를 지니고 있었듯이, 현대 경어체 문장 역시 그것이 쓰여진 당대의 세계를 드러내고 있다. 여기서 드러나는 당대의 세계는 미리 조작된 관념 혹은 미의식에 의해 채색된 세계이거나 일정한 격식투의 문체에 의해 그 형식이 틀지워진 세계가 아니다. 정지용 자신의 표현을 빌자면 "가난하고 꾀죄죄한 자연"[37], 늘 일상적으로 곁에 존재했던 세계이나 어느날 낯선 태도를 취하며 스스로 그 의미를 드러내는 현실의 세계이다. 갑자기 드러나는 현실의 세계 속에서 경어체의 문체는, 매우 차분한 어조로 '사실'을 전달하는 한편 '사실'을 보고받는 독자의 마음의 움직임을 주의깊게 작동하고 있다. "-입니까", "-하는 것입니까"로 반복되는 문장은 '사실'에 대한 글쓴이의 정서적 태도를 일정하게 실은 채 점차 정서의 함량을 확대시키는 기능을 한다. 점차 목소리의 높이와 감정의 증폭을 더해가는 문장의 끝에서 독자는 날 것 그대로의, 극한 고통의 세계를 만나게 된다. 낯설게 드러나는 현실의 세계이다.

이 절의 서두에서 우리는 정지용이 내간이라는 전통적 글쓰기의 형식에 주목하는 이유에서부터 글의 물음을 시작하였다. 그리고 내간체에 주목한 그의 의도가 실제 글쓰기 과정에서 변형되는 방식을 살펴보았다. 내간체에 대한 그의 관심은 실제 글쓰기 과정에서 일정하게 굴절.왜곡된다. 그는 내간이라는 글쓰기 형식이 정서적 소통의 방식으로 기능했던 과거의 존재방식에 상당한 매력을 느낀 것으로 보인다. 과거의 존재방식이란 '내간'이라는 글쓰기 '형식'과 그것이 담고 있는 '내용'을 모두 일컫는다. 그는 '내간'의 문체를 다시 가져옴으로써 그 내용까지도 온전히 되살릴 수 있는 것

---

37) 정지용, 「비들기」, 『백록담』, 문장사, 1941, 127쪽.

으로 생각한 듯하다. 그러나 과거의 문체를 차용한다고 해서 그 '내용'이 같은 방식으로 이전되는 것은 아니다. 다만 '체'가 오고 있을 뿐이다. 정지용의 산문이 의미를 가지는 것은 바로 이 지점이라고 생각된다. 지금까지의 연구사에서 흔히 정리되듯이, 정지용은 단지 '내간체'라는 과거의 형식을 '복원'했다는 데서 의미를 지니는 것이 아니다. 내간체의 복원이 실패로 돌아갈 수밖에 없다는 사실을 실제 작업을 통해 보여주었다는 점, 그리고 그 실패의 과정에서 새로운 글쓰기의 형식을 사고했다는 점이 정지용의 작업에서 주의깊게 평가해야 할 부분이다. 후자의 의미와 과정은 다음 절에서 구체적으로 살펴보게 될 것이다.

3. 파편의 대립과 충돌을 빚어내는 자유로운 글쓰기

정지용의 문학은 쉽사리 규정되지 않는다. 그의 시세계도 매우 다채롭고 복잡한 양상을 보여주지만 산문 역시 일정한 방식으로 의미규정되지 않는, 다양한 색깔을 보여 준다. 흔히 정지용의 산문은 '내간체'를 중심으로 논의되지만[38] 실제로 그가 벌인 산문 작업은 크게 두 가지 방식으로 나누어진다. 이미 앞 절에서 살핀, 내간체의 연습과 변형 과정이 한 편을 이룬다면 다른 한 편에는 일정한 틀에 얽매이지 않고 자유롭게 몽상과 사유, 감각체험을 펼쳐나가는 또다른 방식이 있다. 전자의 형식에서 개인의 체험은, 실제로 마무리되거나 또는 그 체험의 의미 속으로 스스로 깊이 침잠하기 이전에 먼저 일정한 방식으로 '보기좋게' 완결되어 있다. 반면 이 절에

---

38) 이러한 평가의 저변에는 당대의 평가가 크게 좌우했던 것으로 판단된다. 특히 『문장강화』에서 동료 이태준이 내린 다음과 같은 평가는 정지용의 산문 작업에 특정한 의미부여를 하는 데 큰 역할을 했다. 정지용 같은 이는 내간체에 대한 향수를 못이겨 신고전주의적으로 자기 문장들을 개척하며 있는 것이다."(이태준, 위의 책, 같은 쪽)

서 살펴보려 하는 산문의 또다른 형식에서는 쉽게 의미규정되지 않는 개인의 체험이 파편화되고 산만한 존재방식 그대로 나타나고 있다. 여기서 글쓰기 과정은 무언가 잡히지 않는, 체험의 '의미'를 찾아가는 과정이면서 그 '의미'가 쉽사리 정의되거나 규정될 수 없는 것임을 보여주는 과정이다. 「비」에는 그러한 과정이 잘 나타나 있다.

> 몸이 좀 의실의실한데도 물이 차저지는것은 떳떳한 渴症이 아닌 것을 알수있다.
> 입시울이 메말르기에 거풀이 까실까실 이른줄도 알었다. 아픈듸가 어듸냐고 하면 아픈듸는 없다고 할수 밖에 없다. 손으로 이마를 진찰하여 보았다. 알수없다.[39]

어느 날 "몸이 좀 의실의실"하면서 "갈증(渴症)"이 나는, 원인을 알 수 없는 몸살기에서부터 「비」는 시작된다. "의실의실"한 감각은 이 글의 서두에서부터 마지막까지 계속해서 나타난다. 정체불명의 감각은 '내 몸'에서부터 사물로, 거리로, 영화 속의 화면으로 점차 확산되고 강화된다. 이 글은 '내 몸'에 느껴지는 감각을 부여잡고 그 실체를 확인하려는 과정을 따라 전개되고 있다. 왜 감각의 실체를 굳이 확인하려 하는가. "의실의실"함과 "渴症"이 단지 일회적인 사건이 아니라 늘 반복되는 삶의 문제로 떠오르고 있기 때문이다. "오늘도 午後두시의 나의 憂鬱은 나의 이마에 나의 손이 가게되는것이다." "오늘도" 역시 "午後두시"면 어김없이 찾아오는 "나의 憂鬱"의 정체를 찾아 '나'는 나의 "이마"로 주변의 사물로, 감각적 체험의 대상을 확산시키고 있다.

---

39) 정지용, 「비」, 『백록담』, 문장사, 1941, 97쪽.

보리차를 생각하였다. 탁자우에 차ㅅ종이 모조리 뒤집혀 놓인대로 있는 놈이 하나도 없다……(중략)……마침내 차ㅅ종이 있는대로 치근치근하고 지저븐하고 보리찌꺼기를 앉친채로 있게 되는 것이다.

오늘은 날도 몹시 흐리고 음산하다. 오피스 안에는 낮불이 들어왔는데도 밝지 않다.

木覓山 중허리를 나려와 덮은 구름은 무슨 惡意를 품은것이 차라리 더러운 구름이다……(략)……

時計가 운다. 울곤 씨그르르……울곤 씨그르르……텁텁한 소리가 따르는것은 저건 무슨 故障일가. 짜증이 난다.

鐘이 운다. 이약 鍾으로서 무슨 재차븐하고 으젓지않은 소리냐. 어쨌든 幼稚園以來로 餘韻을 내보지 못한 소리다. 별안간 이 管制中에 되ㅅ도야지 귀창이라도 찢여헤칠만한 激烈한 사이렌소리를 듣고싶다. 지저븐한 空氣에 새로운 振幅이 그리웁다.[40]

인용된 부분은 글쓴이 '나' 가 생각하고 느끼는 내용을 서술해 나간 것이다. 그런데 그러한 행위와 감각의 주체 '나' 는 이 부분에서 결코 주어로 등장하지 않는다. "보리차를 생각하였다"와 같이 주어 '나' 가 생략된 채 서술되거나 "시계(時計)가 운다", "종(鍾)이 운다"처럼 사물 또는 어떤 현상 자체가 주어로서 등장하고 있다. 각 문장마다 행동과 생각의 주체로서의 '나' 를 강조하는 것이 이 시기 수필의 일반적 관행이었다면, 정지용의 산문에서는 '나' 가 특별히 강조되지 않는다. '나' 를 숨김없이 고백한다는 포오즈를 취하지 않고 다만 '내' 감각의 움직임을 따라 '나' 의 감각 안에 포섭되는 사물을 나열할 뿐이다.

위의 글 역시, '내' 가 느끼는 감각의 근원을 추적하는 과정을 따라 전개되는데 그 과정 속에서 감각의 매개체를 두루 거느리며 병치시키고 있다.

---

40) 위의 글, 99-100쪽.

느끼는 대로 시선이 가는 대로 주변의 사물, 상황을 나열하면서 다시 감각의 매개체를 통해 자유로운 사유와 몽상을 펼쳐나가는 방식이다. 미세한 감각체험 과정과 그에 따른 개별 사물의 나열이 서사의 작은 흐름을 만들어내고 있다면, 공간의 이동은 이 글 서사의 큰 줄기를 이룬다. 오피스 안 - 오피스 벗어나기(거리) - 은막(영화관) - 은막에서 나와 다시 거리로 이어지는 공간의 이동은 곧 '내' 가 감각의 근원을 찾아 도시적 일상의 공간을 헤매이는 과정이다. '오피스' 는 직업인으로서의 '내' 삶을 구속하는 근대적 제도이자 무언가 편치 않은 "의실의실"한 감각을 직접적으로 자극하는 주범이다. '나' 의 '오피스 벗어나기' 는 이처럼 '나' 개인에게 국한된 근대적 제도로부터 탈출하려는 욕망에서 시도된다. 그러나 '오피스' 를 벗어난 '거리' 는 이미 보편화되고 보다 전면화된 근대적 삶의 현장으로서 확인될 뿐이다. '거리-은막-거리' 로 이어지는 과정 역시 마찬가지다. '은막' 은 현실을 벗어난 자유로운 상상 세계로의 탈출 욕망에서 선택된 공간이지만, 도시적 일상의 첨단을 대표하는 그곳에서 근대적 삶은 미리 앞서서 비극적 결말을 보여 주고 있다.

'나열' 과 '병치' 라는 이 글의 구조를 더욱 독특하게 만들고 있는 것은 그 사이 사이에 잠깐씩 전개되는 '내' 삶에 대한 사유이다. 나열되는 '나' 의 감각과 나열되는 사물, 공간의 이동 사이에는 마치 틈새에 끼여 있는 것처럼 '내' 삶에 대한 사유가 등장한다. "나의 人生도 그많은 恒河沙와 같다는 별중에 하나로 비길배가 아니오 한점 비ㅅ방울로 떨고 매달린것이 아니런가"[41] 한 개인의 삶을 이루는 체험의 파편들을 조각 조각 보여주면서 그 조각의 의미를 찾아가는 방식이다. 이같은 방식은 '생각' 만을 독자적이고 관념화된 방식으로 전개해나가거나 또는 '생각' 을 대상에 덮어씌워 '나' 와 대상과의 차이를 무화시키는 것과는 다르다. '생각' 의 끝을 급

---

41) 앞의 글, 101쪽.

히 맺으려고도 하지 않는다. 다만 생각을 생각대로 자유롭게 풀어놓으면서 또한 그것을 감각이라는 생생하고도 직접적인 체험과 묶어놓는다. 체험의 파편들을 쉽사리 전체 속에 묶어버리는 것이 아니라 파편 그 자체를 존중하는 방식이다. 이런 방식 속에서, '나'를 괴롭히는 감각의 정체를 찾고 그 의미를 발견하려는 노력은 도시적 일상의 현란한 감각과 팽팽하게 맞서고 있다. 도시성과 도시적 삶의 피로가 서로 맞서있는 양상이다.

「비」의 서두는 '피로'와 '우울'의 정체를 의미화하거나 혹은 그러한 느낌에서 벗어나려는 의도에서 출발했다. 이 글을 중요하게 떠받치고 있던 그러한 의도는 결코 성공리에 끝나지 않고 있다. 다만 분명한 것은 '피로감을 피할 수는 없다', '그러한 상황은 여기 삶에서 불가능하다'는 생각이다. "아모리 다리고 편다 할지라도 아조 판판해질수는 없는" 상황, "하로 삶이 주름이 잡히고 疲勞가 싸히"는 것을 피할 수 없는 상황 속에서 '나'는 "꿈도 없는 잠" 속으로, 곧 '구겨진' 현실 속에서는 온전한 체험이 불가능한 합일의 순간 속으로 깊이 빠져들고자 한다. 파편화된 체험세계 속에서 합일의 경험에 다다르지 못하는 도시인의 절망감, 또는 거대하고 현란한 '도시성'을 앞에 두고 극도로 예민한 예술가의 감각마저도 스스로 한계를 인정할 수밖에 없는 상황을 직접 마주치고 싶지 않은 것이다.

파편화된 감각의 병치를 통해서 사유와 몽상을 펼쳐나가는 「비」의 독특한 형식은 내간체 실험과 다른 방식으로 존재하는 정지용의 또다른 산문 쓰기 방식을 보여준다. 그런데 이러한 나열과 병치의 구성방식, 유기체적 전체화가 아닌 체험의 단편들을 단편 그 자체로 드러내는 방식은 어느 한 편의 글에서만 나타나는 것이 아니다. 각각의 글은 서로 이질적인 체험을 그리면서 분산되어 있고 또는 대립하며 충돌을 빚는다. 예를 들어 「비」에서 도시적 삶의 피로에 대해 끈질기게 집착하면서 도시성에 팽팽하게 맞서있는 양상을 보인다면, 「아스팔트」에서는 도시의 현란한 감각체험 속에 깊이 몰두해있는 모습이 나타난다. 또한 「구름」에서 "귀중한 청자기의 육체에 유유한 세월이 흐리우고 간 고흔 손때와 같은 한바람 실오래기 구름"[42]을 보며 무위자연의 전통미학을 구상하는 반면,「비들기」에서는 그러한 미학의 구상조차 허망하고 무색하게 만드는 "가난하고 꾀죄죄한" 현실에 대해 이야기한다. 이처럼 생각과 생각 사이의 모순과 충돌을 그대로 방치하는 형식은 글의 발표방식과 관련해서도 생각해 볼 수 있다. 앞 절에서 살펴본 산문이 대체로 신문 연재 방식으로 발표된 글인데 반해서, 위의 글들은 최소한 연재 방식에서는 벗어나 있으며「비」나「비들기」같은 경우 매체 발표 형식을 거치지 않고 시집『백록담』의 한 부분으로 묶여 있는 것이다. 글쓴이의 내면에 잠재해있던 생각의 단편이 '청탁'이라는 제도에 의해 표면화된 것이거나 혹은 잠시나마 제도권의 화살을 피한 곳에서 자유로운 연상과 상상으로 분출될 수 있었던 것이다.

한편에서 끝없이 꼬리를 물며 하나의 생각을 구축해나가며 또 한편에서 생각의 성(城)을 허물어뜨리는 방식, 의미와 의미를 서로 충돌시키거나 또는 서로 연관된 사실을 분산시키고 대립시키는 이같은 방식은 정지용의 산문작업을 독특한 자리에 위치시킨다. 그는 고립무원의 성소에서 일방적으로 독백하거나 완고한 생각의 체계를 세우려 하지 않는다. 어찌보면 대단히 산만하고 무의미해 보이는 작업을 통해서 그는 무엇을 구상하고 있었던 것일까. 정지용은 개별적 체험과 생각의 단편들이 서로 충돌하고 대립하며 흩어지는 관계양상을 통해서 스스로 발산하는 어떤 효과, 스스로 빚어지는 의미의 산출을 의도하고 있었던 것으로 보인다. 이것은 예술가를 옥죄는 저널리즘과 만개한 "산문시대"에 대응하는 '새로운 형식'에 대한 구상이었을 것이다.

실제로『백록담』V부에 묶인 6편의 산문은 대단히 이질적인 성격을 한 자리에 모아놓은 듯한 인상을 준다. 근대적 삶의 감각적 외양에 대한 환희

---

42) 정지용,「구름」,『정지용 전집 2』, 민음사, 1988, 168쪽.

와 동경과 더불어 그러한 삶의 피로감을 함께 이야기하며(「비」와 「아스팔트」), "아조 이울어진 이 계절"[43]에 분장(扮裝)과 경계(警戒)로서 몸을 더럽히지 않는 지혜(「耳目口鼻」, 「꾀꼬리와 국화」, 「노인과 꽃」)와 동시에 "요염한 냄새"를 맡고도 표정을 삼가려는 그의 장중한 처세법을 일시에 뒤흔들어 놓는 육체노동자의 고통과 아이들의 가엾은 현실을 묘사하고 있다. 각각의 산문에서 그린 삶의 조각들은 저희들끼리 부딪치고 충돌하며 서로 거울비추기를 한다. 그 각각의 조각들 사이에 마치 제자리를 못찾아 잘못 끼여있는 듯한 "저어감(齟齬感)"을 정지용은 예민하게 느끼고 있었고 그 "저어감(齟齬感)" 자체를 형식화하고자 했다.

그러나 이러한 '새로운 형식'에 대한 구상은 정지용에게 일종의 기획으로서 시도되었던 것은 아니다. 산문 쟝르에 대한 스스로의 역할 부여에서도 알 수 있듯이, 저널리즘의 요청에 따라 부단히 산문을 쓰고 발표하는 과정을 통해서 일정한 틀에 얽매이지 않고 할 말을 하는 자유로운 형식이 어떤 것일 수 있는가에 대해 사고해나갔던 것이다. 부분의 독자성을 쉽사리 전체성의 체계 안에 귀속시키지 않으며 부분의 독자성, 그리고 부분과 부분이 빚어내는 효과에 주의하는 형식, 이러한 형식의 기원을 따라가보면 거기에 마치 조각보 이불 같은 당대의 삶이 놓여 있다. 하나의 사실 자체가 몇 겹의 의미를 지니고 또 하나의 사실을 보는 극히 대립적인 시각이 공존하는 삶, 이식된 것과 고유한 것, 낯선 것과 새로운 것이 충돌할 뿐만 아니라 서로 자리바꿈을 하는 당대의 삶의 조건 속에서, 바로 그 의미화할 수 없는 삶 자체를 예술과 매개시킬 수 있는 형식에 대해 사고했던 것이다. 그리고 이러한 사고는 산문작업을 통해 새롭게 구상되고 또 허물어지면서 새로운 시형식에 대한 창조로 옮겨가고 있다.

---

43) 정지용, 「꾀꼬리와 국화」, 『백록담』, 문장사, 1941, 121-122쪽.

4. 정지용 산문의 의의

'수필의 범람'이라는 1930년대 문단의 상황 속에서 정지용의 산문 쓰기가 차지하는 의의는 대략 두 가지 면으로 생각해 볼 수 있다. 먼저 수필 장르의 형식과 관련된 문제이다. '무형식의 형식', '붓가는대로 쓰는 글'이라는 통념을 통해 30년대 수필은 감상적 센티멘탈리즘에서 사소한 일상사의 고백에 이르기까지 그 안에서 '내'가 말하는 것이라면 어떤 것이라도 용서되는 자유방임의 장르로 존재했다. 그같은 상황 속에서 정지용은 규격화·규범화된 틀로 작용하지 않으면서도 자유롭게 생각을 분출시킬 수 있는 형식을 구상했다. 그리고 이러한 형식에 대한 사고과정은 내간체 실험에서부터 대상에 밀착된 다양한 문체 개발, 그리고 체험과 생각의 단편들을 단편적 방식으로 드러내는 과정에 이르기까지 다층적이고 이질적인 특성이 혼재해 있는 양상을 보여주고 있다. 이러한 과정은 글쓰기의 형식을 어떤 고정된 것으로 상정하는 것이 아니라 과거의 형식과의 긴장과 갈등, 그리고 당대성의 삶과의 관련 속에서 새로운 형식을 사고하고 있음을 의미하는 것이다. 형식에 대한 그의 독특한 사고과정이 새로운 수필의 형식으로까지 정립되지는 못하고 있지만, 산문 쓰기를 통한 형식 실험은 정지용의 시 창작에 큰 활력을 불어넣고 있다.

또한 정지용의 산문은 30년대 수필에서 문제적으로 등장했던 '개인'의 문제와 관련해서도 의의를 갖는다. 대체로 30년대 수필에서 등장하는 개인이 소통하지 않고 폐쇄되어 있으며 작위적으로 존재하는 양상을 보여주는 데 비해, 정지용은 타자와 소통하는 개인,[44] 또는 그러한 소통을 지극히 순간적이고 파편적으로 가능하게 하는 현실 속에서 역시 한 개의 파편으로 부유하는 개인을 그리고 있다. 이것은 개인의 의미가 굴절되고 왜곡되

---

44) 정지용의 내간체는 이러한 꿈 속에서 개발되었다.

어 나타나는 당시의 수필 양상에 대해 그가 비판적으로 대응하고 있었음을 보여주는 것이다.

그러나 무엇보다도 정지용 산문 작업의 의의는 그의 시창작과 관련해 볼 때 정확하게 평가할 수 있을 것이다. 이미 밝혔듯이, 지속적이고 다량의 산문 작업은 그에게 형식에 대한 사고와 실험을 끊임없이 자극하는 중요한 동력원이었다. 산문 쓰기의 실험 과정을 통해 그는 내용과 형식, "뜻"과 "말"과 "진정"이 따로 분리되지 않고 하나의 "문의"를 그려보이는 형식, 부분의 독자성을 훼손하거나 방해하지 않고 자유롭게 풀어놓는 형식을 구상했다. 그리고 이러한 구상은 정지용의 후기 시에서 실제로 열매를 맺고 있다. 또한 내간체 실험 과정에서 주목한 고어(古語), 고유어의 활용이 새로운 현대적 시어의 창조로 나타나는 과정도 의미깊다. 또 한가지 간과해서는 안 될 것은 산문 작업을 통해 그의 후기시에 산문적 형식이 틈입하고 있다는 점이다. 서사적 흐름에 따른 사건 전개와 자아와 타자의 갈등을 첨예하게 노출하는 산문적 시형이 등장하고, 시적 합일의 꿈과 타자와의 긴장과 갈등을 동시에 한 작품 속에서 혹은 동일한 시기에 노출시키고 있는 것은 그 또한 "산문시대"의 "구겨진" 삶으로부터 벗어날 수 없었음을 보여주는 것일 것이다. 정지용의 시가 한국시의 현대성을 가늠하는 하나의 예가 될 수 있다면 그것은 아마도 그의 산문작업의 실패와 성과로부터 크게 힘입은 결과일 것이다.

■ 참고문헌

1.

정지용, 『백록담』, 문장사, 1941.

______, 『지용문학독본』, 박문출판사, 1948.

______, 『정지용 전집 2』, 민음사, 1988.

2.

이병기, 『근조내간선』, 국제문화관, 1948.

김진섭, 『교양의 문학』, 조선공업문화사, 1950.

임화, 『문학의 논리』, 서음출판사, 1989.

장덕순, 『한국수필문학사』, 박이정, 1984.

이태준, 『문장강화』, 서음출판사, 1988.

국어국문학회 편, 『고전산문연구 1』, 태학사, 1998.

3.

김관, 「수필과 비평」, 『조광』, 1937.6

김진섭, 「수필의 문학적 영역」, 『동아일보』, 1939.3.14-23.

김향금, 「언간의 문체론적 연구」, 서울대 석사학위논문, 1994.

A Study on the Jeong Ji Yong's Prose.

Kim Shin Jung

This treatise has the purpose to study the meaning of the prose of Jeong Ji Yong in the history of the style of modern essay. In 1930s, the meanings of writing essay of Jeong Ji Yong have two aspects. First, it is related to the style of an essay genre. The essay of 1930s was existing as the genre of free noninterference as we know through the style of formless and the style of brush pleasure. In the situation, Jeong Ji Yong conceived to express thoughts freely. The process of the thinking about the this kinds of style shows the aspect mixing various social classes and heterogeneities from the experimentation of Naeganchae (a calligraphic style) to the development of various literary styles, and the processes to show the fragments of experiences and thoughts with fragmentic ways. This process has the meaning that he was noticing a new style relating with tension and trouble against the old style and the lives of the day. not symbolize the fixed style. Also, the prose of Jeong Ji Yong has the meaning related with the literary style of an individual. In most of essays of 1930s, individuals had closing and artificial characteristics, but Jeong Ji Yong was drawing the individuals communicating with others or wandering people as a fragment in real life for the communication that is possibly extremely momentary and fragmentary. It showed that he criticized the aspect of the essay of the day appearing bending and distorting the meaning of individual.

인간성 회복을 향한 비극적 삶의 호흡
- 김소엽론 -

박 선 애(숙명여대 강사)

1. 머리말

1930년대 후반에 등장한 신세대 작가들 중에 김소엽은 그렇게 주목받은 작가는 아니다. 최명익, 허준 등과 같이 형식과 내용의 새로움을 선보여 기성 비평가들의 시선을 한 몸에 받은 바도 없고, 김동리와 같이 기성문단을 향해 강한 논조로 비판적 시각을 견지해 나간 작가도 아니다. 이는 그의 작품 세계가 어찌보면 기성작가들의 작품 경향에서 크게 벗어나 있지 않다는 데서 연유할 것이다. 하지만 이러한 평가는 그의 작품 세계를 표면적으로 검토한 결과라고 볼 수 있다. 1930년대 후반 일군의 신세대 작가들은 식민지 현실의 부정성을 카프 작가들과는 다른 시각에서 내면화시키면서 새로운 각도로 조명해 나갔다. 이들이 바로 이근영, 박노갑, 현덕 그리고 본고에서 살펴볼 김소엽과 같은 작가들이다.

이들은 객관적 현실의 악화로 인해 출구를 차단 당한 상황에서 기성 문단의 한계를 누구보다도 심각하게 인식하고 있었다. 즉, 작가의 주관적 의도 하에 삶의 진실이 구체성을 상실하고 관념화되어 나타나는 문학의 허상을 목격한 바 있는 작가들이다. 대체로 위의 신세대 작가들은 기성 카프 작가들과 작품의 제재 면에서 큰 차이를 보이지 않지만 변화된 현실과 문학의 자율성을 바탕으로 한 미적 근대성에 대한 나름의 인식은 보인다.

당시 기성 문단은 이념 지향적인 다시 말해 주체 중심적인 이성에 대한 신뢰를 바탕으로 창작활동을 해오다가 한계 상황을 맞게 된다. 즉, 전 세계적으로 인간의 합리성이 더 이상 진보와 발전을 가져 오리라던 기대와는 달리 도구화되고 왜곡화되면서 파행적인 모습을 보이자 1930년대로 들어서면서 문단 전체가 내적인 변모의 조짐을 보인다. 그리하여 정치 편향적 문학은 보다 개인적 문제나 새로운 문학 형식의 실험이라는 새로운 과제 앞에 놓이게 되었던 것이다.

한편, 1930년대 초반에 결성된 구인회 작가들은 표면적으로는 문학 자체의 자율성과 순수성을 내세우며 반이념적 문학활동을 해나가고 있었다.[1] 이들의 문학적 성향은 1930년대 후반에 등장한 신세대 작가들에게 가장 많은 영향을 끼치고 있다. 구인회 작가들의 반이념적 문학성향을 구인회 전체 작가들의 성향으로 볼 수 없듯이 신세대 작가들 중에 김소엽과 같은 작가들은 식민지 현실에 대한 문제의식을 갖고 작품활동을 해나간 작가라 할 수 있다. 그는 문학적 지식인으로서 양심과 윤리의식을 작품 속에 내면화시키면서 나름의 형상화 방법으로 변화된 현실에 맞서 나갔던 것이다. 그가 구인회 작가 중 이태준의 영향을 가장 많이 받고 있는 점만 보아도 쉽게 알 수 있다.

그는 이태준의 〈달밤〉을 평하면서 '탁마한 구름같은 깨끗한 문장, 단편다운 구성 -유니크한 솜씨,페이소스한 인생의 호흡' 을 느꼈으며, 그 양심적인 작가적 태도에 머리가 숙여진다는 극찬을 한 바 있다. 또한 이태준이 그에게 작가라면 훈련해야 할 여러 가지 사항[2]들을 지적해 준 것에 대해

---

1) 유기룡,「1930년대 <구인회>의 반이념적 문학의 특성」,『어문론총』 31호, 경북어문학회, 1997.8.

깊은 인상을 받고 있다. 그 밖에도 기성 작가들 중 자신의 작품을 현상응
모에서 심사해 준 유진오의 작품이라든가 이무영의 작품에도 관심을 가지
고 있었다. 더 나아가서 김소엽은 문학에 뜻을 두었을 때부터 신문학의 선
두주자인 춘원과 팔봉에게도 신인답지 않은 호기를 가지고 접근하는 모습
을 보였다.[3] 그는 학창시절부터 춘원에게 편지를 써서 『마의태자』를 비평
하겠다고 말한 적도 있다.[4]

　이렇게 김소엽의 문학에 대한 열정은 학창시절부터 문학 단체[5]를 조직
하는 등의 적극적인 모습으로 나타난다. 1930년대 초에는 주로 시[6]와 평
론을 썼으나 1934년에 <도야지와 신문>이 2등 당선되면서 본격적인 소설
창작에 나서게 된다. 그가 활동을 본격적으로 시작하던 1930년대 중반은
문단에 신세대 논의가 활발히 진행되던 시기였기에 일정한 거리를 둔 상
태에서 참여하게 된다. 하지만 김소엽은 자신의 작품 경향을 스스로가 너
무나 잘 알고 있었기에 기성 비평가들의 작품 평에 대해서만 불만을 표시
하는 정도에 머문다. 다만, 신인작가들 중 일부가 기성 문단에 대해 전면적

---

2) 김소엽, 「문단 제가 방문기」, 『조선중앙일보』, 1935.12.9.
　　이태준은 "조선에서 문학을 하려면 첫재 한글 공부부터 해가지고 문장의 조직에 대하여
　　기초적인 작문 작문 공부에서부터 출발해야 할 것과 작가로서 나아가려면 일정한 자기의
　　철학적 내지 인생관부터 확고히 세운 후에 목표를 향하여 일로매진 하는 것" 될 수 있는대
　　로 世評에 신경곤두 세우지 말고 오직 꾸준히 자기의 예술적 경지를 개척해 나가기에 힘쓰
　　라는 것.
3) 김소엽, 「춘원과 팔봉방문기」, 『조선문단』, 1936.1.
4) 김소엽, 「나의 소설수업」, 『문장』 16, 1940.5.
5) 김소엽, 「신진작가 좌담회」, 『조광』, 1939.1.
　　어려서부터 고전소설과 개화기 신소설을 읽으며 작가적 꿈을 키워오다가 상업학교 시절
　　「연예사」라는 문학 단체를 동무들과 조직한 바 있다.
6) <돋아나는 싹> (『학생』, 1930.4), <배우에게> (『동광』, 1932.8), <흙 한줌 쥐고> (『동광』,
　　1932.10), <촌역의 대합실> (『신동아』, 1933.8), <묵은 일기(日記)를 소각하는 마음> (『조선
　　문학』, 1933.11), <봄이 왔는가?> (『중앙』, 1934.3)

인 불신 태도를 보이는 것에 대해서는 강한 어조로 비판하고 있다. 그는 "모든 객관적 정세의 불리에도 불구하고 이 땅에 이만한 문학의 맹아나마 성장하고 있는 것에 대해 경건한 마음"[7]을 가져야 한다고 역설한다. 그것과 더불어 기성문단에서 문호를 좀더 개방해 '조선문학 건설에 있어서 많은 역군'을 길러내고 좋은 작가들을 갖는 것이 바람직하다고 주장한다. 특히, 기성작가 가운데 의식적으로 신인들의 진로를 저지하려는 의도가 있는데 이는 우리문학을 위해 악풍이라고 말한다.

한마디로, 1930년대 후반에 왕성한 작품활동을 보인 김소엽은 신인 작가 군에 속하면서도 정신사적으로는 구인회 작가와 동반자 작가들에게 기울어져 있다고 할 수 있다. 그러나 작품을 면밀히 살펴보면 당대의 변화된 현실을 전대의 기성작가들과는 다른 미의식을 가지고 형상화해낸 작가라는 사실을 알 수 있다.

2. 물신화된 사회의 인간 소외

이성 능력에 대한 믿음과 진보에 대한 확신으로 가득 차 있던 근대성의 기획은 1930년대 후반에 들어서면서 인간 소외와 사물화 현상이라는 부정적 결과들을 초래하기 시작했다. 일반적으로 서양에서의 근대화란 개인화, 세속화, 산업화, 상품화, 도시화, 관료화 등의 과정을 지칭한다.[8] 이런 과정에서 근대화는 농민들이나 노동자들, 수공업자, 여성 그리고 제국주의 식민지화의 대상이 된 민족들에게 억압의 논리로 작용하게 된다. 1930년대 후반의 한국 사회도 기형적인 식민지 자본주의가 진행되면서 파행성이

---

7) 김소엽, 「신진작가의 문단호소장」, 『조광』, 1939.4.
8) 정형철, 「포스트모던 이론의 근대성 비판의 한계」, 『오늘의 문예비평』, 1992, 가을호

날로 심각하게 드러나고 있었다. 이때 기성작가들은 더 이상 계몽주의적 이성을 역사의 발전과 진보의 원동력이라고 믿을 수 없게 되면서 지배와 억압의 형식으로서 변질된 부정적 현실 앞에 서게 된다.

김소엽과 같은 신세대 작가들은 기성작가들이 느끼는 위기감을 글쓰기의 추진력으로 삼아 나름의 방법으로 변화된 현실을 타개하기에 이른다. 그러기에 1930년대 후반의 신세대 작가들의 작품 경향을 일괄적으로 전반기의 계몽주의나 낭만주의라는 근대성에 내재되어 있던 실천적 전망이나 미적 전망이 모두 "고립된 주체들이 자기 보존하는 자기 표현의 기호'로 나타남으로써 전망의 물화된 상태"[9]를 드러낸다고 평가하기는 어렵다. 김소엽의 경우 1930년대 후반에 광범위하게 보이는 '자기표현의 기호' 기능과 '전망의 사물화'[10]라는 문학 현상과 거리를 두면서 과거의 기성작가들이 이상화된 모델로서 합리성을 파악했다면 그는 절차적이고 과정적인 양상으로 합리성을 파악하며 작품 활동을 해 나갔다.

우선, 김소엽의 작품 대부분은 물신주의로 인해 인간의 고유한 정서적 가치가 파괴되고 삶의 질서가 혼돈의 길을 겪고 있는 작품들이 눈에 띄게 많다.

<저녁> (『신인문학』, 1935.10), <만구산 스케치> (『중앙』, 1935.3), <파탄> (『문장』임시 증간, 1939.7)에는 사회에 전반적으로 퍼져있는 물질주의적 사고가 인간 관계를 지배하면서 극도의 소외감을 경험하는 인물들이 등장한다.

<저녁>에서 명철은 긴 투병 생활로 가족과 친구에게 쓸모 없는 인간 취급을 당하며 정신적, 경제적 소외감을 절실히 느끼고 있다. 그는 병마와 싸

---

9) 차혜영, 「1930년대 한국 소설의 근대성과 모더니즘적 전망」, 상허문학회, 『1930년대 근대성과 자기성찰』, 깊은샘, 1998, 146쪽.
10) 차혜영, 위의 글, 147쪽.

우면서 병적인 고통을 받는 것보다 가족들의 무관심이 더 괴로웠다. 명철은 '죽던 살던 어서 끝장이나 났으면…' 하는 절망감으로 점점 변해만가는 자신의 성격을 지켜볼 뿐이다. 그러면서 죽음까지 생각하고 그 동안 가난한 삶 때문에 자신의 청춘은 불모지와 다름없었다고 생각한다.

또한 집 식구들의 냉대에서 벗어나기 위해 돈을 빌리러 친구 집을 찾아 갔다가 문 밖에서 따돌림을 당하자 냉혹한 현실에 새파랗게 질린다. 이렇게 금전이 있을 때와 없을 때 가족과 친구들이 대하는 태도가 확연히 다른 것은 당시 인간 관계가 어떻게 변질되어 가고 있는지 가늠할 수 있게 한다. 명철의 소외감은 가족과 친구뿐만 아니라 길거리에서 만난 세상 사람들의 모습과 자신의 초라한 행색을 비교할 때 더욱 두드러진다. 여기서 그는 명랑하고 건강한 것들에 대해 심한 혐오감을 갖는 병적인 모습을 보인다. 어둡고 컴컴한 움집 같은 방에서 환하고 넓은 길거리로의 공간 이동은 주인공의 우울한 심정을 극적으로 보여주려는 작가의 의도가 엿보이는 설정이다. 인물의 장소 이동은 그의 심리적 강(强)박자와 상응하기[11] 때문이다.

절친했던 친구 사이가 병마와 싸우는 과정에서 물질적인 문제로 서로의 우정에 금이 가고 소원해 버리고 마는 <만구산 스케치> 도 있다. 용철과 성재는 서로 폐병을 앓고 있기 때문에 맑은 공기를 마시며 병을 치료하기 위해 산 속에서 함께 생활을 하고 있다. 서로는 같은 처지에 있기 때문에 서로에게 위안이 될 수 있을 텐데 그렇지 못하다.

병 문안 간 화자에게 성재는 용철이가 왜 사는지, 무슨 목적과 이상으로 살아가는지 모르겠다며 저런 삶이라면 차라리 목숨을 끊겠다는 극단적인 말을 한다. 성재의 이런 말 속에는 자신의 처지가 용철처럼 부유한 환경에

---

11) 롤랑부르뇌프 · 레알월레 공저, 『현대소설론』, 김화영 편역, 문학사상사, 1994, 158쪽. 공간적 이미지를 통해서, 작가는 주인공의 시점에 맞추어 주관적으로 표현함으로써 그의 마음 속에서 일어나는 심상을 가시적으로 변화시키게 된다.

있지 못한 데서 오는 극심한 소외감이 베어 있다.

용철 역시 성재의 그런 못마땅한 태도를 보고 매일 같이 '우울한 우거지 상'을 하고 있다며 자신의 마음 마저 어두워진다고 말한다. 병의 완쾌를 두고도 물질적으로 여유있는 용철은 자신만만한 태도를 보이는 반면 성재 는 비관적인 모습을 보인다. 화자 나는 성재와 용철의 우정이 몹쓸 병으로 커다란 틈이 버려졌다고만 생각한다. 하지만 그들 사이는 서로가 다른 경 제적 조건으로 투병을 하고 있기 때문에 본질적으로 동병상련할 수 없는 거리가 존재한다고 볼 수 있다.

이렇게 주인공들은 가장 가까운 사이라고 믿었던 가족이나 친구들이 물 질적인 환경 앞에서 비윤리적 태도를 서슴없이 보이는 것을 보고 절망하 며 괴로워한다. 여기서 작가는 근대화의 여파로 인간의 고유한 정서적 가 치가 쉽게 무너지고 친밀한 인간 관계마저 물질적 가치로 계산되는 현실 에 대해 안타까운 시선을 보내고 있다.

부부관계도 마찬가지로 과거의 전통적인 윤리 규범보다는 사물화된 인 간 관계의 단면을 나타내기 시작한다. <파탄>의 숙희와 종섭은 서로에게 깊은 신뢰와 애정을 바탕으로 어려운 생활 현실을 개척해 나가며 열심히 살아온 부부이다. 그들은 성실하게 생활해 살림 규모도 키워 나갔고 부부 관계도 원만했다. 하지만 남편의 고향 친구 방문으로 부부관계가 파탄에 이르게 된다. 남편의 친구는 순진하게 가족을 위해서만 살아온 남편을 퇴폐 와 향락의 세계로 빠뜨려 버린다. 한 순간에 이 부부에게 쌓여있던 신뢰와 애정은 무너지고 불신과 거짓만이 남아 부부관계를 단절시키고 만다. 남편 은 물질적인 여유가 없을 때는 성실한 생활인이었는데 막상 어느 정도의 부를 축적하고 나자, 자신의 쾌락만을 좇는 이기적 인물이 되고 만다.

이와 같이 인간 관계가 물질적 조건에 의해 단절되고 거기서 인간 소외 현상이 드러나는 것은 "모든 행동의 가치를 이익의 계산으로 환원해 버리 고 사용가치보다 교환가치를 더 중시하는 것, 타인들을 도구적 관점에서

물화하는"[12] 사회 풍조에 연유한다고 볼 수 있다.

<서울>(『조선문학』 속간, 1936.8), <그늘 밑에서>(『조광』, 1938.5), <가물치>(『신동아』, 1935.11) 에는 인간을 도구화, 상품화하는 인간성 상실의 극단적 측면이 나타나 있다. <서울>의 주인공 병호는 무명작가로서 서울의 T 잡지사에 장편을 보내놓고 기다리다 못해 상경한다. 그가 느낀 서울의 첫인상은 화사한 봄 풍경과 구경하러 나온 인파만이 아니다. 양복점에서 주인에게 학대받는 어린 견습공이라든지 인쇄소에서 퍼런 작업복을 입고 유령같이 움직이는 직공들도 눈에 띈다. 이런 서울의 이중적 모습은 근대화된 도시의 이중적 모습이기도 하다. 도시는 혼란과 충격과 유동성의 감각적 경험을 수용하는 미적 형식의 출처라는 점에서뿐만 아니라 공공의 삶을 향한 욕망과 투쟁의 장소라는 점에서도 모더니즘의 핵심적 공간이다.[13]

명철이라는 인물이 '작가가 실제로 체험했거나 마음 속에 투영시켜 보았던 경험들의 총화요, 작가의 관찰이나 잠재적 요소들의 혼합'[14]으로 나타나기 때문에 그의 서울에 대한 인상은 곧 작가의 도시에 대한 인식이라 할 수 있다. 작가는 '도시 경험을 다양한 각도에서 그리면서 심미적 가치를 발견하고 특히 개인 간의 소외와 단편화한 경험의 공간'[15]으로 설정하고 있다.

명철은 T잡지사의 P라는 선배 작가와 C라는 평론가를 만났을 때, 자신이 보낸 작품에 대한 평가가 궁금했던 차에 그들의 입에서 나오는 감언이설에 속아 가지고 온 돈을 모두 써버린다. 그들은 명철이 보낸 작품의 제

---

12) 정형철, 「포스트 모던 이론의 근대성 비판의 한계」, 『오늘의 문예비평』, 1992 가을호, 25쪽.
13) 황종연, 「모더니즘의 망령을 찾아서」, 『세계의 문학』, 1994 여름호, 279쪽.
14) 김화영, 위의 책, 241쪽.
15) 유진런, 『마르크시즘과 모더니즘』, 김병익 역, 문학과지성사, 1993, 49쪽.

목도 생각나지 않으면서 '요즘 새로 나온 사람들의 작품보다 훨씬 높은 수준에 있다' 든지 '새로 나온 사람의 것으로는 무섭게 세련됐다' 며 저녁 한때의 유흥비를 위해 순진한 시골 신인작가를 이용한다. 이들이 거짓으로 명철의 작품을 평가하는 말 가운데 당시 기성문인들이 신인작가들을 어떻게 평가하고 있는지 그대로 드러난다.

명철은 자신이 이용 대상이 된 줄도 모르고 '무명작가의 그 쓰라린 굴레를 벗고 이제부터 좀 평탄한 문단의 길을 걸어보려' 다짐한다. 그러면서 이전까지 느꼈던 서울에 대한 낯설음 대신 '서울은 좋은 곳이다.' 라는 주관적 판단을 하기에 이른다. 하지만 그의 판단은 하루가 지나 공허한 것으로 끝나고 만다. 그가 다음날 선배 작가를 다시 찾았을 때, '자기의 예상과는 어그러지는 어떤 부자연한 빛' 을 보고 몹시 당혹스러워 한다. 또한 작품 결미의 화장실 장면에서 보이는 반전은 이 작품의 미적 효과를 극대화시킨다.

「고약한 X!」
관자노리에 밧작 소사올으며 왼몸이 부르르 떨렸다. 그것도 그럴 것이 그가 지금 코피를 훔치려고 집은 종이 뭉테기는 천만 뜻밖에도 그가 일년 동안이나 심혈을 경주해 써보낸 「마음의 유랑」의 원고이든 것이다. 바로 어제밤 다방 B에서 P씨와 최씨가 그처럼 격찬을 아끼지 않던 「마음의 유랑」에 틀림없든 것이다.
사실 그는 자나 깨나 일시도 잊어보지 못한 자기의 그 귀중한 작품이 이렇게 변소 한 구퉁이에서 무참히 뒤지깜이 되어갈 줄이야 꿈에도 생각지 못했다. 이 얼마나 지독한 학대냐? (<서울>, 258쪽)

이 작품에는 메마르고 각박한 도시에 살며 자신들의 이익을 위해서라면 순박한 지방 작가를 우롱하는 것쯤은 아무렇지도 않다는 인간들의 사고가 적나라하게 나타나 있다. 한 인간이 다른 인간을 이용하는 것에 대해 아무런 양심의 가책도 받지 않는 인간성 상실의 현실이 그대로 드러나고 있다.

인간성 상실이라는 측면에서 볼 때 인간의 상품화만큼 심각한 것도 없다. <그늘 밑에서>에는 사백 원에 홍등가로 팔려와 인간 본래의 존재 가치는 무시당하고 오직 상품적 가치만으로 평가받고 있는 한 여인의 비극이 그려져 있다. 상품적 가치가 높은 옥화는 주인에게 보배와 같은 존재로 취급받지만, 인쇄소에 다니는 손가라는 인물과 어울리면서부터 주인은 자신의 뜻대로 되지 않자 감시를 강화한다. 옥화는 서서히 팔려온 신세에 대해 깨달아 가며 심한 내적 갈등을 겪는다. 그 동안은 '길가의 자갈'과 같이 뭇사람들의 발길에 밟히며 살아 온 삶이라고 생각한다.

이 작품에서 인쇄소에 다니는 손가란 인물에 대한 정보는 자세히 제공되고 있지 않지만 과거의 경향문학에서처럼 의식화된 인물의 면모를 보이는 것만은 확실하다. 옥화가 결정적으로 자신의 신분에 대해 자각하게 된 계기는 친언니 처럼 지내온 장옥 언니가 주인과 함께 자신을 함정에 빠뜨리려고 음모를 꾸민 것을 알고 난 다음이다. 처음에 그는 '팔려온 년이 정조를 지키는 것'이 우습다며 자조를 보인다. 하지만 '악마야 나는 네 집에 술을 팔러왔지 정조를 팔러오지 않았다 염녀마라 팔려왔어도 사람이다'라고 외치며 그 동안 인간 본래의 존재 의미를 상실하고 쾌락과 금전의 노예처럼 살아온 것을 후회하고 현재의 삶에서 탈출하고자 하는 강한 욕구를 드러낸다. 그러나 이후 주인공의 구체적 행동은 작품에 나타나 있지 않다.

김소엽의 작품에는 전체적으로 작품의 결미가 뚜렷한 갈등의 해결점[16]을 보이지 않고 있다. 대부분의 신세대 작가들의 작품에는 인간의 내면세계를 탐구한 작가군말고도 작품의 종결 처리가 완결되어 있지 않다[17]. 이

---

16) 박덕은, 「김소엽의 작품세계」, 『전남대 어문논총』 10 · 11집, 1989. 2 김소엽의 작품세계에서 무엇보다도 절제된 서술진행과 여운이 담긴 대단원의 처리가 두드러진다.
17) 졸고, 「1930년대 후반의 신세대 작가 연구」, 숙명여대 박사학위논문, 1996.12.

는 카프 계열의 기성작가들이 작품 의미를 일의적 측면에서만 드러내고 있는 반면 신세대 작가들은 비종결성[18]으로 작품 의미의 다의성을 보여 주고 있기 때문이다.

<가물치>에는 재봉이와 마을 사람들 간에 벌어지는 갈등이 인간성 상실의 극단적 측면으로 나타나 있다. 재봉이가 추진하고 있는 큰 웅덩이의 물 퍼내기 계획이 차근차근 잘 진행되어 나가자 처음에는 거들떠 보지 않던 웅덩이 주인과 그 사이에서 자신의 이익을 챙겨보려는 최서방이 관여하고 메기를 훔쳐 가던 아이들과 동업자인 순구 동생이 싸움을 벌여 마을은 온통 소동이 벌어진다. 마을 사람들은 은근히 재봉이가 계획대로 웅덩이의 물을 퍼내고 가물치와 같은 큰 고기로 돈을 벌게 될까봐 경계하는 눈초리들을 보낸다. 마을 사람들의 그런 심정을 잘 알고 있는 재봉이는 강박 관념에 시달리다 못해 꿈을 꾸게 되고 꿈 속에서 홧김에 "난 안 가질 테니 당신이나 다 가져가우!" 하며 소리를 지르기도 한다. 결국에는 남의 행운에 비참하게 재를 뿌리는 집단의 이기적 행동이 나타나게 된다.

물에다 약을 풀어 가물치를 모두 물 위로 떠오르게 하는 집단 행동은 재봉에게 큰 기대를 갖게 했던 계획을 하루 아침에 물거품으로 만든다. 이는 타인에게 뜻하지 않은 이익이 찾아오는 것을 그대로 보지 못하고 나에게 이익이 되지 않는다면 남의 이익도 없어야 한다는 극단적인 이기심의 표현이다. 여기서 작가는 과거에 우리 농촌 사회에서 볼 수 있었던 공동체 의식이라든지 따뜻한 인간애가 더 이상 존재하지 않는 현실을 그대로 고발하고 있다.

---

18) 김욱동 편, 『바흐친과 대화주의』, 나남, 1990, 65~67쪽.
  "최종적이고 모든 것이 완결되고 종결되지 않은 상태, 이 경우 의미는 독자의 능동적인 참여로 끊임없이 변화한다."
  유진런, 『마르크시즘과 모더니즘』, 김병익 역, 문학과 지성사, 1993, 48쪽. "모더니스트들은 분명한 인과 관계의 진행과 결말을 자주 제거해 버린다"

결혼을 앞둔 청춘 남녀 사이에도 애정보다 물질적인 조건을 우선하는 현실이 <암>[19]과 꽁트인 <청류> (1941.9)에 나타나 있다. 이 작품들에는 물질과 진실한 사랑 사이에서 갈등하는 인물을 그리면서 인간성 회복의 의지를 담고 있다. <암>에서 옥점은 처음에는 박이라는 남성이 가진 경제적 기반이 결혼 생활을 행복하게 해줄 것이라고 믿고 부모님의 뜻대로 그와 약혼한다. 하지만 박이란 남성은 옥점의 인격이나 정신적인 면보다는 육체적인 것에 탐닉하며 물질적인 선물로 마음을 사로잡으려고만 한다. 옥화는 점점 박이라는 인물 때문에 우울과 방황의 날을 보내고 그가 '지극히 무가치한 평범한 사내' 라는 사실을 깨닫는다. 특히, 옥점이 관심을 가지고 있는 소설에 대해 '일 없는 사람이 낮잠 대신 읽는 것' 이라며 하찮게 여기는 것을 보고 도저히 그와는 정신적 유대가 생길 수 없다고 판단한다. 옥점은 미래에 대해 아무런 희망도 꿈도 계획도 없이 물질의 노예가 되어 버린 박이라는 남자와 결혼 할 수 없다는 판단 하에 새로운 길을 찾아 나선다. 그의 가출은 물질이라는 함정에 빠져 자신의 정체성을 희생하려 했던 한 인간이 수동적이지만 인간성 회복의 길로 들어선다는 의미가 담겨져 있다.

<청류>에도 제목이 상징하듯 깨끗한 물 속에서 살아가려는 한 인간의 모습이 나타나 있다. 진구는 가게 점원으로 빈궁한 삶을 살아가지만 주인이 물질적인 조건을 내세우며 자신의 딸과 혼인해 줄 것을 요구하자 단호하게 거절한다. 물론 현실적으로 작품에서 주인집 딸이 큰 문제가 없는 데도 점원과 맺어주려 하는 것은 설득력이 약하다. 단지, 주인이 진구의 성실함에 감동해 서울에서 학교에 다니고 있는 그의 딸을 점원인 진구와 맺어

---

19) 1942년 남창서관에서 『갈매기』라는 작품집으로 출간될 당시에는 <함정> (『조선문학』 재속간, 1937.8)이 <암>이라는 작품명으로 바뀐다. <초라한 풍경> (『조광』, 1939.7) 역시 <창랑>이라는 작품명으로 바뀌고 있다.

주려고 재산을 이용해 설득한다는 것은 문제가 있다.

처음에 진구는 그러한 제안을 받고 물욕을 단호히 저버릴 수 없어 갈등하지만 '온실 속의 꽃'으로 신식 교육까지 받은 주인집 딸과 자신은 너무나도 동떨어진 세계의 사람들로서 어울리지 않는다고 생각한다. 가정 형편이 불우한 진구에게 주인의 물질적 유혹은 거절하기 힘든 제안이었음에도 불구하고 물질과 자신의 애정을 맞바꾸지 않는 용기를 보여준다. 하지만 마지막 결미 부분에 결혼 제안을 거절당하자 주인집 딸이 원인 모를 병으로 앓다가 죽는 설정은 부자연스러운 느낌을 갖게 한다.

이렇게 인간성 상실에 대한 회복 의지를 단초적으로만 제시하다가 구체적 대상에 의지하고 있는 작품이 있다. <갈매기>(『조광』, 1940. 4~5)와 <한교기>(『문장』, 1941,2)가 그것이다. <갈매기>의 장기호란 인물은 M 중학교의 교원이다. 전문학교를 나와 남다른 교사로서의 열정을 가지고 학생들에게 깊은 애정과 관심을 가지고 있는 인물이다. 그는 학교에서 문제아로 낙인 찍힌 아이들의 편에서 변호를 해주는가 하면 학교 당국의 강력한 처벌 우선주의에 반발하다가 비양심적인 교사들에게 소외당하기 일쑤였다. 그는 정서적으로 풍부한 감성을 지닌 교사이고, 학생들 각자의 재능을 계발해 주려는 교사로서의 자질이 잘 갖춰진 인물이다. 하지만 이러한 교사는 식민지 교육정책에 부적합한 인물로서 교육 현장에 심한 염증을 느낄 수밖에 없다. 사표를 낸 후 가족의 생계가 걱정되어 다시 교원 자리를 알아보지만 헛수고가 돼버리고 정신적 갈등은 점점 더해만 간다.

그는 '닥쳐올 앞 날들이 캄캄한 절벽'과 같이 생각돼 우울한 심정에서 벗어나기 위해 가족과 함께 여행을 한다. 여행의 맛도 제대로 느끼지 못하던 차에 인쇄소 사업을 하는 친구 현을 만나게 된다. 친구 현은 기호에게 '사회란 넓은 교단을 무시해선' 안된다는 충고를 하지만 우울한 그의 마음은 나아지지 않는다. 오히려 병적인 내적 갈등만 더해 가고 있을 때 아들 성칠이가 씨름판에서 자신보다 큰 아이들을 이기는 장면을 목격한다.

그 순간 여태껏 가졌던 우울한 마음에서 해방된다. '그 벅찬 기쁨은 그대로 한 개의 억누를 수 없는 크나큰 감격이 되어 그의 혈관 속을 기운차게' 돌았다. 주인공은 부정적인 교육 현실에 맞서 적극적으로 행동을 보이진 않지만 양심적인 면모를 견지해 나가고 있는데 이는 작가 정신의 지향점을 확인케 한다. 또한 작품에서 순수하고 건강한 아이에게서 미래의 희망을 발견하고 있다는 것은 현 덕의 작품세계와 흡사하다.[20]

<閑校記>에서도 두드러지지 않지만 미래에 대한 희망을 태어날 아이에게 기대하는 모습이 나타나 있다. 만성룸펜인 주인공 나는 천장의 무늬나 세고 묵은 잡지를 뒤적거리는 무의미한 행동을 하며 일상을 지내는 인물이다. 이런 나에게 비라도 쏟아지는 날씨는 그나마 낫고, 화창한 날씨는 괜히 심사를 뒤흔들어 놓는다. 흔히 소설에서 분위기란 정서적 효과를 드러내기 위한 장치인데, 날씨 변화에 민감한 그의 일상은 무료함을 극적으로 표현하는데 적합하다.

같은 룸펜 신세인 친구 R과 나는 실력은 있으나 신뢰할 만한 끈 하나 없어 직업으로부터 소외되어 있다. 길거리를 배회하다가 남의 집 문패 하나하나를 해석하기도 하고 J여자 소학교 창립자인 D여사의 동상과 K시의 부호인 H씨의 동상에 담긴 의미를 비교해 보기도 한다. 그런 중에 평생 육영사업을 하며 남자도 감당할 수 없는 놀라운 업적을 보인 D여사를 선각자라고 생각한다. 하지만 막대한 돈을 들여 만든 H씨의 동상은 '똥상'이라고 비웃음을 사듯 자신의 재산을 늘리기 위해 분투하다가 좀더 큰 야망인 명예욕 때문에 신문사에 기부금을 내면서 세워진 것이라고 비판한다.

K라는 도시는 자본주의 근대화로 윤리적, 도덕적으로 타락하고 배금주의 사상에 물들어 있는 곳으로 묘사되어 있다. 나는 H씨를 물화된 사회에서 금권을 행사하여 동상의 순수한 의미를 훼손시킨 이 시대의 또 하나의

---

20) 졸고, 148쪽 참조

'거룩한 선각자' 라고 조소하기도 한다. 또한 친구 R이 복바위 앞에서 아들 낳게 해달라는 기원을 하는 모습을 보고 자신들과 같이 사회로부터 소외되어 있거나 H씨와 같이 탐욕스러운 남자보다는 평생 사랑과 성의를 가지고 아이들을 보살펴온 D여사와 같은 여자 아이 낳기를 은근히 바란다.

이렇듯 1930년대 후반은 자본주의 근대화의 부정적 결과들이 팽배하게 인간의 삶 전반을 지배하고 있었다. 김소엽의 작품에도 가족이나 친구같이 긴밀한 인간 관계가 물신주의로 인해 더 이상 그 본래적 의미를 상실하고 서로에게 소외감을 갖게 하고 있다. 또한 모든 가치의 기준이 물질적인 것으로 환산되고 인간마저 도구화, 수단화되는 현실이 나타나 있다. 더 나아가 인간이 상품화되면서 비극적 삶은 지속되고 어떤 구체적 해결의 실마리는 제시되어 있지 않다. 하지만 작가는 절망감에 휩싸이지 않고 부정적 현실을 그대로 그리면서 인간성 회복의 의지를 미래의 주인공이 될 아이들에게서 단초적이지만 찾으려 하고 있다.

3. 빈궁한 삶에 나타난 휴머니티

김소엽의 작품 중에 기성문단으로부터 반향을 불러일으킨 것들은 일련의 가난한 삶을 소재로 다룬 작품들이다. 이는 기성작가들의 영향권 내에서 완전히 자유로울 수 없었던 그의 작가 생활의 출발점에서 원인을 찾을 수 있다. 또한 1930년대 후반은 식민지 자본주의의 파행성이 날로 심각하게 드러나는 상황이었기에 작가가 곳곳에서 벌어지는 절망적인 현실을 문제의식을 가지고 바라보지 않을 수 없었던 것이다. 단, 기성작가들이 작품 속에서 문제적 인물을 통해 작가의 현실개혁 의지를 개입시키고 있는 반면, 신세대 작가들은 부정적인 현실을 작품화하는데 있어 철저한 묘사정신으로 따뜻한 인간애를 가진 인물들에 초점을 맞춰 진행하고 있다. 이는 일부 신세대 작가들이 근대의 기획들에 대해 부정적 측면만을 강조해 주체의 붕괴와 파괴화에 초점을 두고 있다면 김소엽과 같은 작가들은 '사회적 합리성과 정의 그리고 도덕성을 증대시키는 근대 기획의 잠재력'[21]을 신뢰하고 있기 때문이다. 이러한 작품 경향은 해방 이후 김소엽이 <조선문학가동맹>에 가담하여 활동하게 되는 사상적 토대가 된다.

<도야지와 신문> (『조선중앙일보』, 1934.1.7), <고요한 정원> (『조선문단』, 1935.4)에는 있는 자들의 삶과 없는 자들의 삶을 비교하여 빈궁에서 오는 비극적 삶을 더욱 부각시키고 있다. <도야지와 신문>은 김소엽을 무명작가에서 중앙문단에 진출하게 만든 작품이다. 대부분의 신세대 작가들이 그렇듯이 그도 현상응모를 통해 문단에 데뷔하면서 작가적 입지를 다져나간다. 이 작품에 등장하는 중학교 3학년 준호는 채석장에서 위험을 무릅쓰고 일하는 아버지의 현실과 일본 사람들이 많이 사는 부유한 마을에서 본 돼지의 현실을 비교하면서 비참한 신세를 실감한다. 처음에 준호는 삶의 여유와 풍요로움을 즐기며 사는 일본인 집들과 그가 사는 토막을 비교하다가 그들의 돼지 우리보다 자신의 토막이 더 초라하다는 사실에 경악한다. 돼지 우리의 지붕은 양철이고 벽돌로 쌓았으며 바닥은 나무 조각으로 방바닥 같이 깔았고 유리창도 있었다. 돼지 밥을 주어 온 영감에게서 들은 말은 더욱 그를 놀라게 했다.

준호는 그와 동리 사람들이 먹어 보지 못한 흰 밥과 비지를 가득 담아 돼지에게 주는 것을 보고 자꾸 가난한 마을 사람들의 얼굴이 떠오른다. 또한 저녁 때 동생 준철이 가지고 온 호외에는 '남선 수재 지방 일대의 대기근' 이라는 기사와 함께 초근목피로 연명해 나가는 수재민의 비참한 삶이 적나라하게 씌어져 있었다.

---

21) 스티븐 베스트 · 더글라스 켈너, 「하버마스와 근대성」, 배만호 역, 『오늘의 문예비평』, 1992 가을호, 39쪽.

일본의 돼지보다도 못한 식민지 민족의 비인간적 삶이 준호의 눈을 통해서 적나라하게 표현되고 있는 것이다. 동시에 들려온 채석장의 사고 소식은 남포 소리와 아버지에 대한 환상을 동시에 불러일으켰고 극도의 절망감을 갖게 한다. 막다른 상황에 처한 그는 어느 틈엔가 일본집 문 앞에 선다. 문 안에서 흘러 나오는 여유로운 삶을 상징하는 음악 소리는 돼지밥보다 못한 음식으로 연명해 나가는 식민지 민족에겐 꿈과 같이 느껴질 뿐이다. 김소엽은 준호 아버지의 죽음이 꿈이 아닌 비참한 현실이라는 것을 말하고 있다. 이 부분에서도 카프작가들의 경우라면 즉흥적이더라도 준호가 저항의 행동을 보이는 것이 일반적인데 김소엽은 여기서 멈추고 독자에게 여운을 남긴다.

<고요한 정원>에도 비참하게 살아가는 한 가족의 실상이 있는 자들의 쾌락적 행위와 비교되어 더욱 비극적으로 그려져 있다. 객관적 관찰자의 입장에서 화자 나는 친구 K군과 밤 거리를 거닐다가 우연히 남의 감자밭에서 감자를 훔치는 젊은 여인을 목격하게 된다. 그 여인으로부터 남편은 실직 상태며 폐병을 앓고 있으며 혼자서 가족의 생계를 책임지고 있다는 말을 듣는다. 그 여인도 병을 앓고 있는 중이라 막노동마저 할 수 없어 급기야 도둑질까지 한다. 화자 나는 그날 밤 이후로 지식인의 양심 때문에 빈궁한 생활을 하는 이들을 생각하며 번민의 나날을 보낸다. 한달 후 화자 나는 친구인 K시의 유명한 부호의 아들이 자살 소동을 벌여 병원에 입원했다는 얘기를 듣고 N병원으로 병 문안을 간다. 거기서 얼마 전 밤길에서 만난 여인의 남편이 삼등실에서 죽어 나가는 모습을 보고 허탈감에 빠진다. 친구 H는 용돈을 안 준다고 자살 소동을 벌여 일등실에서 호강하며 보내고 있는데 굶주림으로 매일 같이 죽어가는 사람들이 있다는 현실은 화자에게 심한 내적 갈등을 일으키게 한다.

그것은 그 여자를 동정하는 연민의 마음보다도 내 앞으로 닥쳐오는 듯한 죽

음의 그림자보다도 나의 가슴 밑바닥에서 맹렬히 솟구쳐 오르고 있는 양심의
가책 때문이었다. 비록 남의 일이라 할지라도 가장 비참한 한 개의 비극을 옆에
두고 한가로히 마짱패나 뒤적거리고 있는 이 방안의 명랑한 분위기가 나에게
는 갑자기 두려워졌다.(<고요한 정원>, 64쪽)

김소엽은 있는 자와 없는 자를 선명하게 비교하며 없는 자들이 궁핍한
생활로 인하여 얼마나 고통받고 있는가를 리얼하게 보여주고 있다. 그러면
서 없는 자들에게 초점을 맞춰 그들의 삶의 질곡에 동정의 시선을 보낸다.
이는 빈궁 문제로 인해 야기된 내적 갈등의 명확한 해결점을 찾기보다는
작가적 양심을 견지해 나가는 자세라 하겠다.

궁핍한 생활 때문에 삶의 터전을 옮겨 다니거나 가족들이 해체되는 경
우를 그린 작품들이 있다. 이러한 소재는 당시 다른 작가들의 작품에서도
쉽게 찾을 수 있는 보편적인 것으로서 식민지 경제의 허상을 여실히 드러
내 주는 것이다. <폐촌>(『조선문단』, 1935.2) 과 <끝없는 평행선> (『조선
문단』, 1935.6)이 이에 해당된다.

<폐촌>에는 근대화의 물결로 작은 어촌 사람들의 삶이 피폐화 되어가
는 모습이 잘 나타나 있다. 점순이네 곰나루 사람들은 가난하지만 철 따라
바다에 의존해 생계를 유지해 가면서 그럭저럭 살았다. 하지만 6, 7년 전
부터 신작로와 발동선이 들어오고 수산회사가 생기면서 어민들을 악랄한
방법으로 수탈해 나갔다.

이 작품에서 김소엽은 식민지 근대화의 부정성을 폭로하기 위해 곰나루
라는 어촌 묘사에 특히 주안점을 두고 전개하고 있다. 공간의 묘사는 소설
가가 세계에 대해 갖는 관심의 정도와 그 관심의 질을 나타낸다.[22] 이 공간
에서 살아가는 마을 사람들의 삶은 점점 극심해 가는 식민지 수탈정책 때

---

22) 김화영 편역, 앞의 책, 183쪽.

문에 황폐화되고 끝내는 최소한의 생계 유지를 위해 이탈할 수밖에 없게 된다. 즉, 어민 본래의 생활은 하지 못하고 남의 땅을 소작하는 소작인이 되거나 다른 어촌에 가서 고용 어부 노릇을 하거나 그물을 수선해 주는 일을 해야만 했다. 여자들은 돼지를 기르거나 가마니를 짜서 생계를 이어나가는 그야말로 극도의 빈궁한 삶을 경험하게 된다. 급기야는 보릿고개를 못 넘기고 극진히 키워온 돼지를 팔아 북간도나 강원도로 유랑민 생활을 하러 갈 수밖에 없었다.[23]

이 작품에는 카프 작가들의 작품에 자주 등장하는 문제적 인물과 같은 성격을 가진 점순이란 인물이 등장한다. 그는 다른 처녀들과는 달리 이지적인 면도 있고 야학도 다녀 자신들의 삶이 왜 비참하게 전락하고 있는가를 잘 알고 있다. 점순은 친구 음전이가 북간도로 떠나던 날 '우리 같은 가난한 사람들은 결코 마음이 약해서는 안된다. 도리혀 남보다 굳센 마음을 가져야지' 라고 말하는 반면, 친구 금주가 서울의 술집으로 팔려 가는 것을 보고는 '계집이 값없는 물건이기로 그까짓 더러운 갈보가 되어 간단말이야 차라리 그런 곳에 가게 된다면 자기 손으로 목숨을 끊는 것이 마땅하다' 며 강인한 면을 보여준다. 하지만 점순 역시 춘궁기가 길어지자 한 입을 덜어 어머니의 부담을 줄이기 위해 고향을 떠나게 된다.

<끝없는 평행선>에는 화자 나의 눈을 통해 친구 조군 집안의 몰락과 가족 해체 과정이 나타나 있다. 가족 해체의 문제는 당시 사회 구조가 자본주의화 되면서 보편적으로 드러난 사회 병리 현상이기도 하다. 조군의 집은 K시에서 큰 여관과 가구상을 하던 부유한 형편이었다. 하지만 하루 아침에 집안의 가세가 기울어 가족 전체가 유랑민 신세가 되어버린다. 갑작

---

23) 다른 신세대 작가인 이근영과 박노갑의 작품에도 '고향 떠남' 의 모티프가 중요하게 다뤄지고 있다. 오양호는 이농 현상의 유형을 네가지 유형으로 나누며 세밀하게 다룬 바 있다. (오양호, 『농민소설론』, 형설출판사, 1984, 234쪽)

스러운 집안의 몰락에도 조군은 '나의 앞길에 대해서는 조금도 걱정말게 수족이 멀쩡하니 아무렇게라도 벌어먹고 살겠지' 하며 용기를 잃지 않았다. 하지만 조군이 무직자로 고향에서 방황만 하다 고향을 떠나 서울 빈민촌에 정착하는 모습은 비참한 현실 그대로이다. 중학교까지 나온 그가 지방 곳곳을 돌며 도로 공사 노동자로 신문 배달부로 상점 점원으로 인쇄소 직공으로 전락해 가는 모습은 화자에게 깊은 연민의식을 불러일으킨다.

조군은 막노동을 하면서도 가족간의 유대가 한가닥 희망이었는데, 더 이상 가난한 생활 때문에 그것을 지속시켜 나가지 못하자 절망한다. 더욱이 생계를 위해 어머니가 딸을 파는 반인륜적 행동을 목격하고 고통스러워한다.

『자 - 알겠나! 나의 어머니는 xx질을 하여버리고 딸이라고 하나 있는 것을 할빈으로 팔아먹었단 말이야 이것이 지금의 세상 인심이란 말일세 도덕이나 의리나 양심 같은 것도 모두가 빛좋은 가면이야. 결국은 자기 혼자만 배부르면 그만인 것이니까, 허허』(<끝없는 평행선>, 62쪽)

조군은 극심한 빈궁에도 좌절하지 않더니 팔려간 누이동생을 찾아 나서면서 처음으로 눈물을 보인다. 조군의 누이동생 편지에는 가난과 굶주림으로 몰락해 버린 한 가정의 비극이 그려져 있다.

이원조는 이 작품을 두고 현대 젊은 인테리의 비애와 고통을 그리는 것보다 가정 몰락 후 어머니와 딸의 삶이 더 궁금하다며 '현실에 대한 그(김소엽)의 지식과 체험이 얼마나 빈핍한가'[24]를 알 수 있다고 평가한다. 이런 평가는 작가가 조군에게만 초점을 두고 이야기를 진행하다 보니 작품의 분위기가 감상적으로 흐르고 있다는 것을 지적하고 있는 것으로서, 이 보다는 비극적인 모녀의 삶에 초점을 두었다면 더욱 현실감 풍부한 작품이

---

24) 이원조, 「6월 창작계 일별」, 조선일보, 1935.8.2

되었을 것이라는 주장이 포함되어 있다. 어머니가 딸을 이국 땅에 술집 작부로 팔아야만 하는 반인륜적 현실이야말로 작품 의미를 강하게 부각시키는데 더 중요하다고 믿고 있는 것이다.

김소엽의 작품에는 생활고에 시달리면서도 대부분 따뜻한 인간애를 가진 인물들이 많다. 이것은 삶의 고통과 시련 속에서도 '참다운 인간성 회복과 휴머니티에로의 복귀'[25]를 애타게 호소하고 있는 증거이다. <바다는 얼어붙고> (『조선문학』, 1939.6), <딱한 자식> (『비판』, 1936.3), <창랑> (『조광』, 1939.7)에는 진정한 인간성의 본질을 훼손시키지 않으려는 작가 정신이 나타나 있다.

<바다는 얼어붙고>에서 형진은 룸펜으로서 굴욕과 멸시 속에 살아오다가 우연히 선친의 유품에서 발견한 한 장의 차용증을 발견한다. 취직을 하기는 점점 어려워지고 빈궁한 생활은 조금도 나아질 기미가 없자 선친 대신 돈을 받기 위해 차용증을 써준 집을 찾아 나선다. 하지만 그들의 형편을 본 후로는 마음이 약해 번번히 되돌아 올 뿐이다. 이번에는 초가집일망정 저당설정이라도 할 생각으로 단단히 마음먹고 나선 길에 차 안에서 옛 친구를 만나는데 그의 행색은 '화려하든 날을 생각하기에는 너무도 초라하고 무기력해' 보였다. 친구와 형진의 행색은 을씨년스러운 D촌의 겨울 풍경과 함께 삶에 대해 깊은 회의를 품게 한다.

형진의 굳은 결심은 윤봉의 조부가 갑자기 돌아가셨다는 거짓말로 실행되지 못한다. 하지만 곧 윤봉의 거짓말은 들통나고 형진은 속았다는 사실에 분노감을 감추지 못한다. 그러나 얼마 전 생활고로 가족 모두를 도끼로 죽인 남자에 관한 신문 기사가 떠오르면서 윤봉을 이해한다. 그는 냉정하게 자신을 돌아보며 윤봉에 대한 분노를 점차 동정으로 바꾼다. 생계를 위협받는 상황에서 한 집안의 가장인 윤봉이 한 행동은 형진의 몰인정함에

---

25) 박덕은 , 위의 글, 130쪽.

비해 정당하다고 생각한다. 그는 자신과 윤봉의 신세가 백지 한 겹의 거리 밖에 없다고 여긴다. 이것은 형진도 궁핍한 생활로 고통받고 있으면서 윤봉 가족의 가난한 삶을 더 안타까워하는 인간애를 보여 준 것이다.

<딱한 자식>의 문철 역시 중앙 문단 진출의 기회가 왔을 때 학교의 아이들을 선택하는 인간애를 보여준다. 문바위 마을의 학교는 비가 오면 침수 우려가 있는 지대에 있다. 문철은 타고난 근면성으로 아이들을 최선을 다해 가르치며 '부지런한 선생'으로 불리운다. 교사 생활을 하며 몇 푼 안 되는 보수를 받지만 도저히 집안의 생활고를 해결할 수는 없다. 하지만 극심한 가난 속에서도 배움에 굶주린 아이들을 가르치는 데는 열심이다. 그러던 어느 날 문철보다 일찍 등단해 유망한 신인작가가 된 경호가 방문하면서부터 교사 생활의 위기를 맞는다. 문철은 이상과 현실 사이에서 방황하며 경호와 기성작가 R을 만나 술에 취해 보지만 결국, '안일과 명예만을 구하는 소시민적 근성을 버리고' 학교로 돌아온다. 지리한 장마와 함께 시작된 문철의 정신적 방황은 완전히 날씨가 개면서 해결 국면을 맞는 것이다. 이렇게 아이들의 교육을 자신의 입신 양명보다 더 소중히 여기는 문철의 태도에서 강한 휴머니티를 읽을 수 있다.

<창랑>의 동식은 과거 사상 운동을 하며 해외 생활을 하다 서울까지 붙들려 와 옥살이를 한 바 있는 인물이다. 그 전력으로 폐병에 걸려 5년 간 병마와 싸우다가 가족의 생계를 위해 부지런한 생활인이 되었다. 병과 생계 담당에 대한 책임감은 그를 '불같이 뜨겁던 정열대신 핼슥하게 야윈 한 개의 나약한 얼굴'로 만들었다. 또한 '싸늘한 현실도 진한 안개'로 동식의 주위를 감싸고 돌 뿐이다. 아내마저 세상을 떠나자 동식의 우울한 성격은 계속되고 인생관으로 굳어지는 듯했다.

그러다가 과거의 이념과는 너무도 거리가 먼 생활을 하는 친구 R과 함께 기생집에 들락거리면서 채향이란 기생을 알게 된다. 동식은 고독한 생활에서 오는 호기심 때문에 불건전한 관계라는 사실을 알면서도 쾌락의

함정에서 헤어나지 못한다. 쾌락의 대가로 큰 돈을 낭비하던 차에 그의 가게 사환인 석호가 조를 훔쳐가는 사건이 발생한다. 동식은 용서해 줄 것을 애원하는 석호의 사정은 듣지도 않고 해고해 버린다. 저녁 무렵 초라한 행색을 한 석호 어머니의 방문을 받고서야 석호의 가정 형편과 기생집에서 과자를 팔며 모욕을 당하던 소년이 그의 동생이라는 사실을 알게 된다.

   동식은 가난에 쪼들려 부딪끼고 학대받는 그들 어린 형제의 신세가 새삼스레 측은하고 불쌍해졌다.
   자기는 다만 주인이란 조그만 우월감에서 얼마나 그 가엾은 소년을 마구 부려 먹어왔던가! 매삭 칠원이란 월급이 그렇게도 끔직한 것이던가? 그리고 오늘 일만 해도 나는 왜 좀더 너그러이 그를 용서해줄 아량이 없었던가? 좁쌀 한되에 몇 식구의 밥줄을 아주 끊어버린다는 것은 또 그 얼마나 가혹한 처사이냐? 동식은 다시 제 자신과 사환애를 견주어 보았을 때 너무도 자신이 부끄럽고 민망했다.
(<창랑>, 473쪽)

동식은 기생의 유혹에 넘어가 큰 돈을 낭비하면서도 가난한 소년 가장의 조그만 잘못에 너그럽지 못하게 대한 '제 자신의 초라한 꼴을 돌아보고 양심의 가책'을 받는다. 이 작품 역시 빈궁한 삶 속에서 진하게 묻어나는 인간애를 확인할 수 있다.
이와 같이 김소엽은 과거 기성작가들처럼 빈궁한 삶의 문제를 작품의 제재로 선택하여 그 안에서 절망하는 인간들의 삶을 그리고 있으면서도 계급의식의 각성이나 집단 행동보다는 서로에게 따뜻한 인간애로 감싸주는 면모를 보여주고 있다. 그는 비록 기성작가들처럼 선명한 대립 구도로써 갈등을 해소하고 있지 않지만 현실의 질곡을 드러내는 데는 부족함이 없다. 이는 작가가 그 동안 절대적 신념으로 여겨 왔던 합리적 이성이 도구화되고 인간성 본래의 것들을 상실해 가는 상황에서 비판적 이성[26]으로 변화된 현실을 직시하며 작가적 양심을 지켜 나갔기 때문이다.

4. 운명에 대한 비애감

인간애를 끊임없이 추구하던 김소엽은가는 객관적이고 절대적인 실재를 이성이 재현할 수 없는 상황에 처하자 인간의 근원적 문제인 인간 운명에 대해 관심을 보이고 있다. 서구의 모더니스트들에게서도 "세계가 자기들이 어떤 통제도 가할 수 없는 힘에 의해 지배되고 있다"[27]는 사고를 확인할 수 있다. 이런 문제를 형상화한 작품에는 대부분 작가의 허무주의적 태도가 짙게 깔려 있는데, 신세대 작가들 중 김동리와 정비석의 작품에도 인간의 원형성 탐구에 있어 운명론적 사고가 깊게 자리잡고 있다.

김소엽도 근대의 진보의식이 인간 발전을 더 이상 보장할 수 없는 상황에서 운명론적 사고를 작품화하고 있다. 등장인물들은 인간의 운명 앞에 맞서 극복의지를 보이기보다는 절망하고 안타까워하는 수동적 면모를 나타낼 뿐이다.

<누님> (『조선문학』 속간, 1936.8) 에는 화자인 내가 누님의 불행하고 비극적인 운명을 아버지의 죽음을 앞두고 담담하게 서술하고 있다. 화자 나는 누이의 비극적 삶을 그리면서도 거기에 몰입하지 않고 냉정한 관찰자의 입장을 취한다. 화자가 "자기 자신의 느낌과 의견을 제거하려고 노력하면 할수록 대조적으로 매혹의 대상은 더욱 강력한 힘을 발휘한다."[28] 화자인 내가 누이와 맺는 일정 정도의 거리감이야말로 '중심인물에 대한 설

---

26) 호르크 하이머는 이성을 "주관적 이성(도구적 이성)과 비판적 이성"으로 구분하고 있다.
27) 유진 런, 앞의 책, 59쪽.
28) 김화영 편역, 앞의 책, 263쪽.

득력 있는 영상을 제시' 해 줄 수 있다.

누님은 열한 살 때 동네에서 제일 짖꿎은 아이가 쏜 화살로 실명해 험난하고 쓸쓸한 생을 살아가고 있다. 화자인 나도 어렸을 때는 누님의 애꾸눈을 놀리기도 했으나 시집간 후로는 그럴 수도 없었다. 화자 나는 파란만장한 누님의 인생을 요약 서술하는 과정에서 처음에 견지하던 냉정한 관찰자로서의 태도를 버리고 '모두가 원수의 그 눈 때문이라' 며 화자의 의식을 개입시키고 있다.

누님은 불행한 자신의 운명을 순응적으로 받아들이고 친정살이를 하면서도 친정의 풍족하지 못한 생활에 피해를 입힐까봐 부지런히 일해 돈을 모은다. 누님은 그 돈도 아무런 희망과 미래가 없는 자신를 위해 쓰지 않고 화자의 아들 학비를 위해 내놓는 착한 마음씨를 보여준다. 또한 누님은 주위에서 개가를 권할 때마다 "나는 강씨 집 귀신이니 죽더래두 그 집 대문 앞에 가서 죽겠다며' 며 순종적이고 완고한 봉건 여성의 윤리의식을 드러낸다. 하지만 매부는 끝내 아버지의 임종 앞에서 한 약속을 지키지 않고 누님의 불행한 삶은 여전히 개선되지 않는다. 여기서 작가는 화자의 시선을 통해 인간이 운명을 적극적으로 개척하지 못하고 순응적으로 살아가며 겪는 비극적 삶에 강한 연민과 동정의 시선을 보내고 있다.

<양서방> (『조광』, 1937.5)에서 양서방이란 인물은 젊어서 아들을 잃고 오십이 넘어서도 부인을 여럿 바꿔 가면서 자식을 기다리고 있다. 그나마 요즈음은 생활고에 묶여 제대로 생각할 수도 없다. 그 동안 한문을 사숙해서 생계를 유지해 왔는데, 신학문 강습소가 생기는 바람에 포기하고 양조장의 서사 일을 보다 그 자리마저도 신학문을 공부한 젊은이에게 밀려 공통을 수집하는 신세로 전락한다.

양서방은 자식들이 많아 궁핍하게 산다고 생각하는 사람들에게 자식 때문에 가난한 것이 아니라며 은근히 부러운 시선을 보낸다. 심지어 그는 젊어서부터 그렇게도 배 타기를 싫어했는데 다시 배를 타게 되자 아들이 없

기 때문이라 생각한다. 이렇게 생활고에 시달리는 것조차 아들이 없는 자신의 운명 때문이라 믿는 것은 문제가 있다. 양서방의 몰락은 식민지 근대화의 파행성에서 비롯된 것이지 운명적인 문제는 아니기 때문이다.

양서방의 아들에 대한 집착은 사내 아이를 데리고 와 마을 사람들과 가족들에게 젊어서 장사를 하며 돌아다닐 때 만난 여인에게서 얻은 친자식이라고 거짓말을 하는 데서 절정을 이룬다. 하지만 얼마 후 밤 외출이 잦던 새 아내는 야반도주를 하고 아들 영달도 도둑질을 하다 들킨 것이 빌미가 돼 집을 나가 버린다. 그렇게 되고서야 양서방은 인간을 '타고난 운명에서 한 걸음두 뛰어 넘을 수 없는 존재라고' 생각하기에 이른다. 극심한 생활고에도 눈물을 흘리지 않던 양서방이 '늙은 황소의 울음소리같이 창자 밑 바닥에서 우러나오는 피섞인 울음'을 보인다.

이 작품에서 양서방이란 인물도 다분히 운명론적 사고를 가지고 세상을 살아가는 인물이다. 그는 한학을 공부하고 그것에 의존해 살아온 인물이기에 급변하는 시대 변화에 민감히 대응해 나가며 삶을 개척해 나갈 인물은 못된다. 또한 사주팔자와 같이 인생에 있어 절대적이고 거역할 수 없는 힘이 존재한다고 믿는 인물이기도 하다.

> 운명! 그것은 이미 결정되어 있다. 다만 어리석은 인간은 앞길을 미리 내다보지 못할 뿐이다. 그러므로 일생을 속아 살아간다. 속아 살면서도. 이 절대의 큰 힘을 가진 운명의 줄에 끌리어 가지 않을 수 없는 것이 또한 인간의 운명이다. 이것이 양서방의 유일한 철학이요, 인생관이었다.(<양서방>, 337쪽)

<성열이 부처> (『풍림』, 1936.12)에서 성열이 부부의 비극에도 운명론적 사고가 잘 나타나 있다. 화자 나는 부부애가 좋기로 소문난 성열이 부부를 언젠가 밤길에 우연히 바닷물에 빠진 것을 구해준 일이 있다. 부부관계에 대해 봉건적인 사고를 갖고 있던 나는 성열이가 아내에게 하는 행동

이 못마땅하기도 했다. 3년 후 성열이 아내가 아이를 낳다가 죽자 성열이는 너무나 슬퍼하며 극도의 절망감에 휩싸인다. 성열이는 너무나 슬픈 나머지 화자인 나에게 3년 전 자기 부부가 다리 아래 떨어졌을 때 살려주지 않았으면 지금의 이 큰 고통은 없었을 거라고 말한다. 부부애가 아무리 좋아도 정해진 운명 앞에 무기력해질 수밖에 없는 성열이의 불행은 인간의 운명에 대한 허무감을 표현하고 있다. 이렇게 김소엽은 인간이 이미 정해진 자신들의 운명 때문에 고통받고 슬퍼하며 순응적인 삶을 살아가는 인물들을 그리고 있다.

5. 맺음말

이 글에서는 김소엽의 1930년대 후반의 작품들을 중심으로 살펴보았다. 1930년대 후반의 문단은 그 동안 지배적인 분위기였던 정치 편향적이고 이념 지향적인 문학이 문학의 자율성에 대한 인식의 확대로 인해 다양한 방향으로 창작활동이 모색되던 시기였다. 이 시기에 왕성한 작품 활동을 한 작가들로는 역시 구인회 작가들의 영향에 힘 입은 바 큰 신세대 작가들이다. 김소엽도 신인 작가들의 활동 영역을 기성 문단에서 보장해 줄 것을 주장하며 전 시대와는 다른 창작세계를 펼쳐 나갔다. 물론 내용과 형식에 있어서 과거 기성 작가들과 확연히 다른 변모를 보이지는 않는다.

하지만 작가가 다루는 제재는 같더라도 그것을 형상화하는 방법에 있어서는 차이가 나고 있다. 특히 김소엽은 작가 정신의 근본을 휴머니즘에 두고 있기에 자본주의적 근대화가 낳은 부정적인 결과들을 보면서 인간성 회복의 의지를 강하게 표현하고 있다. 그의 작품들 전반에 걸쳐 나타나는 따뜻한 인간애는 빈궁한 현실과 사물화된 인간 관계를 극복할 수 있는 대안으로 작용하고 있다.

김소엽 작품의 형식적인 특징으로는 작품 결미가 완결성을 갖고 닫혀 있지 않고 독자에게 여운을 남기는 비종결성의 열려있는 형식을 띄고 있다는 것이다. 또한 공간에 대한 치밀한 묘사와 객관적인 화자를 설정함으로써 작품의 현실감을 증대시키고 있다.

결국, 김소엽은 1930년대 후반의 신세대 작가로써 자본주의의 부정적 현상들이 팽배해 있는 식민지 현실 앞에서 작가적 양심을 가지고 휴머니티로써 맞서려 했다고 하겠다.

■ 참고문헌

1. 기본자료
이주형 · 정호웅 · 권영민 편,『한국근대단편소설대계-김소엽』, 태학사, 1988.
『조선중앙일보』,『조선일보』,『조선문단』,『문장』,『조광』

2. 단행본
김욱동 편,『바흐친과 대화주의』, 나남, 1990.
오양호,『농민소설론』, 형설출판사, 1984.
윤평중,『푸코와 하버마스를 넘어서』, 교보문고, 1996.
롤랑부르뇌프 · 레알월레 공저,『현대소설론』, 김화영 편역, 문학사상사, 1994.
유진런,『마르크시즘과 모더니즘』, 김병익 역, 문학과지성사. 1993.

3. 논문 및 평론
구모룡,「한국문학과 근대성의 문제」,『오늘의 문예비평』, 1992 가을호.
류보선,「한국 근대 문학의 특수성과 문학 연구의 자리」,『세계의 문학』, 1994 여름호.
박덕은,「김소엽의 작품세계」,『전남대 어문논총』10 · 11집, 1989.2
박선애,「1930년대 후반의 신세대 작가 연구」, 숙명여대 박사학위논문, 1996.12
유기룡,「1930년대 <구인회>의 반이념적 문학적 특성」,『어문논총』31호, 경북어문학회,
    1997.8
이원조,「6월 창작계 일별」,『조선일보』, 1935.8.2
정형철,「포스트 모던 이론의 근대성 비판의 한계」,『오늘의 문예비평』, 1992 가을호.
차혜영,「1930년대 한국소설의 근대성과 모더니즘적 전망」,『1930년대 근대성과 자기성찰』,
    깊은샘, 1998.
황종연,「모더니즘의 망령을 찾아서」,『세계의 문학』, 1994 여름호.
스티븐 베스트 · 더글라스 켈너,「하버마스와 근대성」, 배만호 역,『오늘의 문예비평』, 1992 가
    을호.

■ Abstract

The desperate breath of tragic life toward the restoration of humanity

Park Seon Ae

I took main look at the Kim So Yup' s works in the late 1930' s in this thesis. The late 1930' s saw the transition from the literature in politically and ideologically oriented atmosphere which was predominant at the time, to the one which could provide writers with diverse creativity by expansion to the freedom of literature. The writers of new generation influenced by Kooinhe were, needless to say, writers who published profusely then. Kim also devoted himself to a kind of different creative literary works from KAPF' , asking for their own working domain. His works, however were rooted in the then existing writers in content and forms which don' t give us a total differant aspect than those of the KAPF.

Though the subject dealt with by him is the same as the KAPF' , the method of representing it shows contrast. Particularly he bases the origin of the writers' spirit on humanism, therefore he strongly illustrates his will for the restoration of humanity watching a negative result fostered by materialistic modernization.

Throughout his works, humanity is functioning as an alternative which enables him to get over the discrepancy between miserable reality and materialized human beings.

There are some characteristics of the forms in his works. First, non-closing openness leaves room for readers instead of perfect ending or closing. Second, detailed description of space and setting objective narrator accelerates the sense of reality in his works.

In conclusion, Kim so yup as one of the writers of new generation in late 1930' , tries to face the colonial reality where negative phenomena of capitalism are widespread, with humanity based on the writer' s conscience

염상섭의 초기 소설과 문화주의

박 현 수(성균관대 강사)

1. 두 개의 근대, 그리고 염상섭

　근대 혹은 근대성이 우리 문학의 화두로 등장한 때도 근 10년이 지났고, 이에 따라 많은 논의들이 개진되었고 또 우리 문학에서의 근대성을 해명하는 데 적지 않은 도움을 주었다. 하지만 기존의 논의들이 실제 작품에 근거해 우리 근대문학의 형성과 전개의 세밀한 결을 해명하는 데 있어서 그리 큰 도움이 되지 못했다는 지적 역시 한편에 자리잡고 있음은 논의가 지닌 비생산적인 면을 시사하는 것이기도 하다. 이는 우리 문학에서의 근대성의 해명이란 과제가 여전히 또 보다 엄밀한 논의를 요구하는 문제로 자리하고 있음을 의미한다.

　작금에도 문학 나아가 인문학의 영역에서 근대를 바라보는 두 개의 시각이 여전히 남아 있다는 것 역시 이와 연결된다. 그 하나는 근대를 지향의 대상으로 파악하는 시각이다. 곧 근대가 지금까지 많은 파행적 결과를 낳았음에도 불구하고, 여전히 근대는 미완성의 기획이며 비판적으로 계승되어야 한다는 것이다. 근대를 바라보는 다른 시각의 비판에 직면해 '근본적인 반성'이란 문제 의식을 견지하려 하지만, 구체적인 연구에 들어가면

이러한 문제 의식은 요원해지기만 한다. 근대성을 통해 문학을 바라 보는 데 있어서 근본적인 반성이라 함은 근대성의 하위개념 곧 주체, 이성, 역사, 계몽, 발전 등 자명한 근대의 가치로 파악되는 개념들에 대한 재고(再考)일텐데 이러한 접근은 발견하기 힘들다.

오히려 서구 근대문학을 보편자로 해 우리 근대문학의 특수성을 파악하고자 하는 시도는 지금도 대부분의 논의에서 발견된다. 근래에 이러한 대표적인 논의를 '식민지적 근대성' 논의에서 찾을 수 있다. 서구의 근대문학과는 다른 우리 문학의 모자람 혹은 이지러짐을 당대의 식민지적 토대에 기인한 것으로 파악하는 것이다. 물론 우리 근대문학의 성격은 식민지라는 토대적 상황에 일차적으로 기반하고 있다고 할 수 있다. 문제는 서구의 근대를 긍정적인 것 혹은 본연의 것으로 파악하고 그것이 제대로 발현되지 못한 원인을 모두 식민지에게 안겨버리는 것이다. 이에 논의는 결론은 항상 거기에서 멈추고 만다.

여기에서 환기되어야 할 사실은 우리가 본연적 존재로 생각하는 서구의 근대성 역시 실제의 현실에서 한 번도 제대로 발현된 적이 없었다는 점[1], 서구의 근대화 프로젝트는 그 내재적 계기로서 비서구 사회에 대한 식민지화를 요구하고 있었다는 점[2], 또 서구의 근대를 보편자로 여기는 사고틀 자체가 이와 관련해 19세기에 산출되었다는 점 등이다. 서구의 긍정적 근대가 우리의 식민지라는 상황 속에서 왜곡되어 버렸다는 소박한 믿음을 버리지 않으면, 식민지적 근대가 참혹한 경험 속에서 통해 일구어 낸 긴장과 오히려 그로부터 발생하는 창조적 가능성에 대한 발견은 요원한 일이 될 것이다.

---

1) 윤건차, 「전후사상의 출발과 아시아관」, 『일본 그 국가, 민족, 국민』, 일월서각, 1997, 199쪽.
2) 조형근, 「역사 구부리기: 근대성의 계보학적 탐색」, 『근대성의 경계를 찾아서』, 새길, 1997, 34쪽.

　근대를 바라보는 또 하나의 시각은 근대를 도구적 합리성의 지배를 통해 인간의 가능성을 소멸시키는 '철의 조롱(鳥籠)'으로 파악하는 것이다. 작금에 있어 이러한 논의의 극단은 근대의 기원을 문제삼는다. 이에 따라 근대 자체를 19세기에 만들어진 하나의 신념 체계로 보며, 근대적 주체 역시 그것에 의해 기율되고 생산된 것으로 파악한다. 이어 역사라는 개념의 도입을 통해 근대를 필연적인 귀착점으로 보는 견해와 또 서구를 모태로 한 근대를 비서구의 긍정적인 지향점으로 파악하는 논의의 허구성을 문제삼는다.

　이러한 관점은 우리의 근대 역시 단지 정도만 더할 뿐 근대가 지닌 자체의 속성에 포섭되어간 도정으로 파악한다. 문학에 대한 파악도 여기에서 크게 벗어나지 않는다. 단지 문학의 기원 역시 문제시되어 기율화의 중심적 기제라는 폄하(貶下) 속에 위치할 뿐이다. 본래 이러한 논의의 중심에는 푸코가 놓여 있는데, 우리는 오히려 카라타니 고진(柄谷行人)에게 자극 받은 바 크다.

　두 번째 시각은 문제 제기의 엄밀성에 비해 그 대안은 너무도 초라하다. 흔히 그들이 요구하는 탈근대의 상(像)이 빈번하게 과거와 오버랩되는 것 역시 이와 무관하지 않을 것이다. 특히 이들 논의는 인간이 주체로서 근대적 세계에 대응하고 관여하는 능력을 제대로 파악하지 못한다는 데 치명적인 약점을 안고 있는 것으로 보인다.

　하지만 우리 문학의 근대성을 파악하는 데서 두 가지 시각이 모두 지니고 있는 근본적인 한계는 우리 문학을 해명하기 위해 이론을 사용하고 있다기보다는 이론의 정당성 혹은 선취성에 우리 문학이 재단(裁斷)당하고 있다는 점이다. 여기에서 실제 중심에 놓여야 할 우리의 문학은 근대에 관한 이론을 뒷받침하는 역할로 전락하고 만다. 결국 주객이 전도 되었다는 말이다. 특히 후자의 논의는 상대성의 개념에 기반해 개별자에 초점을 두는 데서부터 출발했음에도 우리에게 있어서는 같은 오류로 반복되고 말았다.

 정당한 논의는 근대의 성격을 먼저 규정하고 그것에 따라 우리의 문학을 재단하는 것이라기보다 당시 우리의 상황 속에서 그것이 어떠한 양상으로 드러났는가에 접근하는 것이라 할 수 있다. 근대가 지향해야 할 대상인지 혹은 포섭의 주체인지는 그러한 접근 이후에 규정될 수 있는 것이다.

 이러한 점을 고려해 이 글에서는 우리 문학에서의 근대성 해명의 한 매개로서 주체의 문제에 주목하고자 한다. 실제 우리 문학의 흐름에서 1920년대 초기는 '개성' 혹은 '자아'라는 용어를 통해 주체의 문제가 본격적으로 제기되기 시작한 시기이다. 특히 우리 근대문학이 1920년대 초기에 등장한 작가들이 개척해 놓은 문학으로부터 발전·분화했다고 할 때 이 시기 개성이 강조되고 또 다양한 방식으로 형상화되는 의미를 밝혀주는 것은 우리 문학의 근대성과 관련된 중요한 문학적 화두임에 틀림 없다.[3] 그 중심에 위치한 작가가 염상섭(廉想燮)이다. 염상섭은 이 시기 소설과 평론을 통해 줄곧 개성이란 문제에 천착을 보였으며, 따라서 이 시기 염상섭 문학에 나타난 개성을 살펴 보는 일은 우리 문학에서 근대적 주체의 문제를 해명하는 나아가 근대성에 접근하는 한 방법일 것이다.

 이에 이 글에서는 1920년대 초기 염상섭의 소설과 평론을 중심으로 개성의 문제에 관해 살펴보고자 한다. 이 역시 주객전도의 한 연장이겠지만 당대 조선이 비서구의 일국으로서 식민지 상황이었음을 고려할 때 근대는 긍정적 존재이기보다는 부정적 기율 기제로 유입되었을 가능성이 크다. 하지만 여기에서도 분명한 것은 그렇듯 부정적으로 확대되는 우리의 근대가 지닌 실제에 충실할 때 근대라는 엄청난 물결에 휩쓸려가면서도 놓지 않았던 혹은 놓지 않으려 했던 가능성을 발견할 수 있을 것이라는 사실이다. 설사 그것이 아도르노의 말처럼 비록 우리에게 무기력하나마 한순간의 심호흡이나마 허락해주는 희망에 불과할지라도.

---

3) 임규찬, 「1920년대 소설사연구」, 성균관대 박사학위논문, 1993, 147쪽.

2. 염상섭 초기 소설에 관한 오해 한 가지

이 장에서는 흔히 염상섭의 초기 3부작으로 불리우는「표본실의 청개구리」[4],「암야(暗夜)」[5],「제야(除夜)」[6]에 관해 살펴보고자 한다. 먼저 초기 3부작에서 두드러진 점은 모두 개인을 중심으로 한 불안과 번민을 그리고 있다는 것이다. 염상섭 역시 세 소설을 묶어 낸 단편집『견우화(牽牛花)』의 자서(自序)에서 "우리가 얼마나 고민(苦悶)하는가를 표명(表明)하는 동시에 각각 그 어떠한 방면(方面)으로 해결(解決)되는가를 제시(提示)"[7]하려 했다고 해, 소설의 중심에 고뇌가 놓여 있음을 분명히 하고 있다.

여기에서 초기 3부작의 의미에 제대로 접근하기 위해서는 '고뇌'[8]의 정체에 대한 해명이 필요함을 알 수 있다. 그런데 이를 위해서는 먼저 기존의 연구에서 행해지고 있는 한 가지 오해에서 벗어날 필요가 있다. 그것은 초기 3부작에 나타난 고뇌를 그 반대편에 위치한 근대적 지향이 좌절된 데서 찾고, 고뇌를 우리 문학에 있어서 근대적 혹은 낭만적 개인의 탄생과 연결시키는 것이다. 같은 시기 작가의 평론인「개성과 예술」또「지상선(地上善)을 위하여」등에서 나타난 개성의 문제 역시 그 논리의 연장선상에서 파악한다.[9]

이러한 논의의 근저에는 낭만주의에서 리얼리즘으로 이어지는 서구 근

---

4)『개벽』, 1921.8-10.

5)『개벽』, 1922.1.

6)『개벽』, 1922.2-6.

7) 염상섭,「『견우화』자서(自序)」, 동명사, 1923. 여기에서는『염상섭전집』9권, 민음사, 1987, 422쪽.

8) 초기 3부작에서 나타나는 의식의 세계를 가리키는 말로는 불안, 우울, 번민, 고뇌 또 그 반대편에 위치한 개성, 자아, 자기 등 여러 가지가 사용되어 왔다. 여기에서는 작가 자신이 『견우화』의 서문에서 힘주어 강조한 '고뇌'를 사용하겠다.

9) 이러한 논의는 주를 달 필요가 없을 정도로 일반화되어 있다. 근래의 몇몇 논의만을 소개

대문예사조의 흐름 나아가 서구의 근대 및 그 주체의 탄생을 보편성으로 보는 준거의 틀이 자리하고 있다. 서구문학의 흐름을 보편자로 해서 우리 문학을 그 이형태(異形態)로 파악하는 것이다. 그 한계는 이미 지적했거니와 설사 그런 이형태를 보였을지라도 우리 문학의 흐름이 내재적인 자기 발전에 의해 이미 한 세기 이전에 서구에서 행했던 대로 차근차근 정착되었을 것이라는 생각은 너무 소박하게 보인다. 이러한 논리는 결국 초기작에 나타난 고뇌가 서구의 근대적 개성이 식민지라는 조건 속에서 제대로 발현되지 못함을 반증한다는 식민지적 근대성의 근거로 귀결되고 만다. 오해를 바로 잡기 위해 우선 초기 3부작에서 나타나는 고뇌에 주목해 보자.

「표본실의 청개구리」는 소설가로서 횡보(橫步)의 처녀작으로, 'X라는 인물과 그의 심리를 투영하는 김창억을 통해 과도기 청년이 받는 불안과 공포의 번민을 드러낸 소설' 이다.[10] 또 「암야」 역시 「표본실의 청개구리」의 연장선상에 있는 작품으로, '예술을 동경(憧憬)하는 청년 X를 주인공으로 해 주위의 불건실(不健實)에 의한 피로(疲勞)와 권태(倦怠)를 그린 소설' 이다.[11]

「표본실의 청개구리」에서 먼저 지적할 수 있는 것은 인물의 고뇌가 미리 주어진 것이라는 점이다. X는 서울로 돌아온 후 약 7, 8개월간을 알코올과 니코틴에 젖어 생활하며 앙분(昻奮)된 신경으로 인해 불면증에 시달린다. 또 중학 시절 박물실(博物室)에서 있었던 개구리 해부 장면의 연상에 시달

하면 다음과 같다.

김재용·이상경 외, 『한국근대민족문학사』, 한길사, 1993, 296-301쪽.

박종홍, 「염상섭의 초기 소설, 개성의 자각과 생활의 발견」, 『염상섭 문학의 재조명』, 새미, 1998, 155-179쪽.

김영민, 「역사·사회 그리고 문학에 대한 공정한 관심」, 『염상섭 문학의 재인식』, 깊은샘, 1998, 185-204쪽.

10) 김동인, 「조선근대소설고」, 『조선일보』, 1929.8.6.

11) 염상섭, 앞의 글, 422쪽.

리며, 이는 해부실 '메쓰'와 서랍 속에 넣어 둔 면도칼을 연결시켜 자해하
려는 망상과 이어진다. 이는 「암야」에서도 다르지 않다.

> 그는 대관절 무엇을 해야 좋을지 몰랐다. 다만 머릿속이 불난 터 모양으로 와
> 글와글하며, 공연히 마음이 조비비듯할 뿐이었다. 그러면서도 무엇이든지 하여
> 야겠다는 생각은 한시를 떠나지 않았다.[12]

「암야」의 주인공 X 역시 무엇인가를 하여야 한다는 강박감과 아무것도
할 수 없다는 좌절감이 빚어 내는 괴리에 고통받고 있다. 이렇듯 두 소설
에서는 모두 원인 불명의 고뇌가 작품의 시작부터 주어져 있다. 원인이 드
러나지 않는 고뇌에 주목해 이들 소설이 생활에서 유리된 관념적인 것임
을 지적하는 논의도 있으나, 여기에서도 필요한 시각은 먼저 주어진 고뇌
자체에 주목하고 그 의미를 밝혀주는 것이라 할 수 있다.

고뇌가 주어진 조건이라는 점은 「제야」에서도 마찬가지다. 「제야」는 '최
정인이라는 여자를 주인공으로 해 자살에 의해 자기의 정화(淨化)와 통일
(統一)과 갱생(更生)을 얻으려는 해방적 젊은 여성의 심적 경로를 고백한
소설'이다.[13] 자살을 전제로 한 유서의 형태로 소설이 전개되고 있다는 점
에서, 「제야」에서의 고뇌 역시 이미 주어진 것이라 할 수 있다.

초기 3부작에서 나타나는 고뇌의 또 다른 특징으로는 그것이 절대적이
라는 것이다. 「표본실의 청개구리」에서 X의 심리 상태를 가장 적나라하게
드러내고 있는 것은 역시 개구리 해부 장면에 대한 강박이다.

중학교 이년시대에 博物實驗室에서 수염 텁석부리선생이, 청개구리를 해부하

---

12) 『염상섭 전집』 9권, 민음사, 1987, 49쪽.
　　이하의 인용은 위의 책을 텍스트로 해서 권 수와 쪽 수만 밝히며, 텍스트를 손상하지 않는
　　한도 내에서 현대적 표기로 수정하기로 한다.
13) 염상섭, 앞의 글, 같은 쪽.

여 가지고 더운 김이 모락모락 나는 五臟을 차례차례로 끌어내서 자는 아기 누이 듯이 주정병에 채운 후에 ……중 략…… "자… 여러분, 이래도 아직 살아있는 것을 보시요."하고 뾰죽한 바늘끝으로 여기저기를 콕콕 찌르는 대로 오장을 빼앗긴 개구리는 잰저리를 치며 사지에 못박힌 채 벌떡벌떡 고민하는 모양이었다.(『전집』 9권, 11쪽)

여기서 주인공 나아가 작가의 심리를 투영하는 개구리는 박물실에서 사지(四肢)를 못박힌 채 바늘 끝에 찔리는 대로 반응하는 존재이다. 이는 X의 고뇌가 어떠한 탈출구나 가능성도 틈입할 수 없는 상태임을 의미한다. X가 남포로 향하는 것 역시 문제의 해결을 위해서라기보다는 단지 침체와 권태에서 벗어난다는 의미에 한정된다. 「암야」의 주인공 X 역시 자신을 창경원의 철창 속에 갇힌 검은곰(黑熊)으로 여긴다. 또 자신의 삶을 창문을 통해 우연히 발견한 절름발이 아이의 연날리기와 연결시킨다. 이는 처음부터 결코 성공할 수 없는 행위다. 이렇게 볼 때 이들의 고뇌가 화자가 살고 있는 세계가 어떤 가치도 인정할 수 없을 만큼 변질되고 훼손되어 있음을 나타낸다는 지적[14]은 타당하다

그리고 초기 3부작에서 주어진, 또 절대적인 고뇌는 주인공을 일상으로부터 벗어나게 한다. 고뇌가 존재 조건으로 주어지고 또 그것이 절대적인 한 작중 인물이 현실과 교섭을 맺을 수 있는 가능성은 없다. 따라서 초기 3부작의 인물에게 일상 혹은 현실은 무의미하다. 「표본실의 청개구리」에서 줄곧 주인공을 짓누르는 권태와 침체, 「암야」에서 나타나는 완전한 실신상태, 그리고 「제야」에서 등장하는 모든 것에 대한 부정 등은 이에 따른 것이다.

과연 생이란 무엇입니까? 운명의 장난을 만족시키려는 비누물의 거품입니까?

---

14) 신동욱, 「〈표본실의 청개구리〉와 우울미」, 『염상섭연구』, 새문사, 1982, Ⅱ-5쪽.

그러면 사란 무엇입니까? 거품의 순간적 소멸을 이름입니까? 감정이란 무엇입니까? 연애란 무엇입니까? 생식이란 무엇입니까? 신이란 무엇입니까? 도덕이란 무엇입니까? 정조란 무엇입니까? 결혼이란 무엇입니까? 양심이란 무엇입니까? 정사란? 선악이란? 죄란? 속죄란? …… 그리고 사회란, 가정이란, 혈통이란, 연분이란 무엇입니까? (『전집』 9권, 61쪽)

「제야」에서 나타나는 최정인의 독백이다. 여기에서 잠깐 최정인의 삶을 더듬어 보자. 최정인은 자유연애를 주장하며 많은 남성과 교제를 가져오던 중 E라는 유부남을 사랑하고, 아기까지 가지게 된다. 최정인은 그에게 이혼하고 같이 독일로 유학갈 것을 주장하나 거부당한다. 그 후 E가 유학을 떠나게 되자 그녀는 그전부터 말이 오갔던 A에게 시집을 가게 되지만 곧 결혼 전 아기를 가졌다는 사실이 발각이 되고 쫓겨나 방을 구하여 출산만을 기다린다. 그러던 중 남편으로부터 용서한다는 편지를 받게 되지만 결국 죽음을 결심하게 된다.

이러한 상황 속에서 일상 혹은 현실은 최정인에게 그저 허위에 불과하다. 절대적으로 주어진 고뇌와 그것에 따른 일상으로부터의 일탈은 소설 속에 사건이 부재한 것과도 연결된다. 소설 속의 사건이 인물과 환경의 교호에 의한 것이라 할 때 환경과 절연된 인물을 주인공으로 하는 초기 3부작에서 사건이 부재함은 당연하며, 이는 서사적 구성이 제대로 구축되지 못함과도 연결된다. 염상섭의 초기 소설에서 시간이 부차화(副次化)되며, 그나마의 서사적 줄거리를 위해 공간의 병렬적(並列的) 이동을 마련하는 것 역시 여기에 기인한다.

이상에서 살펴 본 바와 같이 초기 3부작에서 나타난 고뇌는 미리 주어진 절대적인 것이며, 이는 작중 인물로 하여금 일상에서 벗어나게 했다. 그렇다면 이러한 고뇌 또 그것을 담당하는 개인을 근대적 혹은 낭만적 그것으로 파악하는 것은 정당한 것일까? 이제 낭만주의에 대한 접근을 통해 염상섭의 초기작에 나타난 고뇌의 의미가 그것과 연결된다는 믿음에서 벗어나 보자.

주지하다시피 낭만주의는 18세기 말 그때까지 잔존하는 봉건적 모순과 점차 드러나는 근대의 부정성에 대한 반향으로 등장한다. 특히 감정을 중시하는데, 이는 무능력한 이성에 대한 환멸과 고전주의가 보여준 규범적인 도식에 대한 반발에 기인한 것이다. 여기에서 낭만주의적 개인이 봉건적인 속박과 근대적인 질곡이 착종되어 있던 당대 현실에 대한 반대의 상(像)으로 설정되었으며, 그 탈출구를 감정에서 찾고 있음을 알 수 있다. 흔히 근대 개인주의가 낭만주의를 통해 형성되었다는 것 역시 여기에 기반한다.[15]

하지만 낭만주의적 개인은 동경이나 이상을 그 중심적 속성으로 한다. 곧 낭만주의적 개인은 '아무 것에도 얽메이거나 가로막히지 않으며 무한하게 뻗어 나가면서 스스로의 잠재적 가능성을 실현하는 내적 실체' 라고 규정되는 데서 알 수 있듯이 비록 현실과 대타적 상으로 설정되어 있을지라도 내적 발현의 꿈을 포기하지 않는다. 그리고 이것이 지적 능력과 용기를 통한 당대의 도덕적 · 심미적 편견들에 대한 저항이라는 측면에서 낭만주의적 개인은 자유라는 덕목과 연결된다.[16] 이는 낭만주의가 등장한 18세기 말이라는 시기가 개인이 세계와의 조화로운 통일 혹은 유대을 이루려는 희망이 여전히 유효했던 시기라는 점에 기반한다.

이는 낭만주의를 미적 근대의 전개라는 측면에서 첫 번째 시대문턱으로 보는 논의에서도 그러하다. 논의에서는 먼저 루소를 중심으로 한 낭만주의

---

15) 흔히 낭만주의는 봉건적인 질곡에 대한 반대의 움직임으로 파악된다. 이러한 논의의 근저에는 낭만주의가 발흥할 시기는 아직 근대의 부정성이 드러나기 전이며, 이에 낭만주의의 주된 과제는 봉건적인 잔재의 극복이었다는 견해가 놓여 있다. 하지만 이성을 통한 근대 기획은 그 출발부터 자유와 억압이라는 두 가지 성격을 지닌 것이었다. 이에 관해서는 윤평중, 『푸코와 하버마스를 넘어서』, 교보문고, 1990, 42-53쪽 참조.

16) 아놀드 하우저, 『문학과 예술의 사회사』(현대편), 반성완 외역, 창작과비평사, 1974, 155쪽.

자들이 근대가 자유의 잠재력과 함께 억압의 현실을 동시에 발전시켰음을 최초로 인식했던 존재라는 점이 강조된다. 이들은 아도르노의 말을 빌리자면 '독재적 이성의 현혹적 연관관계'라고 불리울 그 어떤 것의 정곡을 최초로 찌른 자들이라는 것이다. 하지만 이들의 관심은 억압을 제거할 방도로 나아간다. 그 억압의 사회적 원인과 역사적 기원을 묻고 해결책을 모색했던 것이다. 루소의 자연적 교육, 국가 헌법의 기획, 사랑 공동체는 그 대표적인 예이다. 이는 인간이란 본래 선한 존재라는 믿음에 기반하며, 이러한 믿음이 선함을 회복하기 위한 해결책의 모색으로 나아갔던 것이다. 이 논의에서도 낭만주의적 개인은 비록 근대의 속악성(俗惡性)에 대한 인식에도 불구하고 그것과의 조화를 위한 자신의 꿈꾸기를 멈추지 않는다.[17]

　여기에서 초기 3부작에서 나타나는 고뇌는 낭만주의의 그것과는 거리가 있음을 알 수 있다.[18] 후자가 동경과 이상을 그 중심적 속성으로 해 세계와의 내적 조화를 꿈꾸고 있는 데 반해 전자는 주어진 고뇌가 절대화되어 세계와는 단절되어 있는 것이다.[19] 실제 초기 3부작에서 나타나는 고뇌는

---

17) 야우스는 미적 근대의 전개에서 세 가지 시대문턱을 중시한다. 그 첫 번째가 위에서 언급한 18세기 말의 낭만주의이며, 두 번째가 19세기 중반 이후의 흐름, 그리고 마지막 시대문턱을 1912년을 전후로 한 문학적 발흥이다.
이에 관해서는 한스 로베르트 야우스, 『미적 현대와 그 이후』, 김경식 역, 문학동네, 1999, 85-130쪽 참조

18) 사족이지만 염상섭의 초기작에서 나타나는 개성이 계몽주의적 그것은 더욱 아니다. 계몽주의의 핵심이 전체가 가치들의 핵심이며 전체에 유용한 것들은 선이며 전체의 통합과 효율성을 해치는 것은 악이라고 할 때 개인 역시 전체의 가치에 부합될 때 의미를 지닌다. 이 시기 염상섭의 개성은 그것과는 반대편에 위치해 있다. 계몽주의적 개인에 관해서는 알랭 투렌, 『현대성 비판』, 정수복 역, 문예출판사, 1995, 25-42쪽 참조.

19) 낭만주의와 모더니즘 혹은 미적 근대의 전개 과정에 있어서 첫 번째 시대 문턱과 두 번째 그것의 결절점을 개인과 사회의 조화 가능성의 유무에서 찾는 것은 단순하게 보이지만 단순하지만은 않은 것이다. 실세 루카치가 모더니즘 소설에서 나타난 인물을 존재론적 고독에 쌓인 자들로 폄하했을 때 아도르노의 반발 역시 여기에 위치한다. 곧 그 소외 자체가 이미 조화 가능성이 상실된 사회체계의 모순이 반영된 것이라는 점이다. 이에 관

'소외(疏外)'의 다른 이름이며, 이는 낭만주의보다는 오히려 19세기 후반부터 등장한 문학적 흐름 곧 1848년 프랑스 혁명의 실패와 맞물린 현실에 대한 환멸과 근대적 이성에 대한 회의, 그에 따라 나타난 사회로부터 개인의 일탈에 가깝다.[20]

이는 염상섭의 초기 3부작에서 등장하는 광기(狂氣)나 신경쇠약(神經衰弱)과도 연결된다. 19세기 후반 이후 광기나 신경쇠약 등은 하나의 메타포(metaphor)로 사용된다. 광기는 푸코가 지적하다시피 18세기에 근대적 주체를 만들어 내는 과정에서 그것이 될 수 없었던 자를 배제하는 수단으로 사용되었다. 그런데 19세기 후반에 이르러 역설적으로 광기는 도구적 합리성과 교환가치가 전면화된 현실, 또 탈출구가 존재하지 않는 그것을 수용할 수 없음을 의미하는 메타포로 변용되었던 것이다.

결국 염상섭의 초기 3부작에 나타난 고뇌와 그 담당자는 낭만주의의 그것과는 거리가 멀다. 설사 당대 조선이 나아가 근래의 연구자들이 원했던 고뇌는 낭만주의의 그것이었을지 모른다. 하지만 다시 한 번 강조하지만 우리에게 있어 문예사조가 내재적인 요구에 의해 정착되고 발전될 수 있었던 가능성은 희박했다. 필요로 했던 것은 개인의 해방이라는 낭만주의적인 것이었지만 그 부름에 답했던 것은 다른 것이었다.

해서는 G. 루카치, 「모더니즘의 이데올로기」, 『우리시대의 리얼리즘』, 문학예술연구회 역, 인간사, 1986, 17-45쪽과 테오도르 W. 아도르노, 「강요된 화해」, 『문제는 리얼리즘이다』, 홍승용 역, 실천문학사, 1985, 192-223쪽 참조.

20) 야우스는 보들레르를 중심으로 한 미적 근대의 19세기 중반 문턱의 주요한 특징으로 자아와 자연의 낭만주의적 조화 혹은 영혼과 풍경의 교감에 대한 작별, 낭만주의적 주체의 내면성의 탈주술화 등을 들고 있다. 이에 관해서는 한스 로베르트 야우스, 앞의 책, 112-121쪽 참조.

3. 고뇌와 그 반대편

그렇다면 염상섭의 초기 소설에 나타난 고뇌의 정체는 무엇일까? 고뇌가 이미 주어진 것이라는 측면에서 접근이 그리 쉬운 문제는 아니다. 문제의 해결을 위해 작가의 말을 들어 보자.

> 夜叉에게 야차의 마음이 있고 菩薩에게 보살의 마음이 있을진데--자기의 개성 그대로가 정당히 완성되고 충분히 발휘될 수 있을진데--자기를 자기대로 온전히 살릴 수가 있을진데, 아무 矛盾도 없고 따라서 아무 苦痛과 懊惱도 없을 것이다.(『전집』9권, 421쪽)

『견우화』의 자서에서의 인용으로 고뇌가 자기를 살릴 수 없는 데서 혹은 자기를 정당히 완성할 수 없는 데서 나타난다는 것이다. 이는 초기 3부작에서 나타난 고뇌의 반대편에 자기의 확충으로 집약되는 일정한 지향이 있으며, 고뇌는 지향의 좌절에서 나타났음을 의미한다. 그렇다면 이제 소설에 나타난 인물 나아가 작가의 지향을 살펴 보면 되는데, 여기에서도 문제는 그리 간단하지 않다. 「표본실의 청개구리」와 「암야」에서 중심 인물인 X의 지향은 추상적으로밖에 나타나 있지 않아 그 접근을 가로막고 있기 때문이다.

여기에서 지향의 언저리에 접근할 수 있는 인물로 「표본실의 청개구리」에 등장하는 김창억이 있다. 김창억은 단돈 삼원오십전으로 삼층집을 짓고 동서친목회장으로 세계평화론을 제창하는 남포의 광인(狂人)이다. 하지만 X가 다른 사람들이 비웃는 김창억에게 예의를 표하고 자신의 독백을 통해 아무리해도 남의 일 같지 않다는 것을 밝히는 데서 알 수 있듯이 김창억은 작가의 내적 표백을 담당하는 하나의 분신이다.[21] 다음을 보자.

이 세상은 物質文明 金力萬能으로 하여 仁義禮智도 없고 五倫도 없고 愛도 없
는 것은 이 물질문명 때문에 사람의 마음이 욕이 더럽혀진 까닭이 아닙니까? …
부자형제가 서로 反目嫉視하고 부부가 서로 불화하며 이웃과 이웃이 한 마을과
마을이 …… 그리하여 한 나라와 한 나라가 서로 다투는 것은 결국 物慾에 사람
의 마음이 가리었기 때문이 아니오니까? 그리하여 弱肉强食의 대원칙에 따라 世
界萬國이 干伐로써 서로 대하게 된 것이 즉 歐洲大戰이외다그려. 그러나 이제는
불의 신판도 다 끝났다, 東西가 서로 親睦할 때가 돌아왔다고 하신 하나님의 말
씀대로 나는 信從합니다.(『전집』 9권, 25쪽)

김창억의 입을 빌린 당대의 정세 파악이다. 작금에 이르기까지 세상에
만연한 모순과 비극의 원인이 금력만능으로 대표되는 물질문명의 숭배에
있다는 것이며, 1차세계대전을 계기로 이러한 모순에서 벗어나 동서가 화
합할 시기가 되었다는 것이다. 이는 지향이라기보다는 당대의 정황 파악에
중심을 두고 있지만, 이 역시 고뇌의 근간을 찾아내는 데 일정한 중요성을
지니므로 일단 짚어 두고 넘어가자. 기존의 논의에서도 이 부분의 중요성
은 강조되는데, 문제는 이를 1차세계대전 이후 유럽 내지 전세계에 신생
(新生)의 기운이 돌고 있던 당시 그것을 우리 민족이 반드시 획득하고 실
현해야 할 절실한 목표임을 나타내는 것[22] 혹은 민족과 시대와 계급의 차
이를 넘어 그것을 하나로 묶는 보편주의·계몽주의적 지향[23]으로 파악한
다는 것이다. 이는 일정 부분 타당한 측면을 지니지만 너무 추상적인 지적
으로 그 실체를 파악하는 데 있어서는 그리 효과적이지 못하다

오히려 지향이 뚜렷히 나타난 것은 「제야」이다. 앞선 두 소설에서 추상
적으로 혹은 김창억의 입을 빌려 제시되던 지향은 「제야」에 이르러서는

---

21) 신동욱, 앞의 글, Ⅱ-5쪽.
22) 이선영, 「주체와 욕망 그리고 리얼리즘」, 『염상섭 문학의 재인식』, 깊은샘, 1998, 20쪽.
23) 하정일, 「보편주의의 극복과 '복수의 근대'」, 앞의 책, 50쪽.

최정인의 주장을 통해 당당히 제기된다. 이 소설에서 제시되는 최정인의 삶은 앞서 언급한 대로 자기의 확충 또 그 매개로서 자유연애로 집약된다.

　　主觀은 絶對다. 자기의 주관만이 唯一의 標準이 아니냐. 절대의 주관이 허용하기만 하면 그만이다. 社會가 무엇이라 하든지, 道德이 무엇이라고 抗議를 提出하든지, 神이 滅亡하리라고 警告를 하든지 귀를 기울일 필요가 어디 있느냐.(『전집』 9권, 61쪽)

　　실로 나에게 대하여 道德이란 아무 권위도 없었습니다. 자기의 생을 絶對로 充足시키려는 끓는 欲求 앞에는 모든 것을 蹂躪하고 犧牲하여도 아깝지 않다는 것이 나의 생활을 自律하여 가는 데 最高信念이었나이다.(『전집』 9권, 74쪽)

자신의 주관에 대한 강조이다. 특히 그것이 사회, 도덕, 종교 등 당대의 지배적 체계 혹은 가치를 부정하고 있다는 데서 절대성이 두드러져 보인다. 이는 소설에서 자신의 주관을 드러내는 사랑으로도 연결되어, 최정인은 자신의 자유연애를 남자에 대한 사랑에 의한 것이라기보다 자신의 의사가 절대라는 것을 드러내기 위한 것이라고 한다.

　여기에서 초기 3부작의 지향은 다소 분명해진다. 자신의 주관을 통해 생을 충족시키려는 욕구 바로 그것이며, 이는 당대에 이르기까지 모순의 근간이었던 물질문명에 대한 숭배를 벗어나고자 하는 흐름과 조응하는 것이다. 따라서 소설에 나타난 고뇌 역시 이러한 욕구가 좌절되는 데서 산출된 것이라 할 수 있다. 하지만 이것만으로는 지향이 무엇인지 또 기존의 논의에서 주장하는 근대적 개인의 지향과 어떤 변별성을 지니는지 분명히 드러나지 않는다. 이에 여기에서는 지향을 염상섭의 당대 평론의 도움을 받아 보다 정확히하고자 한다.

　염상섭은 초기작을 발표하는 것과 병행하여 평론 활동을 했는데[24] 그 중심에 놓인 것이 「개성과 예술」[25]이다. 「개성과 예술」은 흔히 이 시기 염상섭 개성론의 요체로 파악되는 것으로서, 자아 및 개성의 개념과 그 의의에 관해 서술한 글이다. 글은 염상섭이 서두에서 밝히고 있듯이 자아의 각성, 개성의 발현과 의의, 예술에 있어서 개성의 지위와 그 의의라는 크게 세 개의 부분으로 나뉘어져 있다.

첫 부분에서 염상섭은, 자아의 각성이 중세의 교권으로부터 자기의 존중을 주장하고 인간의 본연성으로 복귀했다는 데서, 근대문명의 정신적 수확물 중 가장 본질적이고 중대한 의의를 지닌다고 한다. 또 자아의 각성은 자기 자신을 비롯한 모든 것을 의심하는 것으로 이어진다. 이렇듯 모든 권위를 부정하고 우상을 타파하며 초자연적 일체를 물리치고 나서 현실 세계를 현실 그대로 보려고 노력하는 데서 현실 폭로의 비애 혹은 환멸의 비애가 나타남을 강조한다. 그리고 이를 사상면에서 파악하면 이상주의·낭만주의에서 자연주의·개인주의로 흐른 것이라고 하고, 자연주의와 개인주의의 의의를 부가하고 있다.

대부분의 기존 연구는 이 부분을 중시하고 있다. 더 정확히 말하면 이 부분의 의미를 지적하는 데서 머물고 있다.[26] 물론 염상섭의 「개성과 예술」은

---

24) 「자기학대에서 자기 해방으로」(『동아일보』, 1920.4.6-7.), 「폐허(廢墟)에 서서」(『폐허』 창간호, 1920.7.), 「저수하(樗樹下)에서」(『폐허』2,1921.1.) 등이 그것이다. 이들 역시 논의의 중심에는 자기에게 충실하라는 논지가 자리잡고 있지만 다소 감상적인 색채를 지니고 논지의 혼란이 엿보이는 등 한계를 노정하고 있다. 본격적인 평론의 형태로 염상섭의 지향을 드러내는 글은 1922년 발표된 「개성과 예술」과 「지상선을 위하여」(『신생활』,1922.7.)라 할 수 있는 데 후자는 전자의 논지가 반복되고 있어, 이 시기 염상섭 평론의 핵심을 이루는 글은 「개성과 예술」이라 할 수 있다.

25) 『개벽』 22, 1922.4.

26) 「개성과 예술」이 초기 3부작에 대응하는 평론적 접근이라는 점에서 기존의 연구 역시 앞서 살펴 본 내용이 중심을 이루고 있다. 이에 각각의 논의가 지니는 문제점을 지적하는 것은 생략하고자 한다. 염상섭의 초기 평론을 중심으로 한 논의에는 다음과 같은 것이 있다. 김윤식, 「한국자연주의문학론」, 『근대한국문학연구』, 일지사, 1973, 178-189쪽.

자아가 지니는 근대적 의의로부터 출발한다. 하지만 이 글에서 제기되고 있는 자아 혹은 개성을 근대 초기의 그것으로 규정하는 데서 멈추면, 논의는 역시 우리에게 제기된 근대의 개성이 식민지라는 상황 속에서 기형적, 파행적 귀결을 맺고 말았다는 식민지적 근대성의 문제로 달려가고 만다. 이를 벗어나기 위해 이후의 논의를 따라가 보자.

두 번째 부분에서 염상섭은 자아의 각성이 일반적인 의미로는 인간성의 자각인데 반해 개인적 의미로는 개성의 발현이라고 하고, 여기에서 개성을 개개인의 독이적 생명(獨異的生命)으로 규정한다. 이에 개성의 발현이란 독이한 생명의 유로(流露)가 된다. 그리고 생명에 관해 다음과 같이 논의한다.

> 자아각성에 由한 人間性의 解放, 個性의 高調 또는 그 표현으로서 의미하는 生命은 物的 意義로부터 超越한 深奧한 의미가 없으면 안 될 것이다. 그러면 개성의 표현을 의미하는 바 생명이란 무엇을 의미함인가. 나는 이것을 무한히 발전할 수 있는 精神生活이라 하려 한다.(강조는 염상섭, 『전집』 12권, 37쪽)

생명을 물적 의의로부터 초월한 심오한 정신생활에서 찾고 있다. 이는 「표본실의 청개구리」에서 나타난 김창억의 물질문명에 대한 태도와도 연결되는 것이다. 여하튼 생명이 정신생활로 규정됨에 따라 개성의 발현이란 각 개인에게 주어진 정신생활에 충실한 것이 된다. 또 이를 인격을 매개로 진, 선, 미라는 궁극적 가치와 연결시킨다.

권영민, 「염상섭의 민족문학론과 그 성격」, 『염상섭문학연구』, 민음사, 1987, 23-26쪽.
서영채, 「염상섭의 초기 문학의 성격에 대한 한 고찰」, 『염상섭 문학의 재조명』, 새미, 1998, 37-50쪽.
손정수, 「해방 이전 염상섭 비평의 전개과정에 대한 고찰」, 위의 책, 229-252쪽.

위대한 靈魂이 躍動하는 거기에 비로소 숭고한 정신생활이 향상발전되고 高
邁한 人格이 완성되는 것이다. 그리하여 모든 理想이 이로부터 성취되고 모든 價
値가 이로 인하여 창조되는 것이다. 更言하면 위대한 개성의 표현만이 모든 이
상과 가치의 본체 즉 眞, 善, 美로 표현되는 바 위대하고 영원한 사업이 인류에
게 향하여 성취케 하는 것이라 함이다.(『전집』 12권, 38쪽)

다소 복잡하지만 생명의 핵심인 정신생활에 충실할 때 고매한 인격이
완성되고, 궁극적으로 이는 모든 이상과 가치의 본체 즉 진, 선, 미와 연결
된다는 것이다. 이는 「지상선을 위하여」에서 자기의 인격이 완성되고 통일
된 경지가 곧 신(神)의 경지요, 신을 실현하는 것이 곧 자아라고 주장하는
것과 같은 논지이다.[27]

세 번째 부분에서는 미는 단순히 쾌감만의 대상이 될 수 없다는 것을 전
제로 한다. 또 불같은 생명이 부절히 연소하는 초점에서 번쩍이며 뛰노는
영혼 그 자신을 불어넣는 것이 예술이라 할 때 그것이 쾌미(快美)에서 벗
어나는 분기점 역시 개성에 있다고 한다. 결국 예술 역시 개성의 발현이자
생명의 유로라는 것이다.[28]

---

27) 「지상선을 위하여」는 입센의 『인형의 집』에서 나타난 노라의 선언이 지니는 의미를 묻는
   방식으로 전개된다. 곧 노라의 선언은 개체 혹은 자아의 존엄에 대한 선언이라는 것이다.
   이어 자기 완성의 의미를 묻게 되는데, 「개성과 예술」에서 나타났던 논지가 반복되고 있
   다. 주의할 점이 있다면 노라가 행한 선언의 반대편에 기존의 가족제도를 위치시키고 비
   판해 나가는 것이다. 결국 자아, 개성과 기존의 가족제도를 대립항으로 설정하고 전자를
   지상선으로 보고 후자를 배제해 나간 것이라 할 수 있으며, 이는 비서구에서 근대가 확대
   되어 나가는 방식의 연장이다.
28) 이 부분에서는 논의의 전개상 예술적 개성의 성격이 논의되어야 함에도 불구하고 예술
   에 있어서도 개성이 중요한다는 점만이 강조되고 있다. 실제 예술미가 독이적 생명을 통
   하여 투시한 창조적 직관의 세계를 투영한 데서 나타난다는 언급 등을 볼 때 여기에서
   논의되어야 할 것은 예술에 있어서 중요한 것은 영감 혹은 직관이며 그것 자체가 개성의
   예술적 변용이라는 점이었을 것이다. 이는 원류를 매개한 일본에서의 한계인지 혹은 염

이상의 논의를 정리해 보자. 자아는 개성이며 이는 생명과 연결된다. 여기에서 생명은 물적 의의를 벗어난 정신생활로 규정되어 결국 자아 각성이란 정신생활에 충실해 인격을 완성시키는 것이 된다. 또 그것이 이루어질 때 궁극적인 가치인 진, 선, 미가 성취된다는 것이다. 이렇게 볼 때 초기 3부작에서 사회, 도덕, 종교 등을 뛰어넘어 절대적 자기를 확충하고자 했던 지향 역시 이와 관련됨을 알 수 있다. 결국 초기 3부작과 평론에서 나타난 지향은 자기중심사상이라 할 수 있다.

여기에서 염상섭의 지향은 모든 사유, 판단, 행동의 근거를 자기에서 찾고 있다는 데서 데카르트의 코기토(Cogito)와 그리 다르지 않으며, 또 전체 세계와의 대타적 상으로 자기를 위치시키고 있다는 데서 낭만주의의 그것과도 연결되는 것으로 보인다. 하지만 데카르트의 코기토는 세계의 중심이다. 또 낭만주의의 그것은 앞서 살펴 본 대로 비록 세계와 대타적인 상으로 설정되었을지라도 그것과의 조화에 대한 열망을 잃지 않는다. 염상섭의 지향은 이미 세계와 단절을 전제로 한 개인의 정신적 완성의 추구라는 점에서 이들과 그 궤를 달리하고 있다. 요컨대 자기중심사상이긴 하지만 그것이 절대화되었다는 것이다.

그렇다면 이렇듯 정신생활에 충실해 인격을 완성하고 그것을 통해 궁극적인 가치인 진·선·미를 성취한다는 지향은 어디에서 유래하고 있는가? 「개성과 예술」에서 나타난 개성의 기원, 또 초기 3부작에서 나타난 고뇌의 근간이라 할 수 있는 지향의 유래는 어디인가? 이에 대한 대답을 문학에 한정되는 데서 벗어나 당대의 사상적 기반인 문화주의를 살펴 보는 것을 통해 구해보자.

상섭의 잘못된 이해인지는 알 수 없다. 하지만 논의의 궁극적인 근저에 칸트가 위치해 있음은 분명하다.

4. 염상섭 초기 소설의 근간으로서 문화주의

당시 창간된 『개벽』과 『동아일보』가 출발에서부터 개조라는 지향을 표방하고 나선 데서 알 수 있듯이 개조론은 1920년대 초기 사상의 중심적 흐름이었다. 여기에서 '개조'라는 용어는 본래 '세계개조', '사회개조'를 의미하는 것이었으며, 1910년대 말 1차세계대전의 종전을 즈음한 세계사적 흐름과 관련되는 것이다. 곧 개조론이란 전쟁의 원인을 진화론적 세계관에 기반한 전체주의·제국주의에 의한 것으로 규정하고 그것을 극복하기 위한 국가 사회적인 재건(reconstruction)을 모색한 흐름이다.[29]

우리에게 있어서도 개조론은 당대 세계가 안고 있는 강자와 약자라는 불공평, 불합리 등의 모순을 고친다는 뜻으로 받아들여진다. 개조론을 '파열(破裂)되고 유형(流刑)된 인류가 현재의 대액운(大厄運)을 근본적으로 해결하려는 절규'라는 의미에서 강약공존주의(强弱共存主義), 병건상보주의(病建相補主義) 등으로 파악하고, 우리 역시 자유와 평등 또 현대문명으로의 시대적 변화를 인정하고 근대사회로의 개조를 꾀해야 한다는 것이다.[30] 「표본실의 청개구리」에서 김창억을 통해 나타났던 약육강식의 대원칙이 1차세계대전을 계기로 끝나고 동서화합의 시대가 도래했다는 정세 파악은 여기에 기반하고 있음을 알 수 있으며, 실제 염상섭 자신도 당대의 시대사조가 모든 가치가 전도되는 사회개조, 생활개조의 흐름에 위치해 있음을 강조하고 근본 원리가 개체의 긍정에 있음을 언급하고 있다.[31]

그런데 개조론이 조선에 있어 문화운동 또 그 사상적 기반인 문화주의로 구체화되면서 개조의 대상은 급격히 축소한다. 개조의 중심 대상이 개

---

29) 김진송, 『현대성의 형성; 서울에 딴스홀을 허하라』, 현실문화연구, 1999, 31-35쪽 참조.
30) 권두언 「세계를 알라」, 『개벽』1, 1920.6, 6쪽.
31) 염상섭, 「지상선을 위하여」, 『염상섭전집』12, 민음사, 1987, 48쪽.

인 혹은 자아에 한정되는 것이다. 이는 문화주의의 개념에 관한 접근에서 출발한다. 문화주의를 개성의 본질을 기초로 해 예술 · 과학 · 도덕 · 종교 등의 문화를 통해 인격을 조장하며 완성하는 것을 목표로 하는 지향으로 규정하고, 이를 진 · 선 · 미라는 인간생활의 구경 · 최고의 목적과 연결[32]시킨다. 다음과 같은 주장 역시 이와 연결된다.

　　나는 절대의 나이요, 처음부터 끝까지 한낱의 나이니 나의 걸어 나아갈 생활의 길도 오직 한낱의 길이 열리어 있을 뿐이다. 그리하여 나는 오직 그길을 찾아서 충실한 걸음과 세찬 용기로써 꾸준히 걸어나아감이 나의 생활이요 나의 의무임과 함께 온 인류의 마땅히 행할 바 천직인가 하나이다.[33]

　　이 세계에 이 사람으로 生하여 스스로 一單位가 되지 못하고 一性格에 列치 못하여 자기자신이 結하여야 할 天賦의 그 實을 결하지 못하고 徒히 大多數中의 百千人中의 黨與中의 異勢力中의 一寄生되어 補石되어 弄絡品이 되어 敗退者가 되어 북이라 남이라는 지리적으로 吾人의 의견이 豫言되며 강이라 약이라는 理不當에 오인의 천부가 瞑目한다면 是 일대 恥辱이 아닐가.[34]

　　앞의 글은 『개벽』 2호에 실린 외돗의 글이고, 뒤의 것은 동지(同誌) 3호에 실린 소춘(小春)의 글로, 전자는 자기에 충실할 것을 다짐하고 있으며,

---

32) 백두산인, 「문화주의와 인격상평등」, 『개벽』6, 1920.12, 10-13쪽; 현철, 「문화사업의 급선무로 민중극을 제창하노라」, 『개벽』10, 1921.4, 107-114쪽.
　　이는 실제 두 글이 근거하고 있다고 생각되는 쿠와키 겐요쿠(桑木嚴翼)의 「세계개조의 철학적 기초(世界改造の哲學的基礎)」의 논리 자체의 연장이라 할 수 있다. 쿠와키 겐요쿠는 문화를 인격의 자유로운 향상 · 발전이라 해 이를 진 · 선 · 미라는 가치와 연결시키는 한편, 또 인격을 문화에 도달하기 위한 전제로 규정하기도 한다. 이에 관해서는 박찬승, 『한국근대정치사상사연구』, 역사비평사, 1992, 180-183쪽 참조.
33) 외돗, 「'나'라는 것을 살리기 위하여」, 『개벽』2, 1920.7. 99쪽.
34) 소춘, 「왈악(日惡)라 시하언아(是何言也)」, 『개벽』3, 1920.8, 120쪽.

후자는 개인으로 자립하지 못함을 비판하는 논지이다. 당대의 시기적 성격을 말해주듯 문투(文套)의 차이가 눈에 띄지만 공통적으로 논의되고 있는 점은 개인이나 자아에 대한 강조이다. 실제 이러한 강조는 이 시기 『개벽』이나 『동아일보』의 많은 논의의 중심에 위치한 것이었다. '다른 모든 것을 떠나 자신에게 충실한 생활을 하고자 하는 것', '자기의 인격을 완성시키는 것이 일생의 위대한 사업이라는 것', '각인(各人)의 자아가 만물의 영장이며 현실의 성전(聖殿)이며 대우주(大宇宙)의 정수(精髓)라는 것' 등의 주장[35]이 그것인데, 이들은 모두 개인이나 자아의 의미를 힘주어 강조하고 있다.

정신적인 면에 대한 지적 역시 이와 연결된다. 세계문명은 이미 물질적인 데서 벗어나 진적(眞的)·내적(內的) 방면으로 나가가고 있다는 전제 하에 우리 역시 정신상에서 구활(苟活)해 완전한 인격을 지녀야 한다[36]든지 조선인은 아직도 정신개조라 하는 위대한 힘을 맞보지 못한 결과 개조 사업의 파탄이 나타났다는[37] 등의 주장은 모두 정신적 혹은 내적 개조에 대한 강조이다. 여기에서 아직 제대로 된 물질문명 혹은 근대문명의 성립도 이루지 못한 조선에서 비판이 제기되고 있다는 데서 논의의 어긋남을 지적할 수 있으며, 특히 물질문명에서 벗어난 정신 개조라는 지향 자체가 당대의 현실적 토대로부터 이탈하는 계기로 작용하고 있다는 점에서 주의를 요한다. 이는 염상섭의 소설이나 평론에서도 제기되고 있는 문제로, 초기 3부작에서 나타난 소외의 계기에 일정 부분 닿아 있다.

---

35) 이 문제는 이 외에도 이이은(李而隱)의 「우사(愚思)」(『개벽』1, 1920.6, 64-66쪽.); 이돈화의 「신시대와 신인물」(『개벽』3, 1900.8, 15-22쪽.); 김기전의 「우리의 사회적 성격의 일부를 고찰하여서 동포형제의 자유처단을 촉함」(『개벽』 임시호, 1921,10, 2-17쪽.); 현상윤의 「거듭나자」(『개벽』19, 1922.1, 20-30쪽.) 등에서도 강조되고 있다.

36) 이돈화, 「세재임술(歲在壬戌)에 만사형통(萬事亨通)」, 『개벽』19, 1922.1, 4-19쪽.

37) 이돈화, 「생활의 조건을 본위로 한 조선의 개조사업」, 『개벽』15, 1921.9, 5쪽.

물론 개인에 대한 강조는 처음에는 사회개조, 세계개조의 기초로서 제기
되었지만 논의의 전개 과정에서 사회나 세계에 대한 개조의 주장은 사라
지고 만다. 여기에서 문화주의는 자아의 자유로운 향상발전을 의미하고 자
아가 자아답게 된 경지 곧 인격 완성이 중심적 목적으로 부각된다. 이에
따라 문화운동의 방법 역시 지·덕·체 등 인격의 완성을 목적으로 한 교
화, 수양 등으로 축소된다. 흔히 당대에 있어 우리에게 문화주의가 인격주
의로 받아들여진 것 역시 이와 연결된다.[38]

이상에서 살펴 본 바와 같이 1920년대 초 우리에게 제기된 개조론이나
문화주의는 개인에 한정되어 인격 완성을 추구한다는 것을 핵심으로 하고
있었다. 여기에서 염상섭의 초기 3부작과 평론을 통해 제기된 지향 곧 개
성의 발현을 통해 인격을 완성하고 그것을 통해 궁극적인 가치인 진·
선·미를 추구한다는 지향의 기반를 발견할 수 있다. 하지만 이것으로 충
분하지 않다. 여기에서 다시 제기될 수 있는 문제는 논리의 근저 곧 왜 이
러한 논지가 제기되었으며 그 의미는 무엇인가 하는 것이다. 이 문제에 대
한 대답은 우리 근대문학 나아가 근대의 왜곡된 출발을 확인하는 작업과
도 맞물린다. 먼저 우리에게 유입된 개조론 또 문화주의의 기원을 살펴 보
는 데서 이 문제에 접근해 보자.

---

38) 문화주의가 인격주의로 유입된 것은 일본의 매개에 기인하는 바 크다. 또 이는 일정하게
문화철학이 인격 혹은 그 수양이라는 동양에서 익숙한 사고와 실천의 방식과 접목되었
음을 의미한다. 실제 일본에서는 신칸트주의적인 지향이 일본주의나 국민주의를 통해 도
입된다. 이들은 타고난 도덕적 개성을 발양시킨다는 도덕적 개인주의를 표방하는데, 이
는 도쿠가와 시대의 도덕적 이상주의를 원류로 하는 것이다. 나카에 도쥬, 쿠마자와 반잔
의 양명학 전통, 또 오시오 헤이하치로오의 반골적 개성 등이 그 대표적 흐름이다. 여기
에서 전통에 대한 부활이 자유민권운동이나 다이쇼 데모크라시의 반향으로 1890년대과
1910년대 말에 나타났다는 사실은 시사하는 바가 크다 하겠다. 이에 관해서는 테츠오 나
지타, 「20세기 초의 정치적 변화와 저항」, 『근대일본사』, 박영재 역, 역민사, 1992, 137-175
쪽 참조

본래 개조론은 이성에 의해 산출된 근대문명에 대한 반발로 등장한다. 곧 이성의 지배에 의한 사회의 발달과 과학에 대한 신뢰가 결국 전쟁과 전체주의, 제국주의라는 가공할 결과를 낳았던 것에 대한 반성과 반발의 사상이었다.[39] 이는 그 기반인 문화철학을 살펴 볼 때 더욱 잘 드러난다. 문화철학은 빈델반트와 리케르트로 대표되는 신칸트주의의 한 유파로서, 19세기 후반 정확히는 1848년 프랑스 혁명 이후 이성을 통한 근대 계몽에 대한 믿음이 좌절됨에 따라 사회에 위협으로까지 확대된 상대주의의 만연과 또 다른 한편에서 나타난 마르크시즘의 대두에 직면해, 인식의 근거를 외부 세계가 아니라 주체 내부에서 찾고자 한 흐름이다. 칸트의 철학이 근대적 주체가 이성의 자명한 출발점이나 혹은 진리를 담지하는 존재가 아니라는 근대철학의 위기 속에서 근대적 주체로서 인간과 진리를 재건했던 것과 같이, 신칸트주의 역시 19세기 후반이라는 근대 도구적 이성에 대한 회의가 팽배했던 시기에 주체의 영역에서 탈출구를 모색한 것이다. 세계와는 대타적인 상으로 개인을 설정하고 그 내적인 확충을 지향한 것이라 할 수 있으며, 여기에는 그 전제로서 근대 문명에 대한 환멸이 존재하고 있다.[40]

개조론이나 문화주의는 이성을 중심으로 한 근대화 프로젝트에 대한 회의 혹은 반성이라 할 수 있는데, 당대 우리에게 유입된 그것은 매우 곤혹스러운 논리로 작용한다. 이는 아직 물질적 측면에서조차 일련의 근대화 과정이 제대로 실현되지 못한 조선에 문명에 대한 회의가 문화주의라는 근대로 유입된 데 따른 것이었다. 곧 없는 것을 부정해야 하는 상황이었던 것이다. 이러한 곤혹은 앞서 물질문명에 대한 대타의 상으로 정신적인 것

---

39) 김진송, 앞의 책, 33쪽.

40) 『철학대사전』, 동녘, 1989, 339-341 · 598-600 · 755-757쪽; 소비에트과학아카데미철학연구소; 『세계철학사』 Ⅵ, 이을호 역, 중원문화사, 1989, 29-38쪽.
      프랭크 틸리, 『서양철학사』, 김기찬역, 현대지성사, 1998, 637-648쪽 참조

이 제기된 데서 그 흔적을 살펴 본 바 있다. 이후 서로 상충되고 모순되는 근대에의 지향과 그에 대한 비판은 착종(錯綜)을 거듭하게 된다. 결국 문화주의는 당대 우리에게 유입된 가장 중심적 근대의 원리이자 왜곡된 근대의 첫걸음이기도 했다.

여기에서 서구의 근대 혹은 근대문학을 보편자로 해 우리에게서 그 이형태를 찾으려는 논의의 맹점을 지적할 수 있다. 근대는 우리에게 서구에서 한 세기 혹은 그 이상의 시간적 거리를 지닌 두 개의 상반된 논리가 착종된 형태로 유입되었던 것이다. 이는 문학으로 한정해서 말하면 리얼리즘의 과제와 모더니즘의 그것이 동시에 제기됨과 연결된다. 염상섭의 초기 3부작에 나타난 고뇌가 근대 초기 혹은 낭만주의의 그것이 아니라 19세기 후반의 소외와 빈번하게 겹쳐짐 역시 여기에 기반한다. 그렇다면 이제 문화주의가 지니는 당대적 의미에 관해 살펴보자.

여기에서 다시 한 번 초기 3부작의 중심이 고뇌에 있었음을 환기할 필요가 있다. 고뇌는 앞서 살펴 본 대로 인격완성을 통한 궁극적 가치의 실현이라는 문화주의적 지향이 좌절된 데 따른 것으로, 다시 말해 지향과 현실의 괴리에 의한 것이다. 이는 실제 지향의 현실적 무력함을 의미하는 것이다. 주지하다시피 당대 조선의 현실적 토대는 봉건적 유제가 지속되는 가운데 식민지라는 질곡이 중첩되어 있는 상황이었다. 이러한 가운데서 내적·정신적 생활에 충실해 인격 완성을 도모한다는 또 그것을 궁극적인 가치와 연결시킨다는 지향의 실현 가능성은 처음부터 닫혀 있는 것이었다.

따라서 그 지향을 실현하고자 하는 인물은 현실로부터 유리되어 자신만의 공간 곧 내면에 갇혀 있을 수밖에 없다. 초기 3부작에 나타난 인물들이 미리 주어진 절대적인 고뇌에 시달리며, 또 그에 따라 일상으로부터 벗어나 내면에 침잠하게 되는 것은 여기에 기인한다. 지향이 광인 김창억의 입을 빌려 선언적으로 제시될 뿐 그 밖의 소설 대부분이 관념으로 메워져 있는 것 역시 같은 이유라 할 수 있다. 이렇게 볼 때 소설에서 나타난 관념성을 낡은 도덕, 낡은 정신은 터만 남고 그 위에 아직 새로운 것은 선 것이 없는 당대의 상황 속에서 찾고 있는 주요한의 지적[41]은 문화주의적 지향이 지니는 허위성을 정확히 지적한 것이라 할 수 있다.

여기에서 잠시 문화주의가 단지 염상섭만에 한정된 것이 아니라 당대 문학의 공통된 기반이었음을 언급할 필요가 있다. 곧 김동인의 「약한자의 슬픔」이나 「마음이 옅은자여」에서 나타났던 강한 자가 되겠다는 각성, 또 나도향의 『환희』나 「젊은이의 시절」 등에서 나타났던 자기의 완성을 궁극적인 목적으로 하는 사랑, 그리고 현진건의 「빈처」나 「술권하는 사회」에서 나타났던 문학의 의미에 대한 접근 등은 모두 문화주의라는 공통분모를 지니고 있다. 또 이러한 점이 고려될 때 염상섭 소설에 대한 김동인의 다음과 같은 지적의 의미 역시 정당하게 파악할 수 있다.

> 이 사람이 소설을 썼다. 이러한 마음으로 나는 그 작품을 보았다. 그러나 연속물의 제1회를 볼 때 벌써 필자의 마음에는 큰 불안을 느꼈다. 强敵이 나타났다는 것을 直覺하였다.……중 략…… 과도기의 청년이 받는 불안과 공포의 번민-- 「표본실의 청개구리」에 나타난 것은 그것이었다. 필자는 상섭의 출현에 몹시 불안을 느끼면서도 이 새로운 하므레트의 출현에 痛快感을 금할 수 없었다.[42]

인용은 「표본실의 청개구리」에 관해 언급한 것으로, 소설에서 나타난 고뇌가 당대 청년들의 불안과 공포와 번민을 가장 적나라하게 드러내고 있다는 점을 강조하고 있다. 이는 다른 작가들이 근대로서 문화주의를 문학을 통해 드러내 보이려고 하고 또 그것과 현실의 괴리에 의아해 하고 있을 때, 염상섭은 괴리를 고뇌로서 표현했으며 그 작업이 당대 조선의 정신과

---

41) 주요한, 「성격파산」, 『창조』8, 1921.1, 7쪽.
42) 김동인, 「조선근대소설고」, 『조선일보』, 1929.8.6.

부합되었음을 지적한 것이다. 바로 이 점이 김동인으로 하여금 염상섭의 등장을 새로운 햄릿 나아가 강적(强敵)의 탄생으로 인식하게 만들었던 것이다.

김동인의 지적이 역설적으로 드러내고 있듯이 당대의 문화주의적 지향은 현실과 조우할 때 고뇌나 번민으로 나타날 수밖에 없는 무기력한 존재였다. 우리에게는 그 지향이 실현될 수 있는 물질적 토대도 사유적 지반도 존재하고 있지 않았다. 실제 청년회 사업, 농촌 개량, 교육 개량 등 문화운동의 실천적 사업이 1922년경부터 사실상 와해 상태에 이르게 되는 것 역시 논리의 현실적 무력함을 반증한다고 할 수 있다. 그런데 여기에서 주의해야 할 것은 이러한 무력감의 발로 속에는 한 가지 논리가 잠재하고 있다는 점이다.

앞서 살펴 본 대로 개인의 인격 완성이라는 과제는 사회 개조 등 신문화 건설의 전제로서 제기되었으며, 여기에서 인격 완성이라는 지향은 문명화 곧 근대화의 지향과 맞물림을 알 수 있다. 그리고 이러한 사고는 우리와 서구나 일본을 비문화와 문화라는 이원항으로 대치시키는 것과 연결되며, 이는 주체와 타자의 전도에 다름 아니다. 설사 논의가 전개되면서 대상이 자체로서 완결적인 개인으로 상정되었을지라도 우리의 그것을 열등한 것 또 서구나 일본의 그것을 우월한 것으로 파악하는 전도의 논리는 견고히 존재하게 된다. 이러한 전도는 곧바로 우리 조선의 현시(現時) 상태를 고찰하면 남의 나라보다는 십배나 백배의 속도로 신문화를 추구치 않으면 선진의 그네들을 도저히 추급(追及)치 못할 것[43]이라는 주장으로 이어진다. 결국 현실적 무력함의 이면에는 의식에 있어 서구의 근대가 비서구를 포섭해 나가는 논리가 자리잡고 있음을 알 수 있다.

이어 염상섭은 지향과 현실의 괴리에 대한 원인을 탐색하기 시작한다.

---

43) 현철, 앞의 글, 111쪽.

그런데 문제는 위에서 살펴 본 전도를 통해 지향이 주체로서 자리를 잡고 그것이 제대로 발현되지 못한 이유를 타자인 현실에서 찾게 된다는 것이다. 우리의 현실을 기반으로 그 지향의 허위성을 지적하는 데로 나아가는 것이 아니라 지향을 중심에 두고 현실의 이지러짐을 원인으로 제기하게 된다. 이는 「제야」에서 시작된다. 「제야」에서 최정인은 자신의 지향 곧 절대적 주관의 발현과 그 매개로서의 자유연애를 파멸에 이르게 한 것을 조선의 봉건적 인습이라 한다. 곧 자신을 죽음에까지 이르게 한 결혼의 파경을 서로 간에 아무런 동기나 애정도 없는 인습적 결혼이라는 선조의 유물에서 찾고 있는 것이다. 어떤 면에서 자신의 확충을 근대적 지향의 핵심으로 삼는 문화주의 논리의 자연스러운 귀결이라 할 수 있다.

이는 봉건적인 질곡을 지적한다는 데서 긍정적으로 파악되어 왔다. 문제는 봉건적인 해악에서 극복에의 지향이 나타난 것이 아니라 문화주의로 집약되는 근대의 상을 통해 그것이 발견되었다는 점이다. 이 역시 전도의 연장임에 분명하다. 또 전도는 앞의 논리와 연장선상에서 당대 조선의 봉건적 해악들을 개인의 소양이나 성질과 연결시켜 이를 조선인의 일반적 국민성, 민족성으로 확대해 궁극적으로는 민족성열등론·민족성개조론으로 나아가게 된다. 그 기반에는 한국민족열등성론, 폐습개혁의 주장, 민족심리학 등 식민 지배를 용이하게 하기 위한 일제의 논리가 자리잡고 있다.[44]

이러한 논지 가운데 제국주의 일본과 식민지 조선은 사라지고 만다. 다만 남는 것은 문명국인 일본과 비문명국인 조선이며, 식민 지배는 문명화된 개인이 비문명화된 개인을 통치하는 것일 뿐이다. 여기에서 본래의 문화철학에서 속악한 현실의 대타적 상으로 설정된 개인이 조선에 있어서는 제국주의와 식민지라는 체제 자체를 가리는 역할을 하고 말았음을 알 수

---

44) 박찬승, 『한국근대정치사상사연구』, 역사비평사, 1992, 209-217쪽 참조.

있다. 이 역시 근대에 대한 회의 자체가 근대로 유입된 또 그것이 착종되어 나타난 질곡의 하나일 것이다. 물론 문명국인 일본과 비문명국인 조선의 낙차가 전면화되는 것은 초기 3부작이 아니라『만세전』에서이다.

이상에서 문화주의가 단순히 현실과 유리된 무력한 논리에 머무는 것이 아니라 근대라는 미명 아래 조선인의 자기 규제를 통해 식민지 통치를 효율적으로 만드는 기율 기제의 성격 역시 지니고 있음을 알 수 있다. 그리고 그것 자체가 근대의 상이나 논리로 자리하고 있었다는 데 우리 근대소설 나아가 근대가 지니는 이지러짐의 근원이 존재하고 있다.

5. 맺음말

이상의 논의를 정리하고 남은 문제를 살펴 보는 것으로 결론에 가늠하고자 한다.

먼저 2장에서는 염상섭의 초기 문학에 대한 대부분의 논의에서 나타나는 오해를 살펴 보았다. 초기 3부작이나 평론 등에서 나타나는 개성이나 자아의 대한 주장을 근대 초기 혹은 낭만주의의 그것으로 파악하는 것이다. 실제 초기 3부작을 검토한 결과 그 중심에 자리잡은 고뇌는 미리 주어진 절대적인 것으로 작중인물로 하여금 일상에서 벗어나게 만드는 것이었다. 이는 전체를 가치의 핵심으로 놓는 근대 초기 계몽주의의 논리나 혹은 속악한 세계와 대타의 상으로 형성되었을지라도 조화의 희망을 버리지 않는 낭만주의의 그것과도 다른 것이었다.

3장에서는 고뇌가 일정한 지향이 좌절되는 데서 나타난 것이라는 점에서 그 지향의 얼개를 살펴 보았다. 초기 3부작과 또 당대 평론인「개성과 예술」에서 나타나는 염상섭의 지향은 정신생활에 충실해 인격을 완성하고 또 그것을 통해 궁극적인 가치인 진, 선, 미에 도달하고자 하는 것이었다.

또 이는 「표본실의 청개구리」에서 김창억의 입을 빌려 나타나는 약육강식의 대원칙이 1차세계대전을 계기로 끝나고 동서화합의 시대가 도래했다는 정세 파악과도 연결되는 것임을 알았다.

4장에서는 1920년대 초기 사상의 중심적 흐름인 개조론과 문화주의에 대한 검토를 통해 염상섭의 지향이 지니는 의미를 살펴 보았다. 실제 염상섭의 지향은 물질문명을 벗어나 정신생활에 충실함으로 인격의 완성을 이루고자 하는 당대 문화주의의 자장 안에 위치하는 것이었다. 이는 이성에 기반한 근대문명에 대한 회의 혹은 반성을 골자로 하는 것으로, 물질적인 문명 조차 제대로 갖추지 못한 조선은 이러한 회의론적 태도를 근대로 받아들임에 따라 많은 어긋남을 경험한다.

염상섭은 다른 작가들이 문화주의를 근저로 하는 근대를 소설화하는 데 따르는 어려움과 당혹감을 경험하고 있었던 것과는 달리 초기작부터 그것과 현실과의 괴리를 고뇌에 실어 작품화했다. 이를 통해 당대의 어느 소설보다 과도기 조선의 청년이 겪는 정신적 황폐감에 가까이 갈 수 있었다. 또 「제야」에서는 괴리의 원인을 찾는 데로 나아가 최정인의 입을 빌어 그것이 조선의 봉건적 인습에 의한 것임을 분명히 했다. 하지만 그럼에도 불구하고 초기 3부작으로서는 이루어 낼 수 없었던 과제가 있었는데, 그것은 내면에서 벗어나는 것 곧 근대소설의 육체를 갖추는 일이었다.

이는 달리 말하면 소설의 구성에 관한 문제인데 고진의 말처럼 소설의 구성은 지적 능력이나 의지만으로 해결되는 문제는 아니다. 염상섭은 이러한 과제 곧 소설의 육체 혹은 구성을 찾기 위한 여행을 시도했고 그것이 바로 『만세전』의 세계이다. 흔히 『만세전』은 당대 조선의 실상을 가장 잘 드러낸 소설로 파악되어 왔다. 하지만 보다 중요한 문제는 무엇이 그것을 가능하게 했는가 하는 점이다. 이러한 문제의식 속에서 볼 때 『만세전』에서 나타난 조선의 현실은 염상섭의 문화주의적 지향의 반대편에 위치한 것임을 알 수 있다. 곧 자아 혹은 인격의 자유로운 발현이라는 문화주의적

지향과 조선의 봉건적 인습이 만들어 내는 낙차가 염상섭으로 하여금 『만
세전』의 세계를 그려내게 했던 것이다. 이는 소설의 중심에 위치한 이인화
의 내면에서 확인 가능하다. 또 소설에서 나타난 묘지나 구더기 등 조선인
에 대한 모멸, 비난 역시 민족성열등론 혹은 민족성개조론에 많은 부분 침
닉되어 있음도 부정할 수 없다.

　김동인은 초기 3부작 이후 염상섭의 진로를 조선문학을 발견하고 도달
할 곳에 도달한 것이라고 했다. 바꾸어 말하면 근대소설로서 일정한 육체
혹은 구성을 갖추었다는 지적일텐데, 설사 염상섭이『만세전』을 통해 근대
소설의 육체를 갖추었다 할지라도 그 내부를 흐르는 피는 초기 3부작의
그것과 그리 다른 것이 아니다. 여기에 대한 상세한 고찰은 다음의 과제로
남긴다.

■ 참고문헌

1.기초자료
『창조』『폐허』『백조』『개벽』『동아일보』『염상섭전집』

2. 단행본
(1) 국내서
강인숙, 『자연주의문학론』(2), 고려원, 1991.
김윤식, 『염상섭연구』, 서울대학교출판부, 1987.
김진송, 『현대성의 형성』, 현실문화연구, 1999.
문학과사상 연구회, 『염상섭 문학의 재인식』, 깊은샘, 1998.
문학사와비평 연구회, 『염상섭 문학의 재조명』, 새미, 1998.
서울사회과학연구소, 『근대성의 경계를 찾아서』, 새길, 1997.
역사문제연구소편, 『한국의 근대와 근대성 비판』, 역사비평사, 1996.
윤건차, 『일본 그 국가, 민족, 국민』, 일월서각, 1997.
철학과현실 연구회, 『근대성과 한국문화의 정체성』, 철학과현실사, 1998.

(2) 국외서
M. Berman, 『현대성의 경험』, 윤호병 · 이만식 역, 현대미학사, 1994.
M. Foucault, 『광기의 역사』, 김부용 역, 인간사랑, 1991.
H. R. Jauβ, 『미적 현대와 그 이후』, 김경식 역, 문학동네. 1999.
G. Lukacs, 『우리시대의 리얼리즘』, 문학예술연구회 역, 인간사, 1986.
E. Said, 『오리엔탈리즘』, 박홍규 역, 교보문고, 1995.
今村仁司, 『근대성의 구조』, 이수정 역, 민음사, 1999.
柄谷行人, 『일본근대문학의 기원』, 박유하 역, 민음사, 1997.
中村光夫 외, 『일본 사소설의 이해』, 유은경 역, 소화, 1997.

3. 논문
이현식, 「한국근대문학형성의 사회사적조건」, 『민족문학과 근대성』, 문학과지성사, 1995.
임규찬, 「1920년대소설사연구」, 성균관대 박사학위논문, 1993.
장성만, 「개항기의 한국 사회와 근대성의 형성」, 『모더니티란 무엇인가』, 민음사, 1994.

Yum Sang-Sup's early novels and The Culturism

Park Hyun Soo

The objective of this study is to investigate the characteristics of the early 1920s' novels written by Yum Sang-Sup. 「The blue-frog at the laboratory」, 「The dark night」, 「The new year's eve」 were usually called the early three series works. The central point of this novels was an anguish. It was a congenital, absolute being. It was caused by the breaking-inclination that set the opposite side. The inclination was to realize of the individuality that was separated from the society. And to pursue the truth, the good, and the beauty.

The basis of Yum Sang-Sup's novels at this periods was The Culturism. The Culturism was to appear under the influence of The Reconstruction that was the universal waves. The Reconstruction found that the cause of conflicting at that times was the reason made the modern-civilization. Therefore The Reconstruction was the reflection and skepticism of the modern. At this point, the anguish of the early novels written by Yum Sang-Sup was the result from mixing the chase of the modern and the reflection of the modern.

Ⅳ. 부 록

이태준 관련 논저 목록

강대원, 「이태준 단편소설연구」, 세종대 대학원 석사학위논문, 1997

강병구, 「이태준역사소설연구」, 충남대 교육대학원 석사학위논문, 1990

강진호, 「이태준연구-단편소설을 중심으로」, 고려대 대학원 석사학위논문, 1987.7

       , 「이상과 현실의 거리-해방기 이태준 소설론」(『문학과논리』2, 태학사, 1992)

       , 「동경과 좌절의 미학」(상허문학회, 『이태준문학연구』, 깊은샘, 1993.12)

       , 「탁월한 문장가의 숨은 산실」(『문화예술』, 1996)

공미영, 「이태준 단편에 나타난 여성상 연구」, 인하대 교육대학원 석사학위논문, 1994

공종구, 「이태준초기소설의 서사지평분석(1)」(『국어국문학』109, 국어국문학회, 1993.5)

       , 「이태준초기소설의 서사지평분석(2)」(『현대소설연구』2집, 한국현대소설연구회, 1995.6)

       , 「이태준 초기소설의 서사지평 분석(3) - '고향'」(『선청어문』, 서울대 사범대, 1995)

김광섭, 「'영월영감'과 역작 '무명'」(『동아일보』, 1939.1.28)

김국봉, 「이태준 장편소설에 나타난 갈등구조의 변모양상연구」, 부산외대 교육대학원 석사학위논문, 1994.8

김규동, 「자유세계의 일원으로 작가 이태준에게」(『평화일보』, 1956.6.27)

김기림, 「작가론-스타일리스트 이태준씨를 논함」(『조선일보』, 1933.6.25-26)

김도형, 「이태준 단편의 변모과정연구」, 경희대 대학원 석사학위논문, 1996

김동리, 「이태준론」(『풍림』, 1937.3)

김동석, 「'달밤'의 감격」(『조선중앙일보』, 1948.7.24)

김동인, 「이태준씨의 '애욕의 금렵구'」(『매일신보』, 1935.3.27)

김문집, 「신춘창작대관-'수난의 기록'과 '패강냉'」(『동아일보』, 1938.1.21)

       , 「이태준론」(『삼천리문학』, 1938.4)

김미순, 「이태준소설연구」, 단국대 대학원 석사학위논문, 1990.2

김미정, 「이태준소설연구」, 경원대 대학원 석사학위논문, 1998.2

김북남, 「이태준 장편소설연구」, 경희대 교육대학원 석사학위논문, 1995

김상선, 「이태준단편소설연구」(『인문학연구17』, 중앙대, 1990.12)

       , 「이태준론」(『이선영교수회갑논총』, 한길사, 1990)

       , 「이태준 단편소설연구(1)」(『비평문학』5호, 한국비평문학회, 1991.10)

       , 「이태준 단편소설연구」(『玄山 金鍾塤博士 華甲記念論文集』, 집문당, 1991.9)

        , 「이태준 단편소설 연구(2)」(『비평문학』, 한국비평문학회, 1992)
        , 『상허 이태준 문학연구』, 한빛미디어, 1993
김상욱, 「이태준의 '석양' 론 - 허무의 수사학」(『국어교육』, 한국국어교육연구회, 1996)
김상태, 「해방공간의 소설」(『현대문학』, 1988.12)
김선학, 「시대의 풍향계 그리고 인간학」(『문예중앙』, 1995)
김소예, 「이태준론 - 장편소설을 중심으로」(『어문논집』, 성심여대 국문과, 1990)
김수경, 「이태준연구 - 현실인식의 변모과정을 중심으로」, 서울시립대 대학원 석사학위논문,
        1992.2
        , 「이태준 단편소설연구」, (『전농어문연구』4집, 서울시립대 전농어문연구회, 1991)
김수진, 「이태준소설에 나타난 근대성연구」, 서울여대 대학원 석사학위논문, 1998.2
김승환, 「해방공간의 농민소설연구」, 서울대학교 박사학위논문, 1990
        , 「부르조아민주주의 혁명적 세계관으로부터 사회주의 리얼리즘에로의 소설적 전화와
        해방공간 토지문제로 현현된 주인과 노예의 변증법적 역전관계」(이우용 편, 『해방공
        간문학연구』, 태학사, 1990)
김시태, 「구인회 연구」(『논문집』, 제주대학교, 1976)
김연숙, 「1920-30년대 소설에 나타난 '귀향' 양상연구-염상섭, 이태준, 이기영을 중심으로」,
        경희대 대학원 석사학위논문, 1994.2
김연희, 「이태준 소설의 인물유형 연구-단편소설을 대상으로」, 전남대 대학원 석사학위논문,
        1995
김영숙, 「상허의 단편소설연구 - 단편의 변모양상을 중심으로」, 전남대 교육대학원 석사학위
        논문, 1994.2
김영옥, 「이태준 단편소설연구 - 죽음의 의식을 중심으로」, 단국대학교 교육대학원 석사학위
        논문, 1997
김용성, 「상허 이태준 소설론」(『민제교수회갑논총』, 중앙대국문학과, 1990.10)
김우종, 「사회악의 고발과 농촌계몽의 인간형」(『작가선집3』, 을유문화사, 1988)
        , 「이태준 소설의 몇가지 특성」(『현대문학사의 재조명』, 백문사, 1991.12)
김윤식, 「고전과 작위성」(『한국근대문학사상비판』, 일지사, 1987)
        , 「이태준론」(『현대문학』, 1989.5)
        , 「빨치산 소설의 기원」(『한길문학』, 1990.11)
        , 「이태준의 표정」(『해방공간의 문학사론』, 서울대 출판부, 1990)
김은정, 「이태준 단편소설연구-작중인물의 욕망을 중심으로」, 서강대 대학원 석사학위논문,
        1991
김재영, 「'농토' 연구」(상허문학회, 『이태준문학연구』, 깊은샘, 1993.12)
김재용, 「북한의 토지개혁과 그 소설적 형상화」(『실천문학, 1990.봄호)
        , 「해방 직후 자전적 소설의 네 가지 양상」(『문예중앙』, 1995)

      ,「월북 이후 이태준의 문학활동과 '먼지'의 문제성」(『민족문학사연구』, 민족문학연구
    소, 1997.3)
      ,「냉전의식에 굴절된 '2차 소련방문기'」(『시사월간 WIN』, 중앙일보사, 1998.1)
김종균,「이태준 장편소설 '불멸의 함성'에 나타난 민중문화 의식」(『한국어문학연구』, 한국
    외대 한국어문학연구회, 1992.11)
      ,「이태준 장편소설 '성모' 연구」(『건국어문학』19, 20합집, 건국대 국어국문학연구회,
    1995.5)
김종빈,「묘혈을 자청한 이태준」(『동아춘추』, 1963.4)
김지혜,「이태준 중단편소설연구 - 등장인물을 중심으로」, 전남대 교육대학원 석사학위논문,
    1995
김진기,「이태준 단편소설연구」, 건국대 대학원 석사학위논문, 1993.7
김한웅,「이태준연구 - 단편소설을 중심으로」, 제주대 대학원 석사학위논문, 1990
김현숙,「이태준소설의 기호론적 연구」, 이화여대 대학원 박사학위논문, 1991.2
      ,「이태준소설의 기호론적 분석」(『개신어문연구8』, 충북대개신어문연구회, 1991.8)
      ,「'오몽녀' 언술의 특성과 수사법」(상허문학회, 『이태준문학연구』, 깊은샘, 1993.12)
김화영,「상허 이태준 '달밤' 수록 간편 분석」(『인문논총』, 호서대 인문대, 1989)
김환태,「상허의 작품과 그 예술관」(『개벽』, 1934.12)
노상래,「이태준연구-전기와 관련한 문학변모양상을 중심으로」, 영남대 대학원 석사학위논
    문, 1990
류보선,「역사의 발견과 그 문학사적 의미」(『한국의 전후문학』, 태학사, 1991.4)
모윤숙,「조선여성자화상-이태준씨의 '딸삼형제'」(『조선일보』, 1940.1.22)
문무학,「이태준 '화관' 연구」(『어문논총』, 대구대 국문과, 1990)
민영주,「이태준 장편소설에 나타난 여성상 연구」, 인천대 대학원 석사학위논문, 1993.2
      ,「이태준 장편소설에 나타난 여성상 연구」(『인천어문학』10집, 인천대 국어국문학과,
    1994.2)
민충환,「상허 이태준의 전기적 고찰과 습작기 작품 검토」(『공산권연구』, 1986.11)
      ,「상허 이태준론(1)-전기적 사실과 습작기 작품을 중심으로」(『논문집 6』, 부천공전,
    1986)
      ,「상허 이태준론(2)- '농군'을 중심으로」(『논문집 7』, 부천공전, 1987.2)
      ,「상허 이태준론(3)-단편소설의 발표원문과 개작내용과의 비교를 중심으로」(『공산권
    연구』, 1987.5)
      ,「상허 이태준론(4)- '어떤 젊은 어미' 소고」(『부천전문대학보』, 부천공전, 1987)
      ,「상허 이태준론(5)- '코스모스이야기'를 중심으로」(『공산권연구』, 1987.9)
      ,「상허 이태준론(6)- '복덕방'을 중심으로」(『논문집 8』, 부천공전, 1987.12)
      ,「상허 이태준 중단편소설의 이해-1925-1943년을 중심으로」(『공산권연구』, 1988.1 - 3)

          ,『이태준연구』, 깊은샘, 1988.4

          ,「고단했던 생애와 작품세계」(『현대공론』, 1988.6)

          ,「상허 이태준론(7)-작품의 현지답사 내용을 중심으로」(『공산권연구』, 1989.1)

          ,「상허 이태준의 북에서의 작품」(『공산권연구』, 1989.9)

          ,「상허 이태준론(8)-북에서 쓴 단편소설을 중심으로」(『논문집 10』, 부천공전, 1990.3)

          ,「월북 작가 이태준을 찾아서」(『공산권연구』, 1990.5)

          ,「상허 작품집 출판의 한 문제점」(『공산권연구』, 1990.6)

          ,「상허 이태준론- '산월이'에 나타난 현장조사를 중심으로」(『공산권연구』, 1990.11)

          ,「상허 이태준론(9)- '산월이'에 나타난 현장조사를 중심으로」(『논문집 11』, 부천공전,
          1990.12)

          ,「북에서 개작한 상허 이태준의 작품- '밤길'을 중심으로」(『공산권연구』, 1992.6)

          ,「'성모'에 나타난 한 문제」(『학산문학』, 1992.여름)

          ,『이태준소설의 이해』, 백산출판사, 1992.9

          ,「이태준의 전기적 고찰」(상허문학회,『이태준문학연구』, 깊은샘, 1993.12)

          ,「이태준의 새로운 습작기 작품」(『극동문제』, 1995.9)

박건명,「이태준 단편소설에 나타난 인물유형 연구」(『건국어문학』15 · 16, 1991.3)

박경덕,「이태준 단편의 인물 유형」, 고려대 교육대학원 석사논문, 1990

박기연,「이태준소설연구-작가의식의 변모과정을 중심으로」, 동아대 대학원 석사학위논문,
          1992.2

박미정,「이태준 단편소설연구」, 국민대 교육대학원 석사학위논문, 1994

박상두,「이태준의 '오몽녀' 연구」, 단국대 교육대학원 석사학위논문, 1994

박선애,「'해방전후', '농토' 연구」(『원우논총』, 숙명여대, 1994)

박영숙,「이태준 단편소설 연구」, 강원대 교육대학원 석사학위논문, 1995

박재섭,「해방기소설연구」, 서강대 대학원 석사학위논문, 1985

박정규,「상허소설의 현실인식」(『어문논집』, 고려대, 1986.3)

          ,「농민소설에 나타난 유토피아 추구의식」(『한양어문논집5』, 1987.10)

박종화,「이태준저『문장강화』」(『조선일보』, 1940.5.18)

박태원,「이태준 단편집『달밤』을 읽고-독후감」(『조선일보』, 1934.7.26-27)

박헌호,「이태준 문학의 소설사적 위상」, 성균관대 대학원 박사학위논문, 1997.8

박혜성,「이태준소설연구」, 성신여대 교육대학원 석사학위논문, 1996

방용호,「이태준 단편소설연구」, 인하대 교육대학원 석사학위논문, 1998.2

방준원,「이태준론」(『백민』, 1946.12)

백 철,「울결의 문학」(『조선일보』, 1937.3.17-21)

          ,「문학과 사상성의 검토-내가 쓰는 작가 이태준론」(『동아일보』, 1938.2.15-19)

          ,「이태준씨 장편소설「딸삼형제'」를 읽고」(『매일신보』, 1940.1.19)

        , 「신사상의 주체화 문제점」(『신천지』, 1948.7)
        , 「참 좋은 작가들이었는데」(『월간중앙』, 1978.5)
변소영, 「이태준단편소설연구」(『마을문2』, 한국외대 한국어교육과, 1990.5)
三枝壽勝, 「상황과 문학자의 자세」, 경희대 대학원 석사논문, 1976.2
        , 「李泰俊作品論」(『史淵』117, 九州大文學部, 1980)
        , 「解放後の 李泰俊」(『史淵』118, 九州大文學部, 1981)
상허문학회, 『이태준 문학 연구』, 깊은샘, 1993.12
서경석, 「미군정기 소설의 현실인식」(『한국학보54』, 1989.봄호)
서석준, 「한국현대소설에 나타난 '부상실' 연구」, 경희대학교 박사학위 논문, 1991
서영채, 「두 개의 근대성과 처사의식」(상허문학회, 『이태준문학연구』, 깊은샘, 1993.12)
서은선, 「이태준 장편소설 연구」(『국어국문학』29, 부산대 국문과, 1992.10)
        , 「서사기법으로 본 이태준 소설의 연구」(『한국문학논총 14』, 한국문학회, 1993.11)
서은희, 「이태준 단편의 인물유형과 현실인식양상」, 고려대 교육대학원 석사학위논문, 1994.2
서종택, 「이태준의 단편소설」(『한국현대소설연구』, 새문사, 1990.5)
선우휘, 「납북 되거나 월북한 문인들 문제」(『뿌리깊은나무』, 1977.5)
송병직, 「이태준의 농민소설연구」, 충남대 교육대학원 석사학위논문, 1995
송인화, 「상허 이태준 단편소설연구」, 연세대 대학원 석사학위논문, 1990
        , 「이태준 소설연구」, 연세대학교 박사학위논문, 1999.
송하섭, 「이태준 단편의 작중 인물들」(『단국어문논집』1집, 단국대학교 단국어문연구회,
        1995.5)
        , 「이태준 소설의 서정성 연구」(『논문집』, 단국대학교, 1995)
신남철, 「작가심정의 문제」(『동아일보』, 1937.6.23)
신동욱, 「이태준작품의 문학적 의미」(『해금문학전집2』, 삼성출판사, 1988)
        , 「이태준 소설과 민족의식」(『월간 고교 독서평설』, 1991.12-1992.1)
        , 「이태준의 소설에 나타난 민족의식」(『동방학지』, 연세대 국학연구원, 1992)
신순철, 「해방 이후의 이태준의 삶과 문학」(『국문학연구13』, 효성여대국문학과, 1990.12)
        , 「이태준연구」, 효성여대 대학원 박사학위논문, 1991.2
        , 「해방 전의 이태준의 문학적 전기고찰」(『경주전문대논문집』5집, 1991.5)
        , 「이태준 단편소설의 서정성고」(『논문집』, 경주전문대, 1992)
신용화, 「이태준 단편소설연구」, 연세대 교육대학원 석사학위논문, 1994
신윤경, 「김유정과 이태준 단편에 나타난 아이러니 비교연구」, 고려대 교육대학원 석사학위
        논문, 1993.2
신춘호, 「이태준의 농민소설 연구」(『논문집』, 건국대 중원인문연구소, 1992)
신형기, 「해방직후 중간층 작가의 의식전이 양상 - 이태준을 중심으로」(『오늘의 문예비평』,
        1991)

신회교,「이태준 소설의 반어적 특성 연구」(『현대소설연구』4집, 현대소설학회, 1996.6)
안남연,「이태준소설의 미학적 연구」(『우리어문학연구3』, 한국외대 한국어교육과, 1991.9)
        ,「이태준 장편소설의 작중인물 유형연구」(『한국어문학연구』4, 한국외대, 1992.11)
        ,「이태준장편소설연구」, 한국외대 대학원 박사학위논문, 1993
        ,「이태준 장편소설의 변모 양상」(『한국어문학연구』6집, 한국외대 한국어문연구회,
        1994.12)
안숙원,「구인회와 바보의 시학」, (『서강어문』10집, 서강대학교 서강어문학회, 1994.12)
안한상,「해방전후에 나타난 문인의 현실인식과 삶의 선택」(『전농어문연구』5, 서울시립대
        1992.12)
안회남,「문예시평-최근창작개평」(『조선일보』, 1935.5.30)
        ,「현역 작가들의 기량」(『조선일보』, 1936.9.3-10)
양문규,「'사상의 월야' 해설」(『사상의 월야 - 이태준문학전집⑦』, 깊은샘, 1996.10)
양백화 외,「조선문단합평회」, (『조선문단』, 1925.8)
양일운,「북한의 숙청문인 - 상허와 임화를 중심으로」(『북한학보』5, 1981)
양진오,「이태준의 '사상의 월야' 연구」, 서강대 대학원 석사학위논문, 1992.12
        ,「이태준 장편소설 분석」, (『서강어문』10집, 서강대학교 서강어문학회, 1994.12)
양태진,「월북작가론」(『통일정책』 4권 2호, 1978)
오경은,「이태준연구-자전적소설 '사상의 월야'를 중심으로」, 숭실대 대학원 석사학위논문,
        1992.2
오양호,「이태준 아동문학론」(『인천어문학』, 인천대 국문과, 1992)
오일명,「그는 이데올로기가 낳은 비극인이었다」(『현대공론』, 1988.6)
오형업,「이태준 단편소설의 스토리 전개방식」(『어문논집』33, 고려대 국어국문학과, 1994.12)
오효일,「1940년대 후반기 단편소설 연구」, 계명대학교 석사학위논문, 1984
원형갑,「이태준의 문학세계 어떻게 볼 것인가」(『문학세계』, 1992.7)
유인순,「味讀의 즐거움 - 이태준의 '성모'를 중심으로」(『朝鮮學報』159집, 조선학회, 1996.4)
유인영,「이태준 단편의 아이러니연구」, 전북대 교육대학원 석사학위논문, 1998.2
유종호,「'인간사전'을 보는 재미-이태준의 단편」(『1930년대 민족문학의 인식』, 한길사,
        1990)
유철상,「이태준 단편소설연구」, 서울대 대학원 석사학위논문, 1993
유한근,「스타일리스트 상허」(『월간문학』, 1988.6)
윤규섭,「학예사판 『이태준 단편집』을 읽고」(『매일신보』, 1941.3.23-29)
윤애경,「이태준 단편소설의 변모과정 연구」, 연세대 대학원 석사학위논문, 1995
이 건,「이태준의 '황진이' 연구」, 상명여대 대학원 석사학위논문, 1996.2
        ,「이태준의 역사소설 '황진이'의 서사구조와 반유교주의 사상」(『자하어문논집』, 상명
        어문학회, 1996.8)

이경남, 「월북작가 이태준은 북한탈출을 기도했었다」(『월간현대』, 1987.11-12)

이경은, 「이태준단편소설연구」, 연세대 교육대학원 석사학위논문, 1989.6

이기인 편, 『이태준(작가론총서)』, 새미, 1995.12

이남호, 「이태준단편소설연구」(『한국어문교육3』, 고려대사대국어교육회, 1988.12)

　　　, 「오래된 것들의 아름다움」(『무서록 - 이태준문학전집15』, 깊은샘, 1994.11)

이대영, 「상허의 장편소설 연구」(『어문연구23』, 충남대 어문연구회, 1992.12)

이동봉, 「이상과 실체-상허의 『소련기행』을 읽고」(『경향신문』, 1947.8.10)

이명성, 「이태준 단편소설연구」, 중앙대 대학원 석사학위 논문, 1995

이명희, 「이태준의 장편 ‘화관’ 고」(『원우논총』, 숙명여대 대학원, 1992)

　　　, 「이태준 장편 ‘청춘무성’ 고」(『어문논집』3, 숙명여대 한국어문학연구소, 1993.2)

　　　, 「이태준문학연구」, 숙명여대 대학원 박사학위논문, 1993.6

　　　, 「장편소설에 나타난 여성의식」(상허문학회, 『이태준문학연구』, 깊은샘, 1993.12)

　　　, 「‘황진이’, ‘왕자호동’ 의 역사소설적 의미」(상허문학회, 『이태준문학연구』, 깊은샘,
　　　1993.12)

　　　, 「‘좋은 소설’ 로서의 상허만의 존재방식」(『동서문학』, 1994.3)

　　　, 「이태준 소설의 인물과 성격화」(『한국학연구』, 숙명여대, 1994)

　　　, 「이태준 소설의 기법과 구성법」(『한국어문학』4, 숫대한국어문학연구, 1994.8)

　　　, 「이태준 장편 ‘성모’ 연구」(『현대소설연구』1집, 한국현대소설연구회, 1994.8)

　　　, 『상허 이태준의 문학세계』, 국학자료원, 1994.11

　　　, 「이태준 희곡연구」(『국어국문학』112, 국어국문학회, 1994.12)

　　　, 「이데올로기의 간극과 작가의 비극」(채 훈 외, 『월북작가에 대한 재인식』, 깊은샘,
　　　1995.7)

　　　, 「역사적 사실과 이야기적 요소의 만남 속에 숨겨진 작가의 내면세계」(『왕자호동 - 이
　　　태준문학전집⑦』, 깊은샘, 1997.6)

이미향, 「이태준 단편소설에 나타난 현실수용양상」, 성균관대 교육대학원, 1998.2

이병렬, 「이태준문학연구의 향방」(『숭실어문』제6집, 숭실어문연구회, 1989.4)

　　　, 「광복기 작가의 한 유형(1)-이태준의 변신」(『숭실어문』제8집, 숭실어문연구회,
　　　1991.7)

　　　, 「이태준소설의 개작문제고」, 제36회 전국국어국문학연구발표대회 발표요지,
　　　1993.6.6.

　　　, 「이태준 소설의 창작기법 연구」, 숭실대 대학원 박사학위논문, 1993.6

　　　, 「‘복녀’ 와 ‘오몽녀’ 의 거리」(『숭실어문』제10집, 숭실어문연구회, 1993.9)

　　　, 「이태준의 문학사적 위상」(상허문학회, 『이태준문학연구』, 깊은샘, 1993.12)

　　　, 「이태준 소설의 인물 성격화 유형」(상허문학회, 『이태준문학연구』, 깊은샘, 1993.12)

　　　, 「소설미학과 현실인식의 사이에서」(『동서문학』, 1994.3)

          , 「이태준 소설의 텍스트 문제」(『국어국문학』111호, 국어국문학회, 1994.5)
          , 「'첫전투' 와 '고향길' 의 의미」(『해방전후, 고향길 - 이태준문학전집③』, 깊은샘, 1995.10)
          , 「이태준 후기소설 연구」(『현대소설연구』 제 5 호, 한국현대소설학회1996.12)
          , 「이태준의 '사상의 월야' 연구」(『숭실어문』제13집, 숭실어문학회, 1997.6)
          , 「'황진이' 의 역사소설적 의미」(『황진이, 법은 그렇지만 - 이태준문학전집⑧』, 깊은샘, 1997.7)
          , 「이태준의 소설관 연구」(『현대소설연구』 7호, 현대소설학회, 1997.12.30)
          , 「역사적 인물의 소설적 형상화」(『숭실어문』 14, 숭실어문학회, 1998.6.14)
          , 『이태준 소설 연구』, 평민사, 1998.10
이상갑, 「'사상의 월야' 연구」(상허문학회, 『이태준문학연구』, 깊은샘, 1993.12)
이상명, 「이태준 단편소설에 나타난 현실의식 고찰」(『인천어문학』10집, 인천대 국문과, 1994.2)
이선미, 「이태준소설연구」, 연세대 대학원 석사학위논문, 1991.2
          , 「단편소설에 나타난 현실인식」(상허문학회, 『이태준문학연구』, 깊은샘, 1993.12)
          , 「감상적 인간주의의 미적 승화」(『동서문학』, 1994.3)
          , 「'구인회' 의 소설가들과 모더니즘의 문제」(상허문학회, 『근대문학과 구인회』, 깊은샘, 1996.9)
이선영, 「전통적 정서에 민족의식을 담은 이태준」(『한국인』, 사회발전연구소, 1988.11)
이수라, 「해방공간의 단편소설에 나타난 작가의식 연구-이태준, 김동인, 채만식, 이봉구」, 전북대 대학원 석사학위논문, 1993.2
이예주, 「이태준론」(『성심어문논집』, 성심여대 국문과, 1993.2)
이우용, 「이태준 - 허위적 속성의 문학과 비극적 삶」(『사회와 사상』, 1989.5)
          , 「이태준 '농토' 에 나타난 인물성격 연구」(『논문집』, 건국대, 1990)
이원규, 「글쓰기의 고전 '신문장강화'」(『시사월간 WIN』, 중앙일보사, 1998.1)
이익성, 「상허단편소설연구」, 서울대 대학원 석사학위논문, 1987.2
          , 「'사상의 월야' 와 자전적 소설의 의미」(『한국근대장편소설연구』, 모음사, 1992.8)
          , 「상허 단편소설의 구조와 기법」(상허문학회, 『이태준문학연구』, 깊은샘, 1993.12)
이재봉, 「해방기 이태준 소설연구 - '해방전후' 및 '농토' 를 중심으로」, 부산대 대학원 석사학위논문, 1989.8.
          , 「이태준의 '해방전후' 와 그 이데올로기의 성격」(『국어국문학 27』, 부산대 국문과, 1990.9)
          , 「'농토' 의 인물성격과 그 의미」(『한국문학논총 12』, 한국문학회, 1991.11)
이재진, 「이태준 소설 연구 - 자전적 요소를 중심으로」, 고려대 교육대학원 석사학위논문, 1997

이주형, 「1930년대 한국장편소설연구」, 서울대 대학원 박사학위논문, 1983

이중재, 「이태준 단편에 나타난 아이러니 기법 고찰」(『동악어문논집』, 1995)

　　　, 「'구인회' 연구 - 이태준, 박태원, 이상의 소설을 중심으로」, 동국대 대학원 박사학위
　　　　논문, 1996

이진희, 「1930년대 소설에 나타난 母像연구-박태원, 이태준, 최정희, 강경애를 중심으로」, 서
　　　　강대 대학원 석사학위논문, 1998.2

이탄미, 「이태준소설연구-해방이전 단편을 중심으로」, 중앙대 대학원 석사학위논문, 1990.6

이항구, 「북한작가들의 생활상」(『국토통일원』, 국토통일원 조사연구실, 1979)

이헌구, 「'딸삼형제' 를 읽고」(『문장』, 1940.3)

이혜령, 「이태준 장편소설 연구」, 성균관대 대학원 석사학위논문, 1996

이혜원, 「이태준 소설의 이미지 연구」(『한국어문교육』6, 고려대 국어교육학회, 1992.12)

　　　, 「이태준 소설의 이미지 연구」(상허문학회, 『이태준문학연구』, 깊은샘, 1993.12)

이호숙, 「이태준 문학관 연구」(『연구논집』, 이화여대 대학원, 1993)

이화진, 「이태준의 장편소설에 대한 일 고찰」)『반교어문연구』, 1991)

이희춘, 「낙원과 이념의 사이 - 이태준론」(『논문집』, 밀양산업대, 1996)

일기자, 「이태준씨가정 방문기」(『조선문단』, 1936.7)

　　　, 「이상을 어하는 이태준씨」(『삼천리』, 1939.1)

임경순, 「이태준소설의 담론과 해석」(『현대소설연구』 제 6 호, 한국현대소설학회, 1997.6)

임명수, 「한국근대소설의 서정적 성격연구」, 경북대 대학원 석사학위논문, 1988.7

임은희, 「이태준 단편소설연구」, 한양대 대학원 석사학위논문, 1994.

임창범, 「이태준소설연구」, 전북대 교육대학원 석사학위논문, 1999.2

임헌영, 「이태준의 해방 이후 작품세계」(『해방전후, 고향길 - 이태준문학전집③』, 깊은샘,
　　　　1995.10)

임형택, 「상허 이태준론(1)」(『노산어문학1』, 1963.11)

　　　, 「상허론(2)」(『노산어문학3』, 1964.10)

임진영, 「8.15직후 단편소설연구」, 연세대 대학원 석사학위논문, 1987

임　화, 「단편소설의 조선적 특징」(『인문평론』, 1939)

장미영, 「이태준 연구 - 단편소설을 중심으로」(『한성어문학』, 한성대 국문과, 1990)

장소진, 「이태준 문학에서 노인의 문제」(『서강어문 9』, 서강어문학회, 1993.12)

장영우, 「상허 이태준론」(홍기삼 · 김시태 편, 『해금문학론』, 미리내, 1991.8)

　　　, 「이태준의 초기작품에 관한 일 고찰」(『문학예술』, 1992.4)

　　　, 「이태준 소설연구」, 동국대 대학원 박사학위논문, 1992.7

　　　, 「해방후 이태준 소설연구」(『한국문학연구 16』, 동국대학교 한국문학연구소, 1993.12)

　　　, 「문학과 정치」(상허문학회, 『이태준문학연구』, 깊은샘, 1993.12)

　　　, 「낭만주의적 민족관과 온고지신의 정신」(『동서문학』, 1994.3)

        ,「이태준 단편소설의 특징과 의미」(『달밤』-이태준문학전집①, 깊은샘, 1995.3)
        ,『이태준소설연구』, 태학사, 1996.12
장양수,「이태준 단편 '가마귀'의 탐미주의적 성격」(『한국문학논총 13』, 한국문학회, 1992.10)
長璋吉,「李泰俊」(『朝鮮學報』92, 1979)
정병철,「이태준단편소설연구」, 연세대 교육대학원 석사학위논문, 1994.8
정숙자,「이태준 장편소설연구」, 전북대 교육대학원 석사학위논문, 1993.2
정운엽,「상허 이태준소설의 의식고찰」(『경기문학』제10집, 1989.12)
정원실,「이태준 단편소설의 서정성 연구」, 동아대 대학원 석사학위논문, 1993.2
정지영,「이태준 소설에 나타난 서정성 연구」, 국민대 대학원 석사학위논문, 1997
정현기,「이태준연구」(『세계의 문학』, 1988.가을호)
        ,「작가적 증오심의 형상화」(『월북문인연구』, 문학사상사, 1989.8)
        ,『이태준』, 건국대학교 출판부, 1994.12
정현숙,「예술가 의식과 사회의식」(『어문학보』17집, 강원대학교 사범대학 국어교육과, 1994.12)
정호웅,「해방공간의 소설과 지식인」(『한국학보』54, 1989.봄호)
조남현,「해방직후 소설에 나타난 선택적 행위」(『해방공간의 문학사론』, 태학사, 1990)
조달옥,「상허 소설의 기법 고찰」(『어문논집』, 경남대 국문과, 1990)
조문규,「이태준소설연구」, 경남대 교육대학원 석사학위논문, 1990.2
조병해,「단편소설에 나타난 이태준의 작가의식 연구」, 경기대 대학원 석사학위논문, 1996
조용만,「이태준씨 단편집 『달밤』을 읽고」(『매일신보』, 1934.8.4-5)
        ,「구인회의 기억」(『현대문학』, 현대문학사, 1957.1)
        ,「나와 구인회 시대」(『대한일보』, 1969.9.30)
조은숙,「이태준 단편소설연구-서정적 특성을 중심으로」, 단국대 대학원 석사학위논문, 1994
진영복,「해방기 리얼리즘 소설연구 - 채만식, 안회남, 이태준, 이기영」, 연세대 대학원 석사학위논문, 1992.8
차원현,「토지개혁의 형상화와 농본주의 사상」(『호서어문연구』1집, 호서대 국어국문학과, 1993.12)
채호석,「이태준 장편소설의 소설사적 의미」(상허문학회, 『이태준문학연구』, 깊은샘, 1993.12)
천이두,「한국단편소설론」(『문학』7, 1966.11)
최남희,「이태준 소설의 분석과 해석」, 부산대 교육대학원 석사학위논문, 1993
최소영,「이태준 신문연재소설 연구」, 연세대 교육대학원 석사학위논문, 1995
최유찬,「이태준의 삶과 문학」(『리얼리즘이론과 실제비평』, 두리, 1992)
최은주,「상허 이태준단편소설연구」, 한국외대 대학원 석사학위논문, 1989.2
최재서,「최근 문단의 동향」(『조광』, 1937.11)
        ,「단편작가로서의 이태준」(『문학과 지성』, 인문사, 1938.6)

최정숙,「이태준의 문학과 월북 동기」(『통일』, 1990)

최정주,「'사상의 월야' 연구」(『우석어문』, 전주우석대 국문과, 1993)

        ,「해방기의 이태준 소설연구」, 전주우석대 대학원 박사학위논문, 1995.2

최정희,「이태준작「청춘무성」」(『인문평론』, 1941.1)

최혜실,「이태준 단편소설에 나타나는 '일상성(quotidiennet)'」『국어교육』, 국어교육연구회,
        1992)

        ,「이태준 장편소설에 나타난 애정의 삼각구도」(『한국근대장편소설연구』, 모음사,
        1992.8)

최태응,「이태준의 비극(상)」(『사상계』 116, 1963.1)

        ,「이태준의 비극(하)」(『사상계』 117, 1963.2)

추경란,「이태준 단편소설의 인물유형 고찰」, 조선대 교육대학원 석사학위논문, 1990

K 기자,「동인과 상허」(『백민』, 1946.12)

하정일,「계몽의 내면화와 자기확인의 서사」(상허문학회, 『근대문학과 구인회』, 깊은샘,
        1996.9)

한양숙,「이태준소설연구 - 소외의식과 그 극복과정을 중심으로」, 계명대 대학원 박사학위논
        문, 1994.2

한상규,「『문장강화』를 통해 본 이태준의 문학관」(상허문학회, 『이태준문학연구』, 깊은샘,
        1993.12)

한형구,「해방공간의 농민문학」(『한국학보』 52, 1988.가을호)

현순영,「이태준 소설의 아이러니 연구」, 이화여자대학교 대학원 석사학위논문, 1998.6

홍   구,「우리 위원장 이태준」(『신문학』3, 1946.8)

홍효민,「이태준저 『화관』 독후감」(『동아일보』, 1938.9.11)

황순재,「현실대응의 방법적 자각-이태준의 '화관' 론」(『문학과비평』, 문학과비평사, 1991.6)

황영숙,「이태준소설연구」, 명지대 대학원 박사학위논문, 1994

        ,「이태준 장편소설 고찰」(『명지어문학』, 명지대 국문과, 1995)

황종연,「반근대의 정신 - 식민지 시대 이태준의 단편소설에 관한 한 고찰」(『세계의 문학』,
        1992)

이태준 관련 학위논문 목록

1. 박사학위논문

1. 김현숙, 「이태준 소설의 기호론적 연구」, 이화여대 대학원 박사학위논문, 1991.2
2. 신순철, 「이태준연구」, 효성여대 대학원 박사학위논문, 1991.2
3. 안남연, 「이태준 장편소설연구」, 한국외대 대학원 박사학위논문, 1992.2
4. 장영우, 「이태준 소설연구」, 동국대 대학원 박사학위논문, 1992.8
5. 이병렬, 「이태준 소설의 창작기법 연구」, 숭실대 대학원 박사학위논문, 1993.8
6. 이명희, 「이태준문학연구」, 숙명여대 대학원 박사학위논문, 1993.8
7. 한양숙, 「이태준소설연구-소외의식과 그 극복양상을 중심으로」, 계명대 대학원 박사학위논문, 1994.2
8. 황영숙, 「이태준 소설연구」, 명지대 대학원 박사학위논문, 1994.8
9. 최정주, 「해방기의 이태준 소설연구」, 전주우석대 대학원 박사학위논문, 1995.2
0. 이중재, 「'구인회' 연구 - 이태준, 박태원, 이상의 소설을 중심으로」, 동국대 대학원 박사학위논문, 1996
11. 박헌호, 「이태준 문학의 소설사적 위상」, 성균관대 대학원 박사학위논문, 1997.8
12. 송인화, 「이태준 소설연구」, 연세대 대학원 박사학위논문, 1999. 8.

2. 석사학위논문

1. 이익성, 「상허단편소설연구」, 서울대 대학원 석사학위논문, 1987.2
2. 강진호, 「이태준연구」, 고려대 대학원 석사학위논문, 1987.8
3. 최은주, 「상허 이태준단편소설연구」, 한국외대 대학원 석사학위논문, 1989.2
4. 추경란, 「이태준 단편소설의 인물유형 고찰」, 조선대 교육대학원 석사학위논문, 1989.2
5. 이경은, 「이태준단편소설연구」, 연세대 교육대학원 석사학위논문, 1989.8
6. 이재봉, 「해방기 이태준 소설연구」, 부산대 대학원 석사학위논문, 1989.8.
7. 박경덕, 「이태준 단편의 인물 유형」, 고려대 교육대학원 석사논문, 1990
8. 강병구, 「이태준역사소설연구」, 충남대 교육대학원 석사학위논문, 1990
9. 김한웅, 「이태준연구 - 단편소설을 중심으로」, 제주대 대학원 석사학위논문, 1990

10. 김미순, 「이태준소설연구-작중인물의 욕망을 중심으로」, 단국대 대학원 석사학위논문,
　　1990.2
11. 김은정, 「이태준 단편소설연구」, 서강대학교 대학원 석사학위논문, 1990.2
12. 노상래, 「이태준연구-전기와 관련한 문학변모양상을 중심으로」, 영남대 대학원 석사학위
　　논문, 1990.2
13. 조문규, 「이태준소설연구」, 경남대 교육대학원 석사학위논문, 1990.2
14. 송인화, 「상허 이태준 단편소설연구」, 연세대 대학원 석사학위논문, 1990
15. 이탄미, 「이태준소설연구-해방이전 단편을 중심으로」, 중앙대 대학원 석사학위논문,
　　1990.8
16. 이선미, 「이태준소설연구」, 연세대 대학원 석사학위논문, 1991.2
17. 김수경, 「이태준연구」, 서울시립대 대학원 석사학위논문, 1992.2
18. 박기연, 「이태준소설연구」, 동아대 대학원 석사학위논문, 1992.2
19. 오경은, 「이태준연구-자전적 소설 '사상의 월야'를 중심으로」, 숭실대 대학원 석사학위논
　　문, 1992.2
20. 진영복, 「해방기 리얼리즘 소설연구 - 채만식, 안회남, 이태준, 이기영」, 연세대 대학원 석
　　사학위논문, 1992.8
21. 양진오, 「이태준의 '사상의 월야' 연구」, 서강대 대학원 석사학위논문, 1993.2
22. 민영주, 「이태준 장편소설에 나타난 여성상 연구」, 인천대 대학원 석사학위논문, 1993.2
23. 신윤경, 「김유정과 이태준 단편에 나타난 아이러니 비교연구」, 고려대 교육대학원 석사학
　　위논문, 1993.2
24. 정숙자, 「이태준 장편소설연구」, 전북대 교육대학원 석사학위논문, 1993.2
25. 정원실, 「이태준 단편소설의 서정성 연구」, 동아대 대학원 석사학위논문, 1993.2
26. 유철상, 「이태준 단편소설연구」, 서울대 대학원 석사학위논문, 1993.2
27. 최남희, 「이태준 단편소설의 분석과 해석」, 부산대 교육대학원 석사학위논문, 1993
28. 이수라, 「해방공간의 단편소설에 나타난 작가의식 연구-이태준, 김동인, 이봉구, 채만식」,
　　전북대 대학원 석사학위논문, 1993.2
29. 김진기, 「이태준 단편소설연구」, 건국대 대학원 석사학위논문, 1993.8
30. 김영숙, 「상허의 단편소설연구-단편의 변모양상을 중심으로」, 전남대 교육대학원 석사학
　　위논문, 1994.2
31. 김연숙, 「1920-30년대 소설에 나타난 '귀향' 양상 연구-염상섭, 이태준, 이기영을 중심으
　　로」, 경희대 대학원 석사학위논문, 1994, 2
32. 서은희, 「이태준 단편의 인물유형과 현실인식 양상」, 고려대 교육대학원 석사학위논문,
　　1994.2
33. 임은희, 「이태준 단편소설연구」, 한양대 대학원 석사학위논문, 1994
34. 박미정, 「이태준 단편소설연구」, 국민대 교육대학원 석사학위논문, 1994

35. 신용화, 「이태준 단편소설연구」, 연세대 교육대학원 석사학위논문, 1994
36. 조은주, 「이태준 단편소설연구-서정적 특성을 중심으로」, 단국대 대학원 석사학위논문, 1994
37. 공미영, 「이태준 단편에 나나탄 여성상 연구」, 인하대 교육대학원 석사학위논문, 1994
38. 박상두, 「이태준의 '오몽녀' 연구」, 단국대 교육대학원 석사학위논문, 1994
39. 정병철, 「이태준 단편소설연구」, 연세대 교육대학원 석사학위논문, 1994.8
40. 김국봉, 「이태준 장편소설에 나타난 갈등구조의 변모양상 연구」, 부산외대 교육대학원 석사학위논문, 1994..8
41. 이명성, 「이태준 단편소설연구」, 중앙대 대학원 석사학위논문, 1995
42. 윤애경, 「이태준 단편소설의 변모과정 연구」, 연세대 대학원 석사학위논문, 1995
43. 김북남, 「이태준 장편소설연구」, 경희대 교육대학원 석사학위논문, 1995
44. 김연희, 「이태준소설의 인물유형연구-단편소설을 대상으로」, 전남대 대학원 석사학위논문, 1995
45. 김지혜, 「이태준 중단편소설연구-등장인물을 중심으로」, 전남대 교육대학원 석사학위논문, 1995
46. 송병직, 「이태준의 농민소설연구」, 충남대 교육대학원 석사학위논문, 1995
47. 최소영, 「이태준 신문연재소설연구」, 연세대 교육대학원 석사학위논문, 1995
48. 박영숙, 「이태준 단편소설 연구」, 강원대 교육대학원 석사학위논문, 1995
49. 이혜령, 「이태준 장편소설 연구」, 성균관대 대학원 석사학위논문, 1996
50. 김도형, 「이태준 단편소설의 변모과정 연구」, 경희대 대학원 석사학위논문, 1996
51. 박혜성, 「이태준소설연구」, 성신여대 교육대학원 석사학위논문, 1996
52. 이 건, 「이태준의 '황진이' 연구」, 상명여대 대학원 석사학위논문, 1996
53. 조병해, 「단편소설에 나타난 이태준의 작가의식 연구」, 경기대 대학원 석사학위논문, 1996
54. 김영옥, 「이태준단편소설연구-죽음의 의식을 중심으로」, 단국대 교육대학원 석사학위논문, 1997
55. 강대원, 「이태준 단편소설연구」, 세종대 대학원 석사학위논문, 1997
56. 정지영, 「이태준 소설에 나타난 서정성 연구」, 국민대 대학원 석사학위논문, 1997
57. 이재진, 「이태준 소설 연구 - 자전적 요소를 중심으로」, 고려대 교육대학원 석사학위논문, 1997
58. 방용호, 「이태준 단편소설 연구」, 인하대 교육대학원 석사학위논문, 1998
59. 유인영, 「이태준 단편의 아이러니 연구」, 전북대 교육대학원 석사학위논문, 1998
60. 이진희, 「1930년대 소설에 나타난 母像 연구-박태원, 이태준, 최정희, 강경애를 중심으로」, 서강대 대학원 석사학위논문, 1998
61. 이미향, 「이태준 단편소설에 나타난 현실수용양상」, 성균관대 교육대학원 석사학위논문,

1998

62. 현순영, 「이태준 소설의 아이러니 연구」, 이화여자대학교 대학원 석사학위논문, 1998.6
63. 김수진, 「이태준소설에 나타난 근대성 연구」, 서울여대 대학원 석사학위논문, 1998
64. 김미정, 「이태준 소설 연구」, 경원대 대학원 석사학위논문, 1998
65. 임창범, 「이태준소설 연구」, 전북대 교육대학원 석사학위논문, 1999.2

근대문학과 이태준

2000년 1월　5일 인쇄
2000년 1월 10일 발행

저　　자 상허학회
펴낸이 박　현　숙
박은곳 신화인쇄공사

１１０ － ２９０
서울시 종로구 인사동 153-3 금좌 B/D 305호
T:723-9798, 722-3019 F:722-9932
펴낸곳 도서출판 깊은 샘
등록번호/제2-69. 등록년월일/1980년 2월 6일

ISBN 89-7416-093-7

값 15,000원